HEYNE
BÜCHER

Fantasy

Herausgegeben von Friedel Wahren

Von **Sir Henry Rider Haggard** erschien in der Reihe
HEYNE SCIENCE FICTION & FANTASY:

1. *Sie* · 06/4130
2. *Allan Quatermain* · 06/4131
3. *Ayesha – sie kehrt zurück* · 06/4132
4. *Sie und Allan* · 06/4133
5. *König Salomons Diamanten* · 064134
6. *Die heilige Blume* · 06/4135
7. *Das Halsband des Wanderers* · 06/4136
8. *Tochter der Weisheit* · 06/4137
9. *Das Sehnen der Welt* · 06/4138
10. *Morgenstern* · 06/4146
11. *Das Herz der Welt* · 06/4149
12. *Das Nebelvolk* · 06/4148
13. *Kleopatra* · 06/4310
14. *Als die Welt erbebte* · 06/4147
15. *Der Geist von Bambatse* · 06/4311
16. *Allan Quatermain der Jäger* · 06/4367
17. *Allan Quatermain und die Eisgötter* · 06/4368
18. *Das Elfenbeinkind* · 06/4369
19. *Der Gelbe Gott* · 06/4370
20. *Heu-Heu oder Das Monster* · 06/4466
21. *Nada die Lilie* · 06/4467
22. *Der Schatz im See* · 06/4545
23. *Marie* · 06/4601
24. *Kind des Sturms* · 06/4656
25. *Zikalis Rache* · 06/4707
26. *Der Allan der Antike* · 06/4874
27. *Der Ring der Königin von Saba* · 06/5144
28. *Die Jungfrau der Sonne* · 06/5428

Die Bände 1, 3 und 4 erschienen
auch als Sonderausgabe in einem Band:
Die Rückkehr der Göttin · 06/4950

Die Bände 2, 5 und 21 erschienen
auch als Sonderausgabe in einem Band:
Die Berge des Mondes · 06/4951

HENRY RIDER HAGGARD

Die Jungfrau der Sonne

Fantasy-Roman

28. Band der Haggard-Ausgabe

Deutsche Erstveröffentlichung

WILHELM HEYNE VERLAG
MÜNCHEN

HEYNE SCIENCE FICTION & FANTASY
Band 06/5428

Titel der englischen Originalausgabe
THE VIRGIN OF THE SUN

Deutsche Übersetzung von Irene Holicki
Das Umschlagbild ist von Thomas Thiemeyer

Umwelthinweis:
Dieses Buch wurde auf chlor- und
säurefreiem Papier gedruckt

Deutsche Erstausgabe 6/2000
Redaktion: Wolfgang Jeschke
Die englische Originalausgabe erschien
am 26. Januar 1922 bei Cassell in London
Die amerikanische Originalausgabe erschien
am 26. Mai 1922 bei Doubleday, Page in New York

http://www.heyne.de
Deutsche Erstausgabe 6/2000
Printed in Germany 4/2000
Umschlaggestaltung: Atelier Ingrid Schütz, München
Technische Betreuung: M. Spinola
Satz: Schaber, Satz- und Datentechnik, Wels
Druck und Bindung: Elsnerdruck, Berlin

ISBN 3-453-09489-1

INHALT

Ditchingham, 24. Oktober 1921

Mein lieber Little,

Vor etwa fünfunddreißig Jahren pflegten wir uns über die verschiedensten Themen zu unterhalten, unter anderem, wenn ich mich recht erinnere, auch über die Geschichte und die Legenden der verschwundenen Reiche Zentralamerikas.

Im Gedenken an diese alten Zeiten möchte ich Ihnen hiermit eine Geschichte über eines davon widmen. Sie handelt von dem wundersamen Reich der Inka in Peru, beziehungsweise von der Legende, wonach dort schon lange bevor die spanischen Eroberer auf ihrem Raub- und Vernichtungsfeldzug in das damals noch unentdeckte Land einfielen, ein Weißer Gott aus dem Meere lebte und starb.

Stets der Ihre
H. Rider Haggard

James Stanley Little, Esq.

Einführung

Es gibt Menschen, die es interessant, ja sogar tröstlich finden, sich von den Sorgen und Nöten des Lebens abzulenken, indem sie Relikte aus der Vergangenheit sammeln, Treibgut oder versunkene Schätze, die vom Meer der Zeit an die Gestade der Neuzeit gespült wurden.

Damit sind nicht die großen Sammler gemeint, die über beträchtliche Summen Geldes verfügen können und jede Rarität erwerben, die auf den Markt kommt, um damit eine Kollektion zu erweitern, die dann im Lauf der Zeit, manchmal schon unmittelbar nach ihrem Tod, ihrerseits auf den Markt geworfen wird und in die Hände anderer Liebhaber übergeht. Die Rede ist auch nicht von den Händlern, die nur kaufen, um vom Wiederverkauf reich zu werden. Oder von den Museumsbeauftragten aus aller Herren Länder, die zum Wohle ihrer Nationen Dinge von unschätzbarem Wert erstehen, um sie in großen, öffentlichen Gebäuden zu horten, wo sie dann, der Gedanke macht einen schaudern, womöglich eines Tages von feindlichen Truppen oder von Plündererhorden geraubt oder in Brand gesteckt werden.

Nein, die Sammler, an die der Herausgeber denkt, und deren einem er die hier abgedruckte Geschichte verdankt, gehören in eine ganz andere Kategorie. Ihre finanziellen Möglichkeiten sind oft beschränkt. Alte Dinge – die sie zumeist auf kleinen, wenig bekannten Märkten oder von Privat erwerben – sammeln sie aus Liebe und verkaufen sie nur, wenn die Not sie dazu zwingt. Dabei sehen sie den Reiz solcher Gegenstände häufig weder in ihrem Wert, noch in ihrer Schönheit –

sind sie doch bisweilen selbst für das kundige Auge durchaus unscheinbar – sondern in den Assoziationen, die sich damit verbinden. Sammler dieser Art befassen sich gerne mit den ursprünglichen und längst verstorbenen Besitzern ihrer Antiquitäten. Sie stellen Vermutungen darüber an, wer wohl einst seine Suppe aus dem abgewetzten, elisabethanischen Löffel geschlürft oder wer an dem wackeligen Eichentisch oder auf dem alten, zerbrochenen Stuhl gesessen haben mag, den sie in irgendeiner Küche oder einem Schuppen entdecken. Ein verblaßtes Stickmustertuch beschwört die Kinder herauf, die mit geschickten Händen die zahllosen Stiche fertigten, bis ihnen vor Müdigkeit die blanken Äuglein brannten.

Wer zum Beispiel war die May Shore (ihr Kosename ›Fairy‹ wurde in Klammern darunter gestickt), die ein solches kleines Kunstwerk an ihrem zehnten Geburtstag, dem 1. Mai – dem sie gewiß auch ihren Namen verdankt – des Jahres 1702 fertigstellte? An welchen fernen Gestaden kann sie ihre Geburtstage heute feiern? Niemand wird es je erfahren. Sie ist zurückgekehrt in das unendliche Meer der Geheimnisse, dem sie einst entstiegen war, dort lebt und wirkt sie, auf Erden vergessen, oder schläft in alle Ewigkeit. War sie jung oder alt, als sie starb, verheiratet oder ledig? Hatte sie ihrerseits Kinder, die sie lehren konnte, solche Stickereien zu fertigen, oder war sie kinderlos? War sie glücklich oder unglücklich, eine Schönheit oder eine graue Maus? Eine Heilige oder eine Sünderin? Auch das wird man nie erfahren. Geboren wurde sie am 1. Mai 1692, ihr Todestag ist uns nicht überliefert. Damit erschöpft sich nach menschlichem Wissen ihre Geschichte, und ebensoviel oder -wenig wird der Nachwelt auch von den meisten von uns erhalten bleiben, die wir heute atmen, da die Erde weitere zweihundertundachtzehn Mal um die Sonne gewandert ist.

Am besten verkörpert den Typ des Sammlers, auf den hier Bezug genommen wird, wohl der Mann, aus dessen Händen das Manuskript stammt, das in stark modernisierter Fassung auf diesen Seiten abgedruckt ist. Er starb vor einigen Jahren, ohne Nachkommen zu hinterlassen; seine diversen Schätze gingen laut Testament an ein städtisches Museum; was dort kein Interesse fand, wurde mit dem restlichen Besitz verkauft, und der Erlös kam einem Mystikerorden zugute, denn der alte Knabe fühlte sich zum Spiritualismus hingezogen. Seinen bürgerlichen Namen zu verraten, kann daher nicht schaden, der Mann hieß Potts. Mr. Potts besaß ein kleines Wäschegeschäft in einem bescheidenen Landstädtchen im Osten Englands, wohin sich nur wenige Besucher verirrten, und führte den Laden mit Hilfe eines Verkäufers, der fast genauso alt und absonderlich war wie er selbst. Ob er von seinen Geschäften leben konnte oder private Einkünfte hatte, ist nicht bekannt und tut auch nichts zur Sache. Wie dem auch sei, wenn irgendwo eine Antiquität zum Verkauf stand, die er für interessant oder wertvoll hielt, so brachte er das Geld dafür im allgemeinen auf, wenn er sich auch gelegentlich genötigt sah, sich zu diesem Zweck von etwas anderem zu trennen. Tatsächlich konnte man von Mr. Potts nur in solchen Fällen irgend etwas – von gewöhnlichen Strümpfen einmal abgesehen – käuflich erwerben.

Mir, dem Herausgeber dieses Buches, der ich ebenfalls ein Liebhaber von Antiquitäten bin und daher in Mr. Potts eine verwandte Seele gefunden hatte, war dieser Umstand bekannt, und so traf ich eine Vereinbarung mit dem oben erwähnten, absonderlichen Verkäufer, derzufolge er mich benachrichtigen sollte, wenn Mr. Potts wieder einmal in Nöten war, weil die örtliche Bank sich bemüßigt fühlte, seine Aufmerksamkeit auf seinen Kontostand zu lenken. So kam es, daß ich eines Tages folgenden Brief erhielt:

Sir,
der Chef hat sich in 'ne Porzellanvase mit 'nem Sprung vergafft, obwohl das Ding potthäßlich ist, auch wenn ich von solchen Sachen nichts versteh. Wenn Sie also die alte Standuhr oder sonstwas von seinem Gerümpel zu Ihrem Preis kriegen wollen, ist jetzt wohl die beste Gelegenheit. Aber das bleibt unter uns wie ausgemacht.

Ihr gehorsamer Diener
TOM

(Er unterschrieb immer mit Tom, vermutlich zur Tarnung, denn sein richtiger Name war, glaube ich, Betterly.)

Diese Mitteilung bewog mich, eine lange und höchst ungemütliche Fahrradtour durch den herbstlichen Regen auf mich zu nehmen, um Mr. Potts in seinem Geschäft aufzusuchen. Tom alias Betterly war gerade dabei, einer dicken, alten Frau irgendwelche undefinierbaren Wäschestücke zu verkaufen. Als er mich, den Herausgeber dieses Buches, erblickte, kniff er verschwörerisch ein Auge zu. Mr. Potts, ein kleines Hutzelmännchen mit krummem Rücken und kahlem Kopf, saß in einer dunklen Ecke auf einem hohen Hocker und erinnerte mich frappant an eine Eule, die aus ihrem Astloch späht, ein Eindruck, der durch die riesige Hornbrille auf seiner Hakennase noch verstärkt wurde. Mr. Potts war vollauf damit beschäftigt, untätig ins Leere zu starren, wie er es angeblich immer tat, wenn er sich mit seinem, wie Tom sich ausdrückte, ›verdammten Gespenstergesindel‹ unterhielt.

»Kundschaft!« krächzte Tom. »Ich will Sie wirklich nicht beim Beten stören, Chef, aber ich hab nur zwei Hände und kann nicht Scharen von Leuten auf einmal bedienen«, womit die alte Frau mit ihrer Unterwäsche und ich gemeint waren.

Mr. Potts rutschte von seinem Hocker herunter und

wollte zur Tat schreiten. Doch als er sah, wer der Kunde war, entfuhr ihm ein wütendes Schnauben – ich kann es nicht anders ausdrücken. Denn trotz der Seelenverwandtschaft, die uns innerlich verband, waren wir nach außen hin erbitterte Feinde. Ich hatte Mr. Potts bei einer Versteigerung am Ort zweimal überboten und Dinge erstanden, die er begehrte. Außerdem hielt er es wie jeder gute Sammler für seine Pflicht, in mir einen verhaßten Konkurrenten zu sehen. Und schließlich hatte ich mehrfach versucht, ihm für kleinere Summen Antiquitäten abzuhandeln, deren finanziellen Wert er höher ansetzte als ich. Allerdings hatte ich das Feilschen schon vor langer Zeit einfach deshalb aufgegeben, weil Mr. Potts sich nie mit weniger zufriedengab, als er gefordert hatte. Darin nahm er sich ein Beispiel an dem Mann, der im alten Rom die Sybillinischen Bücher verkauft hatte. Zwar zerstörte er nicht wie jener seine Ware, um dann für das einzige, noch verbliebene Exemplar den gleichen Preis zu verlangen wie für alle zusammen, aber er erhöhte den Betrag unweigerlich um zehn Prozent und war durch nichts zu bewegen, auch nur um einen Penny herunterzugehen.

»Was wollen *Sie* denn, Sir?« knurrte er. »Unterhemden, Hosen, Krägen oder Socken?«

»Am besten Socken«, improvisierte ich – mit dem Hintergedanken, die seien wohl am leichtesten zu transportieren –, worauf Mr. Potts von irgendwoher ein Paar besonders abscheulicher, formloser Wollungetüme zutage förderte, sie mir fast vor die Füße warf und erklärte, andere führe er nicht. Nun trage ich niemals Wollsocken, ich verabscheue sie geradezu. Trotzdem tätigte ich den Kauf und dachte dabei voll Mitgefühl an meinen alten Gärtner, der sich von den Dingern schon bald die Füße zerkratzen lassen mußte. Während das Päckchen geschnürt wurde, fragte ich vielsagend: »Gibt's oben etwas Neues, Mr. Potts?«

»Nein, Sir«, gab er knapp zurück. »Jedenfalls nicht viel, und selbst wenn, hätte es nach der Geschichte mit der Uhr wohl wenig Sinn, Ihnen die Sachen zu zeigen, nicht wahr?«

»£ 15 wollten Sie dafür haben, Mr. Potts?« fragte ich.

»Nein, Sir, es waren £ 17, und jetzt sind es noch zehn Prozent mehr; Sie können sich den neuen Preis selbst ausrechnen.«

»Sehen wir sie uns doch noch einmal an, Mr. Potts«, erwiderte ich kleinlaut, worauf er einen Seufzer ausstieß und, nachdem er Tom angewiesen hatte, sich um den Laden zu kümmern, mit mir nach oben ging.

Nun war das Haus, in dem Mr. Potts wohnte, früher einmal sehr vornehm gewesen, außerdem war es sehr, sehr alt. Ich hielt es für elisabethanisch, obwohl man ihm in Anlehnung an den Zeitgeschmack eine abscheuliche Stuckfassade verpaßt hatte. Eine schöne, wenn auch schmale Eichentreppe, führte in die beiden oberen Stockwerke. Dort gab es zahlreiche kleine Zimmer, einige mit schönen Holzvertäfelungen und eichenen Deckenbalken, wobei inzwischen beides – allerdings wohl schon in der letzten Generation – weiß übertüncht worden war.

Diese Räume quollen im wahrsten Sinne des Wortes über von alten Möbeln aller Art. Das meiste war nicht mehr zu gebrauchen, doch für so manches hätte ein Trödler noch einen guten Preis bezahlt. Doch hier zog Mr. Potts die Grenze; kein Trödler hatte jemals einen Fuß auf die Eichentreppe gesetzt. Das Haus war also bis unter das Dach voll mit diesen Möbeln, und auf den Fußböden stapelten sich zudem Dinge wie Bücher, Porzellan, Stickmustertücher hinter zerbrochenen Glasscheiben und vieles mehr. Wo Mr. Potts schlief, war mir ein Rätsel; entweder legte er sich unter seine Ladentheke, oder er verbrachte die Nächte in einer wurmstichigen Bettstatt aus der Zeit Jakobs I., die auf seinem Speicher stand. Jedenfalls fiel mir auf, daß zwischen mehreren beinlosen Stühlen ein Gang dorthin führte, und daß hinter den mottenzerfressenen Bettvorhängen etliche schmutzige Decken lagen.

Nicht weit von diesem Bett lehnte an der schiefen Wand des alten Hauses wie betrunken die Standuhr, auf die ich ein Auge geworfen hatte, einer der ersten ›Regulatoren‹ mit Holzperpendikel. Der Uhrmacher hatte sie selbst dazu benützt, die Ganggenauigkeit seiner anderen Uhren zu kontrollieren. Das Werk war in ein schlichtes Mahagonigehäuse eingebaut, das in seiner Stilreinheit ein Musterbeispiel seiner Epoche war. Ich hatte mich ›auf den ersten Blick‹ in das schöne Stück verliebt, und obwohl meine Gefühle bei der Abwicklung des Geschäfts oder, anders ausgedrückt, wegen des Preises eine gewisse Abkühlung erfahren hatten, war ich jetzt fester denn je davon überzeugt, daß diese Uhr und ich füreinander bestimmt waren.

So willigte ich denn ein, dem alten Potts die £ 20 oder, um genau zu sein, die £ 18 14 s. zu bezahlen, die er nach der zehnprozentigen Erhöhung inzwischen für die Uhr verlangte, und war insgeheim froh, daß er nicht noch höher gegangen war. Doch als ich mich zum Gehen wandte, fiel mein Blick auf eine große Kiste aus jenem gelben Zypressenholz, das als nahezu unzerstörbar gilt. Angeblich sind auch die Türen des Peterdoms daraus gemacht, und soviel ich weiß, sehen sie heute, nach mehr als achthundert Jahren, noch genauso aus wie einst am Tag des Einbaus.

»Hochzeitstruhe«, beantwortete Potts meine unausgesprochene Frage.

»Italienisch, ca. 1600?« schätzte ich.

»Mag sein, möglicherweise aber auch in den Niederlanden von italienischen Künstlern gefertigt; auf jeden Fall aber älter, denn jemand hat mit einem heißen Eisen die Zahl 1597 auf den Deckel gebrannt. Die Truhe ist nicht verkäuflich, für keinen Preis; dafür ist sie viel zu schön. Werfen Sie ruhig einen Blick hinein, der alte Schlüssel hängt am Schnappschloß. Solche Brandmalereien habe ich in meinem ganzen Leben noch nicht gesehen. Götter und Göttinnen und anderes mehr; und in der Mitte sitzt eine unbekleidete Venus in einem Blumenkranz und hält zwei Herzen in den Händen. Daran erkennt man, daß es sich um eine Hochzeitstruhe handelt. Früher hat sie mal die Aussteuer einer Braut enthalten, Bettzeug, Wäsche, Kleider und Gott weiß was noch. Wo die Braut wohl heute ist? Hoffentlich an einem Ort, wo es keine Motten gibt, die ihr die Kleider zerfressen. Hab die Truhe bei einer Haushaltsauflösung erstanden, gehörte einer alten Familie, die nach Norfolk flüchtete, als das Edikt von Nantes widerrufen wurde – Hugenotten natürlich. Das ist viele, viele Jahre her! Hab lange nicht mehr hineingeschaut, aber wahrscheinlich ist sowieso nur Gerümpel drin.«

So brabbelte er vor sich hin, bis er den alten Schlüssel gefunden und losgebunden hatte. Das Schnappschloß wollte sich nach so langer Zeit nicht mehr bewegen und brauchte Öl, aber schließlich gehorchte es doch. Wir öffneten die Kiste, und die herrlichen Brandmalereien auf der Innenseite des Deckels und an anderen Stellen wurden sichtbar. Es war wirklich eine Pracht; die kunstvollste Arbeit, die mir je untergekommen war.

»Man sieht so schlecht«, brummte Potts; »die Fenster sind seit dem Tod meiner Frau nicht mehr geputzt worden, und die starb vor zwanzig Jahren. Sie fehlt mir natürlich sehr, aber immerhin hat es seither ein Ende mit dem ewigen Frühjahrsputz, Gott sei Lob und Dank. Unglaublich, was dabei jedes Jahr zerbrochen wurde und verlorenging. Einmal habe ich hinterher zu meiner Frau gesagt, ich könnte jetzt verstehen, warum die Mohammedaner behaupten, das Weib habe keine Seele. Als sie endlich begriffen hatte, was ich damit meinte – es dauerte sehr lange –, hatten wir einen heftigen Streit, und dabei hat sie mit einer Dresdener Porzellanfigur nach mir geworfen. Zum Glück konnte ich sie auffangen, immerhin hab ich als junger Mann Cricket gespielt. Tja, sie hat mich verlassen, und seitdem herrscht im Himmel bestimmt mehr Ordnung als früher – vorausgesetzt, man läßt sie dort ständig stöbern, was ich aber eher bezweifle. Sehen Sie sich diese Venus an, ist sie nicht herrlich? Könnte von Tizian sein, vielleicht sind ihm die Farben ausgegangen, und er mußte sich mit dem Brandeisen behelfen, um sich künstlerisch auszudrücken. Wie, Sie können sie nicht richtig erkennen? Warten Sie, ich hole eine Laterne. Mit Kerzen kann man hier nicht hantieren – die Sachen sind zu kostbar; mit Geld nicht zu ersetzen. Wegen dieser Kerzen hatte ich mit meiner Frau auch mal 'nen Streit, vielleicht ging's auch um 'ne Petroleumlampe. Sie setzen sich jetzt dort auf den alten Betschemel und sehen sich die Arbeit an.«

Damit wandte er sich ab und tastete sich die halbdunkle Treppe hinunter. Ich blieb allein zurück und dachte über Mrs. Potts nach, von der ich heute zum ersten Mal gehört hatte. Wie mochte sie wohl gewesen sein? Sicher eine ziemliche Nervensäge, denn Männer mögen in allen anderen Dingen unterschiedlicher Meinung sein, was den ›Frühjahrsputz‹ angeht, sind sie sich einig. Potts führte ohne sie gewiß ein ruhigeres Leben. Was sollte der verhutzelte, alte Kunstfreund auch mit einer Frau anfangen?

Ich schlug mir Mrs. Potts aus dem Kopf, wo ihre schemenhafte, eher hypothetische Persönlichkeit wohl auch keinen rechten Platz hatte, und sah mir die Kiste genauer an. Oh! Sie war wunderschön. Es dauerte keine zwei Minuten, und ich hatte die Standuhr von ihrem Thron gestoßen und diese Kiste zur Sultanin in meinem Serail begehrenswerter Dinge erhoben. Die Uhr war nur eine flüchtige Liebelei gewesen. Hier stand die Königin meines Herzens, es sei denn, irgendwo existierte eine noch schönere Truhe, und der Zufall wollte es, daß ich sie entdeckte. Bis dahin würde ich jeden Preis dafür bezahlen, den der alte Sklavenhändler Potts verlangte, auch wenn ich dazu mein nicht gerade üppig bestücktes Konto überziehen mußte. Man darf nicht vergessen, daß Serails, in welcher Form auch immer, ein kostspieliger Luxus für die Reichen sind. Bestehen sie aus Antiquitäten, so kann man diese immerhin wieder veräußern, was man von der menschlichen Variante nicht behaupten kann, denn wer kauft einem schon einen Haufen alter Vogelscheuchen ab?

In der Truhe befanden sich die verschiedensten Dinge, zum Beispiel Gobelinreste und alte Kleider aus der Zeit der Königin Anne, die man wohl zum Schutz vor den Motten, die ja das Zypressenholz meiden, hier gelagert hatte. Ich fand auch einige Bücher und ein seltsames, mit einem exotisch bunt gestreiften Tuch umwickeltes Bündel, das mein Interesse erregte. Ich zog die Fransen auseinander und spähte hinein. Soweit ich auf den ersten Blick erkennen konnte, enthielt es neben einem weiteren Kleid in bunten Farben einen dicken Stapel Pergament, das schlecht präpariert und auf einer Seite stark von Fäulnis befallen war. Die Blätter waren mit kaum noch lesbarer, schwarzer Schrift bedeckt, der Schreiber war offenbar so nachlässig gewesen, schlechte Tinte zu verwenden, die rasch verblaßte.

Bei gründlicherer Untersuchung entdeckte ich unter anderem ein Kästchen aus einem fremdartigen, roten Holz, doch dann hörte ich die Schritte des alten Potts auf der Treppe und hielt es für ratsam, das Bündel rasch zurückzulegen. Er hatte tatsächlich eine Laterne mitgebracht, und nun hatten wir genügend Licht, um die Truhe und die Brandmalerei eingehend zu betrachten.

»Sehr hübsch«, sagte ich, »sehr hübsch, wenn auch ziemlich übel mitgenommen.«

»Ja, ja«, gab er sarkastisch zurück. »Der Herr verlangt wahrscheinlich, daß sie nach vierhundert Jahren noch aussieht wie neu, aber ich kann Ihnen verraten, wo Sie eine Truhe finden, die Ihren Ansprüchen genügt. Ich habe sie vor fünf Jahren selbst entworfen, für einen Burschen, der lernen wollte, wie man Antiquitäten herstellt. Inzwischen ›sitzt‹ er, und seine ›Antiquitäten‹ sind billig zu haben. Ich habe mitgeholfen, ihn ins Gefängnis zu bringen, denn er war eine Gefahr für die Gesellschaft und mußte beseitigt werden.«

»Was soll die hier denn kosten?« fragte ich mit gespielter Gleichgültigkeit.

»Hab ich nicht gesagt, sie steht nicht zum Verkauf? Warten Sie, bis ich tot bin und schlagen Sie bei der Versteigerung zu. Nein, auch dann kriegen Sie sie nicht, denn sie ist für jemand anderen bestimmt.«

Ich antwortete nicht, sondern betrachtete weiter die Malereien, während Potts sich auf dem Betschemel niederließ und offenbar in eine seiner Absencen fiel.

»Nun«, sagte ich endlich, als mir der Anstand verbot, noch länger zu bleiben, »wenn Sie sich nicht von ihr trennen wollen, brauche ich sie mir auch nicht weiter anzusehen. Sie wollen sie gewiß für einen reicheren Käufer aufheben, und damit haben Sie natürlich völlig recht. Wenn Sie noch einen Fuhrmann mit dem Transport der Standuhr beauftragen könnten, Mr. Potts, dann stelle ich Ihnen einen Scheck aus. Und jetzt muß ich los, denn ich habe zehn Meilen zu fahren, und in einer Stunde ist es dunkel.«

»Bleiben Sie, wo Sie sind«, befahl Potts mit Grabesstimme. »Was bedeutet eine Fahrt durch die Nacht, verglichen mit einer Angelegenheit von solcher Tragweite, selbst wenn Sie keine Fahrradlampe haben und deshalb vorzeitig vor Ihren Richter treten müssen? Bleiben Sie, wo Sie sind; ich muß mir das zu Ende anhören.«

Ich ließ mich also zurückhalten und begann, meine Pfeife zu stopfen.

»Stecken Sie die Pfeife weg«, rief Potts, der plötzlich aus seiner Trance auftauchte. »Für Pfeifen braucht man Streichhölzer; und Streichhölzer sind hier verboten.«

Ich gehorchte, und er versank wieder in seinen Gedanken. Dann stand ich so lange untätig zwischen der Truhe, dem wurmstichigen Bett aus der Zeit Jakobs I. und dem alten Potts auf seinem Betschemel herum, daß ich mir irgendwann vorkam wie mesmerisiert. Endlich erhob er sich und sagte mit der gleichen Grabesstimme wie vorher:

»Junger Mann, Sie können die Truhe haben, der Preis beträgt £ 50. Und jetzt bieten Sie mir um Gottes willen nicht £ 40, sonst kostet sie £ 100, bevor Sie diesen Raum verlassen.«

»Mit Inhalt?« fragte ich wie nebenbei.

»Jawohl, mit Inhalt. Wie mir soeben mitgeteilt wurde, ist der Inhalt nämlich für Sie bestimmt.«

»Hören Sie, Potts«, knurrte ich gereizt, »was, zum Teufel, wollen Sie damit sagen? Außer Ihnen und mir ist niemand im Raum, wer außer dem alten Tom da unten könnte Ihnen also etwas mitgeteilt haben?«

»Tom«, sagte er mit ätzendem Sarkasmus. »Tom! Dann schon eher die Vogelscheuche, die im Garten in den Erbsen steht, die hat nämlich noch mehr im Kopf als Tom. Niemand im Raum? Oh! Wie töricht manche Menschen doch sind. Hier wimmelt es doch geradezu von ihnen.«

»Wovon soll es wimmeln?«

»Von Gespenstern natürlich, wie Sie in Ihrer Unwissenheit sagen würden. Ich spreche von toten Seelen. Einige sind wunderschön. Sehen Sie sich die hier an«, damit hob er die Laterne und zeigte auf einen Haufen alter Chippendale-Bettpfosten.

»Schönen Tag noch, Potts«, sagte ich hastig.

»Bleiben Sie, wo Sie sind«, wiederholte Potts. »Sie

glauben mir nicht, aber werden Sie erst so alt wie ich, dann werden Sie an meine Worte denken, und Sie werden glauben – fester noch als ich – und Sie werden klarer sehen als ich, denn so liegt es in Ihrer Seele beschlossen. Ja, die Saat wurde gelegt, doch bisher haben die Welt, die Fleischeslust und der Teufel sie am Keimen gehindert. Warten Sie ab, irgendwann werden Sie die Folgen Ihrer Sünden zu tragen haben; irgendwann verbrennen die fleischlichen Begierden im Feuer der Reue; irgendwann suchen Sie das Licht, und wenn Sie es gefunden haben und darin leben, dann werden Sie wahrhaft glauben; und *dann* werden Sie auch schauen.«

Der alte Potts sprach mit tiefem Ernst. Und in diesem dämmrigen Raum, umgeben von Gerümpel, das längst verstorbenen Menschen einst lieb und teuer gewesen war, mit der Laterne in der Hand und den weit aufgerissenen Augen – was starrte er nur so unverwandt an? – machte er damals großen Eindruck auf mich. Sein krummer Rücken, sein häßliches Gesicht wirkten durchgeistigt; er erschien mir tatsächlich wie ein Mensch, ›der das Licht gefunden hatte und darin lebte‹.

»Noch werden Sie mir nicht glauben«, fuhr er fort, »aber ich gebe nur an Sie weiter, was eine Frau mir soeben sagte. Eine ungewöhnliche Frau; ich habe ihresgleichen noch nie gesehen, eine Fremde mit dunkler Haut, in seltsam geschnittenen, kostbaren Gewändern und mit einem Kopfschmuck. Da, *so* sah er aus«, er wies durch das schmutzige Fenster auf die schmale Mondsichel, die mittlerweile am Himmel erschienen war. »Ein schönes Weib«, fuhr er fort, »und, beim Himmel – diese Augen – solche Augen habe ich noch nie gesehen. Groß und schmachtend wie die Augen der Rehe da hinten im Park. Zugleich ist sie stolz; eine Herrscherin, eine Adelige, wenn auch aus einem fernen Land. Ich war noch nie verliebt, aber an sie könnte ich mein Herz verlieren, und Ihnen ginge es ebenso, junger Mann, Sie müßten sie nur sehen. Irgendwann wurde sie wohl auch sehr geliebt.«

»Was hat sie denn gesagt?« fragte ich, denn jetzt hatte ich doch Feuer gefangen. Wie denn auch nicht, wenn der alte Potts auf einmal anfing, von schönen Frauen zu schwärmen?

»Das ist nicht ganz leicht wiederzugeben, denn sie redete in einer fremden Sprache, und ich mußte sozusagen im Kopf übersetzen. Aber im wesentlichen folgendes: Sie sollen die Truhe bekommen, mit allem, was sie enthält. Sie sprach auch von einer Handschrift, zumindest von Teilen davon, denn einiges ist verrottet. Diese Handschrift sollen Sie lesen oder von jemand anderem lesen lassen, und dann soll sie gedruckt und damit aller Welt zugänglich gemacht werden. Das sei ›Huberts‹ Wunsch, sagte sie. Der Name war Hubert, da bin ich ganz sicher, nur den Titel, den sie noch verwendete, habe ich nicht verstanden. Das ist alles, woran ich mich erinnere, außer, daß noch von einer Stadt die Rede war, ja, von einer Goldenen Stadt, und von einer letzten, großen Schlacht, in der Hubert fiel, als siegreicher Held. Darüber wollte sie wohl noch mehr erzählen, denn in der Handschrift kommt es nicht vor, aber dann haben Sie mich unterbrochen, und jetzt ist sie natürlich weg. Ja, der Preis beträgt £ 50 und keinen Penny weniger, aber Sie können bezahlen, wann Sie wollen, ich weiß ja, daß Sie halbwegs ehrlich sind. Und ob Sie nun bezahlen oder nicht, bekommen müssen Sie die Kiste samt Inhalt in jedem Fall, Sie und kein anderer.«

»Schön«, sagte ich, »aber ich möchte sie nicht dem Fuhrmann anvertrauen. Ich schicke morgen früh einen Wagen und lasse sie holen. Und jetzt schließen Sie sie ab und geben Sie mir den Schlüssel.«

* * *

Die Truhe traf alsbald bei mir ein, und ich nahm mir gleich das Bündel vor, denn der übrige Inhalt ist zwar zum Teil nicht uninteressant, aber nicht weiter von Belang. An der Innenseite des Tuchs war ein beschriebenes Blatt befestigt, das weder datiert, noch signiert, aber der Handschrift und dem Stil nach zu schließen etwa sechzig Jahre alt war und aus der Feder einer Dame stammte. Der Text lautete:

Mein verstorbener Vater, der in jungen Jahren sehr viel auf Reisen war und mit großem Eifer fremde Länder erforschte, brachte diese Dinge von einer der Expeditionen mit, die er vor seiner Heirat unternahm. Wenn ich nicht irre, stammen sie aus Südamerika. Er erzählte mir einmal, er habe das Kleid in einem Grabmal an der Leiche einer Frau gefunden, es müsse eine vornehme Dame gewesen sein, denn sie sei von vielen anderen Frauen, vielleicht ihren Dienerinnen, umringt gewesen, die man wohl nach ihrem Tod hierhergebracht und mit ihr begraben hatte. Alle Toten saßen an einem steinernen Tisch, an dessen Ende sich die Überreste eines Mannes fanden. Mein Vater entdeckte die Leichen in der Nähe einer Ruinenstadt im Urwald in einem Grabmal unter einem großen Erdhügel. Die Leiche der Dame – sie trug ein Totenhemd aus den Fellen langhaariger Wollschafe, das wahrscheinlich das darunter befindliche Kleid schützen sollte – war mit irgendwelchen Mitteln einbalsamiert worden, den Eingeborenen zufolge ein Beweis, daß sie königlichen Ranges gewesen sei. Von allen anderen waren nur noch die Knochen und die Haut übrig, doch den Schädel des Mannes zierten ein langer, blonder Bart und blondes Haar, und neben ihm stand ein langes Schwert mit Kreuzgriff, das bei der ersten Berührung zu Staub zerfiel. Nur der Griff mit dem altersschwarzen Bernsteinknauf blieb übrig. Mein Vater sagte, wenn ich mich recht erinnere, das Paket mit Häuten oder Pergamenten, das an der Unterseite stark verschimmelt ist, habe sich unter den Füßen des Mannes befunden. Des weiteren erzählte er, er habe den eigentlichen Entdeckern des Grabes für das Kleid, den Goldschmuck und die Smaragdkette eine große Summe Geldes gegeben, denn der Schmuck sei das Vollkommenste, was man bis dahin gefunden habe, und das Kleid sei mit Goldfäden durchwirkt. Und er betonte ausdrücklich, er wünsche nicht, daß diese Dinge verkauft würden.

So endete das Manuskript.

Als ich es gelesen hatte, sah ich mir das Kleid an. Ich selbst hatte noch nie etwas in dieser Art gesehen, doch ich zeigte es mehreren Experten, und die sind sicher, daß es, genau wie die Schmuckstücke, aus einer frühen Epoche Südamerikas stammt, wahrscheinlich aus dem vor-inkaischen Peru. Es ist in kräftigen Farben gehalten, wie ich sie von alten, indianischen Tüchern kenne, wirkt jedoch insgesamt purpurrot. Das Purpurgewand wurde ohne Zweifel über einem Leinenrock mit dunkelrotem Saum getragen. Die Schmuckstücke – sie waren matt geworden, aber allesamt aus reinem Gold gemacht – befanden sich in dem oben erwähnten Kästchen: ein Gürtel, ein Diadem mit einer schmalen Mondsichel in der Mitte und eine Halskette aus ungeschliffenen, aber polierten Smaragden, recht primitiv in Rotgold gefaßt und von großen Flecken unbekannter Herkunft verunstaltet. Auch zwei Ringe waren dabei. Der eine war in ein Stück Papier gewickelt, auf dem von anderer Hand, wahrscheinlich vom Vater der Verfasserin des obigen Memorandums, folgendes geschrieben stand:

Vom Zeigefinger der rechten Hand einer Frauenmumie abgezogen, die wir unter den obwaltenden Umständen leider nicht mit uns nehmen konnten.

Dieser erste Ring ist ein breiter Goldreif mit einer flachen Platte, auf der einst Zeichen eingraviert waren, die aber nach der langen Zeit nicht mehr zu entziffern sind. Kurzum, es handelt sich offenbar um einen alten Siegelring europäischer Herkunft, wobei das genaue Alter und das Ursprungsland nicht mehr festzustellen sind. Der zweite Ring befand sich in einem Lederbeutelchen, das kunstvoll mit Goldfaden oder sehr dünnem Golddraht bestickt war und vermutlich zur Tracht der Dame gehörte. Er sieht aus wie ein sehr massiver Trauring, ist allerdings sechs- bis achtmal so dick und über und über mit Prägemustern versehen, die wohl Sterne mit Strahlen, vielleicht auch kleine Blüten darstellen sollen. Zuletzt enthielt das Kästchen den Griff des Schwertes, von dem später noch die Rede sein wird.

Soweit also der Zierat, wenn man so sagen kann. Die Stücke sind an sich nicht weiter wertvoll, wenn man vom Materialwert des Goldes absieht, denn die Smaragde sind, wie gesagt, so fleckig, als hätten sie im Feuer gelegen oder seien anderen unbekannten Einflüssen ausgesetzt gewesen. Außerdem fehlt ihnen die Anmut, die Eleganz altägyptischen Schmucks; sie entstammen ohne Zweifel einer weniger hochstehenden Kultur. Dennoch schienen sie mir schon damals eine ganz eigene Würde auszustrahlen, und an diesem Eindruck hat sich bis heute nichts geändert.

Außerdem – und hier färbten wohl die Anschauungen des schrulligen Potts auf mich ab – ließ sich aus diesen Gegenständen eine Fülle von Assoziationen ableiten. Wer hatte das rote Kleid mit den eingestickten Goldkreuzen (die keine christlichen Kreuze gewesen sein können) und das Untergewand mit dem Purpursaum, die Smaragdkette und den Goldreif mit der schmalen Mondsichel getragen? Offenbar eine Mumie in einem Grabmal, die Mumie einer längst verstorbenen, vornehmen Angehörigen eines fremden, exotischen Volkes. Etwa gar die Frau, fragte ich mich, die dem alten Irren Potts in seinem englischen Marktflecken zwischen Schmutz und Gerümpel in der Dachkammer seines baufälligen Hauses im Traum erschienen war – die Frau mit den großen Rehaugen und der königlichen Haltung?

Nein, das war Unsinn. Potts hatte so lange mit Schatten gelebt, bis er an die Schatten glaubte, die seiner eigenen Phantasie entsprangen und wieder dorthin zurückkehrten. Immerhin handelte es sich um eine Frau, und sie hatte allem Anschein nach einen Geliebten oder einen Gatten mit einem langen, blonden Bart gehabt. Was mochte in diesen frühen Zeiten einen goldbärtigen Mann mit einer Frau zusammengeführt haben, die solche Gewänder und solchen Schmuck trug? Und der abgewetzte Schwertgriff mit dem Bernsteinknauf? Wo kam der her? Für mich – und so dachte ich schon, bevor mich die Experten in meiner Meinung bestärkten – sah er sehr nordisch aus. Ich hatte die Sagas gelesen, und darin wurde auch von kühnen Nordmännern erzählt, die etwa um das Jahr acht- oder neunhundert – unter der Führung eines gewissen Eric, wenn ich mich nicht irre – an die Küste des heutigen Amerika verschlagen worden waren. Konnte der blonde Mann in dem Grabmal einer von ihnen gewesen sein?

Solchen Spekulationen gab ich mich hin, bevor ich mir die Pergamente vornahm, die von jemandem, der diese Kunst ganz offensichtlich nur sehr unvollkommen beherrschte, aus Schafshäuten hergestellt worden waren. Hätte ich geahnt, daß ich in diesen Schriften die Antwort auf so viele meiner Fragen finden sollte, ich hätte sie mir nicht bis ganz zum Schluß aufgehoben. Aber der Inhalt alter Pergamente ist oft so langweilig, daß jedermann vor der Beschäftigung damit zurückschreckt. Das Bündel war sehr dick und wurde von einer Schnur aus ähnlich feinem Stroh zusammengehalten, wie man es bei der Herstellung von Panamahüten verwendet. Dieses Strohband war allerdings mit dem unteren Teil des Bündels verschimmelt, wo viele Blätter nur noch in Bruchstücken vorhanden waren und mir unter den Händen zerfielen. Es war also leicht zu entfernen, und darunter befand sich nur noch eine feste und vergleichsweise neue Schnur – ein eingeflochtener, roter Faden verriet, daß sie aus alten Marinebeständen stammte.

Ich streifte beides ab und nahm auch das lederne Deckblatt ab, das ganz oben lag. Darunter kamen die ersten Pergamentblätter zum Vorschein. Sie waren eng, sehr eng in sogenannter ›Fraktur‹ beschrieben, aber die Tinte war so stark verblaßt, daß ich, selbst wenn ich imstande gewesen wäre, Fraktur zu lesen, was nicht der Fall ist, nicht das geringste hätte entziffern können. Es war aussichtslos. Gewiß lag in dieser Schrift die Lösung des Rätsels verborgen, aber sie war nicht zu entschlüsseln, nicht von mir, nicht von irgend jemandem sonst. Die Dame mit den Rehaugen war dem alten Potts vergeblich erschienen; vergeblich hatte sie ihm befohlen, das Manuskript in meine Hände zu geben.

So dachte ich damals, bevor ich entdeckte, wozu die Naturwissenschaften imstande sind. Dennoch brachte ich das dicke Bündel zu einem hochgelehrten Freund, der seinen Lebensunterhalt mit dem Verkauf und der Entzifferung alter Handschriften verdiente.

»Viel Hoffnung habe ich nicht«, sagte er, nachdem er sich meinen Fund angesehen hatte. »Aber ein Versuch kann nicht schaden; sicher kann man erst sein, wenn man alles ausprobiert hat.«

Dann holte er aus einem Schrank in seinem Archiv eine Flasche mit einer strohgelben Flüssigkeit, tauchte einen gewöhnlichen Malpinsel ein, strich damit ein paarmal über die ersten Zeilen und wartete. Schon nach einer Minute färbte sich die blasse, kaum erkennbare Schrift vor meinen staunenden Augen kohlschwarz, so schwarz, als sei sie erst gestern mit der besten Tinte der Neuzeit geschrieben worden.

»Ausgezeichnet«, rief er triumphierend, »es ist pflanzliche Tinte, und dieses Zeug ist imstande, sie so deutlich sichtbar zu machen wie am ersten Tag. Die Wirkung hält zwei Wochen an, dann wird die Schrift wieder verblassen. Dein Manuskript ist ziemlich alt, mein Freund, etwa aus der Zeit Richards II., würde ich sagen, aber ich kann es ohne weiteres lesen. Es beginnt so: ›Ich, Hubert de Hastings, schreibe diese Zeilen im Lande Tavantinsuyu, fern von England, wo ich geboren wurde, wohin ich jedoch nie wieder zurückkehren werde. Denn wie mir die Runen auf dem Schwert meines Ahnherrn Thorgrimmer, das mir meine Mutter am Tag der Brandschatzung von Hastings durch die Franzosen gab, einst prophezeiten, bin ich ein ruheloser Wanderer‹, und so weiter, und so fort.« Er hielt inne.

»Lies doch um Himmels willen weiter«, flehte ich.

»Mein lieber Freund«, antwortete er. »Nach meiner Schätzung stecken in dieser Handschrift etliche Monate Arbeit, und nimm es mir nicht übel, aber normalerweise werde ich für meine Zeit bezahlt. Immerhin kann ich dir sagen, was du zu tun hast. Der ganze Stapel muß Blatt für Blatt präpariert werden, und sobald sich die Schrift schwarz färbt, mußt du sie photographieren lassen, bevor sie wieder verblaßt. Dann mußt du einen Spezialisten beauftragen – als erste fallen mir dazu die Namen Soundso und Soundso ein –, sie, ebenfalls Blatt für Blatt, zu entziffern. Das wird dich eine schöne Stange Geld kosten, aber ich denke, es lohnt sich. Wo, zum Teufel, ist oder war eigentlich das Land Tavantinsuyu?«

»Das kann ich dir sagen«, antwortete ich, hocherfreut, mich meinem gelehrten Freund wenigstens einmal überlegen zeigen zu können. »Tavantinsuyu nannten die Eingeborenen das Reich Peru vor der Invasion der Spanier. Aber wie ist dieser Hubert zur Zeit Richard II. dort hingekommen? Das war doch mehrere hundert Jahre, bevor Pizarro an dieser Küste landete.«

»Geh und finde es heraus«, riet er mir. »Damit bist du eine Weile beschäftigt, und womöglich bringt dir das Ergebnis sogar die Kosten für die Entzifferung wieder herein, immer vorausgesetzt, es lohnt eine Veröffentlichung. Ich rechne allerdings nicht damit; ich habe schon so viele alte Handschriften gelesen, und bei den meisten habe ich mich zu Tode gelangweilt.«

* * *

Ich tat, wie er mir geraten hatte, wobei ich über die Kosten lieber schweige, und nun liegt das Ergebnis vor. Die Sprache wurde mehr oder weniger dem modernen Gebrauch angepaßt, befleißigte Hubert von Hastings sich doch oft einer recht eigenartigen und archaischen Ausdrucksweise. Auch verwendete er gelegentlich indianische Worte, so als habe er die Sprache der Peruaner beziehungsweise den Dialekt der Chanca so lange gesprochen, daß er allmählich seine eigene darüber vergaß. Ich für mein Teil finde die Geschichte sehr interessant und sehr romantisch und kann nur hoffen, daß andere sich meiner Meinung anschließen. Doch jeder urteile selbst.

Zu gerne wüßte ich freilich Genaueres über den Ausgang. Zum Teil wird darüber gewiß auf den zerstörten Seiten berichtet, doch eine Schilderung der großen Schlacht, in der Hubert fiel, kann es natürlich nicht geben. Selbst wenn ich davon ausgehe, daß Quilla die Schlacht und ihn überlebte, so konnte sie doch nicht schreiben, und schon gar nicht auf englisch.

Den einzigen Hinweis auf das Ende gibt der Traum, die Vision des alten Potts, und wer glaubt schon an Träume oder Visionen?

BUCH EINS

KAPITEL I

Das Schwert und der Ring

Ich, Hubert de Hastings, schreibe diese Zeilen im Lande Tavantinsuyu, fern von England, wo ich geboren wurde, wohin ich jedoch nie wieder zurückkehren werde. Denn wie mir die Runen auf dem Schwert meines Ahnherrn Thorgrimmer, das mir meine Mutter am Tag der Brandschatzung von Hastings durch die Franzosen gab, einst prophezeiten, bin ich ein ruheloser Wanderer. Ich schreibe mit einer Feder, die ich mir aus der Schwungfeder eines großen Bergadlers gefertigt habe, mit Tinte aus den Säften gewisser Kräuter, die ich entdeckte, und auf Pergament aus den Häuten einheimischer Schafe, wobei mir letzteres wohl nicht allzu gut gelungen ist, obwohl ich den Meistern dieser Kunst oft zugesehen habe, als ich noch als Kaufmann im Cheap in der großen Stadt London lebte.

Doch beginnen wir am Anfang.

Ich wurde in der alten Stadt Hastings als Sohn eines Fischers geboren und betätigte mich dort zunächst als Händler. Als mein Vater auf einer seiner Fahrten ertrank, übernahm ich, sein einziges Kind, das Fischerboot. Eines schönen Tages fuhr ich mit zweien meiner Knechte zum Fischfang aus. Ich war damals ein durchaus ansehnlicher, junger Mann von dreiundzwanzig Jahren. Das blonde Haar fiel mir in Locken über die Schultern. Meine weit auseinanderstehenden Augen sind auch heute noch groß und blau, wiewohl sie unter der heißen Sonne dieses Landes dunkler geworden sind und tiefer in den Höhlen liegen. Meine Nase war groß und breit, und der Mund war ebenfalls etwas zu groß geraten, wobei meine Mutter – und nicht nur sie – ihn für wohlgeformt hielt. Groß war eigentlich alles an mir, auch wenn ich eher untersetzt als hochgewachsen war. Ich hatte einen breiten Brustkorb und einen ungewöhnlich kräftigen Rumpf und war sehr stark; so stark, daß mich damals, als junger Mann, kaum jemand umwerfen konnte.

Ansonsten hatte ich, der ich heute so tiefbraun und wettergegerbt bin, daß man mich, wenn mein Haar und mein Bart nicht wären, selbst aus der Nähe für einen der eingeborenen Indianerhäuptlinge halten könnte, so freundlich rote Wangen wie einst König David, außerdem war ich von so robuster Gesundheit, daß ich bis dahin noch keinen Tag meines Lebens krank gewesen war, und von jener Unbeschwertheit, die oft mit körperlichem Wohlbefinden einhergeht. Auch sehe ich keinen Grund zu verschweigen, daß ich kein Dummkopf war, sondern einer von den Menschen, die das, was sie sich ernsthaft vornehmen, auch erreichen. Ein Dummkopf wäre heute nicht Herrscher über ein großes Volk und Gemahl einer Königin; er wäre, ganz im Gegenteil, längst nicht mehr am Leben.

Doch damit genug von mir und meinem Äußeren in jenen Jahren, die mir heute so fern scheinen, als hätte ich sie nur im Traum erlebt.

Ich und meine Knechte, Seeleute alle beide, genau wie ich und die meisten Bewohner von Hastings, stachen also eines schönen Sommerabends mit dem Vorsatz in See, die ganze Nacht zu fischen und erst im Morgengrauen zurückzukehren. Als wir die ins Auge gefaßten Fischgründe erreicht hatten, warfen wir das Netz aus. Das Glück war uns hold, und schon gegen drei Uhr früh war das große Boot voll mit Fischen aller Art. So reiche Beute hatten wir noch nie gemacht.

Wenn ich jedoch heute, fern der Heimat, an jenen Fang zurückdenke – und ich erinnere mich an jede noch so unbedeutende Kleinigkeit aus meinen Jugendtagen, bevor mein ruheloses Wanderleben begann –, so erscheint er mir wie ein Omen. Denn sollte mich dieses

Schicksal nicht durch mein ganzes weiteres Leben verfolgen? Immer wieder lächelte mir das Glück, immer wieder erwarb ich großen Reichtum, nur um ihn wie einst jenen reichen Fischfang auf einen Schlag wieder zu verlieren.

Auch heute, da ich dies schreibe, bin ich wieder ein wohlhabender Mann, ich lebe im Überfluß, ich werde geliebt, ich habe große Macht und mehr Gold, als ich zählen kann. Wo ich erscheine, begrüßen mich meine Heerscharen, die mich noch immer wie einen Halbgott verehren, nach Art der Heiden mit Luftküssen und lautem Geschrei. Meine liebreizende Königin verneigt sich vor mir, und die Frauen meines Hofstaats werfen sich in den Staub. Die Bewohner der Goldenen Stadt drehen sich mit den Gesichtern zur Wand, die Kinder halten sich die Hände vor die Augen, um nicht von meinem Glanze geblendet zu werden, und die jungen Mädchen streuen Blumen auf meinen Weg. Ich gebiete über Leben und Tod, und das kleinste Wort aus meinem Mund ist wie ein Spruch des Himmels. Vieles ist mein, all die Insignien der Macht, all die Privilegien des Gottes-aus-dem-Meer, der dem Volk der Chanca den Sieg brachte und es zurückführte in seine alte Heimat, wo es, vor dem Zorn des Inka geschützt, in Frieden leben konnte.

Doch wenn ich in all meiner Pracht allein auf dem Dach des alten Palastes sitze oder im Sternenschein durch die Gärten wandle, rufe ich mir oft jenen großen Fischfang vor Englands Küste ins Gedächtnis zurück und was danach folgte. Ich denke an meinen Wohlstand, an mein Dasein als einer der reichsten Kaufleute der Stadt London, und was danach folgte. Ich denke daran, wie ich Blanche Aleys eroberte, die doch im Rang so hoch über mir stand, und was danach folgte. Und dann wird mir angst und bange, und ich überlege mir, was wohl auf jene Stunde voller Frieden und Glück noch folgen mag.

Mit Sicherheit nur eines, und das ist der Tod. Vielleicht läßt er sich noch Zeit, vielleicht kommt er schon bald. Erst gestern berichteten mir meine Spione von neuen Gerüchten. Demnach sammelt Kari Upanqui, der Inka von Tavantinsuyu, der mich einst liebte wie ein Bruder, während er mich heute haßt, weil ich eine Jungfrau der Sonne zur Frau nahm und er sich von abergläubischen Ängsten beherrschen läßt, ein großes Heer, um den Chanca in das Land zu folgen, in das wir uns vor vielen Jahren vor der Tyrannei des Inka flüchteten, und uns hier in unserer Goldenen Stadt zu überfallen. Dieses Heer, so das Gerücht weiter, kann sich erst im nächsten Jahr in Marsch setzen und wird danach ein weiteres Jahr unterwegs sein. Doch wie ich Kari kenne, *wird* es sich in Marsch setzen, und es *wird* auch hier eintreffen. Und dann wird mir nichts anderes übrig bleiben, dann muß ich das Chanca-Heer wie schon einmal in die Berge und in eine große Schlacht führen.

Vielleicht ist es mir bestimmt, in dieser Schlacht zu fallen. Denn sagen nicht die Runen auf Wogenlohe, dem Schwert meines Ahnherrn Thorgrimmer, über jeden, der diese Waffe schwingt:

Siegreich und doch besiegt fällt er alldort
Schläft mit mir fern der Heimat fort und fort.

Doch was kümmert es mich, besiegt zu werden, solange die Chanca siegen? Von Karis Hand zu fallen, wäre ein schöner, ein sauberer Tod, wenn ich nur wüßte, daß auch Kari und seine Scharen dabei zugrundegehen, und dafür werde ich sorgen, das schwöre ich bei St. Hubert. Dann könnten wenigstens Quilla und ihre Kinder unbehelligt und in Frieden weiterleben, denn andere Feinde hätten sie nicht zu fürchten.

Der Tod, was ist schon der Tod? Ich sage, er ist unser aller Hoffnung, und am meisten gilt das für den heimatlosen Wanderer. Im besten Fall bringt er die ewige

Seligkeit; im schlimmsten Fall den ewigen Schlaf. Und außerdem, bin ich denn so glücklich, daß ich den Tod zu fürchten hätte? Quilla kann nicht lesen, was ich schreibe, und so will ich ehrlich antworten. Nein, ich bin es nicht. Ich bin ein Christenmensch, doch sie und die Ihren, ja, auch meine eigenen Kinder, verehren den Mond und seine himmlischen Heerscharen. Meine Haut ist weiß, die ihre ist kupferbraun, auch wenn ich zugeben muß, daß meine kleine Tochter Gudruda, die ich nach meiner Mutter benannt habe, fast weiß zu nennen ist. Sie tragen Geheimnisse in ihren Herzen, die ich niemals erfahren werde, und mein Herz birgt Geheimnisse, deren Schleier sie niemals zu lüften vermögen, weil wir verschiedenen Blutes sind. Dennoch sind sie mir lieb, Gott weiß es, und am teuersten ist mir Quilla, die edelste aller Frauen.

Die Wahrheit ist jedoch, daß der Mensch hier auf Erden das vollkommene Glück nicht finden kann.

Die Gerüchte um Kari und sein Kommen haben mich endlich bewogen, einen Plan in Angriff zu nehmen, den ich schon seit langem mit mir herumtrage. Ich will niederschreiben, was ich, zuerst in England und dann in diesem Land erlebte, wo ich über Jahrhunderte der erste und einzige Weiße bin. Ein törichtes Vorhaben, möchte man meinen, denn wer soll lesen, was ich geschrieben habe, und was soll mit meinen Aufzeichnungen geschehen? Ich werde Anweisung geben, sie mir unter die Füße zu legen, wenn man mich begräbt, doch wer soll mein Grabmal jemals finden? Doch das soll mich nicht abhalten, denn mein Herz drängt mich zur Niederschrift.

* * *

Ich kehre zurück in die ferne Vergangenheit. Sowie unser Boot voll war, setzten wir frohen Herzens die Segel und nahmen bei schwachem Wind Kurs auf

Hastings. Noch war der Tag kaum angebrochen, und ringsum herrschte dichter Nebel, doch war die auflandige Brise so stark, daß wir gute Fahrt machten. Plötzlich hörten wir Laute, es klang wie Männerstimmen, und etwas klirrte wie ein Flaschenzug. Dann zerriß der Wind für einen Moment den grauen Schleier, und wir sahen, daß wir uns mitten in einer großen Flotte befanden. Es war eine französische Flotte, denn Frankreichs Lilien flatterten von den Mastspitzen, und die Schiffe hatten den Bug gen Hastings gerichtet. Im Augenblick hing sie freilich fest, denn der Wind reichte zwar aus, um unser leichtes Fischerboot mit den großen Segeln zu bewegen, war aber gegen diese massigen Kolosse machtlos. Und man hatte uns auch bereits entdeckt, denn vom nächsten Schiff schrien die Krieger uns Drohungen und Verwünschungen zu und schossen mit Pfeilen auf uns. Es fehlte nicht viel, und sie hätten uns getroffen.

Dann schloß sich die Nebelwand wieder und half uns, der französischen Flotte mit heiler Haut zu entkommen.

Eine Stunde später erreichten wir Hastings. Ich sprang an Land, bevor das Boot noch an der Mole festgemacht hatte, und rief:

»Wacht auf! Wacht auf! Die Franzosen kommen! Zu den Waffen! Wir sind im Nebel durch eine ganze Flotte gefahren.«

Der Kai erwachte schlagartig zum Leben. Vom nahegelegenen Fischmarkt, von überallher kamen Seeleute und anderes Volk gelaufen, Kinder rannten mit offenem Mund hinterher, und die Frauen tauchten aus den Häusern auf wie verschreckte Kaninchen, die man aus ihren Bau getrieben hatte, und machten ängstliche Gesichter. Im Nu war ich von Menschen umringt, und alle redeten so aufgeregt durcheinander, daß ich nur meine Warnung wiederholen konnte:

»Wacht auf! Die Franzosen kommen. Zu den Waffen, sage ich. Zu den Waffen!«

Nach einer Weile drängte sich ein alter Mann mit weißem Bart durch die Menge. Er trug ein Abzeichen und rief immer wieder: »Macht Platz für den Friedensrichter!«

Folgsam bildete die Menge eine Gasse, und bald standen wir einander gegenüber.

»Was gibt es, Hubert von Hastings?« fragte er. »Was schreist du so? Es ist doch kein Brand ausgebrochen?«

»Doch, Euer Ehren!« antwortete ich. »Uns drohen Brand und Mord und alles, womit Frankreich die Engländer sonst noch zu beglücken pflegt. Die französische Flotte steuert mit mehr als fünfzig Schiffen auf Hastings zu. Wir konnten uns im Nebel zwischen ihnen hindurchschleichen, der Wind, der für sie viel zu schwach war, hat uns gute Dienste geleistet. Von ein paar Pfeilschüssen abgesehen, haben sie unser Fischerboot nicht weiter beachtet.«

»Wo kommen sie her?« fragte der Friedensrichter verwirrt.

»Das weiß ich nicht, aber wir haben im Nebel ein anderes Boot passiert, und von dort rief man uns zu, die Franzosen plünderten die Küste und nähmen Kurs auf Hastings, um es mit Feuer und Schwert zu vernichten. Dann war das Boot plötzlich verschwunden, und so kann ich Euch nicht mehr sagen, als daß die Franzosen in einer Stunde hier sein werden.«

Der Friedensrichter vergeudete keine Zeit mit weiteren Fragen, sondern drehte sich um und rannte zur Stadt zurück. Kurz darauf wurden von den Türmen der Allerheiligenkirche und der St. Clement-Kirche die Sturmglocken geläutet, und Ausrufer forderten alle Männer auf, sich auf dem Marktplatz zu versammeln. Auch ich machte mich, nicht ohne einen bedauernden Blick auf mein Boot und den reichen Fang, mit meinen beiden Männern auf den Weg in die Stadt.

Bald kam ein altes Fachwerkhaus in Sicht, ein großes, langgestrecktes, aber niedriges Gebäude mit einem Hof voller Fässer, Anker, Taue und anderem Schiffszubehör, den Waren, mit denen ich Handel trieb.

Auf dieses Haus rannte ich, Hubert, nun zu. Ich war in tausend Ängsten, wenn auch nicht um mich, und in heller Aufregung, doch das versteht sich bei einem jungen Mann in meinem Alter kurz vor seiner ersten Schlacht wohl von selbst. Vor der Tür stand eine große Ulme, der man die unteren Äste abgeschnitten hatte, um mehr Licht durch die Fenster dringen zu lassen. Hier blieb ich kurz stehen. Diese Ulme ist mir zum einen deshalb in lebhafter Erinnerung geblieben, weil in meiner Kindheit in einem ihrer Astlöcher die Stare nisteten und ich einen der Jungvögel in einem Weidenkäfig großzog, ihn das Sprechen lehrte und ihn viele Jahre bei mir behielt. Er war so zahm, daß ich ihn auf der Schulter mitnehmen konnte, doch irgendwann wurde er draußen vor der Stadt von einer Katze erschreckt, er flog auf, und bevor ich ihn wieder einfangen konnte, wurde er von einem Falken geschlagen, den ich hinterher zur Strafe mit einem Pfeil erschoß.

Zum anderen ist sie mir unvergeßlich, weil ich gerade an jenem Morgen ihr üppig grünes Laub bewundert hatte. Als ich sie am nächsten Tag nach dem großen Brand wiedersah, war sie schwarz und versengt, und die schönen Blätter waren in der Hitze verdorrt. Dieser Kontrast hat sich in mein Gedächtnis eingebrannt, und jedesmal, wenn ich erleben muß, wie sich das Glück wendet und der Wohlstand zusammenbricht, muß ich an die alte Ulme denken. Denn an solch kleinen Dingen, an eigenen Erlebnissen also, und nicht an den Erzählungen oder Berichten anderer, messen wir die Ereignisse.

Daß ich so schnell zu diesem Haus gelaufen war, um dann an der Ulme stehenzubleiben, hatte seinen Grund. Hier lebte nämlich meine verwitwete Mutter, und seit ich wußte, daß es die Franzosen auf uns abgesehen hatten – ein Irrtum war nicht möglich, denn einer ihrer

Pfeile, vielleicht auch der Bolzen einer Armbrust war da draußen auf See um Haaresbreite an meinem Hinterkopf vorbeigepfiffen –, war mein erstes Anliegen, sie in Sicherheit zu bringen. Das war nicht leicht, denn sie war alt und schwach. Doch kaum weniger wichtig war es mir, und deshalb war ich neben dem Baum stehengeblieben, ihr die Nachricht beizubringen, ohne sie allzu sehr zu ängstigen. Nachdem ich darüber eine Weile nachgedacht hatte, ging ich ins Haus.

Die Tür führte direkt ins Wohnzimmer, einen Raum mit niedriger Decke und schweren Eichenbalken. Meine Mutter kniete vor dem Tisch, der für das Frühstück gedeckt war – es gab gebratene Heringe, kaltes Fleisch und einen Krug Bier –, um wie gewohnt ihr Morgengebet zu sprechen, sie war nämlich sehr fromm. Allerdings waren die Gebete andere geworden, seit sie sich einem Prediger namens Wycliffe angeschlossen hatte, der die Kirche in jenen Tagen aufs heftigste beunruhigte. Nun war sie offenbar beim Beten eingeschlafen, und ich zögerte, sie zu wecken, und betrachtete sie statt dessen eine Weile. Dabei fiel mir sogar in diesem Moment noch auf, daß sie trotz ihres Alters – ich war erst nach mehr als zwanzigjähriger Ehe zur Welt gekommen – eine schöne Frau war. Sie hatte weißes Haar, und ihre feinen Züge verrieten, daß sie edles Blut in den Adern hatte, sie kam nämlich aus einer besseren Familie als mein Vater und hatte sich mit ihren Verwandten entzweit, um ihn heiraten zu können.

Beim Klang meiner Schritte erwachte sie und sah mich an.

»Wie seltsam«, sagte sie. »Da schlafe ich nun beim Beten ein, während ich vergangene Nacht kaum ein Auge zugetan habe. Das wird allmählich zur Gewohnheit, wenn du zum Fischen ausfährst, Gott möge mir vergeben. Jedenfalls träumte mir, uns dräue Unheil. Schelte mich nicht, Hubert, wenn einem das Meer den Mann und zwei Söhne geraubt hat, ist es nicht verwunderlich, wenn man sich um den letzten Sproß ängstigt. Hilf mir aufstehen, mein Junge, das Wasser macht mir schon wieder die Beine schwer. Der Bader sagt, eines Tages wird es bis zum Herzen steigen, und dann ist alles aus.«

Ich gehorchte, hob sie auf und küßte sie auf die Stirn. Erst als sie in ihrem Lehnstuhl am Tisch saß, sagte ich:

»Du hast nur allzu wahr geträumt, Mutter. Uns dräut in der Tat Unheil. Hör nur! Die Glocken von St. Clement verkünden es schon. Die Franzosen sind auf dem Weg nach Hastings. Es gibt keinen Zweifel, bin ich doch bei Tagesanbruch mitten durch ihre Flotte gesegelt.«

»Das ist es also?« fragte sie leise. »Ich habe Schlimmeres befürchtet. Ich dachte, der Traum wolle mir sagen, du hättest dich zu deinen Brüdern auf den Meeresgrund gesellt. Nun, noch sind die Franzosen nicht hier, du aber gottlob schon. Und deshalb iß und trink, denn wir Engländer kämpfen immer noch am besten mit vollem Magen.«

Wieder gehorchte ich – war ich doch nach der langen Nacht sehr hungrig und verlangte nach Essen und Bier – doch während ich noch kaute, hörten wir draußen Stimmen und hastige Schritte.

»Du kannst es sicher kaum erwarten, Hubert, mit den anderen zum Kai zu gehen und mit deinem großen Bogen ein paar Franzosen zur Hölle zu schicken?« erkundigte sie sich.

»Nein«, gab ich zurück. »Es ist mir sehr viel wichtiger, dich aus der Stadt zu bringen, denn ich befürchte, daß die Franzosen alles niederbrennen werden. Doch drüben in der Höhle am Minnes-Felsen wärst du, denke ich, in Sicherheit, Mutter.«

»Von meinen Vorfahren weiß ich, Hubert, daß es nie die Art der Frauen aus dem Norden war, nur um des eigenen Schutzes willen die Männer zurückzuhalten, wenn die Pflicht sie rief. Ich bin schwer und meine Glieder sind schwach, ich kann nicht klettern, und ich kann mich auch nicht den Hügel hinauf und in deine Höhle tragen lassen. Hier habe ich fünfundvierzig Jahre gelebt, und hier bleibe ich. Mein Leben liegt in Gottes Hand. Tu du nur deine Pflicht. Steh deinen Mann. Rufe die Mädchen und schicke sie landeinwärts Richtung Burwash, wo ihre Familien leben. Sie sind jung und gut zu Fuß, kein Franzose wird sie einholen.«

Ich rief die beiden jungen Dinger, die totenbleich aus dem Fenster ihrer Dachkammer schauten. Drei Minuten später waren sie fort, wobei ich nicht verschweigen will, daß eine von ihnen tapfer genug war, bei ihrer Herrin bleiben zu wollen.

Ich sah ihnen noch nach, als sie mit den anderen Flüchtlingen, die Hastings in Scharen verließen, die Straße hinunterliefen, dann kehrte ich zu meiner Mutter zurück. In diesem Moment verriet mir ein lauter Schrei, daß die französische Flotte gesichtet worden war.

»Hubert«, sagte meine Mutter, »nimm diesen Schlüssel und öffne damit die Eichentruhe in meinem Schlafgemach. Lege das Linnen beiseite und bring mir das Stoffbündel, das darunter liegt.«

Ich tat, wie mir geheißen, und kehrte mit dem langen, schmalen Paket zurück. Meine Mutter zerschnitt mit einem Messer die Schnur, die es zusammenhielt. Zum Vorschein kamen ein Beutel mit Geld und ein Schwert in einer uralten Scheide. Die Scheide war mit einem rauhem Leder bezogen, das ich für Haifischhaut hielt, und stellenweise mit Goldintarsien verziert.

»Zieh es heraus«, sagte meine Mutter.

Ich tat auch das, und dann hielt ich eine zweischneidige Klinge aus blauem Stahl in der Hand, wie ich sie noch nie zuvor gesehen hatte. Seltsame Zeichen waren darauf eingraviert, aus denen ich nicht klug wurde, obwohl ich doch als Kind bei den Mönchen Unterricht erhalten hatte und des Lesens und Schreibens kundig war. Der kreuzförmige Griff war mit Gold eingelegt und hatte einen großen Knauf, einen Apfel aus Bernstein, der vom vielen Gebrauch ganz blankgewetzt war. Es war eine wunderschöne Waffe, die herrlich in der Hand lag. »Was hat es mit diesem Schwert auf sich?« fragte ich.

»Folgendes, mein Sohn. Es wurde zusammen mit deinem schwarzen Bogen …« – sie zeigte auf den Kasten, der am Tisch lehnte – »in meiner Familie über viele Generationen weitervererbt. Mein Vater erzählte mir, das Schwert habe einst seinem Ahnherrn gehört, einem gewissen Thorgrimmer, einem Nordmann oder Wikinger, wie er sagte, der noch vor der Zeit der Normannen mit den damaligen Eroberern nach England kam. Ich glaubte ihm das wohl, denn mein Vater hieß, genau wie ich vor meiner Heirat, Grimmer. Auch das Schwert hat einen Namen, man nennt es Wogenlohe. Der Sage nach hat Thorgrimmer damit große Taten vollbracht und in zahlreichen Schlachten zu Land und zu Wasser nach Art der Heiden viele Feinde damit erschlagen. Denn er war ein ruheloser Wanderer und soll einst in ein neues Land jenseits des großen Meeres gesegelt und erst nach vielen Abenteuern wieder nach Hause zurückgelangt sein, um schließlich hier in England bei einer Schlägerei ums Leben zu kommen. Mehr weiß ich nicht darüber. Nur eins noch: ein gelehrter Mann aus dem Norden hat dem Vater meines Vaters die Schrift auf dem Schwert einst gedeutet, und danach besagt sie folgendes:

Wer Wogenlohe schwingt in großer Not,
der wird geliebt im Leben und stirbt den Heldentod.
Auf stürmischen Meeren suchet er sein Glück
Kommt aus der Fremde nimmermehr zurück.
Siegreich und doch besiegt fällt er alldort
Schläft mit mir fern der Heimat fort und fort.

Das waren die Worte, sie waren leicht zu merken, weil sie sich reimten, und weil Thorgrimmer offenbar genau dieses Schicksal widerfahren ist. Sein Enkel hat das Schwert aus seinem Grab genommen.«

Ich hätte gern noch nach dem Enkel und dem Grab gefragt, doch die Zeit drängte, und so schwieg ich.

»Mein ganzes Leben lang habe ich dieses Schwert bewahrt«, fuhr meine Mutter fort. »Weder deinem Vater, noch deinen Brüdern wollte ich es geben, aus Angst, sie könnten das Schicksal erleiden, das auf der Klinge prophezeit wird. Die alten Zauberer des Nordens, die solche Waffen einst mit viel Mühe und ebensoviel Geschick schmiedeten, konnten nämlich in die Zukunft sehen – auch ich kann das bisweilen, es liegt mir wohl im Blut. Doch jetzt heißt mich eine innere Stimme, es dir anzuvertrauen, Hubert. Nimm es, geh, wohin die Lohe dich führt, und füge dich in dein Schicksal, wie immer es auch aussehen mag. Ich bin sicher, du wirst die Klinge nicht schlechter zu gebrauchen wissen als einst der alte Thorgrimmer.«

Sie hielt kurz inne, dann fuhr sie fort:

»Hubert, wir sehen uns heute vielleicht zum letzten Mal, denn ich glaube, meine Stunde ist nahe. Doch das soll dich nicht betrüben, ich freue mich schon, all denen wiederzubegegnen, die mir vorangegangen sind, und anderen dazu. Am Ende treffe ich sogar Thorgrimmer selbst. Nun merk gut auf, mein Junge. Sollte mir oder diesem Hause etwas zustoßen, so bleibe nicht hier. Geh nach London und suche meinen Bruder John Grimmer auf, einen reichen Kaufmann und Goldschmied, der an einem Orte namens Cheap wohnt. Er kannte dich als Kind und hatte dich gern, und er wird dich um unser beider willen freudig willkommenheißen, hat er doch keine eigenen Nachkommen. Mein Vater wollte ihm das Schwert nicht geben, um zu verhindern, daß ihn das Schicksal träfe, aber wenn einer der Unseren mit der Waffe in den Händen zu ihm kommt, kann er eines herzlichen Empfanges gewiß sein. So nimm es denn, und nimm auch den Beutel Goldes, er mag dir noch gute Dienste leisten.

Dann ist da noch dieser Ring. Er wurde der Sage nach zusammen mit dem Schwert und dem Bogen vererbt und soll einst wie das Schwert eine Schrift getragen haben, doch die ist längst verblaßt. Nimm ihn und trage ihn, vielleicht kannst du ihn eines Tages genauso weitergeben, wie ich es heute tu.«

Ich war sehr erstaunt, denn meine Mutter war eine sehr verschlossene Frau und hatte mir bis zu dieser Stunde von alledem nichts erzählt. Doch steckte ich mir den Ring gleich an den Finger.

»Ich gab ihn einst am Tag unserer Verlobung deinem Vater«, fuhr meine Mutter fort, »und nahm ihn seiner Leiche wieder ab, nachdem man sie aus dem Meer gefischt hatte. Nun soll er dir gehören, denn bald wirst du alles sein, was von uns beiden noch übrig ist.

Horch!« fuhr sie fort. »Der Herold ruft alle Männer mit ihren Waffen zum Kampf gegen Englands Feinde auf den Marktplatz. Deshalb nur noch ein Wort, während ich dich mit dem Schwert Wogenlohe gürte, wie es wohl einst auch die Frauen deines Ahnherren Thorgrimmer taten. Ich segne dich, Hubert. Nimm dir ein Beispiel an Thorgrimmer, denn wir Frauen von nordischem Blute halten unsere Liebsten und unsere Söhne nicht zurück, wenn die Schwerter klirren und die Pfeile fliegen. Aber sei auch ein Christ und vergiß nicht: so lange du auch lebst, so lange die Walküren dich auch verschonen, zuletzt mußt du doch sterben und Rechenschaft ablegen für deine Taten.

Hubert, du bist ein Mann, wie ihn die Frauen lieben, und ich fürchte, auch du wirst ihnen zugetan sein, denn diese Schwäche geht mit Stärke und Manneskraft einher, das ist Naturgesetz. Nimm dich in acht vor den Weibern, Hubert; laß dich nur mit solchen ein, die nicht falsch sind, und die treueste von allen halte fest.

Ja, du wirst weit herumkommen in der Welt, ich lese es in deinen Augen, doch dein Herz soll englisch bleiben. Küß mich, und dann geh! Junge, du wirst mir doch nicht deine Pfeile und das Stierlederwams vergessen, das dein Vater einst trug? Beides wirst du heute dringend brauchen. Leb wohl, leb wohl! Gott und sein Christus seien mit dir – mögen deine Pfeile ins Ziel treffen, möge dein Schwert tiefe Wunden schlagen. Nein, keine Tränen, ich brauche einen klaren Blick, denn ich will in die Dachkammer hinaufsteigen und zusehen, wie du kämpfst.«

KAPITEL II

Lady Blanche

Ich ließ meine Mutter nur schweren Herzens zurück, denn ich erinnerte mich, obwohl ich damals noch ein kleiner Junge gewesen war, wie sie den Tod meines Vaters und meiner Brüder vorausgesehen hatte, und fürchtete nun, sie habe auch ihre eigene Zukunft geschaut. Ich liebte meine Mutter. Gewiß, sie war eine strenge Frau, die nicht zu Zärtlichkeiten neigte, das lag wohl an ihrer Herkunft, aber sie hatte ein tapferes Herz, und ihre letzten Worte hätten edler nicht sein können. Doch zugleich freute ich mich wie jeder junge Mann über das herrliche Schwert, das ich soeben bekommen hatte. Thorgrimmer hatte es einst geschwungen, der große Seefahrer, dessen Blut in meinen Adern floß, und ich hoffte, daß ich an diesem Tag Gelegenheit bekommen würde, die Waffe ebenso wirkungsvoll einzusetzen wie mein Ahnherr in jenen längst vergessenen Schlachten. Da ich mit einer lebhaften Phantasie gesegnet war, malte ich mir sogar aus, das Schwert könne spüren, daß es nach langem Schlaf nun wieder auferstanden sei, um Feindesblut zu trinken.

Noch etwas erfüllte mich mit Freude, und das war die Prophezeiung meiner Mutter, daß ich mein Leben noch vor mir hätte und nicht schon an diesem Tag von Franzosenhand fallen, und daß ich in diesem Leben viel Liebe erfahren sollte. Auf diesem Gebiet hatte ich, um ehrlich zu sein, bereits einige bescheidene Erfahrungen gemacht, war ich doch ein stattlicher Jüngling, und die Frauen liefen nicht vor mir davon, und wenn, dann blieben sie bald stehen. Ich wollte mein Leben auskosten, ich dürstete nach großen Abenteuern und nach der großen Liebe. Nicht ganz nach meinem Geschmack war lediglich die Anweisung, nach London zu gehen, um dort in der Werkstatt eines Goldschmieds herumzusitzen. Immerhin hatte ich gehört, daß es in London vieles zu sehen gebe, und daß die Stadt auf jeden Fall ganz anders sei als Hastings.

Auf der Straße vor unserem Haus herrschte großes Gedränge. Einige Männer waren schon auf dem Weg zum Marktplatz, und Frauen und Kinder hingen weinend an ihnen; die anderen – Greise, Frauen, junge Mädchen und Säuglinge – verließen die Stadt. Die beiden Seeleute, die mit mir auf dem Boot gewesen waren, erwarteten mich bereits. Jack Grieves und William Bull – so hießen sie – waren kräftige Burschen und standen schon seit meiner Kindheit in unseren Diensten. Beide waren sie gute Fischer und tüchtige Kämpfer; der eine, William Bull, hatte sogar an den Franzosenkriegen teilgenommen.

»Wir wußten, daß du mitkommen würdest, Herr, deshalb haben wir hier auf dich gewartet«, sagte William. Er war einst Bogenschütze gewesen und hatte sich mit Bogen und Kurzschwert bewaffnet, während Jack nur eine Axt und eins von den Messern mitgenommen hatte, die wir auf dem Boot zum Säubern der Fische verwendeten.

Ich nickte, und wir gingen weiter zum Marktplatz, wo sich eine gewaltige Schar von Männern zusammengefunden hatte, um Hastings und ihre Heimat zu verteidigen. Wir kamen nicht zu früh, denn schon waren die französischen Schiffe bis auf wenige Meter an den Strand herangekommen oder gar auf Grund gelaufen, da sie nur wenig Tiefgang hatten, und die Seeleute und die Krieger stiegen in kleine Boote um oder wateten an Land.

Auf dem Marktplatz herrschte ein heilloses Durcheinander. Wie in England üblich, hatte niemand Vorkehrungen für einen derartigen Überfall getroffen, obwohl dergleichen stets zu befürchten war.

Der Friedensrichter und einige andere rannten kopflos herum und brüllten irgendwelche Kommandos; aber da es keine richtigen Führer gab, tat schließlich jeder, was ihm gerade in den Sinn kam. Einige liefen zum Strand hinunter und schossen mit Pfeilen auf die Franzosen. Andere flüchteten in die Häuser, wieder andere standen unschlüssig da und warteten ab, weil sie nicht wußten, wohin. Ich und meine beiden Männer waren bei denen, die zum Strand gingen. Ich schoß mit meinem großen, schwarzen Bogen mehrere Pfeile ab und sah auch einen Mann fallen.

Wir richteten jedoch nur wenig aus, denn die Franzosen waren gut ausgebildete und gut geführte Soldaten und drängten uns zurück, sobald sie sich zu Kompanien formiert hatten und vorrückten. Ich hielt stand, solange ich es wagen konnte, zückte das Schwert Wogenlohe und focht mit einem Franzosen, der den anderen voraus war. Ich führte einen mächtigen Hieb gegen seinen Kopf, verfehlte ihn zwar, traf aber dafür seinen Arm und muß ihn wohl abgeschlagen haben, denn ich sah ihn zu Boden fallen. Doch dann stürmten andere auf mich los, und ich rannte um mein Leben.

Irgendwann kämpfte ich mich, verfolgt von den Franzosen, mit einer Schar von Hastings-Leuten den steilen Burgberg hinauf. Wir erreichten die Burg und drängten uns auch durch das Tor, aber das alte Fallgitter wollte sich nicht schließen, und die Mauern waren an mehreren Stellen eingebrochen. Etliche Frauen hatten hier oben Zuflucht gesucht, weil sie die Burg für sicher hielten, darunter auch eine adlige Maid von großer Schönheit, die ich vom Ansehen kannte. Ihr Vater war Sir Robert Aleys, damals Burgvogt der Burg Pevensey, wenn ich mich nicht irre, und sie hieß Lady Blanche. Ich hatte sogar schon einmal mit ihr gesprochen, doch würde es zu weit führen, genauer zu beschreiben, bei welchem Anlaß das geschehen war. Jedenfalls verstand sie ihre großen, blauen Augen sehr geschickt einzusetzen und hatte mir damit gehörig den Kopf verdreht. Sie war nicht nur schön und von großem Liebreiz, sondern auch sehr freundlich, außerdem hatte sie die sanfteste Stimme, die man sich denken konnte, und war überhaupt ganz anders als die Frauen, die ich kannte. Auch schien sie mir ganz und gar nicht hochmütig zu sein. Alsbald war freilich ihr Vater hinzugetreten, ein alter Ritter, der in unserer Gegend nicht gerade für seine Sanftmut berühmt war, aber dafür umso mehr für seine Liebe zum Gold. Er hatte barsch gefragt, was ihr denn einfiele, sich mit einem ungehobelten Fischer zu unterhalten, und war dann eilends mit ihr abgezogen. Das war vor einigen Monaten gewesen.

Nun traf ich sie hier in der Burg wieder, und sie war allem Anschein nach allein. Sie erkannte mich sofort, was mich erstaunte, kam zu mir gelaufen und bat mich, sie zu beschützen. Damit nicht genug, erzählte sie mir, der ich in höchster Eile war, eine lange Geschichte über ihren Vater, Sir Robert, und einen jungen Herrn namens Deleroy, der wohl irgendwie mit ihr verwandt war. Sie sei mit den beiden nach Hastings gekommen und habe hier die Nacht verbracht. Als sie versucht hätten, sich nach Pevensey durchzuschlagen, damit ihr Vater die Verteidigung der Burg vorbereiten könne, habe ihr Pferd gescheut und sei durchgegangen, und sie hätten sich in der Menge verloren. Schließlich hätten ein paar Männer sie am Arm gepackt und hierher in diese Burg gebracht, den angeblich sichersten Ort weit und breit.

»Und hier müßt Ihr auch bleiben, Lady Blanche«, fiel ich ihr ins Wort. »Haltet Euch an mich, ich werde mein Bestes tun, um Euch zu retten, und koste es auch mein Leben.«

Im folgenden wird sich zeigen, daß sie mir für den Rest dieses schrecklichen Tages tatsächlich nicht mehr von der Seite wich.

Von hier oben konnten wir beobachten, wie Hastings in Flammen aufging. Die Franzosen hatten an mehreren Stellen Feuer gelegt, und da alle Häuser aus Holz gebaut waren, brannten sie wie Zunder. Auch wurden wir Zeuge der gräßlichsten Raub- und Plünderungsszenen, wie man sie auch in unserer christlichen Welt immer wieder erleben kann, wenn ein erboster Feind über friedliche Angehörige eines anderen Volkes herfällt und die ihm hilflos ausgeliefert sind. In den Häusern verbrannten die Menschen; auf den Straßen wurden sie ermordet oder noch Schlimmeres. Ja, sogar die Kinder wurden niedergemetzelt, ich fand hinterher mehrere Leichen.

Nach einiger Zeit wurden wir gewahr, daß einige Franzosenkompanien im Schutz der Rauchschwaden gegen die Burg vorrückten. Alles in allem waren es vielleicht dreihundert Mann, und wir selbst zählten nicht mehr als fünfzig, waren zum Teil nur ungenügend bewaffnet und schleppten einen Troß aus alten Leuten und vielen Frauen und Kindern mit. Was aus den anderen Männern geworden war, weiß ich nicht. Man hatte von allen Seiten Befehle gehört, und die einen waren hierhin gelaufen, und die anderen dorthin. Vermutlich waren nicht wenige auch einfach geflohen, weil kein Anführer da war, um sie aufzuhalten.

Die Franzosen hatten den Burgberg erstiegen und schleppten nun dicke Baumstämme herbei, um unsere kaum befestigten Tore zu rammen. Wir konnten mit unseren Bogen einige von ihnen erschießen, doch sie hatten gute Rüstungen, und so prallten die meisten Pfeile ab. Auch hatten wir nicht viele Bogen, und außerdem ging, sobald wir uns zeigten, ein Regen von Armbrustbolzen und anderen Geschossen auf uns nieder, dem wir uns, ungepanzert, wie wir waren, nicht aussetzen durften. Eine ganze Reihe von uns wurden getötet oder verwundet. Dann hatten die Franzosen endlich das Osttor, das schwächste von allen, bezwungen und drangen dort und an einer zweiten Stelle ein, wo in der Mauer eine Bresche klaffte. Wir wehrten uns, so gut wir es vermochten; ich selbst streckte zwei der Feinde mit dem Schwert Wogenlohe nieder, wobei ich einem mit der guten Stahlklinge glatt den Helm durchschlug. Jack Grieves fiel an meiner Seite, er bekam einen Spieß in den Leib und forderte mich noch im Sterben auf, den Kampf für das alte England und die Stadt Hastings fortzusetzen. Danach sagte er noch etwas über Bier und hauchte sein Leben aus.

Die Überlebenden wurden schließlich zusammen mit den Frauen und Kindern aus der Burg vertrieben. Die mörderischen Franzosen töteten jeden Verwundeten, der sich nicht mehr auf den Beinen halten konnte, und hätten am liebsten alle jungen und hübschen Frauen zu Gefangenen genommen. Besonders hinter Lady Blanche waren sie her, denn sie sahen, daß sie schön und aus vornehmem Hause war. Doch das Glück kam mir zu Hilfe, und so konnte ich sie vor diesem Schicksal bewahren.

Wir waren unter den letzten, die die Burg verließen. Ich war jetzt richtig in Fahrt und gab mich nur ungern geschlagen, also kämpfte ich mit einigen anderen so lange, bis man uns aus dem Tor drängte. Lady Blanche hatte ich beschworen, mit den anderen Frauen vorauszulaufen, aber sie sträubte sich. Sie traue niemandem außer mir, sagte sie, und sie wolle lieber bleiben und mit mir sterben. Doch das hätte natürlich keinem von uns genützt.

So kam es, daß ein hochgewachsener, französischer Ritter, der ein Auge auf sie geworfen hatte, vor seinen Kameraden – sie waren erschöpft und hatten sich zurückgezogen, um sich auf halber Höhe neu zu formieren – den Burgberg heraufstürmte, sie um die Taille faßte und fortschleppen wollte. Ich stürzte mich auf ihn, und es kam zum Kampf. Anders als ich hatte er eine schöne Rüstung und einen Schild, aber dafür hatte ich mein Langschwert, während er sich mit einer Streitaxt begnügen mußte. Mir war klar, daß mein Leben verwirkt wäre, wenn er mit dieser Waffe auch nur einen einzigen Hieb landete – mein Stierlederwams hätte der Schneide niemals standgehalten. Ich durfte ihn also nicht zu nahe an mich herankommen lassen, und da ich jung und wendig war, gelang mir das auch recht gut, besonders, da er sich in seiner Rüstung nicht sehr schnell bewegen konnte. Schließlich fand mein Schwert eine Fuge seines Harnischs und verletzte ihn am Arm, worauf er einen gräßlichen, französischen Fluch ausstieß und auf mich losging.

Ich sprang zur Seite, und als er an mir vorüberkam, ließ ich mit aller Kraft die Klinge niedersausen und traf ihn, fast schon von hinten, zwischen Hals und Schulter. Wogenlohes Schneide war so scharf, daß sie die Rüstung durchschlug und sich ins Fleisch biß. Wahrscheinlich ging der Hieb durch bis zum Rückgrat, der Ritter stürzte jedenfalls sofort zu Boden – das Klirren seines Harnischs klingt mir noch heute in den Ohren – und regte sich nicht mehr. Ich rannte, in der einen Hand das blutige Schwert, an der anderen Lady Blanche, den steilen Pfad hinab. Ihre dankbaren Blicke taten mir wohl.

Bald waren wir wieder in der Stadt und in der Straße, in der mein Elternhaus stand. Zu beiden Seiten brannten die Häuser, und ein weiterer Franzosentrupp war uns auf den Fersen. Beißender Rauch drang uns in die Augen, und wir stolperten über die Toten und Sterbenden auf unserem Weg.

Zu meiner Linken erblickte ich die bereits erwähnte Ulme vor unserer Tür. Dahinter brannte unser Haus. Damit nicht genug, stand das Fenster der Dachkammer offen, und dort saß, wie unter einem Flammenbogen, meine Mutter und wartete auf den Tod. So unglaublich es auch klingt, da saß sie und sang, ich hörte ihre Stimme und die Worte ihres wilden Liedes. Auch sie sah und erkannte mich, denn sie winkte mir mit beiden Händen zu und wies hinaus auf das Meer, doch begriff ich damals noch nicht, was sie damit sagen wollte. Ich blieb stehen, denn ich wollte zumindest den Versuch unternehmen, sie zu retten, obwohl die Vorderfront des Hauses bereits lichterloh brannte und ich dabei gewiß den Tod gefunden hätte. Doch in diesem Augenblick stürzte das Dach ein, und eine Feuersäule schoß gen Himmel. Dies war das letzte Mal, daß ich meine Mutter lebend sah. Immerhin fanden wir später ihre Leiche und konnten sie mit den vielen anderen Opfern begraben.

Ich konnte nicht länger verweilen, denn schon strömten die siegreichen Franzosen hinter uns die Straße herauf, schossen unentwegt ihre Pfeile ab und metzelten alle Nachzügler nieder. Wir quälten uns den steilen Hang des Minnes-Felsens empor. Ich wäre zwar lieber ins Hinterland geflüchtet, aber Lady Blanche war am Ende ihrer Kräfte. Zweimal sank sie, von Entsetzen und Müdigkeit überwältigt, zu Boden und flehte mich an, sie nicht zu verlassen; doch das lag ohnehin nicht in meiner Absicht. Zu guter Letzt nahmen William Bull und ich sie zwischen uns und schleppten sie mit viel Mühe zu der Höhle, von der ich meiner Mutter erzählt hatte. Das schöne Fräulein war schwer, und wir kamen nur langsam voran, denn es gab hier weder Weg noch Steg. Außerdem bemerkte uns ein Trupp Franzosen und nahm die Verfolgung auf. Vielleicht hatten einige von ihnen auch erraten, wer die Dame war – es gab in Hastings genügend Spione, die es ihnen hätten sagen können – und wollten sie gefangennehmen, um Lösegeld für sie zu fordern.

Jedenfalls rannten sie hinter uns und etlichen anderen, zumeist Frauen, her, die sich uns angeschlossen hatten, weil sie nicht mehr weiterkonnten oder hofften, daß William Bull und ich sie beschützen würden.

Endlich war die Höhle erreicht, und wir stießen die Frauen hinein. William und ich stellten uns in den Eingang und warteten. Er hatte keinen Bogen, und ich hatte alle meine Pfeile bis auf drei verschossen, aber ich war ein guter Schütze und beschloß, diese drei bestmöglich einzusetzen. Ich zog sie also aus dem Köcher, spannte meinen Bogen und setzte mich, um ein wenig zu verschnaufen. Da kamen auch schon die Franzosen und drohten uns in ihrem Kauderwelsch, uns die Kehlen zu durchschneiden und *la belle dame* mitzunehmen, um sich mit ihr zu vergnügen.

»Sie gehört mir!« brüllte ein Hüne mit plattgedrückter Nase und breitem Mund, der den anderen voraus und keine fünfzig Meter mehr entfernt war.

Ich stand auf und bat meinen Namenspatron, den heiligen Hubert, nach dem man mich benannt hatte, als ich an seinem Tag, dem 23. November, das Licht der Welt erblickte, er möge mir die Hand führen. Dann hob ich den großen Bogen, zielte und schoß. Und St. Hubert, der Freund aller guten Schützen, ließ mich nicht im Stich. Der Pfeil flog geradewegs in den großen Mund des Franzosen hinein und heftete ihm die Lästerzunge an den Halswirbel.

Der Mann stürzte, und ich legte, von neuem Mut erfüllt, den zweiten Pfeil auf. Auch der nächste Franzose wurde getroffen und wäre fast auf den ersten gefallen.

Nun legte ich den dritten und letzten Pfeil auf die Sehne und wartete ein wenig. Hinter den beiden war ein breitschultriger, gedrungener Kerl erschienen, vermutlich ein Ritter, denn er trug eine Rüstung und einen Schild, auf den ein Hahn gemalt war. Der Mann war zwar über das Schicksal seiner Gefährten erschrocken, aber nicht bereit, sein Vorhaben aufzugeben. Auch wurde er von den Nachkommenden weitergedrängt, und so rückte er, tief geduckt, mit geschlossenem Helm, Kopf und Körper mit dem Schild schützend, mit raschen Schritten vor.

Ich ließ ihn bis auf fünfundzwanzig Schritte herankommen, in der Hoffnung, er könnte auf dem unebenen Gelände stolpern, seinen Schild herunternehmen und mir ein Ziel bieten. Doch dieser Wunsch erfüllte sich nicht, und so schickte ich abermals ein Stoßgebet an St. Hubert, spannte den großen Bogen, bis die Sehne mein Ohr berührte, und schoß. Der Pfeil mit der gehärteten Stahlspitze traf den Schild genau in der Mitte und, beim Himmel! er durchbohrte ihn, durchbohrte den Harnisch dahinter, fuhr ins Fleisch und tötete auch diesen Mann.

»Ein großartiger Schuß, Herr«, lobte William, »kein zweiter Bogen in Hastings hätte ihn zustandegebracht.«

»Nicht schlecht«, nickte ich, »aber das war mein letzter Pfeil. Jetzt müssen wir uns mit Schwert und Axt behelfen, bis uns der Tod ereilt.«

William nickte, und die Frauen in der Höhle begannen zu heulen. Ich entspannte meinen Bogen und legte ihn – wohl eher aus alter Gewohnheit, denn ich hatte keine Hoffnung, ihn jemals wiederzusehen – in seinen Kasten.

In diesem Augenblick erscholl von den französischen Schiffen im Hafen ein lautes Hornsignal, die Franzosen brachen ihren Angriff ab, machten kehrt und rannten zum Strand zurück. Ich trat mit William aus der Höhle und sah ihnen nach. Draußen auf dem Meer trieb ein guter Wind von Osten Schiffe heran, an deren Masten ich die englische Fahne flattern sah. Die goldenen Leoparden leuchteten in der Sonne.

»Das ist unsere Flotte, William«, sagte ich. »Sie hat wohl mit diesen Franzosen ein Wörtchen zu reden.«

»Ich wünschte, sie wäre früher gekommen«, sagte William. »Aber besser spät als nie.«

* * *

Hinterher erfuhr ich, daß wir Hamo de Offyngton, dem Abt des Battle-Klosters, unsere Rettung verdankten. Er hatte zu Land und zu Wasser Streitkräfte gesammelt und die Franzosen verjagt, nachdem diese die Insel Wight verwüstet, Winchelsea überfallen und große Teile von Hastings gebrandschatzt hatten. So kam es, daß die Piraten aus ihren Verbrechen letztlich wenig Nutzen zogen. Viele ihrer Schiffe gingen mit der Besatzung unter, andere stachen Hals über Kopf in See und ließen ihre Mannschaft an Land zurück. Sobald die einheimische Bevölkerung die Hilflosen entdeckte, rottete sie sich zusammen und machte sie nieder. Eine Kompanie des Abtes, die über Land von Battle gekommen war, half ihr dabei. Doch mit alledem hatte ich nichts zu schaffen. Ich fühlte mich zunächst so schwach wie ein Kind und konnte nur noch daran denken, wie meine Mutter vor meinen Augen in den Flammen umgekommen war.

Doch alsbald geschah etwas, das mich aus meinem Kummer riß und mein träges Blut erneut in Wallung brachte. Lady Blanche hatte, sobald sie sich außer Gefahr sah, die Höhle verlassen. Ich lehnte am Felsen und hielt Wogenlohe, das blutige Schwert, mit dem ich um mein Leben hatte kämpfen wollen, noch in der Hand. Sie sprach mich an und pries mich in den höchsten Tönen – als ihren Helden, ihren Retter und vieles andere mehr.

Als ich keine Antwort gab – ich war noch ganz benommen, außerdem bemerkte ich erst jetzt, daß mich der Franzose, den ich an der Burg erschlagen hatte, mit seiner Axt an der Brust getroffen hatte –, ging sie gar noch weiter. Sie schlang ihre Arme um mich und küßte mich dreimal, einmal auf jede Wange und dann auf die Lippen. Ich hielt ihr zugute, daß sie in ihrer überschwenglichen Dankbarkeit und bei der herrschenden Aufregung ihre jungfräuliche Schüchternheit vergessen hatte. Wobei die Vergeßlichkeit, wie William Bull hinterher bemerkte, nicht so weit ging, daß sie auch ihn geküßt hätte, obwohl auch er mitgeholfen habe, sie den Hügel hinaufzubringen.

Die Küsse stiegen mir zu Kopf wie Wein, denn die Natur hat es so gefügt, daß die erste Berührung mit den Lippen einer lieblichen Frau bei jungen Männern einen unauslöschlichen Eindruck hinterläßt. Wir können alles vergessen, doch der erste Kuß bleibt uns stets im Gedächtnis, mögen sich die Lippen hinterher auch noch so treulos erweisen. Denn in der Jugend, wenn das Wachs noch weich ist, sinkt die Farbe so tief ein, daß bis ans Ende unserer Tage keine Hitze, keine Reibung sie mehr entfernen kann.

Nachdem also meine Leidenschaft geweckt war, ging ich daran, die Küsse mit Wucherzinsen zu erwidern. Doch plötzlich drangen eine derbe Stimme, ein Schwall von Verwünschungen an mein Ohr, und die anderen Frauen, die mit uns in der Höhle Schutz gesucht hatten, vergaßen für den Moment ihre Sorgen und begannen zu kichern, wie es so üblich ist beim weiblichen Geschlecht, wenn irgendwo ein Kuß in der Luft liegt.

»Bei Gottes heiligem Blut!« rief die derbe Stimme, »wer wagt es, mit meiner Tochter umzuspringen, als sei er gerade eine Stunde mit ihr vermählt? Nimm sofort deinen Mund von dem ihren, Bursche, oder ich säble dir die Lippen ab!«

Verdutzt drehte ich mich um. Vor mir stand Sir Robert Aleys auf einem grauen Pferd, und hinter ihm wartete ein Trupp von Bewaffneten unter dem Befehl eines gutaussehenden, jungen Hauptmanns mit langem Haar und schwarzen Augen. Der Jüngling trug die merkwürdigste Kleidung, die ich je gesehen hatte. Josephs bunter Rock hätte nicht mehr Farben haben können als sein Harnisch, und die Spitzen seiner Schuhe waren aufgebogen und so lang, daß ich mir nicht vorstellen konnte, wie er damit jemals den Fuß durch einen Steigbügel schieben wollte, geschweige denn, was passieren würde, sollte er einmal vom Pferde stürzen.

Mir hatte die Überraschung die Sprache verschlagen, doch William Bull, ein rauher Bursche, aber nicht ohne Witz und mit einer flinken Zunge begabt, warf sich zu meinem Fürsprecher auf.

»Ich kann Euch sagen, wer das ist«, sagte er in seinem schleppenden Sussex-Tonfall, »wenn Ihr es wirklich wissen wollt, Sir Robert Aleys. Das ist Hubert von Hastings, mein ehrenwerter Herr und Meister, Schiffseigner, Hausbesitzer, Händler und Bürger dieser Stadt. Jedenfalls bis vor kurzem. Inzwischen sind seine Schiffe und sein Haus mit seiner Mutter darin verbrannt, und mit dem Handel wird es in Hastings auf absehbare Zeit wohl auch vorbei sein.«

»Gut möglich«, antwortete Sir Robert und fluchte wieder. »Aber warum küßt er meine Tochter?«

»Vielleicht will er ihr nichts schuldig bleiben, denn so ist es der Brauch zwischen ehrlichen Kaufleuten, Sir Robert. Vielleicht hat er auch mehr Recht, sie zu küssen, als jeder andere Mann auf dieser Welt, denn wäre er nicht gewesen, so wäre sie jetzt nur noch stinkender Lehm oder die Buhle eines Franzosen.«

Hier mischte sich der hübsche, junge Hauptmann ein und sagte:

»Was immer der verehrte Händler auch verloren haben mag, seinen Trompeter hat er jedenfalls noch.«

»Ganz recht, Lord Deleroy«, gab William ungerührt zurück, »wenn ich ein hübsches Lied finde, dann singe ich es auch. Und jetzt geht hinüber zu den drei Männern, die dort am Hang liegen, und seht nach, ob die Pfeile in ihrem Leib das Zeichen meines Herrn tragen. Und wenn Ihr anschließend auf den Burgberg steigt, dann findet Ihr einen Ritter, dem der Kopf kaum noch auf den Schultern sitzt, und Ihr werdet feststellen, daß dieses Schwert hier in die Wunde paßt. Solche Leichen gibt es noch mehr, und alle wurden getötet, um diese schöne Maid zu beschützen. Geht nur hin mit Euren schönen, sauberen Kleidern, und wenn Ihr wiederkommt, können wir uns weiter übers Trompetenblasen unterhalten.«

»Dummes Zeug!« sagte Lord Deleroy und zuckte die Achseln, »überreizte Frauen hängen sich an jeden dahergelaufenen Kerl, genauso, wie sie jedem hölzernen Heiligen die Füße küssen, von dem sie glauben, er habe sie vor einem Mißgeschick bewahrt!«

Ich hatte bisher zugehört wie im Traum, doch diese Worte trafen mich und rüttelten mich sozusagen wach. Obendrein wußte ich vom Hörensagen, daß der saubere Deleroy einer von denen war, die ihre Stellung, ihren Rang und ihren edlen Namen nur der Gunst des Königs verdankten. Man munkelte nämlich, er sei der Bastard eines Prinzen mit einer Verwandten von Sir Robert und dürfe diesen nur deshalb Vetter nennen.

»Sir«, sagte ich, »wer von uns beiden der Dahergelaufenere ist, wißt Ihr wohl selbst am besten. Lassen wir das. Immerhin gehörte das Schwert in meiner Hand vor Jahrhunderten einem Mann, der meinen Urahn zeugte, einen gewissen Thorgrimmer, der sich zu seiner Zeit größter Hochachtung erfreute. Nun habe ich für heute genug gekämpft, während Ihr, gewiß nicht durch eigene Schuld, keinen einzigen Hieb geführt habt; auch tragt Ihr eine Rüstung, und ich, der dahergelaufene Kerl, bin ungewappnet. Habt also die Güte, von Eurem Pferd zu steigen und ohne Rücksicht auf meine Müdigkeit einen Gang mit mir zu fechten. Dann könnt Ihr mir in die Haut ritzen, wie tief ich unter Euch stehe. Ein Adeliger wie Ihr wird mir das gewiß nicht verweigern, sind wir doch schließlich alle nur Menschen aus Fleisch und Blut.«

Damit hatte ich ihn meinerseits getroffen, und er machte bereits Anstalten, meiner Aufforderung nachzukommen. Doch da ergriff mit einem Blick auf ihren

Vater, der – sichtlich ratlos – ganz still auf seinem Pferd saß, zum ersten Mal Lady Blanche das Wort.

»Bezähme deinen Zorn, Vetter«, sagte sie. »Ich versichere dir, dieser Herr hat mir heute mindestens zweimal das Leben und die Ehre gerettet. Ist es da verwunderlich, wenn ich ihm so danke, wie es Frauenart ist? Er hat es nicht verdient, von dir gekränkt zu werden.«

Deleroy zögerte, obwohl er bereits einen seiner Schnabelschuhe aus dem Steigbügel gezogen hatte, doch plötzlich rief Sir Robert mit seiner weithin schallenden Stimme:

»Bei Gott, Vetter, ich rate dir, die Finger von dem jungen Gockel zu lassen, sein roter Sporn sieht recht gefährlich aus.« Dabei warf er einen Blick auf Wogenlohe, mein Schwert. »Trotz seiner Müdigkeit hackt er am Ende noch ganz kräftig zu.«

Dann wandte er sich an mich und sagte:

»Sir, Ihr habt einen guten Kampf gekämpft; so mancher wurde für weniger zum Ritter geschlagen, und wenn Euch eine schöne Maid auf ihre Weise danken wollte, ist das nicht Eure Schuld. Auch ich, ihr Vater, sage Euch Dank und wünsche Euch bis zu unserer nächsten Begegnung nur das Beste. Lebt wohl. Du, Tochter, steigst jetzt zu mir auf mein Pferd, und dann verlassen wir diesen Unglücksort und reiten nach Pevensey. Wer weiß, ob es den Franzosen nicht einfällt, uns morgen dort zu besuchen.«

Schon waren sie fort, und es gab mir einen Stich ins Herz, als ich sah, wie angeregt sich Lady Blanche mit ihrem Vetter Deleroy unterhielt, nachdem sie mir zum Abschied zugewunken hatte, und wie er nach ihrer Hand faßte, als sie auf dem väterlichen Pferd ein wenig schwankte.

KAPITEL III

Hubert kommt nach London

Als Lady Blanche außer Sicht und mit ihr auch die anderen Frauen verschwunden waren, die sich mit uns in der Höhle versteckt hatten, begab ich mich mit William zu einem nahen Bach, wo wir zunächst unseren Durst stillten. Dann gingen wir zu den drei Männern, die ich mit meinem großen Bogen erschossen hatte. Ich hoffte, mir die Pfeile zurückholen zu können, denn ich hatte keinen einzigen mehr. Das war jedoch nicht möglich, obwohl alle Männer tot waren. Einer der Pfeile, der letzte, war nämlich zerbrochen, und die beiden anderen staken so fest im Fleisch und zwischen den Knochen, daß man schon die Säge eines Wundarztes gebraucht hätte, um sie herauszulösen.

Wir ließen sie also, wo sie waren, und bevor die Männer begraben werden konnten, kamen viele Schaulustige, um sie zu bestaunen. Man hielt es allgemein für unglaublich, daß ich mit drei Pfeilen drei Männer getötet haben sollte, und daß ich mit einem Bogen, der noch von einem menschlichen Arm zu spannen war, den letzten Pfeil durch einen eisernen Schild und einen Brustharnisch getrieben hatte.

Diesen Harnisch behielt übrigens William für sich, denn er hatte genau die richtige Größe. Doch am nächsten Morgen erstiegen wir noch einmal den Burgberg, und ich nahm dem Ritter, den ich mit meinem Schwert Wogenlohe erschlagen hatte, seine prächtigen Mailänder Rüstung ab. Der *Plastron* oder Brustharnisch war mit Gold eingelegt. Darüber befand sich zum Schutz der Fugen ein Ketten-*Camail*, und das hatte mein gutes Schwert durchschlagen, bevor es ihm in den Hals drang. Das Wappen auf dem Schild stellte ausgerechnet drei mit Widerhaken versehene Pfeile dar, doch den Namen des Ritters erfuhr ich nie. Die Rüstung mußte eine Menge Geld gekostet haben, aber der Friedensrichter von Hastings sprach sie mir dennoch zu, da ich ihren Träger erschlagen und mich allgemein im Kampf ausgezeichnet hatte. Ich übernahm auch das Emblem mit den drei Pfeilen, obwohl ich als einfacher Händler in jenen Tagen im Grunde keinerlei Anrecht auf ein Wappen hatte. (Damals ahnte ich natürlich noch nicht, was mir die Rüstung in den kommenden Jahren noch für gute Dienste leisten würde.)

Die Nacht war inzwischen nicht mehr fern, und da wir vom Höhleneingang aus sehen konnten, daß jener Teil von Hastings, der in Richtung des Dorfes St. Leonards liegt, von den Flammen verschont geblieben war, wandten wir uns dorthin. Wir gingen am Strand entlang, um der Hitze und den herabstürzenden Balken in der brennenden Stadt zu entgehen. Unterwegs begegneten wir anderen Bürgern und wurden von ihnen über die Ereignisse unterrichtet. Offenbar hatten die Franzosen größere Verluste an Menschenleben hinnehmen müssen als wir, denn vielen hatte man den Weg abgeschnitten, als sie versuchten, zu ihren Schiffen zu gelangen, und einige Schiffe konnten nicht wieder flottgemacht werden oder wurden von den englischen Booten gerammt und mit Mann und Maus versenkt. Der Schaden für Hastings war allerdings so groß, daß er kaum in einer Generation wiedergutzumachen war. Die Stadt war zum größten Teil verbrannt oder brannte noch immer. Auch waren viele Bewohner in den Flammen umgekommen, Alte oder Kranke wie meine Mutter, Wöchnerinnen oder Menschen, die aus anderen Gründen bewegungsunfähig waren oder einfach vergessen wurden. Am Strand fanden wir Hunderte von verzweifelten Hinterbliebenen, und so waren es nicht nur Frauen und Kinder, die an diesem Abend Grund zum Weinen hatten.

Ich für mein Teil ging mit William zum Haus eines alten Priesters, das jenseits der Brandstätten lag. Der Mann, ein Freund meines verstorbenen Vaters, war mein Beichtvater. Er speiste uns und gab uns ein Nachtlager, dankte Gott für meine Rettung und suchte mich über den Verlust meiner Mutter und meiner Habe zu trösten.

Ich schlief nicht gut in dieser Nacht, das ist oft so, wenn man übermüdet ist. Außerdem hatte ich soeben meinen ersten Kampf hinter mir und sah immer wieder jene Männer unter meinem Schwert und meinen Pfeilen zusammenbrechen. Natürlich war ich stolz darauf, sie getötet zu haben, waren es doch Plünderer und gemeine Verbrecher, auch freute ich mich sehr, daß ich von Kindesbeinen an mit Schwert und Bogen geübt hatte, bis ich mich im Fechten mit jedem messen konnte und der vielleicht beste Schütze in ganz Hastings war. Beim letzten Schützentreffen für alle Altersklassen hatte ich am Schießstand sogar den silbernen Pfeil gewonnen. Dennoch verfolgte mich der Anblick der Toten und mahnte mich daran, wie leicht ich ihr Schicksal hätte teilen können, hätten sie nur den ersten Pfeil abgeschossen oder den ersten Streich geführt.

Wo mochten sie jetzt wohl sein? fragte ich mich. Im Himmel oder in der Hölle der Priester? Beichteten sie ihre Sünden einem gestrengen Engel, der die Liste mit den Aufzeichnungen in seinem Buch verglich und sie an alles gemahnte, was sie vergessen hatten? Oder schliefen sie in alle Ewigkeit? Ein Bekannter von mir, ein scharfer Denker, hatte mir einst im Vertrauen mitgeteilt, nach seiner Überzeugung sei letzteres unser aller Los, was immer die Priester auch lehren oder woran sie selbst glauben mochten. Und wo war meine geliebte Mutter, diese nach außen hin so strenge Frau, die mich dennoch von Herzen geliebt hatte? Meine Mutter, die noch in den Flammen gesungen hatte, während sie vor meinen Augen bei lebendigem Leibe verbrannte? Oh, warum war die Welt so schlecht, warum ließ Gott die Menschen überhaupt ins Leben treten, wenn sie dann so grausam sterben mußten? Und doch, wie kamen wir dazu, an seinen Ratschlüssen zu zweifeln, obwohl wir weder den Anfang kannten, noch das Ende?

Trotz allem war ich froh, noch am Leben zu sein. Seltsamerweise begann ich jetzt, da alles vorüber war, an allen Gliedern zu zittern, während ich mich in der Schlacht kein einziges Mal gefürchtet hatte, wenn mir der Tod auch noch so nahe schien.

Zuletzt dachte ich an Blanche Aleys, das hochgeborene Fräulein, mit dem mich das Schicksal heute so unversehens zusammengeführt hatte. Der Blick ihrer blauen Augen war mir ins Herz gefahren wie ein Pfeil, und so sehr ich mich auch bemühte, ihr Bild ließ sich nicht aus meinem Kopf, der Klang ihrer Stimme nicht aus meinen Ohren vertreiben, und ihre Küsse brannten mir noch immer auf den Lippen. Unerträglich war mir die Vorstellung, sie womöglich niemals wiederzusehen, und wenn doch, dann nicht mit ihr sprechen zu dürfen, weil ich so weit unter ihr stand und ohnehin bereits den Zorn ihres Vaters und vermutlich auch die Eifersucht ihres parfümierten Vetters erregt hatte, den der König angeblich liebte wie einen Bruder.

Was hatte meine Mutter mir aufgetragen? Ich sollte die Stadt verlassen und mich nach London begeben. Dort sollte ich meinen Onkel John Grimmer, den Goldschmied und Kaufmann aufsuchen, der auch mein Taufpate war, und ihn bitten, mich in sein Geschäft zu nehmen. Ich erinnerte mich an diesen Onkel, denn er war – es mochten mindestens zehn Jahre her sein, denn ich war noch ein halbwüchsiger Junge gewesen, als London von der Pest heimgesucht wurde – zu uns nach Hastings gekommen. Er war jedoch nur eine Woche geblieben, weil ihm nach eigenen Worten die Seeluft auf den Magen schlug und er sich lieber mit gesundem Magen der Pest aussetzen wollte, als sich mit Bauchgrimmen von ihr fernzuhalten – in Wirklichkeit hatte seine Sorge freilich wohl mehr seinem Geschäft gegolten als seinem Magen.

Er war ein alter Sonderling, dem man eine gewisse Ähnlichkeit mit meiner Mutter nicht absprechen konnte. Allerdings war seine Nase schärfer gekrümmt, er hatte kleine, schwarze Äuglein und einen Kahlkopf, den er mit einem Samtkäppchen zu bedecken pflegte. Da er selbst im heißesten Sommer fror, trug er stets einen abgewetzten Pelzrock und beklagte sich bitterlich über den leisesten Luftzug. Im Grunde sah er aus wie ein Jude, obwohl er ein guter Christ war, und er scherzte sogar darüber und sagte, sein Aussehen leiste ihm gute Dienste, denn die Juden seien allenthalben gefürchtet und gälten als Geschäftsleute, die sich nicht übervorteilen ließen.

Ansonsten wußte ich nur noch, daß er mich im Lesen, Schreiben und Rechnen examiniert hatte und mit den Ergebnissen nicht zufrieden gewesen war, und daß er umherging, all unsere Waren und unsere Fischerboote schätzte und meiner Mutter nachwies, wie oft wir betrogen wurden und wieviel mehr wir verdienen könnten. Zum Abschied gab er mir ein Goldstück und sagte, das Leben sei nichts als Eitelkeit. Dann schärfte er mir ein, nach seinem Tod für seine Seele zu beten, die diese Hilfe gewiß nötig haben würde, und das Goldstück so anzulegen, daß es Zinsen brächte. Letzteres tat ich, indem ich mir eine wilde Bulldogge kaufte, die mit einem Schiff von Norwegen gekommen war, und die ich schon lange begehrte. Leider biß der Hund einen angesehenen Mann in unserer Stadt, der zerrte meine Mutter deshalb vor den Friedensrichter und erreichte, daß das Tier getötet werden mußte, was mich sehr empörte.

Im Rückblick wurde mir klar, daß mir mein Onkel John recht gut gefallen hatte, obwohl er so anders war.

Warum also wollte ich nicht zu ihm gehen? Weil ich das Meer und die freie Luft liebte und nicht in London in einem Laden sitzen wollte; außerdem hatte ich Angst, er könnte mich fragen, was ich mit seinem Goldstück angefangen hätte, um mich dann wegen des Hundes zu verspotten. Andererseits hatte meine Mutter mich zu ihm geschickt, es war ihr letzter Wunsch an mich gewesen, und sich dem zu widersetzen, brächte sicher Unglück. Obendrein waren unsere Boote und unser Haus verbrannt, und ich würde lange und schwer arbeiten müssen, um den Verlust zu ersetzen. Und zuletzt wäre ich in der großen Stadt sicher vor einem Wiedersehen mit Lady Blanche de Aleys und könnte diese strahlend blauen Augen vergessen. So beschloß ich denn, nach London zu gehen, und schlief endlich ein.

Am Morgen legte ich dem alten Priester die Beichte ab und bat ihn um die Absolution meiner Sünden, vor allem für das Blut, das ich vergossen hatte. Er meinte allerdings, dafür bräuchte ich weder bei Gott, noch bei den Menschen Verzeihung zu erflehen, denn er war wohl vor allem ein aufrechter Engländer. Als ich ihn sodann um Rat fragte, wie ich mein weiteres Leben gestalten solle, meinte er, es sei meine Pflicht, dem Wunsch meiner Mutter zu gehorchen. Die letzten Worte eines Menschen seien oft göttliche Eingebungen, durch die der Himmel seinen Willen kundtue. Außerdem riet er mir, Lady Blanche Aleys tunlichst zu meiden, sie stehe weit über mir, und ihr nachzustellen würde mir nur Ärger eintragen und womöglich mein Leben gefährden. Außerdem habe er gehört, mein Onkel sei sehr reich, und so könne ich mit seiner Hilfe meine Vermögensverhältnisse wieder in Ordnung bringen. Er wolle ihm einen Brief schreiben und mich ihm empfehlen.

Damit war die Entscheidung gefallen.

Dennoch vergingen noch einige Tage, bis ich Hastings verließ. Ich mußte schließlich warten, bis die Asche unseres Hauses abkühlte und man nach der Leiche meiner Mutter suchen konnte. Als sie schließlich gefunden wurde, sagte man mir, sie sei längst nicht so stark verbrannt, wie man hätte annehmen können. Bestätigen kann ich dies freilich nicht, denn ich konnte mich nicht überwinden, sie noch einmal anzusehen. Ich wollte sie lieber so in Erinnerung behalten, wie ich sie gekannt hatte. Sie wurde neben meinem ertrunkenen Vater auf dem Kirchhof von St. Clement beigesetzt, und als alle Trauergäste gegangen waren, vergoß ich ein paar Tränen an ihrem Grab.

Der Rest des Tages verging mit Reisevorbereitungen. Es hatte sich gefügt, daß die Flammen beim Brand unseres Hauses die Wirtschaftsgebäude auf der anderen Seite des Hinterhofs verschonten. Im Stall standen zwei gute Pferde, ein grauer Wallach zum Reiten und eine Stute, mit der wir bisher die Netze mit den Fischen auf den Kai gezogen hatten. Die beiden Tiere waren zwar völlig verstört, ansonsten aber unverletzt. Auch fanden sich noch einige Vorräte an Netzen, Salz, Fässer mit Trockenfisch und anderes mehr. Die Pferde behielt ich für mich, alles übrige, die Gebäude, das Grundstück, auf dem das Haus gestanden hatte, den Rest des Anwesens und all mein Hab und Gut überschrieb ich meinem Knecht William, der mir in die Hand hinein versprach, den Gegenwert an mich zu entrichten, sobald sich die Zeiten und damit auch der Verdienst wieder besserten.

Am nächsten Morgen belud ich die Stute mit der Rüstung des Ritters, den ich getötet hatte, und mit meinen restlichen Habseligkeiten und bestieg den Grauen, um gen London zu reiten. Die Stute führte ich an einem Strick mit. Nur William war zur Stelle, um mir Lebewohl zu sagen, denn das Unglück in Hastings war so groß, daß alle mit ihren eigenen Sorgen beschäftigt waren oder ihre Toten betrauerten. Mir kam das durchaus gelegen, denn es schmerzte mich so sehr, meine Heimatstadt, ja, mein ganzes, bisheriges Leben aufgeben zu müssen, daß ich wahrscheinlich in Tränen ausgebrochen wäre, wenn jemand von meinen einstigen Freunden mich mit liebevollen Worten verabschiedet hätte, und das wäre unmännlich gewesen. Als ich von einer Anhöhe aus einen letzten Blick zurück auf die Ruinen von Hastings warf, über denen noch immer ein leichter Rauchschleier hing, fühlte ich mich so einsam wie noch nie. Für einen Augenblick verließ mich aller Mut; Angst vor der Zukunft erfaßte mich, ich wähnte mich unter einem Unglücksstern geboren, erwartete nur Unheil und sah mich meine Tage als gemeiner Soldat oder Fischer, womöglich gar in einem Gefängnis oder am Galgen beenden. Solche Anfälle von Schwermut kannte ich seit meiner Kindheit, doch dies war der schlimmste, den ich jemals erlebt hatte.

Endlich kam die Sonne hinter den Wolken hervor, und bei ihrem Anblick hob sich meine Stimmung. Ich rief mir in Erinnerung, daß ich jung, gesund, kräftig und am Leben war, obwohl ich durchaus hätte tot sein können, daß ich ein Schwert, einen Bogen und eine Rüstung besaß, wie sie besser nicht sein konnten, und daß der Beutel, den meine Mutter mir zusammen mit Wogenlohe gegeben hatte, wohl mehr als zwanzig Goldstücke enthielt – ich hatte sie nicht gezählt. Des weiteren hatte ich Hoffnung, von meinem Onkel freundlich aufgenommen zu werden, und sollte dem nicht so sein, dann fände sich in den verschiedenen Kriegen sicher jemand, der einen ausgezeichneten Schützen und guten Schwertkämpfer wie mich als Knappen gebrauchen konnte.

So schickte ich denn abermals eins von meinen schlichten Stoßgebeten an St. Hubert und ritt frohgemut weiter. Am höchsten Punkt des langgezogenen Bergrückens angelangt, sah ich eine muntere Jagdgesellschaft mit Falken und Hunden auf mich zukommen, die sich wohl auf dem Weg in die Sümpfe von Pevensey befand. Schon aus einiger Entfernung erkannte ich Sir Robert Aleys, seine Tochter Blanche und den jungen Lord Deleroy, den Günstling des Königs, mit ihren Dienern, und wollte mich zunächst in die Büsche schlagen, um nicht mit ihnen zusammenzutreffen. Doch dann meldete sich mein Stolz, ich sagte mir, die königliche Landstraße sei schließlich für alle da, und beschloß, einfach weiterzureiten, ohne sie zu beachten, es sei denn, sie sprächen mich an. Sie hatten mich ebenfalls erkannt, denn da ich sehr scharfe Ohren habe, hörte ich Sir Robert mit seiner dröhnenden Stimme sagen:

»Da ist ja schon wieder dieser junge Fischer. Du reitest an ihm vorbei und sagst kein Wort, Tochter.« Und Lord Deleroy bemerkte lässig: »Der kleine Hausierer hat offenbar die Leichen gefleddert und ist nun unterwegs, um heimlich seine Beute zu verhökern.«

Lady Blanche antwortete weder dem einen, noch dem anderen, sondern ritt weiter, den Blick starr nach vorne gerichtet, und tat so, als rede sie mit dem Falken auf ihrer Hand. Sie wirkte ausgeruht und entspannt und erschien mir noch schöner als am Tag des großen Brandes.

Als wir etwa auf gleicher Höhe waren, lenkte ich meine Pferde an den Straßenrand und sah der Gesellschaft mit aller Unbefangenheit entgegen. Nachdem sie an mir vorüber war und mich vielleicht zehn Meter hinter sich gelassen hatte, rief Lady Blanche:

»O mein Falke!« Ich wandte mich um. Dem verkappten Falken auf ihrer Hand war es irgendwie gelungen, sich zu befreien, vielleicht hatte sie ihn auch losgelassen, jedenfalls war er zu Boden gefallen, und einer der Hunde versuchte, ihn zu fangen und zu töten. Die Verwirrung war groß, alles schaute auf den Falken und den Hund, und mittendrin drehte sich Lady Blanche ganz langsam zu mir um, hob die Hand, wie um nachzusehen, wie der Falke hatte herunterfallen können, legte mit einer raschen Bewegung die Finger an die Lippen und warf mir eine Kußhand zu.

Ich verneigte mich ebenso schnell und ritt mit klopfendem Herzen weiter. Im ersten Moment war ich überglücklich, konnte dieser angedeutete Kuß doch nur eines bedeuten. Doch der Schmerz kam gleich hinterher wie eine Regenwolke im April, hatte doch derselbe Kuß von neuem eine Wunde aufgerissen, die sich bereits schließen wollte. Ich hatte begonnen, Lady Blanche zu vergessen, oder mich vielmehr bemüht, dem Rat meines Beichtvaters zu folgen und sie mir mit schierer Willenskraft aus dem Kopf zu schlagen. Doch jetzt war sie auf den Flügeln dieses Handkusses wieder zurückgeflogen und würde sich noch so manchen Tag nicht wieder verscheuchen lassen.

Ich verbrachte eine angenehme Nacht in einem Wirtshaus in Tonbridge und wollte am nächsten Morgen mit einem Goldstück aus meinem Beutel bezahlen. Der Wirt starrte es mißtrauisch an und weigerte sich zunächst, es anzunehmen, weil es noch den Kopf eines alten Königs trug. Erst ein Kaufmann aus Tonbridge, der hier eingekehrt war, um seinen Morgentrunk zu nehmen, vermochte ihn von der Echtheit der Münze zu überzeugen.

Gegen zwei Uhr nachmittags erreichte ich Southwark, eine Stadt, die mir so groß erschien wie Hastings vor dem Brand. An einem schönen Wirtshaus – dem Tabard – machte ich halt, fütterte und tränkte meine Pferde und genehmigte auch mir selbst eine kleine Stärkung. Danach ritt ich weiter zum großen Fluß Themse mit seinen unzähligen kleinen und großen Schiffen und überquerte ihn auf der London Bridge, die mir so wunderbar erschien, daß ich mich fragte, ob sie denn tatsächlich von Menschenhand erbaut sei. Die Brücke war tatsächlich breit genug, um zu beiden Seiten der Straße noch Platz für Geschäfte zu bieten, in denen Waren aller Art feilgeboten wurden. Ich ließ mir den Weg nach Cheapside beschreiben und traf auch glücklich dort ein, nachdem ich mich mühsam durch tobende Menschenmassen gezwängt hatte. So schien es mir jedenfalls, hatte ich doch noch nie so viele Männer und Frauen auf einmal gesehen, die alle ihren Geschäften nachgingen, ohne einander auch nur die geringste Beachtung zu schenken.

Ich folgte einer langen, belebten Straße mit Giebelhäusern zu beiden Seiten, in denen sich Vertreter der verschiedensten Berufszweige niedergelassen hatten. Mehrfach wurde ich mit üblen Verwünschungen bedacht, weil meine Stute scheute, sich losriß und einem Fuhrwerk in den Weg lief, das dann so lange warten mußte, bis ich sie wieder zurückholen konnte. Nachdem mir das zum dritten Mal passiert war, blieb ich hinter einem Wagen mit Fässern am Straßenrand stehen und sah mich ratlos um.

Links von mir stand, etwas zurückgesetzt, ein Haus in einem kleinen, wenig gepflegten, von Sträuchern überwucherten Gärtchen. Es schien sich um ein Geschäftshaus zu handeln, denn an der Wand war ein Eisenträger mit einer Tafel befestigt, auf der ein offenes Boot mit hohem Bug und Heck, einem langen, wie ein Drachenkopf gestalteten Rammsporn und vielen runden Schilden an der Reling dargestellt war.

Während ich die Tafel betrachtete und mich gleichgültig fragte, was für ein Boot das wohl sein und welchem Volk die Seeleute angehören mochten, die einst damit gefahren waren, kam ein Mann den Gartenweg entlang, lehnte sich gegen das Tor und starrte mich an. Er war schon alt und sah sehr merkwürdig aus, denn er trug einen langen, staubigen Umhang und hatte sich dessen Kapuze so tief ins Gesicht gezogen, daß ich nur seinen weißen Spitzbart und zwei funkelnde, schwarze Äuglein sehen konnte, die mich zu durchbohren schienen wie die Schusterahle ein Stück Leder.

»Was fällt Euch ein, junger Mann«, quäkte er mit hoher Stimme, »mir mit Euren Schindmähren mein Gartentor zu verstellen? Wollt Ihr die Rüstung da auf dem Packpferd etwa verkaufen? Sie ist in ihrer Art nicht schlecht, doch ich sage Euch gleich, mit solcher Ware handle ich nicht. Also zieht weiter und versucht es anderswo.«

»Nein, Sir«, widersprach ich. »Ich habe nichts zu verkaufen. Ich suche in diesem Bienenstock nur einen Händler und kann ihn nicht finden.«

»Ein Bienenstock von Händlern! Die großen Kaufherren des Cheap würden sich geschmeichelt fühlen. Ich schätze, Ihr seid ein dummer Junge vom Lande. Haben Euch die Bienen denn schon gestochen? Und was für eine Biene sucht Ihr überhaupt? Wartet, laßt mich raten. Am Ende einen alten Schurken mit Namen John Grimmer, der mit Gold und Edelsteinen und anderen Kleinodien handelt und längst im Kerker sitzen müßte, ginge es mit rechten Dingen zu auf dieser Welt?«

»Ja, ja, das ist der Mann.«

»Auch er wird sich geschmeichelt fühlen!« gackerte der Alte. »Er ist ein Freund von mir, und ich werde ihm den guten Witz nicht vorenthalten.«

»Es wäre sehr viel nützlicher, wenn Ihr mir sagen könntet, wo er zu finden ist.«

»Alles zu seiner Zeit. Zuerst, junger Herr, möchte ich wissen, woher Ihr diese schöne Rüstung habt? Ist sie nämlich gestohlen, dann solltet Ihr sie besser verstecken.«

»Gestohlen!« fuhr ich auf. »Bin ich etwa ein Londoner Hausierer …?«

»Wohl eher nicht; aber was nicht ist, kann ja noch werden, wer weiß schon, was ihm Fortuna noch für böse Streiche spielt? Nun, wenn Ihr sie nicht gestohlen habt, dann habt Ihr vielleicht ihren Träger erschlagen und seid ein Mörder, denn an dem Stahl klebt schwarzes Blut.«

»Ein Mörder!« keuchte ich.

»Ja, ein Mörder, wie Ihr John Grimmer einen Schurken nennt. Oder habt Ihr am Ende auf dem Burgberg von Hastings den französischen Ritter erschlagen, der sie trug, um dann am Eingang der Höhle nahe dem Minnes-Felsen jene berühmten drei Pfeile abzuschießen?«

Jetzt klappte mir die Kinnlade herunter.

»Macht den Mund zu, junger Mann, bevor Euch noch die Zähne herausfallen. Woher ich das weiß, fragt Ihr? Nun, mein Freund John Grimmer, der Schurke von einem Goldschmied, hat von einem Händler aus dem Osten einen magischen Kristall erstanden, und der hat es mir gezeigt.«

Während er sprach, streifte er sich wie aus Versehen die Kapuze vom Kopf. Ein altes Runzelgesicht mit spöttisch gekräuselten Lippen kam zum Vorschein. Der Mund hing an einer Seite nach unten. Obwohl viele Jahre vergangen waren, seit ich ihn als Junge zum letzten Mal gesehen hatte, erkannte ich ihn sofort wieder.

»Ihr seid John Grimmer!« murmelte ich.

»Ja, Hubert von Hastings, ich selbst bin der alte Schurke. Und jetzt sag mir, was du mit dem Goldstück angefangen hast, das ich dir vor zwölf Sommern gab?«

Ich hätte am liebsten gelogen, denn der Alte war mir nicht geheuer. Doch dann besann ich mich eines Besseren und antwortete, ich hätte mit dem Gold einen Hund erstanden. Er lachte laut heraus und sagte:

»Bete zu Gott, daß dies kein Omen war und du nicht vor die Hunde gehst wie einst das Goldstück. Trotzdem gefällt es mir, daß du auch dann die Wahrheit sagst, wenn es bequemer wäre, es nicht zu tun. Was hältst du davon, für eine Weile unter dem Dach des schurkischen Kaufmanns John Grimmers zu hausen?«

»Ihr scherzt, Sir«, stammelte ich.

»Mag sein, mag wohl sein! Aber so manches wahre

Wort wird im Scherz gesprochen, und solltest du es noch nicht gemerkt haben, so wirst du bald erfahren, daß wir in Wirklichkeit alle Schurken sind, jeder auf seine Weise. Wer andere nicht täuscht, der täuscht zumindest sich selbst, und darin bin ich vielleicht der schlimmste von allen. Vanitas vanitatum; es ist alles eitel!«

Dann zog er, ohne eine Antwort abzuwarten, unter seinem staubigen Umhang ein silbernes Pfeifchen hervor und blies hinein, worauf – so schnell, daß ich mich fragte, ob er schon gewartet hatte – ein kräftiger Diener erschien. John Grimmer sagte zu ihm:

»Bring diese Pferde in den Stall und behandle sie, als wären es meine eigenen. Lade das Packtier ab, und wenn du es geputzt hast, bringst du die Rüstung und alles andere in das Zimmer, das für den jungen Herrn hier hergerichtet ist, denn er ist Hubert von Hastings, mein Neffe.«

Der Mann führte ohne ein Wort die Pferde weg.

»Keine Sorge«, kicherte John Grimmer. »Ich mag ein Schurke sein, aber kein Hund frißt seinen Artgenossen, und so ist alles, was dein ist, bei mir und meinen Dienern sicher. Und nun tritt ein.« Damit zog er einen Schlüssel aus der Tasche, schloß die eisenbeschlagene Eichentür auf und ging mir voran ins Haus.

Die Tür führte in einen Laden, wo viele Kostbarkeiten wie Pelze und Goldschmuck ausgelegt waren.

»Die Brosamen, mit denen man die Vögelchen fängt, besonders die Weibchen«, sagte er mit einer wegwerfenden Handbewegung. Dann führte er mich durch einen Gang und weiter in ein Zimmer auf der rechten Seite. Der Raum war nicht groß, aber mit den schönsten Möbeln ausgestattet, die ich je gesehen hatte. In der Mitte stand ein Tisch aus schwarzem Eichenholz mit kunstvoll gedrechselten Beinen, und darauf prangten silberne Becher und ein vornehmer Tafelaufsatz, der glänzte, als sei er aus Gold. Von der Decke hingen silberne Lampen, die bereits angezündet waren – es wurde allmählich dunkel – und einen angenehmen Duft verbreiteten. In der Feuerstelle, die einen Rauchabzug hatte, was damals eine Seltenheit war, brannte ein kleines Holzfeuer. An den Wänden hingen Gobelinteppiche und bestickte Seidentücher.

Während ich mich noch umsah, nahm mein Onkel seinen Umhang ab. Darunter trug er ein ziemlich fadenscheiniges Gewand aus kostbarem Stoff. Sein Samtkäppchen behielt er auf dem Kopf. Dann forderte er mich auf, es ihm gleichzutun, und als ich mein Übergewand abgelegt hatte, musterte er mich im Lampenschein von Kopf bis Fuß.

»Ein stattlicher junger Mann«, murmelte er vor sich hin. »Was gäbe ich nicht darum, noch einmal so jung zu sein und so auszusehen. Die kräftigen Glieder und die harten Sehnen hat er wohl von seinem Vater, denn ich war immer schmal und hager, und mein Vater desgleichen. Neffe Hubert, ich habe gehört, wie du in Hastings mit den Franzosen umgesprungen bist, Gott möge sie verfluchen, und ich will nicht leugnen, ich bin stolz auf dich. Ob ich es auch bleiben werde, ist eine andere Frage. Komm her.«

Ich gehorchte, er faßte mir mit seiner zarten Hand in die Locken, zog meinen Kopf zu sich herab, küßte mich auf die Stirn und sagte leise: »Ich habe weder Kind noch Kegel, und du bist der letzte Ast vom alten Baum. Mögest du ihm Ehre machen.«

Dann bedeutete er mir, mich zu setzen, und läutete mit einem Silberglöckchen, das auf dem Tisch stand. Wieder wurde er sofort gehört, woraus ich den Schluß zog, daß Meister Grimmer über eine gut ausgebildete Dienerschaft verfügte. Das Echo des Glöckchens war noch nicht verklungen, als sich hinter einem der Gobelins eine Tür auftat, zwei wohlgestalte Dienstmägde, große, stattliche Frauenzimmer, eintraten und das Essen auftrugen.

»Hübsche Dinger, Neffe; kein Wunder, daß du große Augen machst«, sagte er, nachdem sie hinausgegangen waren, um noch weitere Speisen zu holen. »Obwohl ich alt bin, habe ich so etwas gerne um mich. Frauen für drinnen und Männer für draußen, so lautet das Gesetz der Natur, und der Tag, der daran etwas ändert, ist ein Unglückstag. Doch hüte du dich vor den schönen Frauen, Neffe, und um eins möchte ich dich besonders bitten: steh ab davon, die beiden zu küssen, wie du es mit Lady Blanche Aleys in Hastings getan hast. Du brächtest nur Unruhe in mein Haus, und ich will nicht, daß du meine Dienerinnen zu deinen Gespielinnen machst.«

Ich antwortete nicht, denn es verwirrte mich sehr, daß mein Onkel über mich und meine Angelegenheiten so gut Bescheid wußte. Später sollte ich erfahren, daß zumindest ein Teil dieses Wissens von meinem Beichtvater, dem alten Priester stammte. Der hatte nämlich meine ganze Geschichte in einem Empfehlungsbrief geschildert und diesen Brief gleich am nächsten Morgen nach dem Brand mit einem königlichen Boten nach London geschickt. Mein Onkel schien auch gar keine Antwort zu erwarten, denn er hieß mich Platz nehmen und zugreifen. Alles war aufs appetitlichste angerichtet. Er gab mir mehr auf den Teller, als ich essen konnte, und traktierte mich mit seltenen Weinen, die ich noch nie gekostet hatte, und die er in einem Schrank in seltsamen Glaskaraffen verwahrte. Ich bemerkte übrigens, daß er selbst sehr wenig aß, sondern nur ein wenig an der Geflügelbrust herumstocherte und nicht mehr als einen halben Silberbecher mit Wein leerte.

»Der Appetit ist, wie alle guten Dinge, der Jugend vorbehalten«, seufzte er, als er sah, wie ich es mir von Herzen schmecken ließ. »Bedenke, Neffe, wenn du lange genug lebst, wird der Tag kommen, da der deine so schwach ist wie heute der meine. Vanitas vanitatum, sagte der Prediger, es ist alles eitel!«

Endlich brachte ich keinen Bissen mehr hinunter. Mein Onkel läutete abermals das Silberglöckchen, die hübschen Dienstmädchen erschienen – beide trugen die gleiche, grüne Tracht – und räumten die leeren Teller ab. Als sie wieder gegangen waren, kauerte er sich vor das Feuer, rieb sich die knochigen Hände, und sagte plötzlich:

»Und jetzt will ich hören, wie meine Schwester starb, und was es sonst noch zu berichten gibt.«

Und so schilderte ich, so gut ich konnte, den Ablauf der Geschehnisse von dem Augenblick an, da ich von Bord meines Fischerbootes aus die französische Flotte gesichtet hatte.

»Du bist nicht dumm«, sagte er, als ich zu Ende war. »Du kannst reden wie ein Schreiber, und du läßt die Ereignisse so lebendig werden, daß der Zuhörer sie deutlich vor sich sieht. Dazu sind, wie ich festgestellt habe, nur wenige fähig. Das ist also die ganze Geschichte. Nun, deine Mutter hatte ein tapferes Herz, und sie ist so in den Tod gegangen, wie es sich einst jeder Nordländer ersehnte. Selbst ich, der alte Schurke von einem Kaufmann, würde mir einen solchen Abgang wünschen, wenn auch wohl leider vergebens, hat mir das Schicksal doch gewiß bestimmt, wie eine Kuh im Stroh zu sterben. Bete zum Allvater Odin – nein, das ist eine Ketzerei, für die ich brennen könnte, falls du oder die beiden Mägde sie den Priestern hinterbrächten – nein, bete zu Gott, er möge dir ein besseres Ende gewähren, ein Ende wie es, wenn die Überlieferung nicht trügt, dem alten Thorgrimmer beschieden war. Schließlich trägst du sein Schwert, und daß du es wohl zu gebrauchen wußtest, davon kann der französische Ritter in der Hölle berichten.«

»Wer war Odin?« fragte ich.

»Der höchste Gott des Nordens. Hat deine Mutter dir nie von ihm erzählt? Nein, dafür war sie wohl eine zu gute Christin. Aber er lebt weiter, Neffe. Glaube mir, Odin lebt im Blute jedes Kämpfers, so wie Freya im Herzen aller Liebenden lebt, ob Knabe oder Maid. Die Götter wechseln nur die Namen, aber – pst! pst! – sprich niemals von Odin oder Freya, denn damit machst du dich der Ketzerei oder, was noch schlimmer ist, des Heidentums schuldig. Was hast du jetzt vor? Warum bist du nach London gekommen?«

»Weil Mutter wollte, daß ich hier mein Glück suche.«

»Glück – was ist schon Glück? Jugend und Gesundheit sind das höchste Glück auf Erden, doch wer mit dem Reichtum umzugehen weiß, kommt doch wohl weiter als die anderen. Auch sind schöne Dinge dem Auge angenehm und erfreuen das Herz, wenn sie auch in der letzten Stunde jegliche Bedeutung verlieren, denn nackend kamen wir aus dem Dunkel, und nakkend kehren wir dahin zurück. Vanitas vanitatum, es ist alles eitel!«

KAPITEL IV

Kari

So begann mein Leben in London im Hause meines Onkels John Grimmer, den man auch den Goldschmied nannte. In Wahrheit war er freilich mehr als das, denn er arbeitete und handelte nicht nur mit wertvollen Dingen; er verlieh auch gegen Sicherheit und Zinsen Gelder an Angehörige der feinen Gesellschaft, die dafür Bedarf hatten, sogar an König Richard und seinen Hof. Auch besaß er Schiffe und machte viele Geschäfte mit Holland und Frankreich, ja, und auch mit Spanien und Italien. Trotz seines bescheidenen Auftretens verfügte er also über große Reichtümer, die sich gleich einem Schneeball, der einen Berg hinabrollt, immer noch weiter vermehrten. Darüberhinaus besaß er besonders in der Umgebung von London zahlreiche Ländereien, bei denen ebenfalls noch mit Wertsteigerungen zu rechnen war.

»Münzen können schmelzen«, pflegte er zu sagen, »Pelze werden vom Alter und von den Motten zerfressen, und in die Häuser brechen Diebe ein und stehlen, was man hat. Aber das Land bleibt – wenn die Besitzurkunde gültig ist. Kaufe deshalb Land, denn das kann dir keiner wegtragen, möglichst in der Nähe eines Marktfleckens oder einer aufstrebenden Stadt, dann verpachte es an irgendwelche dummen Bauern, damit sie es bewirtschaften, oder verkaufe es an andere Dummköpfe weiter, die große Häuser bauen und ihr Hab und Gut darauf verschwenden wollen, Scharen von faulen Dienstboten durchzufüttern. Häuser sind gefräßig, Hubert, und je größer sie sind, desto mehr verschlingen sie.«

Wir gingen beide stillschweigend davon aus, daß ich

bei ihm wohnen bleiben würde, es wurde weiter kein Wort darüber verloren. Am Morgen nach meiner Ankunft erschien gar, vermutlich im Auftrag meines Onkels, denn von Bezahlung war nie die Rede, ein Schneider und nahm Maß für einige Kleidungsstücke, die er für erforderlich hielt. Mein Onkel erlaubte mir auch, meine Kammer nach meinem Geschmack einzurichten und wies mir im hinteren Teil des Hauses, das übrigens viel größer war, als es von außen den Anschein hatte, einen zweiten Raum als Arbeitszimmer zu. Doch woran ich dort arbeiten sollte, sagte er nicht.

In den ersten Tagen blieb ich noch müßig und sah mir mit staunenden Augen die Sehenswürdigkeiten von London an. Meinen Onkel traf ich nur zu den Mahlzeiten, die wir manchmal allein, manchmal aber auch in Gesellschaft von Schiffskapitänen und gelehrten Schreibern oder von anderen Kaufleuten einnahmen. Mein Onkel wurde dabei stets mit großer Ehrerbietung behandelt, und ich fand bald heraus, daß die anderen in Wahrheit seine Diener waren. Am Abend waren wir jedoch immer unter uns, und dann goß er sein Wissen über mich aus, und ich hörte zu und sagte wenig. Am sechsten Tag wurde ich des Nichtstuns allmählich überdrüssig und erkühnte mich zu fragen, ob er nicht Arbeit für mich hätte.

»Mehr als genug, wenn dir der Sinn danach steht«, antwortete er. »Setz dich, nimm Feder und Papier und schreibe, was ich dir sage.«

Dann diktierte er mir einen kurzen Brief über eine Lieferung Wein aus Spanien, und las ihn sorgfältig durch, als ich die Tinte mit Streusand getrocknet hatte.

»Du hast alles richtig mitbekommen«, sagte er erfreut, »und die Schrift ist gut leserlich, wenn auch noch etwas kindlich. Du hast da unten in Hastings ja doch einiges gelernt, ich dachte schon, man hätte dich nur im Umgang mit Tauen und mit Pfeil und Bogen unterwiesen. Arbeit? Ja, die gibt es hier in Hülle und Fülle, vertrauliche Dinge, die ich aus Angst um meine Geheimnisse keinem meiner Schreiber geben möchte. Denn wisse«, fuhr er fort, und seine Stimme wurde streng, »eins gibt es, was ich nie verzeihe, und das ist Verrat. Vergiß das nie, Neffe Hubert, nicht einmal in den Armen deiner Geliebten, falls du so töricht sein solltest, den Frauen nachzustellen, und auch nicht, wenn du betrunken bist.«

Während er noch redete, ging er zu einer Eisentruhe, schloß sie auf, zog eine Rolle Pergament heraus und hieß mich damit in mein Arbeitszimmer gehen und sie kopieren. Ich stellte rasch fest, daß es sich um eine Aufstellung all seiner Besitztümer und Liegenschaften handelte, und glaubt mir, ich wünschte bald, es wären nicht so viele gewesen. Ich mühte mich den ganzen Tag lang damit ab, nur zu Mittag unterbrach ich die Arbeit, um etwas zu essen. Bald schwamm mir alles vor den Augen, und die Finger taten mir weh. Zugleich war ich von Stolz erfüllt, denn ich erriet, daß mein Onkel zwei Gründe hatte, mir diesen Auftrag zu erteilen: erstens, um mir sein Vertrauen zu beweisen, und zweitens, um mich so ganz nebenbei mit dem Umfang seines Besitzes vertraut zu machen. Bei Einbruch der Dunkelheit war ich fertig und hatte die Kopie auch überprüft. Als mich die Dienstmagd in der grünen Tracht zum Essen rief, verbarg ich Abschrift und Original unter meinem Rock.

Bei Tisch fragte mich mein Onkel, was ich an diesem Tag gesehen hätte. Ich antwortete – nichts als Ziffern und krakelige Buchstaben – und reichte ihm die beiden Pergamente. Er verglich sie Punkt für Punkt.

»Ich bin mit dir zufrieden«, sagte er endlich, »denn bisher finde ich hier nur einen einzigen Fehler, und der geht zu meinen und nicht zu deinen Lasten; auch hast du an einem Tag die Arbeit von zweien geschafft. Dennoch ist es nicht recht, wenn du, der du an das Leben im Freien gewöhnt bist, die Nase nun beständig in

Urkunden und Inventarlisten stecken sollst. Du und dein Pferd, ihr braucht Bewegung. Deshalb habe ich morgen eine andere Aufgabe für dich.«

Tatsächlich verließ ich am nächsten Tag in Begleitung von zwei kräftigen Dienern, die mir auch als Führer dienten, die Stadt. Ich sollte an den Ufern der Themse ein schönes Landgut besichtigen, die Pächter aufsuchen und ihm über ihre Wirtschaftsführung berichten. Des weiteren sollte ich mir ein Waldstück ansehen, aus dem er Eichen für den Schiffsbau zu schlagen gedachte. Die Diener stellten mich den Pächtern vor, ich tat, wie mir befohlen, und als ich am Abend in die Stadt zurückkehrte, konnte ich ihm alle Auskünfte geben, die er verlangte. Darüber war er sehr erfreut, denn offenbar hatte er dieses Gut schon seit fünf langen Jahren nicht mehr besucht.

An einem der folgenden Tage wurde ich zum Hafen geschickt, um zu überwachen, wie einige seiner Waren auf Schiffe verladen wurden, ein andermal nahm er mich mit zu einer Auktion, bei der Pelze aus dem hohen Norden versteigert wurden, aus Ländern also, wo angeblich der Schnee niemals schmilzt und stets Eis auf dem Meere schwimmt.

Auch stellte er mich anderen Kaufleuten vor, mit denen er Geschäfte machte, seinen zahlreichen, meist geheimen Mittelsmännern, sowie verschiedenen Goldschmieden, die Gelder für ihn verwahrten, gewissermaßen seine Partner waren und mit ihm so etwas wie ein Kontor unterhielten, das für Notfälle jedem der Beteiligten kurzfristig größere Geldsummen zur Verfügung stellen konnte. Schließlich schärfte er seinen Schreibern und allen Hausbewohnern ein, jede meiner Anweisungen zu befolgen, doch so weit ging er erst, nachdem ich schon längere Zeit bei ihm gewesen war.

Auf diese Weise fügte es sich, daß ich nach einem Jahr John Grimmers vielfältige Unternehmungen bis in den letzten Winkel kannte, und daß bereits nach zwei

Jahren die Leitung großer Teile davon in meine Hände übergegangen war. Ein Geschäft, den Geldverleih an hochgestellte Persönlichkeiten, ja, sogar an den Staat, behielt er sich bis ganz zum Schluß selber vor, doch irgendwann machte er mich auch damit vertraut. Nun lernte ich etliche Leute kennen, die heimlich zu uns kamen und um Kredite bettelten, uns aber, wenn sie uns auf der Straße begegneten, höchstens von oben herab zunickten. Mein Onkel pflegte sich in solchen Fällen tief zu verneigen, ohne den Blick zu erheben, und verlangte, daß ich seinem Beispiel folge. Waren die Betreffenden jedoch außer Hörweite, dann lachte er in sich hinein und sagte:

»Da zappeln sie in meinem Netz wie die Goldfische! Laß sie nur glitzern und funkeln, früher oder später liegen sie doch alle auf dem Trockenen. Vanitas vanitatum! Alles ist eitel, und ihresgleichen gab es gewiß auch schon zur Zeit des weisen Salomon.«

So geriet ich immer mehr in die Mühle dieses Unternehmens hinein und mühte mich nach Kräften. Um mich gesund zu erhalten, verbrachte ich jede freie Minute mit meinem Langbogen am Schießstand, wo es keiner mit mir aufnehmen konnte, oder übte mich im Schwertkampf in einer Waffenschule, die von einem italienischen Fechtmeister geleitet wurde. An Sonn- und Feiertagen ritt ich nach der Messe oft aus der Stadt hinaus und besuchte die Güter meines Onkels, wo ich manchmal auch die Nacht verbrachte. Ein paarmal segelte ich mit einem seiner Schiffe nach Holland oder nach Calais.

Eines Tages, ich war etwa achtzehn Monate bei ihm, sagte er plötzlich zu mir:

»Du pflügst den Acker, Hubert, doch erhebst du nicht den Zehnten auf die Ernte, sondern lebst von der Freigebigkeit des Bauern. Fortan nimmst du dir, soviel du willst. Ich verlange keine Rechenschaft.«

So war ich plötzlich reich, doch im Grunde gab ich

nur wenig aus, denn ich stellte keine großen Ansprüche, und außerdem verzichtete mein Onkel grundsätzlich auf äußeres Gepränge, weil man damit nach seiner Ansicht nur Neid erregte. Von da an zog er sich allmählich aus dem Unternehmen zurück, denn das Alter machte ihm zunehmend zu schaffen und zehrte an seinen Kräften. Auch die wichtigsten Geschäfte übertrug er mir, er selbst beschränkte sich darauf, sich von Zeit zu Zeit danach zu erkundigen und mir Ratschläge zu erteilen. Doch um nicht ganz untätig zu sein, kümmerte er sich um den Laden, seine Leimrute, wie er ihn nannte. Dort schacherte er mit seinem Schmuck und seinen Pelzen, als sei er auf jedes Goldstück angewiesen, und überwachte zudem die Werkstatt, wo von fähigen und gut bezahlten Goldschmieden, die zum Teil aus dem Ausland kamen, nach seinen künstlerischen Entwürfen die schönsten Kleinodien und Gefäße angefertigt wurden.

»Man endet dort, wo man begonnen hat«, pflegte er zu sagen. »Schmied war ich seit meiner Kindheit, und als Schmied werde ich sterben. Was für ein Los für einen Nachkommen des alten Thorgrimmer! Und dich will ich, wie es aussieht, unter das gleiche Sklavenjoch zwingen. Aber wer weiß? Wer weiß? Der Mensch denkt, und Gott lenkt.«

Es zeigt sich oft, daß alte Männer, wenn sie ihr Lebenswerk aufgeben, sich bald darauf auch vom Leben selbst verabschieden. Meinem Onkel erging es ebenso. Er wurde von Tag zu Tag schwächer, und zu Beginn des dritten Winters nach meiner Ankunft legte er sich zu Bett und stand nicht mehr auf. In der Geburtsstunde des neuen Jahres segnete er schließlich das Zeitliche.

Er blieb bis zum Ende bei vollem Bewußtsein, und sein Verstand arbeitete niemals schärfer als in der Nacht seines Todes. Ich begab mich nach dem Essen wie jeden Abend in sein Zimmer und fand ihn mit einer wunderschönen Handschrift des Buches des weisen Salomon, der auch der Prediger genannt wird, jenem Werk also, das er allen anderen vorzog, weil er seine eigenen Gedanken darin wiederfand. »Ich sammelte mir auch Silber und Gold und was Könige und Länder besitzen«, las er mir vor, aber vielleicht waren die Worte nur für ihn selbst bestimmt. »Und war größer als alle, die vor mir waren … Als ich aber ansah alle meine Werke, die meine Hand getan hatte, und die Mühe, die ich gehabt hatte, siehe, da war es alles eitel und Haschen nach Wind und kein Gewinn unter der Sonne.«

Damit schlug er das Buch zu und sagte:

»Auch dir wird es dereinst so ergehen, Neffe, wenn die schlimme Zeit des Alters über dich kommt. Wie jeder Mensch wirst du dann sagen: ›Und es verdrießt mich.‹ Hubert, ich gehe in meine ferne Heimat, und ich bin darob nicht traurig. In meiner Jugend habe ich viel Leid erfahren. Ich habe dir nie davon erzählt, doch ich war einst vermählt und hatte einen Sohn, einen aufgeweckten Jungen, und ich liebte ihn und seine Mutter von ganzem Herzen. Dann kam die Pest und nahm sie mir beide. So war mir nichts geblieben. Nun war ich von Natur aus einer von denen, die sich der Frauen entwöhnen konnten, was für dich, fürchte ich, nicht gilt, Hubert, außerdem sah ich, wieviel Elend herrscht in der Welt und wie jene, die man vornehm nennt, die mir aber verhaßt sind, die Niedrigen schinden, und so beschloß ich, Gutes zu tun. Seither gebe ich bis auf den heutigen Tag die Hälfte aller meiner Gewinne an Einrichtungen, die Arme und Kranke betreuen; ich habe dir eine Liste der Empfänger zusammengestellt, für den Fall, daß du das wohltätige Werk nach meinem Tode fortsetzen willst, wozu ich dich aber in keiner Weise verpflichten möchte. Denn wisse, Hubert, ich habe dir alles hinterlassen, was mein ist: das Gold und die Schiffe und meine gesamte Habe seien dein, die

Ländereien jedoch, der wertvollste Teil des Besitzes, gehören dir nur auf Lebenszeit. Danach fallen sie an deine Kinder, oder, solltest du kinderlos sterben, an die Spitäler zur Pflege der Kranken.«

Ich wollte ihm danken, doch er winkte ab und fuhr fort:

»Du wirst ein schwerreicher Mann sein, Hubert, einer der reichsten in ganz London; doch sollst du dein Herz nicht an den Reichtum hängen, und vor allem sollst du den Adel nicht nachäffen, und du sollst auch nicht danach streben, aus dem ehrlichen Stande, dem du angehörst, aufzusteigen in die Reihen der sogenannten feinen Gesellschaft, die doch nur aus Müßiggängern, zügellosen Strolchen und Hohlköpfen besteht. Erleichtere sie um ihr Vermögen, wenn du willst, aber dränge dich nicht danach, in Samt und Seide einherzugehen wie sie. Das ist der letzte Rat, den ich dir geben kann.«

Er schwieg eine Weile und zupfte nach Art der Sterbenden an den Laken, dann fuhr er fort:

»Du sagtest mir, deine Mutter hätte dir ein Dasein als ruheloser Wanderer prophezeit, und ich fühle mich gerade jetzt gedrängt, ihr beizupflichten. Ich sehe dich in weiter Ferne, inmitten von Kriegswirren, heiß geliebt, von Glanz und Reichtum umgeben, und du hältst Wogenlohe in der Hand wie einst unser Ahnherr Thorgrimmer. Nun denn, du wirst gehen müssen, wohin man dich ruft oder wohin der Wind dich treibt, auch wenn es vieles gibt, was dich zu Hause halten könnte. Ich wünschte, du wärst vermählt, die Ehe ist ein Anker, den kaum ein Schiff loszureißen vermag. Dennoch bin ich mir nicht sicher, weiß ich doch nicht, wer deine Gemahlin wäre, und ist der Anker erst gefallen, dann kann ihn keine Winsch mehr heben, und nur der Tod vermag die Kette zu zerreißen. Ein Wort noch. Du bist jung und stark, doch bedenke, so wie ich heute bin, so wirst eines Tages auch du sein. Heute ich, morgen du, sagte der alte Weise, so war es immer, und so wird es auch bleiben.

Hubert, ich weiß nicht, warum wir nur geboren werden, um zu kämpfen und zu leiden und am Ende doch dem Tod in die Schlinge zu laufen. Ich kann nur hoffen, daß die Priester recht haben und uns ein zweites Leben beschieden ist, auch wenn Salomon daran nicht glaubte; ein Leben in einer Welt, wo es weder Sünde, noch Leid, noch Todesangst gibt. Wenn dem so ist, dann werden wir uns gewiß in einem anderen Lande wiederbegegnen, und dann werde ich Rechenschaft verlangen für den Reichtum, den ich dir anvertraut habe. Gedenke meiner bisweilen in Freundschaft, denn wir sind eines Blutes, und ich habe dich liebgewonnen, und solange wir in den Herzen unserer Lieben weiterleben, sind wir nicht wahrhaft tot. Komm näher und laß dich segnen auf all deinen Wegen, solange du noch im Licht der Sonne wandelst.«

So segnete er mich denn mit schönen und herzlichen Worten und küßte mich auf die Stirn. Dann bat er mich, ihn zu verlassen, und die Frau zu ihm zu schicken, die bei ihm Wache hielt, denn er wolle nun schlafen.

Und als sie um Mitternacht, als die Glocken das neue Jahr einläuteten, nach ihm sah, da war er tot.

* * *

John Grimmer – der letzte dieses Namens – wurde auf eigenen Wunsch neben den Gebeinen seiner Frau und seines Sohnes, die diese Welt vor mehr als fünfzig Jahren verlassen hatten und längst vergessen waren, nur einen Steinwurf von seinem Wohnhaus entfernt im Chor einer Kirche im Cheap beigesetzt. Die Trauerfeier war, auch das auf seinen Wunsch, sehr schlicht, dennoch kamen viele Gäste, auch einige von Rang und Namen, obwohl es ein kalter Tag war und sogar

Schnee fiel. Ich konnte nicht umhin zu bemerken, mit wieviel Respekt mir gewisse Personen begegneten, die mich bisher keines Wortes gewürdigt hatten – inzwischen hatte sich herumgesprochen, daß ich sein Erbe war. Einige gingen sogar so weit, mich beiseitezunehmen und mich ihrer Hoffnung zu versichern, die langjährige Freundschaft, die sie mit meinem hochverehrten Onkel verbunden habe, mit mir fortsetzen zu können.

Als ich hinterher in seinen privaten Aufzeichnungen die entsprechenden Namen nachschlug, stellte ich fest, daß ausnahmslos jeder von diesen Leuten bei ihm verschuldet war.

Nach der Testamentseröffnung durfte ich mich als Herr über viele Legionen beziehungsweise über mehr Geld, Land und sonstigen Besitz fühlen, als ich mir jemals hätte träumen lassen, und zunächst hatte ich nicht übel Lust, die Arbeit aufzugeben und mich auf einem der vielen Herrensitze niederzulassen, um den Rest meiner Tage in Saus und Braus zu verleben. Doch nahm ich davon rasch wieder Abstand, einerseits, weil ich mich davor scheute, mich an neue Gesichter und eine neue Umgebung zu gewöhnen, und anderseits, weil ich ganz sicher war, daß dies nicht im Sinne meines Onkels gewesen wäre.

Statt dessen nahm ich mir vor, ihn in dem Spiel, das er gespielt hatte, noch zu übertreffen. Er war als reicher Mann gestorben; ich beschloß, mein Leben als fünf- bis zehnmal reicherer Mann zu beschließen; der reichste Mann Englands wollte ich werden, nicht, weil mir das Geld an sich so viel bedeutet hätte – tatsächlich gab ich für mich selbst sehr wenig aus –, sondern weil mir damals nichts erstrebenswerter erschien, als es zu erwerben und damit Macht zu gewinnen. So stürzte ich mich denn mit Feuereifer in die Arbeit, vergrößerte verschiedene Bereiche des Unternehmens auf das Doppelte oder gar Dreifache und machte immer größere Gewinne, denn selbst wo ich es an Geschick und Weitsicht fehlen ließ, blieb mir Fortuna so unwandelbar treu, daß ich irgendwann abergläubisch wurde und ihre Gaben zu fürchten begann. Auch war ich sehr darauf bedacht, meinen Reichtum vor den Augen der Welt zu verbergen. Vieles legte ich unter dem Namen von vertrauenswürdigen Mitmenschen an, während ich selbst weiterhin aufs bescheidenste in dem gleichen alten Hause lebte. Ich wollte nicht den Neid der Hungernden erregen oder vornehmen Verschwendern zur leichten Beute werden.

Es war im Sommer nach dem Tod meines Onkels. Ich war zum Hafen hinuntergeritten, um das Entladen eines Schiffes zu überwachen, das von Venedig gekommen war und viele Waren aus dem fernen Osten wie Elfenbein, Seidenstoffe, Gewürze, Glas, Teppiche etc. für mich mitgebracht hatte. Nachdem ich mich vergewissert hatte, daß all die Kostbarkeiten sicher im Lagerhaus untergebracht waren, beauftragte ich einen meiner Untergebenen, die Warenliste mit der tatsächlichen Lieferung zu vergleichen, und wollte zu meinem Pferd gehen.

Auf dem Weg dorthin beobachtete ich, wie eine Horde von Halbwüchsigen und Müßiggängern jemanden in ihrer Mitte bedrängte. Das arme Opfer, ein hochgewachsener Mann, hatte sich sein Gewand – es erinnerte an ein zerschlissenes Schaffell, aber das konnte nicht sein, denn die Wolle war von rötlicher Farbe und ungewöhnlich lang und weich – so weit über den Kopf gezogen, daß das Gesicht kaum zu erkennen war, und stand so geduldig da wie ein Märtyrer am Brandpfahl. Die Rabauken bewarfen ihn mit Fischköpfen und verfaultem Obst, wie sie im Hafen haufenweise herumlagen, und beschimpften ihn mit derben Worten, wobei ›Dreckiger Maure‹ noch einer der gemäßigteren Ausdrücke war.

Solche Szenen spielten sich häufig ab, doch dieser

Mann strahlte soviel Ruhe und Würde aus, daß es mir ans Herz griff. Ich ging also auf die Meute zu und forderte sie auf, das Spiel zu beenden. Ein Bauerntölpel, der nicht wußte, wen er vor sich hatte, stieß mich beiseite und empfahl mir, mich um meine eigenen Angelegenheiten zu kümmern, doch ich war damals sehr stark und versetzte ihm einen Hieb zwischen die Augen. Er fiel um wie ein Ochse und blieb halb betäubt liegen. Als seine Kumpane mich bedrohen wollten, blies ich in mein Pfeifchen, worauf zwei von meinen Dienern – ich ritt in diesen unruhigen Zeiten nur selten ohne Begleitung aus – hinter einem Schuppen hervorgelaufen kamen und Anstalten machten, ihre Kurzschwerter zu zücken. Daraufhin gaben die Strolche rasch Fersengeld.

Sobald sie abgezogen waren, wandte ich mich dem Fremden zu. Bei dem Handgemenge war ihm die Kapuze vom Kopf gerutscht, und nun sah ich, daß er etwa dreißig Jahre alt und dunkelhäutig war. Sein edel geschnittenes Gesicht war bartlos, er hatte glattes, schwarzes Haar, blitzende, schwarze Augen und eine Adlernase. Eines seiner Ohrläppchen war auf ganz ungewöhnliche Weise durchbohrt, man hatte nämlich den Knorpel so stark gedehnt, daß ein Ring entstand, in dem ein kleiner Apfel Platz gefunden hätte. Arme und Beine waren so mager, als sei er am Verhungern, seine Rippen konnte man zählen, die Haut war mit Kratzern und Schrammen übersät, und auf der Stirn prangte ein riesiger Bluterguß. Der Fremde war verwirrt und sehr geschwächt, doch hatte er wohl begriffen, daß ich ihm freundlich gesonnen war, denn er verneigte sich langsam und artig vor mir und hauchte drei Küsse in die Luft. Was das zu bedeuten hatte, wußte ich damals noch nicht.

Ich sprach ihn auf Englisch an, aber er gab mit leichtem Kopfschütteln zu erkennen, daß er kein Wort verstand. Dann schien ihm etwas einzufallen, denn er klopfte sich mehrmals an die Brust und sagte bei jeder

Berührung mit ungewöhnlich sanfter Stimme: »Kari.« Daraus schloß ich, daß dies sein Name sei. Jedenfalls nannte ich ihn von da an Kari.

Nun stellte sich die Frage, was ich mit ihm anfangen sollte. Hierlassen konnte ich ihn nicht, er wäre nur weiter verspottet worden und elend zugrundegegangen, und wo ich ihn sonst hinschicken sollte, wußte ich nicht. So fiel mir denn nichts Besseres ein, als ihn mit nach Hause zu nehmen. Ich faßte ihn behutsam am Arm, führte ihn zu unseren Pferden, bedeutete ihm, eins davon zu besteigen, und hieß den Diener, der es geritten hatte, zu Fuß gehen. Doch der Anblick der Pferde versetzte meinen Schützling in Todesangst, er begann am ganzen Leibe zu zittern, der Schweiß brach ihm aus, und er klammerte sich schutzsuchend an mich. Kein Zweifel, er hatte solche Tiere noch nie gesehen, und er war auch durch nichts zu bewegen, sich ihnen zu nähern. Immer wieder schüttelte er den Kopf und wies auf seine Füße, was ich so verstand, daß er trotz seiner Schwäche lieber laufen als reiten wolle.

Ich gab schließlich nach und marschierte mit ihm vom Themseufer bis zum Cheap. Ihn allein zu lassen, wagte ich nicht, aus Angst, er würde sich aus dem Staub machen. Der dunkelhäutige Landstreicher und ich gaben sicher ein sehr seltsames Paar ab, doch zum Glück wurde es bereits dunkel, und die Straßen leerten sich. Die wenigen Leute, die uns sahen, dachten wohl, ich hätte einen Dieb aufgegriffen und bringe ihn nun in den Kerker.

Endlich erreichten wir das ›Bootshaus‹, wie mein Domizil nach der Tafel mit dem alten Wikingerschiff, die noch mein Onkel schnitzen und über der Tür hatte anbringen lassen, allgemein genannt wurde. Als ich mit meinem Begleiter das Haus betrat, wurden die Augen in dem schmalen Gesicht so groß wie bei einer Eule. Besonders verblüffte ihn die Treppe, denn er hob vor jeder Stufe das Bein hoch in die Luft.

Ich führte ihn in ein leeres Gästezimmer. Neben dem Bett und etlichen anderen Möbeln stand hier ein silbernes Waschgeschirr, ein Becken mit dazugehörigem Krug, eins von den vielen, schönen Dingen, die John Grimmer von irgendwoher mitgebracht hatte. Dieses Geschirr zog sofort Karis Aufmerksamkeit auf sich, und als ich die Kerzen entzündet hatte, starrte er es zunächst so unverwandt an, als seien ihm die beiden Gegenstände wohlvertraut. Dann bat er mich mit einem Blick um Erlaubnis, ging zu dem Krug, der stets mit Wasser gefüllt war, denn ich hatte oft unerwarteten Geschäftsbesuch, und hob ihn auf. Nachdem er wie zu einem Trankopfer ein paar Tropfen auf den Fußboden geschüttet hatte, setzte er ihn an die Lippen und trank in tiefen Zügen. Er war wohl fast umgekommen vor Durst.

Nun füllte er, ohne lange zu fackeln, das Becken, warf das zerrissene Fell ab und begann, sich bis zur Taille zu waschen. Die Lenden waren unter einem zweiten Kleidungsstück, einem schmutzigen Baumwolltuch verborgen, das einige Ähnlichkeit mit einem Frauenunterrock hatte. Während ich dem Fremden zusah, bemerkte ich zweierlei: Erstens war sein armer Körper genau wie sein Gesicht und seine Hände so sehr von Kratzern und Schrammen gezeichnet, als sei er in einen Dornbusch gefallen, und er hatte überall blaue Flecken, als sei er getreten und geschlagen worden. Zweitens trug er um den Hals eine etwa vier Zoll lange, goldene Figur, wie ich sie noch nie gesehen hatte. Sie war sehr primitiv gearbeitet, die Knie waren hochgezogen bis zum Kinn, aber das Gesicht mit den Augen aus kleinen Smaragden war von einem Ernst geprägt, der mich tief beeindruckte.

Bevor Kari sich selbst mit Wasser benetzte, wusch er unter ständigen Verbeugungen zunächst diese Figur, und als er sah, daß ich ihn beobachtete, blickte er zum Himmel auf und sprach ein Wort, daß sich wie *Pacha-*

camac anhörte. Ich schloß daraus, daß es sich um ein Götzenbild handle, das der arme Mann verehrte. Um die Leibesmitte hatte er schließlich noch einen halb gefüllten Lederbeutel gebunden, wobei ich nicht erkennen konnte, was er enthielt.

Ich holte eine Waschkugel aus Buchenasche und Olivenöl und zeigte ihm, wie sie zu handhaben sei. Zuerst schrak er vor dem fremden Gebilde zurück, doch als er erst seinen Zweck begriffen hatte, machte er bereitwillig Gebrauch davon, und als er sah, wie sauber seine Haut wurde, lächelte er sogar. Des weiteren brachte ich ihm ein Seidenhemd, ein Paar bequemer Schuhe, eine pelzgefütterte Jacke, die meinem Onkel gehört hatte, und eine Kniehose und zeigte ihm, wie er die Dinge anzuziehen hatte. Er lernte schnell. Der Kamm und die Bürste auf dem Tisch waren ihm offenbar nicht fremd, denn er strählte damit unaufgefordert sein wirres Haar.

Als er soweit fertig war, führte ich ihn die Treppe wieder hinunter und ins Speisezimmer, wo bereits das Abendessen aufgetragen war. Beim Anblick der Speisen begannen seine Augen zu glänzen, er war offenbar völlig ausgehungert. Ich wies ihm einen Stuhl an, doch er wollte nicht darauf Platz nehmen, entweder aus Respekt vor mir, oder weil er keine Stühle kannte. Erst als er den niedrigen Tapisserieschemel entdeckte, auf den mein Onkel einst seine Füße zu stellen pflegte, kauerte er sich darauf nieder. Er aß von allem, was ich ihm gab, und benahm sich dabei trotz seines großen Hungers sehr manierlich. Ich goß etwas portugiesischen Wein in einen Becher und trank ein Schlückchen ab, um ihm zu zeigen, daß er unschädlich war, und nachdem er gekostet hatte, leerte er den Becher bis zum letzten Tropfen.

Ich kürzte die Mahlzeit ab, um zu verhindern, daß er in seinem geschwächten Zustand zuviel aß, und als wir fertig waren, hob er abermals die Augen gen Himmel, wie um Dank zu sagen, kniete dann, wohl ebenfalls aus Dankbarkeit, vor mir nieder, nahm meine Hand und preßte sie gegen seine Stirn. Damit gelobte er, mir allezeit zu dienen, doch das wußte ich damals noch nicht. Da ich sah, wie müde er war, führte ich ihn in sein Zimmer zurück, wies auf das Bett und schloß die Augen, um ihm zu zeigen, daß er darin schlafen solle. Doch dazu war er nicht zu bewegen, er legte sich erst nieder, nachdem er das Bettzeug auf den Boden gezerrt hatte. Dem entnahm ich, daß sein mir unbekanntes Volk gewohnt war, auf der Erde zu schlafen.

Lange zerbrach ich mir den Kopf, wer dieser Mann wohl sein und woher er kommen mochte, denn ich hatte bis dahin noch keinen Menschen gesehen, der ihm in irgendeiner Weise ähnlich gewesen wäre. Fest stand für mich nur, daß er von sehr hohem Rang sein mußte, denn von den Adeligen aus den Ländern, die ich kannte, war keiner so vornehm oder hatte so gute Manieren. Schwarze Menschen, sogenannte Neger, hatte ich schon öfter gesehen, auch andere, etwas höherstehende, die man als Mauren bezeichnete; die meisten waren derbe, ordinäre Burschen, die im Zorn auch vor einem Verbrechen nicht zurückschreckten. Doch jemand wie dieser Kari war mir noch nie begegnet.

Ich mußte lange warten, bis meine Neugier gestillt wurde, und auch dann erfuhr ich nicht allzu viel. Kari lernte zwar mit der Zeit ein wenig Englisch, allerdings nie genug, um sich darin fließend auszudrükken. Stets übersetzte er im Geiste aus seiner eigenen Sprache, die nur so strotzte von fremdartigen Anschauungen und Redewendungen. Erst nach vielen Monaten beherrschte er das Englische endlich so weit, daß ich ihn bitten konnte, mir seine Geschichte zu erzählen, doch obwohl er sich alle Mühe gab, mir den Gefallen zu tun, verstand ich nicht mehr als dies:

Sein Vater sei König über ein mächtiges und sehr, sehr weit entferntes Reich, das Tausende von Meilen jenseits des Meeres in jener Richtung läge, in der die Sonne am Himmel versinke. Er sei der älteste, legitime Sohn, und seine Mutter sei die Schwester des Königs – für mich eine schreckliche Vorstellung, aber vielleicht meinte er ja auch eine Cousine oder eine andere, entfernte Verwandte –, sein Vater habe jedoch Dutzende von weiteren Kindern. Wenn diese Aussage stimmte, so mußte der König einen sehr lockeren Lebenswandel führen und in seinen Gewohnheiten sehr an den weisen Salomon erinnern, den mein Onkel so hoch geschätzt hatte.

Nun hatte Karis königlicher Vater noch einen zweiten Sohn von einer anderen Frau, und dieser Sohn stand seinem Herzen offenbar näher als mein Gast. Er hieß Urco und hatte Kari, den rechtmäßigen Erben, mit eifersüchtigem Haß verfolgt. Außerdem war wie üblich eine Frau im Spiel. Kari hatte nämlich eine Gemahlin, die schönste Frau im ganzen Land, die aber, wenn ich recht verstand, nicht aus seinem Volk kam und auch nicht von seinem Blut war. In diese Frau hatte Urco sich verliebt und begehrte sie, obwohl er selbst genügend Frauen hatte, mit solcher Inbrunst, daß er – er war nämlich Oberbefehlshaber der königlichen Truppen – Kari mit Einwilligung ihres gemeinsamen Vaters mit einem Heer weit über Land schickte, um gegen einen wilden Volksstamm zu kämpfen. Wahrscheinlich hoffte er wie einst David in der Geschichte von Uria und Batseba, die in der Bibel erzählt wird, daß Kari dabei den Tod finden würde. Doch anders als Uria blieb Kari nicht nur am Leben, sondern besiegte das feindliche Volk und kehrte nach zwei Jahren an den Hof des Königs zurück. Inzwischen hatte sein Bruder Urco jedoch seine Frau verführt und in sein Haus genommen. Kari wurde darüber sehr zornig. Er holte sich mit einer königlichen Order seine Frau zurück und ließ sie zur Strafe für ihre Treulosigkeit töten.

Daraufhin verwies ihn sein königlicher Vater, ein gestrenger Herr, des Landes, denn es verstieß gegen das Gesetz, eine Privatfehde wegen einer Frau zu beginnen, die bei aller Schönheit nicht einmal königlichen Geblüts war. Doch bevor Kari in die Verbannung ging, ließ ihm Urco, den der Schmerz über den Verlust seiner Geliebten wohl um den Verstand gebracht hatte, Gift verabreichen. Es handelte sich um ein bestimmtes Gift, das zwar nicht tötete, denn das hätte er nicht gewagt, aber jeden, der es zu sich nahm, vielleicht für immer, vielleicht aber auch nur für ein Jahr oder länger, seines Verstandes beraubte. Von da an, sagte Kari, wisse er nicht mehr viel. Zunächst sei er lange mit Booten umhergefahren und durch Wälder geirrt, dann habe man ihn allein auf einem Floß oder in einem Boot ausgesetzt, und er sei viele, viele Tage ziellos dahingetrieben. Getrunken habe er Wasser aus einem Krug, den er bei sich hatte, und gegessen habe er Trockenfleisch. Außerdem habe er ein wundersames Mittel seines Volkes eingenommen, mit dem sich ein Mensch selbst bei schwerer Arbeit wochenlang am Leben erhalten könne. Ein Rest davon befinde sich noch in seinem Lederbeutel.

Endlich sei er von einem großen Schiff aufgenommen worden, wie er noch nie eins gesehen habe, doch auch von diesem Schiff sei ihm nur wenig in Erinnerung geblieben. Erst im Hafen, als ich ihn fand, sei sein Verstand mit einem Mal wieder klar geworden. Er glaube jedoch, von einem Fischerboot an Land gesetzt worden zu sein. Das Schiff sei anderswohin gefahren, und die Leute hätten ihn kurzerhand in dieses Boot geworfen. Dann sei er an einem Fluß entlanggewandert, bis er in die Stadt kam. Die Geschichte klang sehr verworren, doch die Blutergüsse auf seiner Stirn und an seinem Körper schienen sie zu bestätigen. Da ich sie jedoch erst nach Monaten aus Kari herausbekam, waren die Fischer und ihr Boot natürlich längst wer weiß wo.

So fragte ich ihn denn nach dem Namen seines Heimatlandes, und er antwortete, es heiße *Tavantinsuyu*, und fügte hinzu, es sei ein wunderschönes Land mit vielen Städten und Kirchen, mit hohen, schneebedeckten Bergen, fruchtbaren Tälern und weiten Hochflächen und mit heißen, von großen Flüssen durchzogenen Wäldern.

Daraufhin erkundigte ich mich bei allen Gelehrten, die ich finden konnte, insbesondere bei solchen, die weit gereist waren, nach diesem Lande Tavantinsuyu, aber keiner hatte auch nur den Namen jemals gehört, und so behaupteten sie, mein braunhäutiger Mann müsse aus Afrika gekommen sein. Sein Geist sei verwirrt, und so habe er jenes mysteriöse Land weit im Westen, wo die Sonne versank, wohl nur erfunden.

Damit mußte ich mich zunächst zufriedengeben, obwohl ich Kari zu jener Zeit für vollkommen normal hielt, auch wenn er früher einmal von Sinnen gewesen sein sollte. Gewiß, er war ein großer Träumer, so behauptete er etwa, das Gift seines Bruder habe ›ein Loch in seinen Geist gefressen‹, und durch dieses Loch könne er nun Dinge hören und sehen, die anderen verborgen blieben. Tatsächlich erkannte er die geheimen Motive vieler Menschen mit so erstaunlicher Klarheit, daß ich ihn bisweilen lachend bat, mir doch auch etwas von dem Gift zu geben, damit ich meinen Mitmenschen ins Herz schauen könne. Und von einem war er stets vollkommen überzeugt, daß er nämlich eines Tages in seine Heimat – nach Tavantinsuyu – zurückkehren würde, an die er Tag und Nacht dachte, und daß *ich ihn begleiten sollte*. Auch darüber lachte ich nur und sagte, wenn überhaupt, dann käme es dazu wohl erst nach unser beider Tod.

Allmählich lernte er das Englische nicht nur ganz annehmbar sprechen, sondern auch lesen und schreiben. Im Gegenzug unterrichtete er mich in seiner eigenen Sprache, die er *Quichua* nannte, und die sehr weich und wohlklingend war. Er sagte allerdings, es gebe in seinem Land noch viele weitere Sprachen, darunter auch eine geheime, die nur dem König und seiner Familie vorbehalten sei, und die er zwar kenne, mir aber nicht verraten dürfe. Mit der Zeit meisterte ich sein Quichua so weit, daß ich mich mit ihm in kurzen Sätzen unterhalten konnte, wenn ich nicht wollte, daß andere mich verstünden.

Ich will nicht leugnen, daß mich im Laufe dieser Studien und wenn ich seinen phantastischen Erzählungen lauschte, eine heftige Sehnsucht erfaßte, dieses Land zu sehen und Handelsbeziehungen mit ihm anzuknüpfen. Kari behauptete nämlich, Gold sei dort im Überfluß vorhanden, so wie bei uns das Eisen. Ich dachte sogar daran, eine Forschungsreise nach Westen zu unternehmen, doch als ich verschiedene Kapitäne darauf ansprach, erntete ich selbst von den verwegensten nur Hohn und Spott und die Bemerkung, sie wollten mit dieser Reise noch warten, bis sie selbst ›nach Westen führen‹, ein Seemannsausdruck, den sie im Mittelmeer gelernt hatten, und der ›bis zum Tod‹ bedeutete.* Als ich das Kari erzählte, lächelte er wie üblich nur geheimnisvoll und antwortete, wir beide würden diese Reise dennoch machen, und zwar bevor wir stürben. Und so kam es in der Tat, wobei freilich weder er noch ich die Hand im Spiele hatten.

Als Kari zum ersten Mal sah, wie meine Goldschmiede Schmuck fertigten und Edelsteine einsetzten, um die Stücke an die Adeligen oder die vornehmen Damen bei Hofe zu verkaufen, zeigte er sich sehr interessiert und bat mich, sich seinerseits in dieser Kunst

---

* In jüngster Zeit gab es lebhafte Debatten über den Ursprung der Wendung ›nach Westen fahren‹ oder, mit anderen Worten, zu sterben. Der Ausdruck geht mit Sicherheit auf den Brauch der alten Ägypter zurück, ihre Toten über den Nil zu bringen und an seinem westlichen Ufer beizusetzen. – *Anm. d. Hrsg.*

üben zu dürfen, er verstehe einiges davon und könne sich so sein Brot verdienen. Ich stimmte gerne zu, wußte ich doch, wie sehr es seinen Stolz verletzte, von mir abhängig zu sein, und stellte ihm Gold und Silber sowie einen kleinen Raum mit einem Schmelzofen als Werkstatt zur Verfügung. Sein erstes Werk war ein rundes Gebilde von etwa zwei Zoll im Durchmesser, das auf der Rückseite mit einer Rille versehen war. Auf der Vorderseite war die Sonne mit menschlichem Antlitz und einem Strahlenkranz dargestellt. Als ich ihn fragte, was er damit beginnen wolle, nahm er die Scheibe und setzte sie sich an der Stelle ins Ohr, wo wie oben beschrieben der Knorpel durchbohrt und gedehnt worden war. Sie paßte genau in das Loch. Dann erklärte er mir, daß in seinem Lande alle Adeligen solchen Schmuck trügen, um sich vom gemeinen Volk zu unterscheiden, und deshalb ›Ohrenmenschen‹ genannt würden. Er erzählte mir auch noch vieles andere, was ich hier nicht wiedergeben kann, und steigerte damit noch mein Verlangen, dieses seltsame Reich, denn auf der Bezeichnung Reich bestand er, mit eigenen Augen zu sehen.

Kari fertigte anschließend noch viele weitere Sonnenscheiben, und ich ließ auf der Rückseite eine Nadel anbringen und verkaufte sie als Broschen. Begnadeter Goldschmied, der er war, stellte er auch andere Dinge her, Becher etwa und große, reichverzierte Teller von ungewöhnlicher Form, für die ich einen hohen Preis erzielte. Doch immer prangte in der Mitte oder an irgendeiner anderen Stelle dieses Sonnenbildnis. Als ich ihn danach fragte, bekam ich zur Antwort, die Sonne sei sein Gott, er gehöre einem Volk von Sonnenanbetern an. Ich erinnerte ihn, daß er einen gewissen Pachacamac, dessen Bildnis er um den Hals trage, als seinen Gott bezeichnet habe, worauf er entgegnete:

»Gewiß, Pachacamac ist der Gott über allen Göttern, der Alleserschaffer, der Weltgeist, doch die Sonne ist sein sichtbares Haus, das Gewand, in dem ihn alle Menschen sehen und verehren können.« Das war eine Anschauung, der ich durchaus folgen konnte, denn schließlich ist doch auch die Natur nichts anderes als Gottes Gewand.

Als ich Anstalten machte, ihn in unserem Glauben zu unterweisen, hörte er sich meine Lehren geduldig an und verstand sie wohl auch, doch Christ wollte er nicht werden. Er sagte mir in aller Offenheit, er finde, jeder Mensch solle mit der Religion leben und sterben, in der er geboren sei; und nach allem, was er in London gesehen habe, könne er die Christen nicht für besser halten als jene Menschen, die die Sonne und den Großen Geist Pachacamac anbeteten. So ließ ich denn ab von meinen Bemühungen, obwohl er, solange er in seinem Heidentum verharrte, in einer gewissen Gefahr schwebte. Tatsächlich erkundigte sich die Geistlichkeit zwei- oder dreimal nach seinem Glauben und zeigte sich überhaupt sehr interessiert an allem, was mit ihm zusammenhing. Ich brachte sie zunächst zum Schweigen, indem ich sagte, ich bemühe mich, ihn zu unterrichten, soweit es in meinen Kräften stehe, und er spreche noch nicht genügend Englisch, um ihren frommen Erläuterungen folgen zu können. Und als man nicht lockerließ, bedachte ich die Klöster der jeweiligen Mönche, oder, im Fall der Weltpriester, die Pfarreien oder Kirchen mit großzügigen Spenden.

Dennoch bereitete mir die Angelegenheit manches Kopfzerbrechen, denn einige dieser Priester waren unduldsame Eiferer, und ich mußte damit rechnen, daß sie sich auf die Dauer damit nicht zufriedengeben würden.

Des weiteren fiel mir auf, daß Kari die Frauen mied, ja, sie gar zu hassen schien. Die Dienstmägde, die nach dem Tod meines Onkels bei mir geblieben waren, spürten dies wohl und rächten sich, indem sie sich weigerten, ihm aufzuwarten. Es stand zu befürchten, daß sie ihn bei den Priestern anschwärzen oder ihm sonst in irgendeiner Weise übel mitspielen könnten, und so entließ ich sie denn und stellte statt dessen Männer ein. Karis Abscheu vor den Frauen führte ich auf seine leidvollen Erfahrungen mit seiner schönen, aber treulosen Gattin zurück, und damit lag ich wohl nicht so ganz falsch.

KAPITEL V

Wiedersehen mit Blanche

Eines Tages – es war der letzte Tag des Jahres, der Todestag meines Onkels, dessen Weisheit und Güte ich mir immer häufiger vor Augen führte, seit mir die Geschäfte etwas mehr Zeit dazu ließen – hielt ich mich zufällig in dem Laden im Vorderhaus auf, den John Grimmer immer als seine ›Leimrute für Vogelweibchen‹ bezeichnet hatte, und den ich weiterführte, weil er sicher nicht gewollt hätte, daß hier etwas verändert wurde. Der Obergoldschmied zeigte mir gerade die Stücke, die zum Verkauf standen, und ich betrachtete sie mit Vergnügen, denn ich kannte sie bisher kaum vom Ansehen, sondern allenfalls aus den Kontobüchern.

Während ich damit beschäftigt war, betrat eine sehr vornehme Dame in Begleitung eines noch vornehmeren Edelmannes das Geschäft. Die beiden trugen hermelingefütterte Mäntel, die sich so ähnlich waren, daß ich auf den ersten Blick nur mit Mühe erkannte, wer der Mann war und wer die Frau. Als sie diese jedoch ablegten – im Laden war es sehr viel wärmer als im Freien –, machte mein Herz einen jähen Satz, denn vor mir standen niemand anderer als Lady Blanche Aleys und ihr Verwandter, Lord Deleroy.

In jenen fernen Tagen, als Hastings brannte, war sie nur eine knospende Lilie gewesen, doch nun war sie voll erblüht und überaus schön, ja, auf ihre Art die schönste Frau, die ich je gesehen hatte. Von hohem Wuchs, stattlich wie eine Lilie und, mit Ausnahme der herrlich blauen Augen mit den langen, schwarzen Wimpern, auch ebenso weiß. Der Leib makellos wie das Antlitz, die Brüste voll, aber nicht zu voll, die Taille schmal, Arme und Beine schlank – eine wahre

Venus, vergleichbar einer alten Marmorstatue, die ich auf einem Schiff von Italien gesehen hatte und die, wenn ich nicht irre, für den Palast des Königs bestimmt gewesen war, der solche Dinge liebte.

Auch der Lord sah besser aus als damals, jetzt wirkte er gesetzt und männlich. Obwohl er sich noch immer geckenhaft bunt kleidete und seine Schuhe mit den langen Schnäbeln mit goldenen Kettchen unterhalb des Knies am Bein befestigte, war er mit seinen glitzernden, schwarzen Augen, dem vollen Mund und dem kleinen Spitzbärtchen, das er ebenso stark parfümierte wie sein Haar, ein gutaussehender Mann. Ich trug meinen Kaufmannsrock, denn ich beherzigte, was meine Aufmachung anging, getreulich die Ratschläge meines Onkels, und so behandelte er mich, wie es hohe Herren mit Krämern zu tun pflegen.

»Seid gegrüßt, Goldschmied«, sagte er mit seiner vollen, befehlsgewohnten Stimme. »Ich suche ein Neujahrsgeschenk für die Dame hier, und wie man hört, führt Ihr erlesene Gold- und Silberwaren. Goldene Becher und kostbaren Schmuck in ungewöhnlicher Ausführung, alles mit dem Bild der Sonne versehen, an die man ja an einem Tag wie heute besonders gern erinnert wird. Doch merkt gut auf, John Grimmer höchsteigen soll mich bedienen, mit dem Gesinde gebe ich mich nicht ab – also holt ihn her oder führt mich zu ihm.«

Nun ritt mich der Teufel, ich verneigte mich, rieb mir die Hände und erklärte: »Dann muß ich Mylord wohl weiter führen, als Mylord derzeit zu gehen gewillt sein dürfte. Doch wer weiß? Muß denn nicht jeder von uns darauf gefaßt sein, diese Reise früher anzutreten, als er vielleicht denkt?«

Als Lady Blanche meine Stimme vernahm, wurden ihre Augen groß, und sie versuchte, unter die Kapuze zu spähen, die ich mir gegen die Kälte über den Kopf gezogen hatte. Deleroy dagegen zuckte zusammen und blaffte:

»Was soll das heißen?«

»Ganz einfach, Mylord. John Grimmer ist tot, und da er sein Geheimnis mit ins Grab genommen hat, weiß ich nicht, wo er sich aufhält. Mir wurde die unverdiente Ehre zuteil, sein Geschäft weiterzuführen, und ich stehe Euer Lordschaft zu Diensten.«

Damit drehte ich mich um und wies den Gehilfen an, Kari zu rufen und eine Auswahl unserer schönsten Becher und Kleinodien mitzubringen.

Nachdem er gegangen war, rückte ich eilends einige Hocker ans Feuer, damit sich die vornehmen Kunden setzen konnten. Dabei berührte ich versehentlich die Hand von Lady Blanche, worauf sie abermals versuchte, unter meine Kapuze zu spähen. Offenbar hatte irgend etwas in ihr, ein Instinkt, der allen Frauen innewohnt, die Berührung des Mannes wiedererkannt, dessen Lippen sie einmal, wenn auch vor sehr langer Zeit, gespürt hatte. Doch ich wandte nur den Kopf ab und zog mir die Kapuze noch tiefer ins Gesicht.

Da kamen auch schon Kari und der Gehilfe mit den Goldwaren. Kari trug einen schlichten, mit Wolle gefütterten Rock, der ihm so gut zu Gesichte stand, daß er mit seinen edlen Zügen und den blitzenden Augen aussah wie ein verkleideter Prinz aus dem Morgenland. Das vornehme Paar hatte einen solchen Mann noch nie gesehen und starrte ihn ganz unverhohlen an. Doch er achtete nicht darauf, sondern zeigte nur mit vielen Verbeugungen der Reihe nach seine Arbeiten vor. Eine besondere Kostbarkeit war darunter, eine Brosche aus einem großen, herzförmigen Rubin in einer Fassung aus ineinander verflochtenen, goldenen Schlangen mit drohend erhobenen Köpfen und kleinen Brillantaugen. Dieses herrliche Stück stach Lady Blanche sofort ins Auge, nichts anderes wollte ihr mehr gefallen, und sie tändelte so lange damit herum, bis sich Lord Deleroy endlich nach dem Preis erkundigte. Ich erklärte, ich befasse mich mit diesem Zweig meines Unternehmens nicht selbst, hielt kurz Rücksprache mit Kari und nannte dann wie nebenbei eine Summe von beachtlicher Höhe.

»Bei Gott, Blanche!« rief Deleroy. »Der Kaufmann hält mich wohl für eine Goldmine. Entweder suchst du dir ein billigeres Neujahrsgeschenk aus, oder er muß sich mit der Bezahlung gedulden.«

»Wozu ich bei jemandem von Eurem Rang unter Umständen bereit wäre, Mylord«, unterbrach ich ihn mit einer Verbeugung.

Er sah mich an und sagte:

»Kann ich Euch kurz allein sprechen, Kaufmann?«

Wieder verneigte ich mich und führte ihn in mein Speisezimmer, wo er sich sichtlich erstaunt die kostbare Einrichtung besah. Endlich setzte er sich auf einen der geschnitzten Stühle, während ich ehrerbietig vor ihm stehenblieb und wartete.

»Es heißt«, begann er nach einer Weile, »dieser Schmuckladen sei nicht John Grimmers einziges Geschäft gewesen.«

»So ist es, Mylord, er hatte auch Handelsbeziehungen mit dem Ausland.«

»Und mit dem Inland. Ich meine, man konnte doch Geld von ihm leihen?«

»Gelegentlich, Mylord, gegen gute Sicherheiten, wenn er gerade eine gewisse Summe zur Hand hatte, und natürlich gegen Zinsen. Vielleicht könnten Mylord zur Sache kommen?«

»Die Sache ist schnell erklärt. Wer bei Hofe verkehrt, braucht immer Geld, wenn er vorwärtskommen und sich die Gunst eines Königs erwerben will, der nichts bezahlt, zumindest nicht in Gold.«

»Wärt Ihr so freundlich, Mylord, mir den gewünschten Betrag und Eure Sicherheiten zu nennen?«

Er war so freundlich. Die Summe war hoch und die Sicherheiten waren schlecht.

»Gibt es jemanden, der für Euer Lordschaft bürgen würde?«

»Ja, einen sehr begüterten Mann sogar, Sir Robert Aleys – er besitzt ausgedehnte Ländereien in Sussex.«

»Der Name ist mir nicht unbekannt. Wenn Euer Lordschaft Anwälte die nötigen Urkunden ausfertigen, werde ich die Ländereien schätzen lassen und Euch möglichst bald Bescheid geben.«

»Für einen so jungen Mann seid Ihr sehr vorsichtig, Kaufmann.«

»Jemand wie ich muß in diesen stürmischen Zeiten mit seinen kleinen Einkünften sehr sorgsam umgehen. Die Summe, die Ihr eben nanntet, würde sämtliche Rücklagen aufzehren, die John Grimmer und ich in jahrelanger Arbeit bilden konnten.«

Wieder sah er sich das Mobiliar an, dann zuckte er die Achseln und sagte:

»Gut, so mag es denn sein, ich brauche das Geld sehr dringend. An wen soll der Brief adressiert werden?«

»An John Grimmer, Bootshaus, Cheapside.«

»Aber Ihr sagtet doch, John Grimmer sei tot.«

»Dem ist auch so, Mylord, aber sein Name lebt fort.«

Wir kehrten in den Laden zurück, und unterwegs sagte ich:

»Falls die Gemahlin Eurer Lordschaft ihr Herz an den Rubin verloren haben sollte, so könnte ich Euch den Preis für eine Weile stunden. Ich weiß, wie schwer es einem Ehemann fällt, seiner Frau einen Wunsch abschlagen zu müssen.«

»Sie ist nur eine entfernte Verwandte, Mann, nicht meine Frau, so sehr ich das auch wünschte. Aber wovon sollen zwei hochgestellte Habenichtse sich vermählen?«

»Möchte sich Mylord das Geld vielleicht aus diesem Grund von mir borgen?«

Wieder bekam ich ein Achselzucken zur Antwort. Als wir den Laden betraten, warf ich die Kapuze zurück. Darunter trug ich mein samtenes Kaufmannskäppchen. Lady Blanche fuhr bei meinem Anblick heftig zusammen.

»Ihr ... Ihr ...«, begann sie, »Ihr seid doch der Mann, der damals in Hastings an jener Höhle die drei Pfeile abgeschossen hat.«

»Ja, Mylady; konnte denn Euer Falke auf der Straße nach London den Hunden entkommen?«

»Nein, er wurde so übel zugerichtet, daß er starb. Und seither reißt die Pechsträhne nicht mehr ab. Ich glaube, Ihr habt das Glück an jenem Tag mit Euch genommen, Hubert von Hastings«, seufzte sie.

»Der Falken gibt es viele, und auch das Glück kehrt immer wieder«, erwiderte ich und verneigte mich. »Vielleicht bringt es dieses Kleinod zu Euch zurück.« Damit nahm ich das Rubinherz im Schlangenkranz und reichte es ihr mit einer weiteren Verbeugung.

»Oh!« sagte sie, und ihre blauen Augen strahlten vor Freude. »Oh! Es ist wunderschön, aber wer kann schon ein so kostbares Geschenk bezahlen?«

»Ich denke, das hat Zeit.«

Nun mischte sich Lord Deleroy ein und sagte:

»Ihr seid also der Mann, der mit seinem uralten Schwert einen französischen Ritter erschlug und anschließend mit drei Pfeilen weitere drei Franzosen erschoß, wobei ein Pfeil durch Schild, Harnisch und Körper ging. Die Geschichte war in aller Munde, sogar in London. Bei Gott! Ihr solltet dem König dienen, indem Ihr in seinen Kriegen kämpft, und nicht Euch selbst, indem Ihr hinter Eurer Ladentheke steht.«

»Dienen kann man auf vielerlei Weise, Mylord«, gab ich zurück, »mit Feder und Handelsware ebenso wie mit Pfeil und Schwert. Ich bin wohl eher für ersteres bestimmt, auch wenn die alte Klinge und der lange, schwarze Bogen vielleicht nur darauf warten, wieder an die Reihe zu kommen.«

Er sah mich starr an und sagte leise, wie zu sich selbst:

»Ein seltsamer Kaufmann, mit dem freilich nicht zu spaßen ist, die toten Franzosen können es bezeugen. Ich sage Euch, werter Kaufherr, wenn ich Eure Worte höre und die Augen Eures großen Mauren sehe, läuft es mir so kalt den Rücken hinunter, als ginge jemand über mein Grab. Komm, Blanche, laß uns aufbrechen, bevor die Pferde so frieren wie ich. Ihr, Meister Grimmer oder Hastings, wie Ihr auch heißen mögt, werdet von mir hören, es sei denn, ich könnte mein Geschäft andernorts erledigen. Für den Schmuck schickt mir die Rechnung, sobald Ihr Zeit dazu findet.«

Damit wandten sie sich ab, doch als Lady Blanche aus der Tür ging, blieb sie mit ihrem Mantel hängen, drehte sich um, bückte sich leicht, um sich zu befreien, und warf mir dabei einen jener schmelzenden Blicke zu, an die ich mich so gut erinnerte.

Kari folgte den beiden bis vor die Tür und wartete, bis sie am Tor ihre Pferde bestiegen hatten, dann suchte er mit den Augen den Boden ab.

»Woran hatte sich ihr Mantel denn verfangen?« fragte ich.

»An einem Traum, oder an der Luft, Meister, denn sonst gibt es hier nichts. Doch wer einen Speer hinter sich werfen will, muß sich zuerst umdrehen.«

»Was hältst du von den beiden, Kari?«

»Ich denke, sie werden dir den Schmuck nicht bezahlen. Aber vielleicht war er ja nur der Wurm am Angelhaken.«

»Und was noch, Kari?«

»Ich denke, die Dame ist sehr schön und sehr falsch, und das Herz des hohen Herrn ist so schwarz wie seine Augen. Auch denke ich, sie sind einander zugetan und passen auch gut zusammen. Doch scheint mir, du kennst sie beide von früher, Meister, weißt also sicher besser über sie Bescheid als dein Sklave.«

»Ja, ich kenne sie«, antwortete ich scharf, denn was er über Blanche gesagt hatte, ärgerte mich. »Wie kommt es eigentlich, Kari«, fuhr ich fort, »daß du für niemanden, dem ich wohl will, je ein gutes Wort hast? Du bist von eifersüchtigem Wesen, Kari, besonders, wo es die Frauen betrifft.«

»Du fragen, ich antworten«, erwiderte er demütig und, wie immer, wenn er erregt war, in gebrochenem Englisch, »aber du hast recht, wo viel Liebe ist, da ist auch viel Eifersucht. Das ist eine Schwäche meines Volkes. Auch liebe ich die Frauen wirklich nicht. Und jetzt ich mache neuen Schmuck für den anderen, den du der Dame gegeben. Aber diesmal nur Schlange und kein Herz.«

Damit nahm er das Tablett mit den Schmuckstücken und ging, und ich begab mich ins Speisezimmer, um in Ruhe nachzudenken.

Was für eine seltsame Begegnung. Ich hatte Lady Blanche nie vergessen, aber in gewissen Sinne war ich über meine Erinnerungen hinausgewachsen und hatte, dem Rat meines Onkels folgend, keinen Versuch unternommen, sie wiederzusehen. Auch von Hastings hatte ich mich ferngehalten, weil ich sie dort vermutete. Und nun war sie hier in London, und das Schicksal hatte sie geradewegs in mein Haus geführt. Damit nicht genug, hatten ihre blauen Augen die tote Asche in meinem Herzen zu neuer Glut angefacht, und als ich nun so alleine dasaß, da erkannte ich, daß ich sie liebte und nie aufgehört hatte, sie zu lieben. Sie bedeutete mir mehr als mein Reichtum, mehr als alles auf der Welt. Doch leider war die Kluft zwischen uns im Laufe der Zeit nicht kleiner geworden.

Gewiß, Blanche war nicht vermählt, aber sie gehörte den höchsten Kreisen an, während ich nur ein Kaufmann war und mich nicht einmal mit dem Titel eines Squire schmücken oder Kleider aus bestimmten Stoffen tragen durfte, mit denen ich als Händler täglich zu tun hatte. Wie ließ sich dieser Abgrund überwinden?

Während ich noch grübelte, trieben gewisse Aussprüche meines weisen, alten Onkels aus den Tiefen meines Gedächtnisses empor und zeigten mir eine Antwort auf meine Frage. Mit Gold ließ sich auch der breiteste Strom gesellschaftlicher Unterschiede überbrücken. Trotz ihres Dünkels waren diese feinen Leute im Grunde arme Schlucker. Das Geld, um ihre Kronen zu vergolden oder die lästigen Schuldner zu beschwichtigen, die ihnen die Türen einrannten, borgten sie sich von mir. Denn wenn sie nichts mehr zu geben hatten, wenn sie nicht mehr bezahlen konnten, mußten sie befürchten, von ihrem hohen Roß heruntergeholt und in die Reihen der gewöhnlichen Menschen zurückgestoßen zu werden.

Und außerdem, waren die Unterschiede zwischen uns denn wirklich so groß? Von Sir Robert Aleys' Großvater hieß es, er habe sein Vermögen in den damaligen Kriegen als Händler, angeblich sogar mit Vieh, und als Geldverleiher erworben; und Lord Deleroy war wohl ein Bastard, auch wenn sein Blut so blau war, daß es dem königlichen Purpur sehr nahekam. Und was war mit meinem Blut? Von Vaters Seite stammte ich von den sächsischen Feudalherren ab, die nach dem Sieg der Normannen zu kleinen Grundbesitzern degradiert worden waren. Mütterlicherseits zählte ich jene alten Wikingerfürsten zu meinen Vorfahren, die einst durch die ganze, damals bekannte Welt zogen und alles niedermachten, was sich ihnen in den Weg stellte. Stand ich damit wirklich soviel tiefer? Wohl kaum; aber wie mein Vater und mein Onkel lebte ich vom An- und Verkauf, und wer mit dem Färbebottich hantiert, hat nun einmal fleckige Hände.

Die Sache stand demnach so: Ich, ein halsstarriger, junger Mann, nicht häßlich und von Fortuna mit Reichtum gesegnet, war fest entschlossen, diese Frau zu erringen, die auch eine gewisse Schwäche für mich zu hegen schien, seit ich sie damals aus großer Gefahr errettet hatte. Und so gelobte ich mir denn, mich nicht beirren zu lassen. Die Frage war nur – wie sollte ich vorgehen? Wenn ich in die Dienste des Königs träte und für ihn in den Krieg zöge, könnte ich mir sicher zumindest den Ritterschlag und damit den Schlüssel verdienen, um diese Tür aufzuschließen.

Nein, das dauerte mir zu lange, und irgend etwas sagte mir, daß die Zeit drängte. Kari, der sonderbare Fremde, behauptete, Blanche sei in diesen Deleroy verliebt, und obwohl ich ihm die Worte übelnahm und dahinter die Eifersucht auf jeden witterte, dem ich wohlgesonnen war, wußte ich doch um seinen scharfen Blick. Wenn ich zu lange zauderte, entschlüpfte mir der seltene, weiße Vogel womöglich noch und landete in einem anderen Käfig. Ich mußte sofort handeln oder mir das Ganze aus dem Kopf schlagen. Doch wozu war ich reich? Ich würde mir den Reichtum zum Helfer erwählen. Wenn er mich im Stich ließ, konnte ich es immer noch mit dem Krieg versuchen.

* * *

Am dritten Tag des neuen Jahres – bei Hofe waren die Festlichkeiten in vollem Gange, die Sache mußte also wirklich dringend sein – erhielt ich die verlangten Angaben sowie eine Liste der Ländereien und Güter, die Sir Robert Aleys für seinen Freund und Verwandten Lord Deleroy zu verpfänden bereit war. Ich fragte mich, was ihn dazu bewog. Zunächst gab es nur eine Antwort: er selbst und nicht Deleroy sollte den größten Teil des Geldes erhalten.

Nein, eine zweite Erklärung war ebenso einleuchtend. Sir Robert sah in Deleroy bereits seinen Erben, den künftigen Gemahl von Lady Blanche. Wenn das zutraf und ich Lady Blanche jemals wiedersehen wollte, dann mußte ich schleunigst handeln. Und diese Straße mit den goldenen Pflastersteinen war meine einzige Chance. Ich studierte die Aufstellung der Ländereien. Die meisten davon waren mir bekannt, denn sie lagen in der Gegend von Pevensey und Hastings, und sie waren das Geld nicht wert, das ich dafür geben sollte. Und wenn schon? Hier ging es nicht um Geschäfte, und für die Aussicht, Blanches Hand zu erringen, hätte ich jede Summe eingesetzt.

So wartete ich denn die Schätzungen gar nicht erst ab, sondern schrieb, ich würde nach Vorlage des Eigentumsnachweises und einer Erklärung, daß die Besitzungen von Belastungen frei seien, sowie nach Ausfertigung aller erforderlichen Urkunden das Geld auszahlen, man möge nur einen Empfänger bestimmen.

Mit diesem Brief begann eine langwierige Prozedur, auf die ich im einzelnen nicht eingehen möchte. Schon am nächsten Tag wurde ich zu Sir Robert Aleys in dessen Haus bestellt, das sich in der Nähe des Palastes und der Abtei von Westminster befand. Der alte Griesgram war noch grauer geworden und machte einen gehetzten Eindruck auf mich. Bei ihm waren Lord Deleroy und zwei gerissene Anwälte, die mir ganz und gar nicht gefielen. Ich hatte vom ersten Augenblick an das Gefühl, man wolle mich hereinlegen, und wäre es mir nicht um Lady Blanche gegangen, ich hätte das Darlehen rundweg abgelehnt. Ihretwegen verzichtete ich jedoch darauf, doch nachdem ich abermals meine Bedingungen, den Zinssatz und die Zinsfälligkeit genannt hatte, saß ich lange Zeit da und sprach möglichst wenig, während die Anwälte Stapel von Pergamenten entfalteten, unaufhörlich redeten und sich dabei oft genug in Widersprüche verwickelten. Das ging so lange, bis Lord Deleroy, der sich bei der ganzen Sache sichtlich unwohl fühlte, die Geduld verlor und den Raum verließ. Endlich hatte man alles erledigt, was bei diesem Treffen erledigt werden konnte. Da die Mittagsstunde längst vorüber war, lud man mich zum Essen ein, und ich nahm an, in der Hoffnung, dabei Lady Blanche zu treffen.

Ein Butler oder Kammerherr führte mich in den Speisesaal und wies mir einen Platz unter der Estrade am Tisch der Anwälte an. Auf der Estrade erschienen alsbald Sir Robert Aleys, seine Tochter Blanche, Lord Deleroy und acht bis zehn weitere, vornehme Herrschaften, die ich nie zuvor gesehen hatte. Blanche sah sich um, entdeckte mich am unteren Tisch, wandte sich an ihren Vater und an Deleroy und redete heftig auf die beiden, vor allem auf letzteren ein. Als es einmal kurz still wurde, hörte ich sie sagen: »Wenn du dich nicht schämst, sein Geld zu nehmen, dann solltest du dich auch nicht zu schämen, mit ihm an einem Tisch zu sitzen.«

Deleroy stampfte mit dem Fuß auf, aber zu guter Letzt rief man mich doch noch an die hohe Tafel, und Lady Blanche machte mir an ihrer Seite Platz, während Deleroy sich am anderen Ende zwischen zwei prächtig gekleidete Damen setzte.

So saß ich denn glücklich neben Blanche. Sie trug die Schlangenbrosche mit dem Rubinherzen, und dies war das erste, worüber sie mit mir sprach.

»Sie macht sich gut auf meinem Kleid, findet Ihr nicht? Ich danke Euch vielmals dafür, Meister Hubert, denn daß das Geschenk nicht von meinem Vetter Deleroy, sondern von Euch kommt, dürfte Euch klar sein. Geld seht Ihr dafür nämlich im Leben nicht.«

Ich antwortete nicht, aber mein Blick wanderte über das prächtige Geschirr und die kostbaren Möbel, die erlesenen Speisen und die unzähligen Dienstboten. Sie konnte wohl meine Gedanken lesen, denn sie sagte:

»Gewiß, aber das ist alles verpfändet. Ich sage Euch, Meister Hubert, wir sind wie hungrige Köter in einem goldenen Zwinger. Und jetzt bietet man Euch auch noch den Zwinger zum Pfand.«

Während ich noch nach Worten suchte, kam sie auf unser großes Abenteuer vor vielen Jahren zu sprechen. Sie erinnerte sich an jede Einzelheit, an jedes Wort, das wir gewechselt hatten, während mir doch schon vieles entfallen war. Nur eines erwähnte sie nicht – die Küsse nämlich, mit denen wir Abschied genommen hatten. Dafür beschäftigte sie sich ausführlich mit meinem alten Schwert und wie es die Rüstung des französischen Ritters so glatt durchschlagen habe, und ich erzählte ihr, daß es den Namen Wogenlohe trage und ein Erbstück meines Vorfahren, des Wikingers Thorgrimmer sei. Auch sagte ich ihr den Vers auf, der auf der Klinge geschrieben stand. Sie hing wie gebannt an meinen Lippen.

»Und diese Männer hielten Euch nicht würdig, mit Ihnen zu Tisch zu sitzen, dabei entstammt Ihr einem so alten Geschlecht und habt zudem bewiesen, daß Ihr ein großer Krieger seid. Euch verdanke ich mein Leben und mehr als mein Leben, Euch und niemandem sonst.«

Bei diesen Worten warf sie mir einen Blick zu, der mir durch Mark und Bein ging wie einst mein Pfeil dem Franzosen, außerdem legte sie im Schutz der Tischplatte für einen Moment ihre schmale Hand auf die meine.

Nun schwiegen wir eine Weile, schon deshalb, weil es mir die Sprache verschlagen hatte. Doch bald plauderten wir weiter, und niemand störte uns, denn zu meiner Linken war die Tafel zu Ende, so daß ich keinen Tischnachbarn hatte, und rechts von Blanche saß ein fetter, alter Lord, der offenbar taub war und zum Ausgleich dafür mehr trank, als gut für ihn war. Ich erzählte viel über mich, auch über meine Mutter, was sie am Tag des großen Brandes zu mir gesagt und wie sie mir ein Dasein als ruheloser Wanderer prophezeit hatte. Daraufhin seufzte Blanche und sagte:

»Und doch scheint Ihr hier in London in guter Erde tiefe Wurzeln geschlagen zu haben, Meister Hubert.«

»Gewiß, Mylady; aber es ist nicht meine Heimaterde, und jeder muß gehen, wohin das Schicksal ihn führt.«

»Das Schicksal! Woran gemahnt mich das Wort? Ich weiß; an Euren Mauren, der jenen Schmuck gefertigt hat. Er hat Augen wie das Schicksal selbst, und er macht mir angst.«

»Das ist seltsam, Mylady, und doch auch wieder nicht, der Mann hat tatsächlich etwas Schicksalhaftes an sich. Er hört nicht auf, mir zu verkünden, ich müsse ihn in irgendein sagenhaftes Land begleiten, wo er als Prinz zur Welt gekommen sei.«

Dann erzählte ich ihr Karis Geschichte, und sie hörte mit offenem Munde zu. Als ich geendet hatte, sagte sie:

»So habt Ihr also auch diesen armen Wanderer gerettet, und er hängt gewiß mit großer Liebe an Euch.«

»So ist es, Mylady, seine Liebe ist schon fast zu groß und schlägt bisweilen um in Eifersucht. Dabei habe ich, weiß Gott, nicht viel mehr getan, als ihn im Hafen aus der Menge zu holen.«

»Aha! Ich dachte es mir schon, als ich neulich sah, wie er Euch beobachtete. Dennoch erstaunt es mich, war ich doch bisher der Meinung, Eifersucht sei ein Gefühl, das nur Frauen für Männer und Männer für Frauen empfinden. Doch still! Man macht sich bereits lustig, weil wir uns so angeregt unterhalten.«

Ich hob den Kopf und folgte ihrem Blick. Deleroy und seine beiden vornehmen Tischdamen deuteten mit Fingern auf uns. Offensichtlich hatten sie alle drei dem Wein reichlich zugesprochen. Und als, wie es bei einem Festmahl hin und wieder vorkommt, für einen Moment Stille eintrat, hörte ich eine der Damen sagen:

»Wenn Ihr nicht achtgebt, schlüpft Euch Eure schöne, weiße Taube noch durch die Finger und gurrt einem anderen ins Ohr, Lord Deleroy.« Und ich hörte auch seine Antwort:

»Keine Sorge, ich halte sie gut fest; und wem liegt schon an einer Taube, der man die Flügel gestutzt hat, um sich die Federn an den Hut zu stecken?«

Während ich noch überlegte, was er mit dieser Bemerkung wohl gemeint haben mochte, wurde die Tafel aufgehoben. Lady Blanche entschwand durch eine Tür an der Rückseite der Estrade, und mir entging nicht, daß Deleroy ihr mit zornrotem Gesicht folgte.

* * *

Ich sollte dieses verschwendungssüchtige Haus noch oft besuchen. Seine Bewohner mochten noch so vornehm und bei Hofe noch so angesehen sein, ich fand ihren Lebenswandel ebenso zügellos wie ihre Reden. Zwar war ich selbst kein Heiliger, aber sie stießen mich ab, besonders die Männer mit ihrem parfümierten Haar, den langen Schnabelschuhen und den bunten Kleidern. Auch Sir Robert Aleys war wohl nicht allzu sehr von ihnen angetan, denn bei all seinen Schwächen war er doch ein ehrlicher Haudegen vom alten Schlag, der in den Franzosenkriegen wacker gekämpft hatte. Doch gegen diese Leute oder zumindest gegen Deleroy, den Königsgünstling, den Anführer der ganzen Bande, war er völlig hilflos. Es sah fast so aus, als habe der leichtlebige, junge Schönling den alten Soldaten – und nicht nur ihn, sondern auch seine Tochter – irgendwie in der Hand, wobei ich keine Ahnung hatte, womit er die beiden unter Druck setzen könnte.

Doch ich will in meiner Geschichte fortfahren. Die Dinge nahmen ihren Lauf, die Urkunden wurden unterzeichnet, man händigte sie mir aus, und ich ließ den vereinbartem Betrag in gutem Gold ausbezahlen. Von nun an lebte man in dem großen Haus in Westminster noch verschwenderischer als zuvor. Doch am Stichtag für die erste Zinszahlung bekam ich keinen einzigen Silberpfennig zu Gesicht. Anschließend war die Rede davon, mir dafür einige der verpfändeten Ländereien zu überschreiben. Der Vorschlag kam von Sir Robert, und ich willigte ein, weil Blanche mir versicherte, ich würde damit ihrem Vater helfen. Erst als meine Anwälte die entsprechenden Formalitäten in die Wege leiteten, stellte sich heraus, daß er über die Ländereien gar nicht mehr verfügen konnte, weil sie bereits mit Hypotheken belastet waren.

Daraufhin kam es in meiner Gegenwart zu einem heftigen Streit zwischen Sir Robert Aleys und Lord Deleroy. Sir Robert bedachte seinen Vetter mit den gräßlichsten Verwünschungen und warf ihm vor, seine Unterschrift gefälscht zu haben, als er selbst sich in Frankreich befand, während Deleroy behauptete, man habe ihm die nötigen Vollmachten erteilt. Es fehlte nicht viel, und die beiden wären mit dem Schwert aufeinander losgegangen, doch irgendwann zog Deleroy Aleys beiseite und flüsterte ihm grinsend etwas ins Ohr, worauf der alte Ritter auf einen Schemel sank und rief:

»Nur fort mit dir, du gewissenloser Schurke! Verlasse dieses Haus, verlasse England, und komm mir nie wieder unter die Augen. Sonst, ich schwöre es bei Gottes heiligem Blut, schlachte ich dich ab wie ein Schwein, du magst des Königs Günstling sein oder nicht!«

Worauf Deleroy spöttisch zurückgab:

»Gut! Ich gehe, mein edler Vetter, und bin es wohl zufrieden, habe ich doch im Auftrag des Königs gewisse Geschäfte in Frankreich zu erledigen. Ja, ich gehe, sieh zu, wie du dich mit diesem ehrenwerten Händler einigst, bevor er womöglich noch auf die Idee kommt, du hättest ihn betrogen. Regle das, wie immer du willst, nur vor einem Mittel hüte dich, du weißt schon, was ich meine. Noch ein paar Worte mit meiner Cousine Blanche und einer weiteren Person im Palast, dann reite ich nach Dover. Leb wohl, Vetter Aleys. Lebt wohl, ehrenwerter Kaufmann. Ich würde Euch für Eure Verluste gewiß bedauern, wüßte ich nicht, wie rasch Ihr Euch aus vornehmen Taschen schadlos halten werdet. Und weint mir nicht allzu viele Tränen nach, denn es wird nicht lange dauern, bis wir uns wiedersehen.«

Jetzt stieg auch mir das Blut zu Kopfe, und ich rief ihm nach:

»Das hat wahrhaftig keine Eile, Mylord, laßt Euch nur Zeit, sonst empfange ich Euch am Ende nicht mehr mit Feder und Papier, sondern mit Schwert und Schild.«

Er hatte es gehört und rief: »Bei Gott, der Hausierer hält sich noch für einen Ritter!«

Und dann verließ er mit höhnischem Gelächter das Haus.

KAPITEL VI

Die Hochzeit – und danach

Sir Robert und ich sahen uns an. Der Zorn hatte uns beiden die Sprache geraubt. Endlich sagte er heiser:

»Meister Hastings, ich bitte um Vergebung für die Beleidigungen, die Ihr von diesem vornehmen Bastard zu erdulden hattet. Ihr seid ein ehrlicher Mann, doch ich sage Euch, er ist ein gewissenloser Schurke, und wenn Ihr die ganze Geschichte kenntet, würdet Ihr mir recht geben. Ich habe eine Schlange an meinem Busen genährt. Das ist die Strafe für meine Sünden. Er ist es, der mein gesamtes Vermögen verschleudert hat; er hat sich erdreistet, meinen Namen zu mißbrauchen, und nun seid Ihr, fürchte ich, der Betrogene. Er geht in meinem Hause ein und aus, als wäre es sein eigenes, und bevölkert es mit den lasterhaften Frauen vom Hof und mit Männern, die trotz ihrer klingenden Namen und ihrer prächtigen Gewänder nur ein Ausbund an Niedertracht sind.« Der Zorn erstickte ihn fast, und er verstummte.

»Und warum duldet Ihr das alles, Sir?« fragte ich.

»Nur weil ich muß, das könnt Ihr mir glauben«, gab er mürrisch zur Antwort. »Er hat mich und die Meinen an der Kehle. Dieser Deleroy ist ein mächtiger Mann, Meister Hastings. Ein Wort von ihm ins Ohr des Königs, und Ihr, ich oder wer auch immer wird des Hochverrats angeklagt und verschwindet auf Nimmerwiedersehen im Tower.«

Wie um von Deleroy und dem Druck abzulenken, unter dem er stand, fuhr er fort:

»Ich fürchte, Euer Geld ist in Gefahr, denn Deleroys Zusage ist wertlos; und da das Land bereits ohne mein Wissen verpfändet wurde, gibt mir niemand mehr einen roten Heller dafür. Glaubt mir, ich bin ein ehrlicher Mann, aber ich bin in schlechte Gesellschaft geraten, und so sehr mich diese Niedertracht auch kränkt, ich weiß nicht, wie Ihr Euer Geld zurückbekommen sollt.«

Nun hatte ich eine Idee, die ich mit jener Kühnheit, die mir in Geschäftsdingen stets eigen war, auch unverzüglich aufgriff.

»Sir Robert Aleys«, sagte ich, »falls Ihr und noch jemand damit einverstanden wäret, sähe ich schon einen Weg, wie diese Schuld sich ohne Schmach für Euch und ohne Schaden für mich tilgen ließe.«

»Dann sprecht, in Gottes Namen! Denn ich weiß mir keinen Rat mehr.«

»Sir, vor langer Zeit, in Hastings noch, ergab es sich einmal, daß ich Eurer Tochter zu Diensten sein konnte, und in dieser Stunde stahl sie mir mein Herz.«

Er fuhr zusammen, winkte mir aber, weiterzusprechen.

»Sir, ich liebe sie aufrichtig und wünsche mir nichts mehr, als sie zu meinem Weibe zu machen. Ich weiß, sie steht hoch über mir, doch wenngleich ich nur ein einfacher Kaufmann bin, so kann ich Euch doch beweisen, daß ich aus guter Familie stamme. Außerdem bin ich reich, denn das Geld, das ich Euch, dem Lord Deleroy oder Euch beiden vorgestreckt habe, ist nur ein kleiner Teil eines Vermögens, das sich Tag für Tag auf ehrliche Weise weiter vermehrt. Sir, wenn Ihr meinen Antrag annehmen würdet, wäre ich nicht nur bereit, Euch zu gewissen Bedingungen weiter behilflich zu sein, ich würde auch den größten Teil meiner Habe testamentarisch auf Lady Blanche und unsere Kinder übertragen lassen. Was haltet Ihr davon, Sir?«

Sir Robert zupfte an seinem roten Bart und starrte zu Boden. Endlich hob er den Kopf und ließ mich sein zerquältes Gesicht sehen. Der Mann führte einen heftigen Kampf mit sich selbst, oder vielmehr, wie ich dachte, mit seinem Stolz.

»Ein ehrliches Angebot, in aller Redlichkeit vorgebracht«, sagte er. »Doch zählt dabei nicht, was ich meine, sondern wie Blanche dazu steht.«

»Das weiß ich nicht, Sir, denn ich habe sie noch nicht gefragt. Doch scheint es mir bisweilen, als bringe sie mir ein gewisses Wohlwollen entgegen.«

»Tatsächlich? – Nun, vielleicht, nachdem er ... lassen wir das. Meister Hastings, meinen Segen habt Ihr. Versucht Euer Glück, ich wünsche Euch viel Erfolg. Die Frage des Rangunterschiedes ist bei Eurem Vermögen leicht zu lösen, obendrein seid Ihr ein ehrlicher Mann, den ich gern zum Sohn hätte, und der höfischen Schurken und der angemalten Jezebels bin ich ohnehin herzlich überdrüssig. Doch wenn es Euch ernst ist und Ihr Blanche wirklich haben wollt, dann rate ich Euch, nicht lange zu zögern – ja, Mann, handelt sofort. Hört auf meine Worte, denn in den trüben Gewässern dieses Hofes lauern viele Fallen auf einen Schwan wie sie.«

»Je eher, desto besser, Sir.«

»Gut, ich werde sie Euch schicken. Ein Rat noch – seid nicht allzu schüchtern, findet Euch nicht gleich mit dem ersten ›Nein‹ ab, und hört nicht auf die Gerüchte von früheren Liebschaften, wie sie über jede Frau im Umlauf sind.«

Damit verließ er ganz plötzlich den Raum, und ich blieb allein zurück. Seine Worte und sein Verhalten waren mir nicht recht verständlich. Klar war nur eines: er wünschte diese Heirat, und schon das berührte mich seltsam, auch wenn ich die Reichtümer hatte, die ihm fehlten. Gewiß hat es damit zu tun, dachte ich, daß ihn der Streich, den man ihm ohne sein Wissen spielte, in seiner Ehre gekränkt hat. Doch dann schüttelte ich solche Gedanken ab und legte mir lieber zurecht, was ich Blanche sagen wollte.

Ich mußte so lange warten, daß ich bereits fürchtete, sie sei außer Hauses oder habe mein Anliegen erraten und wolle mich nicht sehen. Als sie endlich eintrat, war sie so leise, daß ich, der ich am Fenster saß und auf die große Abtei hinaussah, das Öffnen und Schließen der Tür nicht hörte. Doch irgendwie mußte ich ihre Gegenwart gespürt haben, denn mit einem Mal drehte ich mich um und sah sie vor mir stehen. Sie war ganz in Weiß gekleidet und trug eine runde Kappe oder einen Reif auf dem Kopf. Ihr goldblondes Haar war zu Zöpfen geflochten und darunter festgesteckt. Das hermelinbesetzte Jäckchen wurde von der Rubinbrosche mit den goldenen Schlangen zusammengehalten, die ich ihr geschenkt hatte. Sonst trug sie keinen Schmuck, dennoch erschien sie mir so schön und voller Liebreiz, daß ihr mein Herz entgegenflog.

»Mein Vater sagt, Ihr wollt mich sprechen, hier bin ich nun.« Ihre Stimme war leise, aber klar, und sie sah mich aus großen Augen forschend an.

Ich senkte den Kopf und schwieg, denn ich wußte nicht, wie ich beginnen sollte.

»Was kann ich noch für Euch tun, nachdem man Euch, wie ich befürchte, so übel mitgespielt hat?« fuhr sie lächelnd fort. Meine Verwirrung schien sie zu belustigen.

»Nur eins«, rief ich, »Ihr könnt einwilligen, mein Weib zu werden. Das ist mein einziger Wunsch.«

Nun erschienen rote Flecken auf ihrem schönen, bleichen Antlitz, und sie senkte den Blick, als suche sie etwas zwischen den Binsen auf dem Boden.

»Hört mir gut zu und laßt Euch mit der Antwort Zeit«, fuhr ich fort. »Ich liebte Euch schon an jenem blutigen Tag in Hastings, als ich zum ersten Mal mit Euch sprach. Ihr wart fast noch ein Kind, doch ich gelobte mir, mein Leben einzusetzen, um Euch zu retten. Ich habe Euch gerettet, wir küßten uns, und dann mußten wir scheiden. Danach habe ich versucht, mir Euer Bild aus dem Herzen zu reißen, ich wußte ja, daß jemand von Eurem Rang für meinesgleichen unerreichbar war. Dennoch habe ich Euretwegen nie eine andere Frau umworben. So vergingen die Jahre, bis uns das Schicksal abermals zusammenführte. Und siehe da! Die Liebe war stärker denn je. Ich weiß, daß ich Euer nicht würdig bin, daß Ihr viel zu edel, zu gut, zu rein für mich seid. Trotz alledem ...« Mir gingen die Worte aus, und ich hielt inne.

Sie trat unruhig von einem Fuß auf den anderen, die Röte wich aus ihren Wangen, ein schmerzlicher Zug trat in ihr Gesicht.

»Bedenket«, sagte sie, und in ihrer Stimme klirrte es wie Eisen, »ob jemand, der mein Leben führt und sich in solcher Gesellschaft bewegt, so rein und unbefleckt bleiben kann, wie Ihr es Euch vorstellt! Weiße Lilien suche man besser in ländlichen Gärten als in Londons verpesteter Luft.«

»Davon verstehe ich nichts, und es kümmert mich auch nicht«, antwortete ich, denn jetzt brannte ich lichterloh. »Ich weiß nur, daß Ihr die Blüte seid, die ich pflücken möchte, in welcher Erde sie auch gewachsen sein mag.«

»Überlegt es Euch gut; am Ende hat eine häßliche Schnecke mein weißes Kleid besudelt.«

»Sonne und Regen machen alles wieder rein, und ich bin ein Gärtner, der Kalk streut und alle Schnecken verbrennt.«

»Wenn Ihr auf dieses Argument nicht eingeht, so gibt es noch ein anderes. Wenn ich Euch nun nicht liebte? Wäre Euch auch an einer lieblosen Braut gelegen?«

»Liebe läßt sich lernen, und wenn nicht, so habe ich genug für zwei.«

»Meiner Treu! Bei einem so ehrlichen, so gutaussehenden Mann sollte das Lernen nicht schwerfallen. Und doch – noch ein Einwand. Mein Vetter Deleroy hat Euch betrogen« (hier verhärteten sich ihre Züge), »und nun sieht es ganz so aus, als böte Euch mein Vater seine Tochter an, um seine Ehre zu retten, so wie manche Männer in Ermangelung von Gold ihre Schulden mit einem Haus oder einem Pferd zu begleichen suchen.«

»Da irrt Ihr Euch. Ich war es, der Eurem Vater dieses Angebot machte. Der Verlust, sollte es denn dazu kommen, wäre nur ein geschäftlicher Fehlschlag, wie er mir täglich zustoßen kann. Ich will ganz offen sein, ich sah das Risiko und ging es trotzdem ein, nur um Euch nahe zu sein.«

Nun sank sie auf einen Stuhl, schlug die Hände vors Gesicht und schluchzte, daß sie am ganzen Körper zitterte. Der Anblick zerriß mir das Herz, doch während ich noch überlegte, was ich tun sollte, ließ sie die Hände schon wieder sinken und sah mich mit tränenüberströmtem Gesicht an.

»Wollt Ihr meine ganze Geschichte hören, Ihr guter, einfacher Mann?« fragte sie.

»Nein, ich habe nur zwei Fragen. Seid Ihr das Weib eines anderen?«

»Nein, obwohl – einmal hätte nicht viel gefehlt. Und die zweite Frage?«

»Liebt Ihr einen anderen Mann so sehr, daß Ihr es im Innersten für unmöglich haltet, mich jemals zu lieben.«

»O nein, das nicht«, stieß sie leidenschaftlich hervor; »aber beim Kreuze Christi! Es gibt einen, den ich hasse.«

»Das geht mich nichts an«, entgegnete ich lachend. »Und alles übrige lassen wir auf sich beruhen. Nur wenige Menschen gehen aus den Kämpfen des Lebens ohne Narben hervor, und ich gehöre gewiß nicht zu ihnen. Die tiefste Wunde haben mir freilich einst vor der Höhle bei Hastings Eure Lippen geschlagen.«

Als sie das hörte, errötete sie bis in die Haarwurzeln, die Tränen versiegten, und sie lachte laut heraus, während ich fortfuhr:

»Lassen wir deshalb die Vergangenheit hinter uns und richten wir, wenn wir uns einig sind, den Blick in die Zukunft. Nur eines müßt Ihr mir versprechen: Bleibt nie mehr mit Lord Deleroy allein. Wer so leichtfertig mit der Feder umgeht, der würde, denke ich, auch andere Dinge stehlen.«

»Bei meiner Seele! Mit meinem Vetter Deleroy allein zu bleiben, wäre wahrlich das letzte, was ich begehre.«

Sie erhob sich, und wir standen uns eine Weile stumm gegenüber. Dann breitete sie die Arme aus und hob mir ihr Antlitz entgegen.

Damit waren Blanche Aleys und ich verlobt. Als ich später darüber nachdachte, fiel mir auf, daß sie der Heirat mit mir kein einziges Mal ausdrücklich zugestimmt hatte. Das störte mich jedoch wenig, zählt doch in solchen Fällen mehr, was eine Frau tut, als was sie spricht. Ansonsten war ich blind vor Liebe, und mit der Zeit hatte es immer mehr den Anschein, als habe auch sie den Weg der Liebe betreten. Oder sie war eine sehr bemerkenswerte Schauspielerin.

* * *

Nur einen Monat später fand an einem Oktobertag in St. Margaret in Westminster unsere Hochzeit statt. Sobald man sich einig war, hatten alle, nicht zuletzt Blanche selbst, zur Eile gedrängt. Sir Robert Aleys sagte, er wolle London verlassen und sich auf seine Güter in Sussex zurückziehen, er habe genug vom höfischen Leben und wünsche sich nur noch ein friedliches Ende seiner Tage; ich war bis über beide Ohren verliebt und konnte es kaum erwarten, meine Braut für mich allein zu haben, und Blanche selbst beteuerte, sie könne gar nicht schnell genug meine Frau werden, unsere Brautzeit habe schließlich schon auf dem Burgberg von Hastings begonnen und dauere nun wahrhaftig lange genug. Auch sonst gab es keinen Grund für eine Verschiebung. Ich tilgte Sir Roberts Schulden an mich, unterschrieb ein Testament zugunsten seiner Tochter und ihrer Nachkommen und übergab eine Kopie davon seinem Anwalt. Nun hatte ich nichts weiter zu tun, als mein Haus auf ihre Ankunft vorzubereiten, eine Aufgabe, die nicht allzu schwierig war, wenn man ausreichend Geld zur Verfügung hatte.

Um die Hochzeit selbst wurde nicht viel Aufhebens gemacht. Weder Sir Robert noch seine Familie wollten es an die große Glocke hängen, daß seine Tochter, sein einziges Kind, der letzte Sproß des Hauses, einen Kaufmann zum Mann nahm, um sich und ihren Vater vor dem Ruin zu retten. Auch ich, der Kaufmann, wollte möglichst kein Gerede unter meinesgleichen aufkommen lassen, denn schließlich war allgemein bekannt, daß ich diesen vornehmen Höflingen größere Summen geliehen hatte. So waren zur Trauungszeremonie, die wir zu früher Stunde ansetzten, nur wenige Gäste geladen, und von diesen blieben viele aus, denn ausgerechnet an diesem Tag setzten Wind und Regen ein, obwohl es erst Oktober war, und bald erhob sich der gewaltigste Sturm, den ich jemals erlebt hatte.

Wir wurden also in einer Kirche getraut, die nahezu leer war. Die Stimme des alten Priesters war machtlos gegen den Wind, der mit lautem Getöse an den Fenstern rüttelte – man kam sich vor wie in einem Spiel ohne Worte. Auch machte der heftige Regen die Kirche so dunkel, daß ich kaum das liebreizende Antlitz meiner Braut erkennen oder den Finger finden konnte, an den ich den Ring zu stecken hatte.

Doch endlich war der Bund besiegelt, und wir gingen den Mittelgang hinunter. Draußen warteten unsere Pferde, um uns zu meinem Haus in Cheapside zu bringen, wo ich für alle meine Untergebenen und die wenigen Freunde, die gekommen waren, ein Festmahl geben wollte. Von der vornehmen Westminster-Gesellschaft war niemand darunter. Als wir uns der Kirchentür näherten, bemerkte ich die beiden aufgeputzten Damen, zwischen denen Deleroy bei jenem Mittagessen nach den Kreditverhandlungen gesessen hatte, und ich hörte eine von ihnen sagen:

»Was wird Deleroy wohl machen, wenn er zurückkommt und seinen Schatz nicht mehr findet?« Worauf die andere mit schrillem Kichern antwortete:

»Er wird sich eine andere suchen, was sonst, oder sich noch mehr Geld von dem Kaufmann borgen und ...« Dann wurde die Tür geöffnet, und der Rest des Satzes ging im Rauschen des Windes unter.

Der alte Sir Robert Aleys stand auf der Schwelle.

»Bei der Muttergottes!« rief er. »Hoffentlich verläuft euer weiteres, gemeinsames Leben weniger stürmisch als diese Hochzeit. Ich verzichte auf das Fest in Cheapside, bei dem Höllenwetter zieht es mich nach Hause. Leb wohl, Sohn Hubert, ich wünsche dir alles Glück der Welt. Leb wohl, Blanche. Sei eine gehorsame Frau und wende die Augen nicht vom Gesicht deines Gemahls, das ist der beste Rat, den ich dir geben kann. Zu Weihnachten treffen wir uns in Sussex, ich reite morgen hinunter. Bis dahin, lebt alle beide wohl.«

Und es war in der Tat ein Lebewohl, denn keiner von uns sah ihn jemals wieder.

Fest in unsere Mäntel gewickelt, kämpften wir uns durch den Sturm, und waren ziemlich außer Atem, als wir endlich mein Haus im Cheap erreichten. Der Wind hatte die Girlanden aus Herbstblumen und Tannenzweigen heruntergerissen, die ich vor der Tür hatte anbringen lassen. Nun mußte ich zusehen, wie ich meine Frau unter diesen Umständen würdig empfangen konnte. Als sie die Schwelle überschritt, küßte ich sie und hieß sie mit einigen zärtlichen Worten willkommen, die ich mir vorher zurechtgelegt hatte. Sie antwortete mit einem Lächeln. Dann führten die Frauen sie in ihr Zimmer, damit sie sich vor dem Festmahl, das für meine Begriffe sehr üppig ausfallen sollte, zurechtmachen konnte. Leider hielt das schlechte Wetter viele der Gäste fern.

Wir hatten kaum angefangen, als Kari eintrat. Er war in letzter Zeit sehr still und bedrückt gewesen und hatte es auch abgelehnt, mit uns zu essen. Nun flüsterte er mir zu, mein Verladeaufseher vom Hafen wolle mich sofort sprechen, die Angelegenheit dulde keinen Aufschub. Ich entschuldigte mich bei Blanche und den Gästen und ging in den Laden hinaus. Der Mann war sehr verstört. Eins meiner Schiffe – ich hatte es zu Ehren meiner Frau *Blanche* getauft –, das zum Auslaufen bereit im Hafen lag, war offenbar durch das Unwetter in höchster Gefahr. Es zerrte an seinem Anker, und wenn es nicht gelang, weitere Anker auszuwerfen, stand zu befürchten, daß es ans Ufer getrieben würde und an der Landungsbrücke zerschellte. Bisher hatte man nur deshalb nichts unternommen, weil lediglich der Kapitän und ein Matrose an Bord waren; alle anderen feierten an Land meine Hochzeit und wollten nicht hinausrudern, weil sie fürchteten, das Boot könnte voll Wasser schlagen.

Nun war die *Blanche* zwar nicht das größte, aber doch das beste und seetüchtigste von allen meinen Schiffen. Außerdem war es fast neu und hatte so wertvolle Fracht für die Mittelmeerländer an Bord, daß ihr Verlust mich schmerzlich getroffen hätte. Ich konnte also nicht umhin, mich unverzüglich selbst um die Sache zu kümmern, denn nach dem Bericht meines Untergebenen war nicht damit zu rechnen, daß die meuterischen Matrosen auf einen Geringeren hören würden. Wenn ich also Schiff und Ladung retten wollte, mußte ich auf der Stelle zum Hafen reiten.

Ich kehrte ins Speisezimmer zurück, erklärte meiner Frau und den Gästen mit wenigen Worten, wie die Dinge standen, und bat den ältesten Mann unter den Geladenen, meinen Platz neben der Braut einzunehmen. Er tat es nur ungern und murrte, auf dieser Hochzeit ruhe kein Glück.

Nun erhob sich Blanche und bat mich inständig und

unter Tränen, sie mit zum Hafen zu nehmen. Ich lachte sie aus, und die Hochzeitsgesellschaft tat es mir nach, aber sie bedrängte mich hartnäckig immer weiter, bis ich schließlich den Eindruck gewann, sie fürchte sich vor irgend etwas. Doch die anderen riefen, sie wolle nur aus Liebe mit mir gehen und weil sie Angst habe, ich könnte zu Schaden kommen.

Endlich ließ sie sich bewegen, einen Becher Wein mit mir zu trinken, doch zitterte ihre Hand dabei so sehr, daß sie den Wein verschüttete und sich das weiße Kleid mit roten Flecken verdarb. Das veranlaßte die anwesenden Frauen, etwas von einem bösen Omen zu murmeln. Ich riß mich mit einem Kuß von ihr los. Ich konnte nicht länger bleiben, die Pferde warteten bereits. Bald ritt ich, so schnell der Sturm es zuließ, dem Hafen entgegen, wobei mir zuerst die Ziegel von den Dächern, und später, als wir die Häuser hinter uns gelassen hatten, die abgerissenen Äste um die Ohren flogen. Kari hätte mich, das soll nicht unerwähnt bleiben, gerne begleitet, doch ich nahm lieber einen Diener mit und bat meinen exotischen Freund, im Haus zu bleiben, wo er vielleicht gebraucht würde.

Wir erreichten wohlbehalten den Hafen und fanden alles so vor, wie der Verlademeister berichtet hatte. Die *Blanche* schwebte in großer Gefahr und konnte jeden Augenblick gegen einen Landesteg prallen. Wenn das geschah, würde sie leckschlagen, und das wäre das Ende. Die Männer saßen noch immer in der Schenke und zechten mit den Hafendirnen, einige waren schon halb betrunken. Ich suchte sie bei der Ehre zu packen, indem ich sagte, wenn sie sich nicht aufrafften, würde ich allein mit meinem Diener ein Boot nehmen und hinüberrudern, obwohl heute mein Hochzeitstag sei. Da senkten sie beschämt den Kopf und kamen mit.

Nach einer mühsamen Fahrt voller Gefahren erreichten wir endlich unversehrt das Schiff. Der arme Kapitän war fast von Sinnen vor Angst, er hing an der

Reling und beobachtete unablässig das Ankertau, das jeden Augenblick reißen konnte. Der zweite Mann war von einer herabstürzenden Seilrolle getroffen und verletzt worden.

Der Rest der Geschichte ist schnell erzählt. Wir ließen zwei weitere Anker zu Wasser und trafen noch weitere Vorkehrungen, wie sie in solchen Fällen üblich sind und wie jeder Seemann sie kennt. Als wir alles gesichert hatten, soweit das möglich war, versprach ich dem Kapitän, am nächsten Morgen wiederzukommen, und ruderte mit meinem Diener und vier Matrosen an Land zurück. Diesmal hatten wir den Wind und die Strömung im Rücken, und nachdem wir sicher gelandet waren, ritt ich sogleich nach Cheapside zurück.

Nun hatte dies alles sehr viel länger gedauert, als man es berichten kann, denn der Weg war, besonders bei diesem heftigen Sturm, doch ziemlich weit. So war es beinahe zehn Uhr abends geworden, als ich, meinem Schöpfer dankend, an der Pforte meines Hauses absaß und den Diener beauftragte, die Pferde in den Stall zu bringen. Bevor ich die Tür noch erreicht hatte, wurde sie zu meiner Verwunderung bereits geöffnet, und in dem Lichtstreifen, der nach draußen fiel, stand Kari. Mein Erstaunen wuchs, als ich sah, daß er mein großes Schwert Wogenlohe – allerdings noch in der Scheide – in Händen hielt. Es wurde zusammen mit der Rüstung des französischen Ritters und dem Schild mit den drei Pfeilen im Wappen aufbewahrt, und dort mußte er es sich geholt haben.

Nun legte er den Finger an die Lippen, drückte die Tür leise wieder zu und flüsterte:

»Herr, da oben bei der Lady ist ein Mann.«

»Was für ein Mann?« fragte ich.

»Derselbe Lord, Herr, der schon einmal mit ihr hier war, um Schmuck zu kaufen und Gold zu borgen. Hör zu. Bei Einbruch der Dunkelheit verabschiedeten sich die Gäste, und das Fest war zu Ende, doch die Lady, deine Gemahlin, zog sich ins obere Stockwerk in den Raum zurück, den ihr Sonnenzimmer* nennt, und der auf die Straße hinausgeht. Etwa eine Stunde später wurde an die Tür geklopft. Ich hatte auf dich gewartet und öffnete, dachte ich doch, du seist zurückgekehrt. Und da stand jener Lord und sprach zu mir:

›Maurenmann, ich weiß, daß dein Herr außer Hauses, die Lady aber anwesend ist. Ich möchte mit ihr sprechen.‹

Ich hätte ihn abgewiesen, doch in diesem Moment kam die Lady selbst die Treppe herunter. Sie hatte wohl aus dem Fenster gesehen. Sie war ganz weiß im Gesicht und sagte:

›Kari, laß den Lord eintreten. Ich habe einiges mit ihm zu besprechen, was die Geschäfte deines Herrn betrifft.‹ Ich gehorchte, Herr, wußte ich doch, daß du diesem Lord Geld geliehen hattest, aber die Sache war mir nicht geheuer. Und so holte ich das Schwert, weil ich dachte, es würde womöglich gebraucht, und wartete.«

Soweit sein Bericht, wenn auch nicht wörtlich, denn er sprach sehr gebrochen, hatte er doch das Englische nie richtig gelernt, und behalf sich immer wieder mit Worten aus seiner Muttersprache, von der er mir, wie bereits erwähnt, einiges beigebracht hatte.

»Ich begreife das nicht«, rief ich, als er geendet hatte. »Die Sache ist gewiß ganz harmlos. Doch wer weiß? Gib mir das Schwert und komm mit.«

Kari gehorchte, und ich schnallte mir Wogenlohe um und stieg die Treppe hinauf. Kari brachte zwei Leuchter mit brennenden, italienischen Wachskerzen. Als ich die Tür des Solars öffnen wollte, fand ich sie verriegelt.

»Bei Gott!« rief ich. »Das ist doch sonderbar.« Und dann schlug ich mit der Faust dagegen.

---

* Das sogenannte Solar, ein Zimmer im oberen Stockwerk eines mittelalterlichen Hauses – *Anm. d. Übers.*

Nach einer Weile wurde mir geöffnet, doch ich war mißtrauisch, blieb draußen stehen und spähte hinein. Der Raum wurde von einer Hängelampe erleuchtet, und im Kamin brannte ein großes Feuer, denn die Nacht war kalt. Auf einem Eichenstuhl vor dem Feuer saß Blanche so reglos wie eine Statue und starrte in die Flammen. Sie sah sich kurz um, erkannte mich im Schein von Karis Kerzen und wandte sich abermals den Flammen zu. Zwischen ihr und der Tür stand Deleroy. Seine Kleidung war wie immer vom Feinsten, aber sein Umhang war wohl naß geworden, denn er hatte ihn abgenommen und zum Trocknen über einen Schemel vor dem Feuer gelegt. Außerdem fiel mir auf, daß er ein Schwert und einen Dolch am Gürtel trug. Erst jetzt trat ich ein, und als Kari mir gefolgt war, schloß ich die Tür und schob den Riegel vor. Dann fragte ich:

»Was macht Ihr hier bei meiner Gattin, Lord Deleroy?«

»Wie merkwürdig, Kaufmann«, gab er zurück, »ich wollte soeben eine ganz ähnliche Frage an Euch richten. Was macht *meine* Gattin in Eurem Hause?«

Die Worte trafen mich wie ein Schlag, doch Blanche sagte, ohne den Kopf zu drehen:

»Er lügt, Hubert, ich bin nicht sein Weib.«

»Was macht Ihr hier, Lord Deleroy?« wiederholte ich.

»Nun, wenn Ihr es denn unbedingt wissen wollt, Kaufmann, ich habe Euch eine Urkunde mitgebracht, oder vielmehr die Kopie davon, das Original wird Euch morgen von den Bütteln des Königs zugestellt, und dann wird man Euch auf königlichen Befehl in den Tower bringen. Ihr seid überführt, mit den Feinden des Königs Handel getrieben zu haben, das ist Hochverrat, und darauf steht, wie Ihr wißt oder alsbald erfahren werdet, der Tod.« Damit warf er ein Schriftstück auf einen Tisch.

»Ich durchschaue das Komplott«, antwortete ich eisig. »Ein unwürdiger Günstling des Königs, ein Fälscher und Dieb benützt des Königs Macht, um einen ehrlichen Untertan mit falschen Anschuldigungen in Fesseln legen und töten zu lassen. Das kommt heutzutage oft genug vor. Doch lassen wir das. Ich frage Euch zum dritten Mal – was macht Ihr am Tag meiner Hochzeit zu nachtschlafender Zeit bei meiner Frau?«

»Eine höfliche Frage verdient eine höfliche Antwort, Kaufmann, doch muß ich dazu etwas weiter ausholen.«

»Faßt Euch möglichst kurz, denn meine Geduld hat Grenzen«, antwortete ich.

»Gewiß«, sagte er und verneigte sich spöttisch.

Dann trug er mir, klar und ruhig, unter Angabe von Daten und Umständen, eine schreckliche Geschichte vor, auf die ich nicht näher eingehen will. Der Inhalt war im wesentlichen, daß er Blanche geheiratet hatte, als sie noch kaum zur Frau herangereift war, und daß sie ihm ein Kind geboren hatte, das jedoch nicht lange am Leben blieb.

»Blanche«, sagte ich, als er geendet hatte. »Du hast alles gehört. Ist es die Wahrheit?«

»Vieles davon ist wahr«, antwortete sie mit dieser fremden, kalten Stimme, ohne den Blick von den Flammen zu wenden. »Nur war die Ehe nicht gültig, denn ich wurde getäuscht. Die Trauung zelebrierte einer von Lord Deleroys Kumpanen, der sich als Priester verkleidet hatte.«

»Darüber wollen wir nicht streiten«, sagte Deleroy. »Ein Mann wie Ihr, Kaufmann, der in der Welt herumgekommen ist, weiß wohl, daß eine Frau selten um eine Ausrede verlegen ist, wenn sie in der Falle sitzt. Zugegeben, bei dieser Trauung wurden nicht alle Formalitäten beachtet, doch das kann für Blanche wie für mich doch nur von Vorteil sein. In diesem Fall ist die Ehe mit Euch nämlich rechtskräftig. Nun habt Ihr, wie ich erfahre, ein Schriftstück unterzeichnet, wonach Sie Euren großen Reichtum erben wird. Ich denke, Ihr werdet keine Gelegenheit mehr finden, diesen Vertrag anzufechten, und tut Ihr es doch, so wurde mir bereits zugesichert, daß der Besitz eines Verräters an denjenigen fällt, der den Verrat aufdeckte. Vielleicht tröstet es Euch in Eurer letzten Stunde, Kaufmann, daß die Frau, der Ihr Eure Zuneigung schenktet, ihre Tage aufs angenehmste mit dem Mann verbringen kann, dem ihre Liebe gehört.«

»Zieht«, sagte ich nur und zog mein Schwert aus der Scheide.

»Warum sollte ich mit einem elenden Wucherer kämpfen?« fragte er immer noch spöttisch, aber ich glaubte doch, eine leise Unsicherheit herauszuhören.

»Die Frage könnt Ihr Euch selbst beantworten, elender Dieb. Wenn Ihr nicht kämpfen wollt, dann müßt ihr kampflos sterben. Denn eines kann ich Euch versichern, Ihr werdet diesen Raum nicht lebend verlassen, solange ich noch unter den Lebenden weile.«

»Und solange ich nicht tot bin, o Lord«, erklärte Kari mit seiner sanftesten Stimme und einer seiner fremdartigen Verneigungen.

Dabei schüttelte er mit einer jähen Bewegung seinen Umhang ab, und ich sah zum ersten Mal, daß in seinem Ledergürtel eine lange Waffe steckte, halb Schwert, halb Dolch. Die scharfe Klinge war blank.

»Oho!« rief Deleroy. »Jetzt begreife ich. Ich sitze in der Falle. Du hast mich belogen, Blanche. Du sagtest, wir seien in Sicherheit, dein Mann würde heute nacht nicht mehr zurückkehren. Nun, Lady Blanche, für diesen Streich wirst du mir noch bezahlen.«

Er hatte langsam gesprochen, wie um Zeit zu gewinnen, und sich dabei umgesehen. Sobald das letzte Wort über seine Lippen kam, sprang er, da er die Tür verschlossen wußte, mit einem Satz zum Fenster. Er hoffte wohl, hinausspringen oder zumindest um Hilfe rufen zu können. Doch Kari, der seine Kerzenleuchter auf dasselbe Tischchen gestellt hatte, auf dem bereits das Schriftstück lag, hatte ihn durchschaut und warf sich, flink wie ein Marder, der sich auf seine Beute stürzt, flinker, als ich es je bei einem Menschen erlebt hatte, zwischen Deleroy und das Fenster. Die Klinge hielt er in der ausgestreckten Hand, und der Lord hätte sich um ein Haar daran aufgespießt. Ich glaube, die Spitze verletzte ihn sogar am Hals, denn er betastete die Stelle mit einem Fluch. Dann zog er sein Schwert, eine zweischneidige Waffe mit scharfer Spitze, etwa so lang wie Wogenlohe, aber nicht so schwer.

»Ich sehe schon, ich muß Euch alle beide erledigen. Du, Blanche, bist wohl so freundlich und deckst mir den Rücken, wie es sich für eine liebende Gattin gehört, bis ich mir diesen Tölpel vom Hals geschafft habe«, sagte er, großspurig bis zum letzten Atemzug.

»Kari«, befahl ich, »du hältst die Kerzen hoch, damit ich Licht habe, und überläßt diesen Mann mir.«

Kari verneigte sich, nahm in jede Hand einen der kupfernen Leuchter und hielt sie in die Höhe. Doch zuerst steckte er sich den langen Dolch – nicht etwa in den Gürtel zurück – sondern so zwischen die Zähne, daß die Spitze nach rechts zeigte. So seltsam es klingt, in diesem Moment jagte der grimmige, schwarze Mann mit dem Messer zwischen den weißen Zähnen selbst mir einen gewaltigen Schrecken ein.

Deleroy und ich standen einander auf der freien Fläche zwischen Feuer und Tür gegenüber. Blanche hatte sich auf ihrem Stuhl umgedreht und beobachtete uns stumm. Doch ich lachte laut heraus, denn für mich bestand am Ausgang dieses Kampfes kein Zweifel. Wären es auch zehn Deleroys gewesen, ich hätte sie alle getötet. Dennoch stellte ich bald fest, daß ich mir nicht zu sicher sein durfte, denn als ich seinen ersten Hieb parierte und mit aller Kraft auf ihn einstach, da fuhr ihm Wogenlohe, mein altes Schwert, nicht etwa durch den Leib, sondern wölbte sich in meiner Hand wie ein gespannter Bogen, und ich erkannte, daß Deleroy unter seinem buntseidenen Josephsrock ein Kettenhemd trug.

Da rief ich: »Ahoi!« wie einst mein Ahnherr Thorgrimmer gerufen haben mochte, wenn er dieses Schwert führte, und bevor Deleroy das Gleichgewicht wiederfand, nahm ich Wogenlohe in beide Hände, schwang es hoch über meinen Kopf und ließ es niedersausen. Er hob den linken Arm, um den er seinen Umhang gewickelt hatte, und suchte seinen Kopf zu schützen, doch das Schwert durchschlug Umhang und Arm, und die Hand mit den blitzenden Ringen fiel zu Boden.

Ich setzte sofort nach, denn dieser Kampf endete erst mit dem Tod. Die Klinge drang Deleroy ins Gehirn, und er stürzte entseelt zu Boden.

Kari lächelte sanft, hob den Umhang auf, schüttelte ihn aus und deckte ihn über Deleroys Leichnam. Dann nahm er mein Schwert und wischte es an den Binsen ab, mit denen der Fußboden bestreut war. Ich sah ihm teilnahmslos zu.

Dann hörte ich vom Feuer her einen Laut, entsann mich Blanches und wandte mich ihr zu. Was ich ihr sagen wollte, weiß nur Gott allein.

Der Anblick war entsetzlich und brannte sich so tief in meine Seele ein, daß ich ihn meiner Lebtag nicht mehr vergessen kann. Blanche lehnte in dem Eichenstuhl, ihre langen, blonden Locken wallten über die Lehne, und auf ihrem weißen Kleid prangten rote Flecken. Mir fiel wieder ein, wie sie beim Festmahl den Wein verschüttet hatte, und ich dachte erst, die Flecken rührten daher, doch dann bemerkte ich, wie sich das Rot immer weiter ausbreitete, und begriff, daß es sich hier nicht um Wein handelte, sondern um Blut. Auch sah ich im Schein der Lampe mittendrin, dicht unter dem Rubinherz mit der Schlangenfassung, den Griff eines kleinen Dolchs glitzern.

Ich sprang zu ihr, doch sie hob abwehrend die Hand.

»Faß mich nicht an«, flüsterte sie, »ich verdiene es nicht, und der Stoß war tödlich. Sobald du die Klinge herausziehst, sterbe ich, und ich habe dir noch etwas mitzuteilen. Du sollst wissen, daß ich dich liebe, und daß ich hoffte, dir eine gute Frau sein zu können. Was ich vorhin sagte, ist wahr. Der Tote hat mich in eine Scheinehe gelockt, als ich fast noch ein Kind war, und er ließ sich auch hinterher nicht bewegen, mit einer gültigen Zeremonie Abhilfe zu schaffen. Vielleicht war er seinerseits verheiratet, vielleicht hatte er auch andere Gründe. Mein Vater hat vieles erraten, aber nicht alles. Als du um mich warbst, versuchte ich dich noch zu warnen, aber du warst taub und blind, wolltest nichts sehen und nichts hören. Da gab ich nach, denn ich war dir zugetan und hoffte, endlich Frieden zu finden, eine Hoffnung, die sich nun ja auch erfüllt; auch dachte ich, wenn ich reich wäre, dem Schurken den Mund mit Gold verschließen zu können. Daß er hierherkommen würde, ahnte ich nicht, ich wußte nicht einmal, daß er Frankreich verlassen hatte. Er kam völlig überraschend, nachdem er erfahren hatte, daß du fort warst, und wollte eben gehen, als du kamst. Er brauchte Geld und glaubte, ich hätte dich nur deshalb geheiratet. So gedachte er, dich mit seinen Lügen zum Verräter zu stempeln, um mich dann nach deinem Tod zurückzugewinnen. Den Rest kennst du. Für mich gab es nur noch diesen einen Ausweg. Nun bin ich dir keine Last mehr, sei froh darüber, geh und suche das Glück in den Armen einer besseren oder glücklicheren Frau. Flieh, flieh schnell, denn Deleroy hatte viele Freunde, und der König selbst liebt ihn – nicht ohne Grund – wie einen Bruder. Flieh, sage ich, und verzeih – verzeih! Hubert, leb wohl!«

Sie hatte zum Schluß immer langsamer und leiser gesprochen, und mit dem letzten Wort wich das Leben aus ihr.

So endete meine Ehe mit Blanche Aleys.

BUCH ZWEI

KAPITEL I

Die neue Welt

So waren nun zwei Menschen, die noch einen Atemzug zuvor so voller Leben, so voller Leidenschaft gewesen waren, für immer verstummt. Deleroy lag unter seinem Umhang tot auf dem Boden, Blanche saß tot in ihrem Eichenstuhl. Auch wir Lebenden schwiegen. Ich sah Kari an; die Züge einer Statue auf einem Grabmal hätten nicht starrer sein können, doch seine großen, glänzenden Augen registrierten jede Einzelheit, und in meiner aufgewühlten Phantasie glaubte ich gar so etwas wie Triumph und heimliche Vorfreude darin funkeln zu sehen. Das veranlaßte mich zu der Überlegung, wie ich wohl meinerseits aussehen mochte. Ich war seltsamerweise von einer tiefen, inneren Ruhe erfüllt, wie sie bisweilen über uns kommt, wenn die Ereignisse so übermächtig werden, daß sie für eine Weile alles Sterbliche aus unserer Seele verdrängen. Dann wird der Geist frei und kann staunen über die Vergänglichkeit, die Nichtigkeit all dessen, was uns sonst so stark und mächtig erscheint.

Ich, der ich an diesem Tag so viele Empfindungen durchlaufen hatte – in rascher Folge war ich zuerst der Liebende gewesen, der die langersehnte Braut endlich sein eigen nennen darf, nur um sie gleich darauf wieder zu verlieren; dann der Geschäftsmann, der in Windeseile Entscheidungen von großer Tragweite zu treffen hat; der Kämpfer, der sich, von primitiver Rachsucht übermannt, auf seinen Widersacher stürzt; und schließlich der Zeuge, der in teuflisch grellem Licht mit ansehen mußte, wie sich die geliebte Frau selbst entleibte und zum kalten Leichnam wurde, bevor er sie in die Arme schließen konnte – ich fühlte mich in diesem

Moment selbst wie ein Toter. Ja, innerlich war ich auch tot, lebendig war nur noch mein Fleisch, und in meinem Herzen ertönten wieder und wieder die Worte meines alten Onkels und eines weiseren Mannes, der ihm vorausgegangen war – »Vanitas vanitatum! Es ist alles eitel!«

Kari fand als erster die Sprache wieder und sagte, gelassen und mit ruhiger Stimme, in seinem gebrochenen Englisch:

»Es ist viel geschehen, und ich denke, es war gut so, auch wenn du, Herr, zunächst noch anders darüber denken magst. Doch könnte dir das Geschehene in diesem barbarischen Land voller Wilder mit ihrem kleinlichen Rechtsempfinden großen Ärger bringen. Der Lord kam mit jenem Schriftstück«, er deutete mit einem Nicken zu dem Dokument auf seinem Tischchen hin, »und sagte etwas von *deinem* Tod, Herr – an sich dachte er nicht. Und auch die Lady sagte, als sie noch lebte, sie sagte: ›Flieh, flieh oder stirb!‹ Und beeile dich!« Er streifte die beiden Leichen mit einem Blick.

Ich sah ihn aus leeren Augen an. Der erste Schock klang allmählich ab, die Betäubung wich, nun schlugen Schmerz und Trauer ihre Fänge in mein Herz.

»Wohin sollte ich fliehen?« fragte ich. »Und warum sollte ich fliehen? Ich bin unschuldig, und außerdem kann ich den Tod kaum noch erwarten.«

»Mein Herr müssen fliehen«, radebrechte Kari hastig, »weil noch leben und noch frei. Weil Kummer hinter sich, Freude vor sich haben. Kari, der die Frauen hassen und in Herzen lesen, Kari, der vor langer Zeit das gleiche Bitterwasser getrunken, er sehen all dies kommen und denken viel darüber nach. Herr brauchen sich nicht zu bekümmern, Kari alles regeln. Und sagen Meister, wenn er tun, was Kari raten, dann alles wieder gut.«

»Und was soll ich tun?« stöhnte ich.

»Schiff *Blanche* liegen in großem Fluß, bereit zu stechen in See. Noch vor Tagesanbruch Herr und Kari brechen mit ihr auf. Hier lassen alles zurück; viel Land, viel Reichtum – was zählt? Leben mehr wert als alles, andere Dinge man kann wiederbeschaffen. Komm. Nein, eine Minute noch warten.«

Er trat zu Deleroys Leichnam, zog ihm unglaublich flink das Kettenhemd aus, das er unter dem Rock trug, und legte es sich selbst an. Dann schnallte er sich Deleroys Schwert um die Hüften und warf das Pergament ins Feuer. Schließlich löschte er die Hängelampe, gab mir eine von den Kerzen und nahm die andere selbst.

An der Tür angelangt, hob ich meine Kerze und warf in ihrem Schein einen letzten Blick auf das aschfahle Gesicht meiner Blanche. Das Bild sollte mich bis ans Ende meiner Tage begleiten.

Kari versperrte die dicke Eichentür zum Solar von außen und führte mich in mein Zimmer. Dort befand sich die Rüstung des Ritters, den ich auf dem Burgberg von Hastings getötet hatte. Ich hatte sie mir nach meinen Maßen ändern lassen. Nun legte er sie mir rasch an und warf mir einen langen, schwarzen Kaufmannsrock darüber. Dann holte er aus dem Schrank meinen schwarzen Langbogen und einen Köcher voller Pfeile, außerdem eine Börse voller Goldstücke, die ich dort aufbewahrte, und dazu den Lederbeutel, den er selbst getragen hatte, als ich ihn im Hafen fand.

Nun gingen wir in den Raum, wo das Festmahl stattgefunden hatte, um wenigstens einen Schluck Wein zu trinken, denn essen konnte ich nichts. Zufällig griff ich nach demselben Becher, mit dem ich Blanche beim Hochzeitsessen zugeprostet hatte. Nun prostete ich ihrem Geiste zu, und flehte anschließend Gottes Gnade auf mich herab.

Wir verließen das Haus, sattelten im Stall zwei ruhige, kräftige Pferde und ritten durch den Hinterhof in die Nacht hinaus. Niemand beobachtete uns, denn inzwischen war es so spät geworden, daß alles schlief und die Straßen leer waren. Selbst wer sonst die Dunkelheit liebte, wagte sich bei diesem Wetter nicht aus dem Haus.

Wann wir den Hafen erreichten, weiß ich nicht mehr, ging mir doch so vieles im Kopf herum, daß ich nichts anderes mehr wahrnahm. Vor allem beschäftigte mich das seltsame Auf und Ab in meinem Leben. Da war ich nun binnen weniger Jahre zu großem Reichtum gelangt und hatte die Frau errungen, die ich begehrte. Doch wo war jetzt der Reichtum, wo war die Frau, und was war aus mir geworden? Ein Ausgestoßener, der sich im Schutz der Nacht mit dem Blut eines Königsgünstlings an den Händen aus seinem Vaterland davonstahl, und dem der Strick drohte, falls er gefaßt wurde. Oh! Zwischen dem Morgen und der Mitternacht dieses einen Tages lagen wahrhaftig Welten! »Vanitas vanitatum! Es ist alles eitel!«

Irgendwann hatte sich wohl mein Geist verwirrt, und meine Seele versank in den tiefsten Abgründen der Hölle, denn mit einem Mal erschien St. Hubert, mein himmlischer Namenspatron, mit strahlendem Antlitz neben meinem Pferd und sagte:

»Sei guten Mutes, mein Patensohn, und denke an die Worte deiner Mutter – ein ruheloser Wanderer sollst du sein, doch wo du auch hingehst, dein guter Bogen und dein Schwert werden dich beschützen, und ich werde ebenfalls zu dir stehen. Auch stirbt nicht alle Liebe mit dem letzten Atemzug einer einzigen Frau.«

Dieses Trugbild öffnete den Abszeß meines Schmerzes wie mit einem Skalpell und brachte mir für eine Weile Erleichterung. Sogar ein wenig Hoffnung regte sich. Ich sehnte mich nicht länger nach dem Tod, ich wollte weiterleben, um nicht im Grab, sondern hier auf Erden Vergessen zu finden.

Als wir den Hafen erreichten, stellten wir die Pferde in einen Schuppen, der als Stall genützt wurde, und nahmen ihnen Sättel und Zaumzeug ab, damit sie von dem Heu in den Raufen fressen konnten. Auf diese Idee war ich gekommen, und daß ich überhaupt imstande war, an die Bedürfnisse anderer Geschöpfe zu denken, zeigte mir, daß mein Verstand wieder arbeitete. Dann gingen wir an die Mole zu dem Boot, das mich erst vor wenigen Stunden an Land gebracht hatte. Hin und wieder kam der Mond hinter den Wolken hervor, und in seinem Schein sah ich, daß die *Blanche* keinen Pfeilschuß weit entfernt sicher vor Anker lag. Mit Aufgang des Mondes war der Sturm wie so oft stark abgeflaut, und so gelang es Kari und mir mit etwas Glück und Umsicht, das Boot, das eigentlich zu groß war, um von zwei Männern gesteuert zu werden, zum Schiff zu rudern. Dort angelangt, stiegen wir über die Leiter hinauf.

Der wachhabende Matrose war sehr überrascht, als er uns sah, aber er half uns, das Boot mit dem Schleppseil am Heck des Schiffes festzumachen.

Danach ließ ich den Kapitän wecken und erklärte ihm kurz und bündig, der Sturm habe sich gelegt, Wind und Gezeiten stünden günstig, und deshalb wolle ich auf der Stelle in See stechen. Er sah mich an, als zweifle er an meinem Verstand, denn er wußte ja, daß ich erst an diesem Tag Hochzeit gehalten hatte.

Ich wolle doch gewiß noch abwarten, sagte er dann, bis es hell würde und er den Rest der Besatzung aufnehmen könne, der sich noch an Land befinde. Doch ich antwortete, ich wolle keine Sekunde mehr warten, und als er nach dem Grund für meine Eile fragte, erklärte ich ihm – eine glorreiche Eingebung –, ich hätte in königlichem Auftrag Briefe von Seiner Hoheit an seine Gesandten in der Südsee zu überbringen. Es gehe um Krieg oder Frieden, und die Sache dulde keinen Aufschub.

»Bedenkt es wohl«, fuhr ich fort, »ob Ihr oder einer Eurer Leute es wagen wollt, sich den Befehlen des Königs zu widersetzen, Ihr wißt ja, wie es in solchen

Fällen geht – da wird sehr schnell mit einem langen Strick kurzer Prozeß gemacht.«

Nun bekam es der Kapitän mit der Angst zu tun. Er rief seine Matrosen zusammen, die inzwischen ihren Rausch ausgeschlafen hatten, und teilte ihnen meine Befehle mit. Sie murrten zwar und wiesen zum Himmel, doch als ich mich in meiner Ritterrüstung vor sie hinstellte, mit strengem Blick die Hand an mein Schwert legte und ihnen zugleich durch Kari doppelte Heuer für die Reise in Aussicht stellen ließ, da wurden auch sie von Furcht ergriffen, setzten ein paar kleinere Segel und holten die Anker ein.

So fuhr das Schiff wenig mehr als eine Stunde, nachdem wir an Bord gegangen waren, so schnell, wie Wind und Ebbe es nur treiben konnten, aufs Meer hinaus. Und keinen Augenblick zu früh, wie mir schien, denn bevor die Dunkelheit den Hafen verschluckte, sah ich dort Männer mit Laternen auftauchen und dachte bei mir, nun habe man wohl Alarm geschlagen und sei ausgerückt, um mich zu verhaften.

Der Kapitän kannte den Fluß wie seine Westentasche und steuerte uns mit Hilfe eines Matrosen sicher durch alle Gefahren. Im Morgengrauen hatten wir Tilbury passiert, und als es vollends hell wurde, rauschten wir vor Gravesend auf das offene Meer hinaus. Der Wind kam nun von achtern, und an der Geschwindigkeit, mit der die Wolken über den Himmel zogen, ließ sich ablesen, daß der Sturm zwar in der Nacht abgeflaut war, nun aber mit neuer Kraft und immer noch von Osten her wehte. Den Matrosen war die Sache nicht geheuer, und sie und der Kapitän beteuerten mir in schönster Eintracht, es sei der helle Wahnsinn, sich bei diesem Wetter aufs offene Meer hinauszuwagen. Wir müßten die Anker auswerfen oder, noch besser, irgendwo an Land gehen.

Doch als ich nicht auf sie hören wollte, schien es mir, als wollten sie sich fügen.

In diesem Augenblick rief Kari nach mir. Er stand am Bug, und als ich zu ihm ging, zeigte er mir einige Männer, die im Galopp am Ufer entlangritten und mit ihren Halstüchern winkten, als wollten sie uns aufhalten.

»Ich glaube, Herr«, sagte Kari, »inzwischen hat jemand in deinem Hause das Sonnenzimmer betreten.«

Ich nickte und beobachtete die Reiter, die nicht aufhörten, uns zuzuwinken. So stand ich mehrere Minuten lang, doch plötzlich bemerkte ich, daß das Schiff den Kurs änderte und der Bug erst in die eine, dann in die andere Richtung zeigte, so als treibe es steuerlos dahin. Wir rannten nach hinten, um nachzusehen, und machten eine schlimme Entdeckung.

Die feigen Matrosen und der Kapitän hatten sich das Boot herangezogen, mit dem Kari und ich an Bord gekommen waren, und das noch immer am Heck des Schiffs festgemacht war. Dann hatten sie sich am Tau hinuntergelassen und waren eingestiegen, um an Land zu rudern, bevor es zu spät war. Kari lächelte und schien nicht weiter überrascht, doch ich schrie in blinder Wut hinter ihnen her und beschimpfte sie als Schweinehunde und als Verräter. Der Kapitän hatte meine Worte wohl verstanden, denn er drehte den Kopf zur Seite, als schäme er sich. Die anderen achteten jedoch nicht darauf, sondern suchten verzweifelt nach den Rudern, die offenbar über Bord gefallen oder hinausgespült worden, auf jeden Fall aber verschwunden waren.

Nun versuchten sie, mit Hilfe eines Bootshakens ein behelfsmäßiges Segel zu setzen, doch während sie noch daran arbeiteten, trieb das Boot seitwärts gegen die mächtigen Wellen, die der Sturm auf dem breiten Fluß auftürmte, und schlug um. Einige Matrosen konnten sich am Rumpf festhalten, der eine oder andere kletterte auch auf den Kiel, doch was aus ihnen und den anderen wurde, weiß ich nicht, denn ich war sofort ans Steuer geeilt, um das Schiff wieder auf Kurs zu bringen. Andernfalls hätte uns womöglich das gleiche Schicksal ereilt wie das Boot, und dann wären wir entweder ertrunken oder an Land gespült und von den Reitern gefangengenommen worden. So war dies das letzte, was ich von der Besatzung der *Blanche* sah.

Der Bug des Schiffes schwenkte herum, und die *Blanche* schoß mit uns zwei schwachen, einsamen Männern vor dem immer noch stärker werdenden Sturm aufs Meer hinaus.

»Kari«, sagte ich, »was sollen wir tun? Wollen wir versuchen, an Land zu kommen, oder segeln wir weiter?«

Er überlegte eine Weile, dann wies er auf die winzigen Reitergestalten am fernen Ufer.

»Dort, Herr, lauern sicherer Tod; und auch dort« – nun zeigte er auf das Meer hinaus, »lauern Tod – aber nur vielleicht. Herr, du haben einen Gott, und ich, Kari, haben einen anderen Gott, vielleicht sind auch beide gleich und haben nur anderen Namen. Ich meinen, wir vertrauen auf unsere Götter und segeln weiter, denn Götter sind besser als Menschen. Und wenn wir in Wasser umkommen, was macht es? Wasser ist weicher als Strick, aber ich glauben, wir nicht sterben.«

Ich nickte, die Logik leuchtete mir ein. Auch ich wollte lieber ertrinken, als mich den Männern dort am Ufer auszuliefern, nur um nach London geschleppt und wie ein Verbrecher hingerichtet zu werden.

Ich stemmte mich also gegen das Ruder, um die *Blanche* weiter in die Mitte der Fahrrinne zu bringen, und hielt aufs Meer hinaus. Die Mündung wurde immer breiter, die Ufer rückten in weite Fernen. Vom Sturm getrieben, schoß die *Blanche* unter ihren kleinen Segeln dahin, und endlich waren wir auf offener See.

Ein paar Schritte von der Ruderpinne entfernt stand, mit Eisenklammern befestigt, ein Deckshaus aus massivem Eichenholz, in dem die Besatzung ihre Mahlzeiten einzunehmen pflegte. Lebensmittel gab es reichlich, auch Bier war vorhanden, und so aßen wir uns satt. Danach übergab ich Kari kurz das Ruder, nahm die Rüstung ab und vertauschte sie mit der derben Seemannskleidung und den hohen, gefetteten Stiefeln, die ich an Deck gefunden hatte. Anschließend hieß ich ihn das gleiche tun.

Es dauerte nicht lange, dann hatten wir die Küste aus den Augen verloren und sahen weit und breit nur noch die riesigen Meereswellen mit ihren schäumenden, spritzenden Wogenkämmen. Kurs setzen konnten wir nicht, wir waren dem Sturm hilflos ausgeliefert, so hieß es nur: fort, fort, ganz gleich, wohin. Die *Blanche* war, wie bereits erwähnt, ein neues, stabiles Schiff, das beste, auf dem ich jemals bei schwerer See gesegelt war. Auch hatten die Matrosen nach dem Ankerlichten noch alle Luken dicht gemacht, und so glitt sie wie eine Ente über das Wasser und nahm keinen Schaden. Ich konnte von Glück reden, daß ich von Kindesbeinen an auf Schiffen gesegelt war. So konnte ich steuern, als die *Blanche* nun vor den Wellen dahinflog, und war auch imstande, das Achtersegel immer wieder in den ständig wechselnden Wind zu drehen.

* * *

Von da an werden meine Erinnerungen von Staunen und entsetzlicher Verwirrung beherrscht. Alles zerfällt in einzelne Teile, und dazwischen klaffen ganz erhebliche Lücken – von Tagen, vielleicht sogar Wochen. Wir waren ringsum von tosenden Brechern umgeben, und ein heulender Sturm, der erst – das registrierte ich gerade noch – von Nordwesten, dann konstant von Osten wehte, jagte das Schiff vor sich her.

Ganz deutlich sehe ich mich die Ruderpinne an den Eisenringen festbinden, die in die Decksplanken geschraubt waren. Ich weiß auch noch, daß ich zu diesem

Mittel griff, weil ich zu schwach war, um sie noch länger zu halten, sie aber fixieren wollte, um sicherzustellen, daß die *Blanche* auch weiterhin vor dem Wind fuhr. Im nächsten Bild liege ich in dem oben beschriebenen Deckshaus, und Kari füttert mich und flößt mir Wasser ein, manchmal schiebt er mir auch kleine Kügelchen aus dem Lederbeutel in den Mund, den er nie aus der Hand gibt. Ich erinnerte mich gut an diesen Beutel. Kari hatte ihn schon bei sich gehabt, als ich ihn am Hafen auflas, ich hatte das Ding gesehen, als er sich hinterher wusch. Damals war es halb voll gewesen, und ich hatte mich noch gefragt, was es wohl enthalten mochte. Auch als wir nach Blanches Tod mein Haus verließen, hatte er es in der Hand getragen. Ich stellte fest, daß ich jedesmal, wenn er mir eins von den Kügelchen gab, für eine Weile neue Kräfte gewann, um dann für lange Zeit in tiefen Schlaf zu sinken.

Tage – oder Wochen – später fing ich an, wunderbare Dinge zu sehen und seltsame Stimmen zu hören. Ich sprach mit meiner Mutter und mit St. Hubert, meinem Schutzpatron. Manchmal kam auch Blanche zu mir, um mir zu erklären, was ihr und mir widerfahren war, und wie wenig von alledem sie zu verantworten hatte. Solche Visionen überzeugten mich davon, daß ich tot war, und ich hatte nichts dagegen einzuwenden, denn damit hatten auch alle Schmerzen und Mühen ein Ende; das immerwährende Streben, das jede Stunde des Lebens bestimmte, war vorüber, ich hatte endlich Ruhe. Doch dann erschien mir mein Onkel John Grimmer, zitierte mir wieder einmal seinen Lieblingsspruch: ›Vanitas vanitatum. Es ist alles eitel‹, und fügte hinzu: »Habe ich dir das nicht schon vor vielen Jahren gesagt? Nun hast du es am eigenen Leibe erfahren. Doch glaube ja nicht, Neffe Hubert, daß du bereits alle Eitelkeiten hinter dir hast, wie ich es von mir behaupten kann. Ich sage dir, es steht dir noch so manches bevor.«

So ging es immer weiter. Unter anderem spekulierte

er darüber, was mit seinem Reichtum geschehen würde und ob das Spital wohl auch schnell genug Anspruch auf die Ländereien erheben würde, die er ihm zugesprochen hatte. Irgendwann wurde ich seiner überdrüssig und wünschte, er möge fortgehen.

Endlich tat es einen gewaltigen Schlag, und der hatte ihn wohl erschreckt, obwohl er ihn nur als weitere ›Eitelkeit‹ bezeichnete, denn er ließ mich allein. Danach fiel ich in einen tiefen Schlaf, aus dem ich viele Wochen nicht mehr erwachte.

Irgendwann spürte ich Wärme und Helligkeit auf meinem Gesicht und schlug die Augen auf. Als ich die Hand hob, um nicht geblendet zu werden, stellte ich staunend fest, daß sie das Licht durchscheinen ließ wie Pergament, so daß man unter der Haut die Knochen sehen konnte. Ermattet ließ ich sie wieder sinken, und dabei kam sie auf einer Haarschicht zu liegen, die ich als Bart erkannte. Wie jeder staunte ich, denn bisher hatte ich mich stets glatt rasiert. Wie also kam ich zu einem Bart? Ich sah mich um und stellte fest, daß ich an Deck eines Schiffes lag, ja, es mußte die *Blanche* sein, die Form ihres Hecks kam mir bekannt vor, und da waren auch die Astlöcher in einem der Pfosten des Deckshauses, die in groben Zügen ein menschliches Antlitz ergaben. Vom Deckshaus selbst war allerdings nichts mehr übrig. Ich lag zwischen den Eckpfosten, über die jemand ein Stück Segeltuch gespannt hatte – wohl zum Schutz gegen Sonne und Regen.

Mühsam hob ich den Kopf. Die Schanzkleider waren fort, doch einige der Stützen, an die man die Planken genagelt hatte, standen noch, und wenn ich dazwischen hindurchschaute, entdeckte ich, nur wenige Meter entfernt, hohe Bäume mit großen Blätterbüscheln an der Spitze. Sie wurden von bunten Vögeln umschwirrt, und in den Kronen turnten Affen herum, wie sie die Seeleute aus dem Berberland mitzubringen pflegten. Demnach befand ich mich wohl auf einem

Fluß, dachte ich, der zu beiden Seiten mit diesen Bäumen bestanden war, aber in Wirklichkeit war es eine kleine Bucht.

Um die Stämme der Bäume rankten sich Kletterpflanzen mit den herrlichsten Blüten, die ich je gesehen hatte, ein leichter Wind trug mir süße Düfte zu, und das Licht war von einer unbeschreiblichen Klarheit. Ich war überzeugt, ich sei tot und hätte Eingang ins Paradies gefunden. Doch wieso lag ich dann noch auf dem Schiff? Oder wurden etwa auch Schiffe ins Paradies versetzt? Nein, es mußte ein Traum sein; gewiß war es nur ein Traum, so sehr ich auch wünschte, er wäre Wirklichkeit, vor allem, wenn ich mich an die sturmgepeitschte See erinnerte. War es jedoch kein Traum, dann war ich in einer neuen Welt.

Während ich solchen Gedanken nachhing, hörte ich leise Schritte, und alsbald beugte sich eine Gestalt über mich. Ich erkannte Kari. Er war wieder so mager und hohläugig wie damals im Hafen von London, aber es war Kari, daran gab es keinen Zweifel. Er betrachtete mich auf seine ernste Art und fragte leise:

»Herr wach?«

»Ja, Kari«, antwortete ich, »aber sag mir doch, wo bin ich?«

Er erwiderte nichts, sondern ging weg. Bald darauf kehrte er mit einer Schale zurück, hielt sie mir an die Lippen und bedeutete mir zu trinken. Die Flüssigkeit schmeckte wie Brühe, war aber seltsam gewürzt. Danach fühlte ich mich sehr viel kräftiger, die Brühe hatte etwas enthalten, das nun wie Wein durch meine Adern rann. Endlich sagte Kari in seinem sonderbaren Englisch.

»Herr«, sagte er, »als wir noch in Themse-Fluß, du mich fragen, ob wir an Ufer segeln und Jägern in die Hände fallen sollen oder weitersegeln. Ich antworten: ›Du haben einen Gott und ich haben einen Gott, besser wir fallen in Hände von Göttern als in Hände von

Menschen.‹ So segeln wir weiter in großen Sturm hinein. Wir segeln lange, lange Zeit, und großer Wind drehen sich nur einmal, sonst blasen immer von hinten. Du werden immer schwächer und verlieren Verstand, aber ich dich halten am Leben mit Medizin von mir, bleiben viele Tage wach und steuern. Endlich verlassen Verstand auch mich, und ich wissen nichts mehr. Vor drei Tagen ich wachen auf und finden Schiff an diesem Ort. Ich essen noch mehr Medizin, geben mir Kraft, und Leute an Küste halten uns für Götter und bringen mir Essen. Das ist ganze Geschichte, außer, daß du am Leben und nicht gestorben. Dein Gott und mein Gott bringen uns sicher hierher.«

»Schön, Kari, aber wo sind wir denn nun?«

»Herr, ich glaube, wir in dem Land, aus dem ich kommen; nicht in meine Heimat, die noch weit weg, aber doch in diesem Land. Du wissen noch?« fügte er hinzu, und in seinen schwarzen Augen blitzte es auf. »Ich immer sagen, daß du und ich eines Tages hierher fahren.«

»Aber wie heißt das Land denn nun, Kari?«

»Ich nicht wissen, Herr. Sehr großes Land und haben viele Namen, aber du erster weißer Mann, der je hierherkommen, deshalb Menschen halten dich für Gott. Du jetzt weiterschlafen; wir morgen reden.«

Ich schloß die Augen, denn ich war schrecklich müde, und schlief, wie ich hinterher erfuhr, mehr als zwölf Stunden. Als ich am Morgen des nächsten Tages erwachte, fühlte ich mich wundersam gekräftigt und aß mit gutem Appetit. Kari brachte mir Wasser und wusch mich, und dann zog ich reine Kleider an, die er auf dem Schiff gefunden hatte.

So ging es einige Zeit weiter, und ich kam Tag für Tag mehr zu Kräften, bis ich endlich fast wieder der Mann war, der in St. Margaret in Westminster mit Blanche Aleys vor dem Altar gestanden hatte. Innerlich hatte mich der Kummer jedoch verändert, mein Gesicht war ernster geworden, und obendrein trug ich einen kurzen, blonden Bart, mit dem ich mir recht gut gefiel, als ich in den Spiegel schaute. Dieser Bart machte mir einiges Kopfzerbrechen, denn Bärte wachsen nicht in einem Tag. Auch wenn er also noch nicht allzu lang war, mußten Wochen vergangen sein, seit die ersten Härchen zu sprießen begonnen hatten, und da ich erst vor drei Tagen an diesem Ort aufgewacht war, hatte ich jene Wochen zwangsläufig auf See verbracht.

Wohin hatte es uns also verschlagen? Wenn Kari recht hatte und wir die ganze Zeit vor einem starken Sturm gesegelt waren, der zumeist von Osten kam, dann mußte dieses Land sehr weit von England entfernt sein. Doch das war ohnehin klar, denn hier war alles anders. Ich war seit meiner Kindheit zur See gefahren und hatte dabei einiges über die Sterne gelernt und auch eigene Beobachtungen gemacht. Nun konnte ich feststellen, daß die Sternbilder am Himmel ihre Stellung verändert hatten, auch fehlten einige, die mir vertraut waren, während andere, neue, aufgetaucht waren. Des weiteren herrschte hier beständig eine große Hitze, selbst bei Nacht war es noch wärmer als bei uns am heißesten Sommertag, und es wimmelte nur so von stechenden Insekten, die mich anfangs sehr belästigten, auch wenn ich mich mit der Zeit daran gewöhnte. Kurzum, es war alles ungewohnt, ich befand mich tatsächlich in einer neuen Welt, von der ich in Europa nie gehört hatte, aber – was war das für eine Welt? Zumindest war sie durch das Meer mit der alten Welt verbunden, denn ich hatte immer noch die *Blanche* unter den Füßen, und die Eichen für deren Planken waren in meinen eigenen Wäldern an den Ufern der Themse geschlagen worden.

Sobald ich kräftig genug war, untersuchte ich das Schiff, oder was davon übrig war. Im Rumpf entdeckte ich mehrere Lecks, es war also ein Wunder, daß sie sich so lange über Wasser gehalten hatte. Vermutlich hatten wir das nur der feinen Wolle zu verdanken, die im unteren Teil des Frachtraums lagerte. Sie mußte aufgequollen sein, als sie naß wurde, und hatte die Lecks abgedichtet. Ansonsten war das Schiff ein Wrack, beide Masten und ein großer Teil des Decks fehlten. Trotzdem war es bis in diese Bucht geschwommen und hatte sich hier in den Schlamm gewühlt. Man konnte fast meinen, es hätte seinen Zielhafen erreicht.

Wie hatten wir diese Reise überstanden? Seit wir zu schwach gewesen waren, um Nahrung zu suchen oder zu uns zu nehmen, hatte uns wohl nur die Medizin in Karis Lederbeutel und das Wasser gerettet, das in den Fässern an Bord noch reichlich vorhanden war. Die *Blanche* hatte ja Proviant für die lange Reise nach Italien und darüber hinaus geladen. Damit hatten wir also viele Wochen überdauert, immerhin waren wir jung und kräftig, und außerdem hatten wir nicht unter Kälte zu leiden gehabt. Trotz des anhaltenden Sturms mußte es nämlich schon wenige Tage nach Beginn unserer Flucht sehr warm geworden sein.

In der Zeit meiner Genesung pflegte Kari jeden Morgen an Land zu gehen. Dazu brauchte er nur einige Planken über den Schlamm zu legen, denn wir waren nur wenige Schritte vom Strand entfernt, wo an dieser Stelle ein Bächlein mündete. Wenn er dann zurückkehrte, brachte er nicht nur Fische und Wildvögel mit, sondern auch Getreide einer mir fremden Sorte, das er, wie er sagte, den Menschen dort abgekauft hatte. Die Körner waren flach, zehnmal so groß wie Weizenkörner und, wenn sie reif waren, von gelber Farbe. Ich ließ mir die guten Dinge schmecken und spülte anschließend alles mit Bier und Wein aus den Schiffsvorräten hinunter. So viel hatte ich nicht einmal als Heranwachsender jemals gegessen.

Eines schönen Tages verlangte Kari, daß ich meine Rüstung anlege, die ich vor langer Zeit dem französischen Ritter abgenommen hatte, und in der ich aus

London geflohen war. Er hatte sie poliert, bis sie wie Silber glänzte, nun sollte ich mich darin auf einen Stuhl setzen, der auf den Resten des Achterdecks stand. Als ich nach einer Erklärung verlangte, antwortete er, er wolle mich den Bewohnern des Landes zeigen. Ich brauche nur dazusitzen und den Schild über dem Arm und das Schwert in der Rechten zu halten.

Ich hatte inzwischen gelernt, daß Kari für alles, was er tat, seine Gründe hatte. Außerdem befand ich mich in einem fremden Land, ich hatte ihm mein Leben zu verdanken und war auch weiterhin auf seine Hilfe angewiesen. Also tat ich ihm den Gefallen und versprach auch, ganz still zu sitzen und weder zu sprechen, noch zu lächeln oder mich zu erheben, bis er mich dazu auffordere. Die Rüstung gleißte in der Sonne, und ich spürte, wie sich das Metall allmählich erhitzte.

Kari ging an Land und kam zunächst nicht wieder. Nach einer Weile hörte ich im Dickicht zwischen den Bäumen Menschen in einer fremden Sprache reden, und alsbald erschienen Männer, Frauen und Kinder in großer Zahl am Strand. Sie sahen sehr fremdartig aus, nicht allzu groß, mit brauner Haut, langem, glattem, schwarzem Haar und großen Augen.

Einige trugen weiße Gewänder, das mußten wohl die Adeligen sein, doch die meisten hatten sich nur Tücher oder Stoffstreifen um die Hüften gewunden. Kari ging an der Spitze. Als die Menge zwischen den Bäumen hervortrat, hob er die Hand und wies auf mich, der ich in meiner glänzenden Rüstung, das Langschwert in der Hand auf dem Schiff saß. Das Helmvisier hatte ich hochgeklappt, damit man mein Gesicht sehen konnte. Die Eingeborenen starrten mich erschrocken an, dann stießen sie einen langgezogenen Ton aus, der wie ein Seufzer klang, warfen sich zu Boden und drückten die Stirn auf die Erde.

Nun hielt Kari eine Ansprache, und dabei ruderte er mit den Armen und zeigte immer wieder auf mich.

Hinterher erfuhr ich, daß er den Eingeborenen erklärte, ich sei ein Gott, eine Lüge, die ihm der Himmel verzeihen möge.

Als er damit fertig war, hieß er sie aufstehen und führte einige von den Weißgekleideten über die Planken zum Schiff. Sie blieben in einiger Entfernung stehen, während er, sich unablässig verneigend und Küsse in die Luft werfend, immer näher trat, schließlich vor mir auf die Knie fiel und mit beiden Händen meine eisengepanzerten Füße berührte. Dann zog er auch noch Blumen aus seinem Gewand und legte sie, wie um mir ein Opfer darzubringen, auf meine Knie.

»Und jetzt, Herr«, flüsterte er mir zu, »mußt du dich erheben, dein Schwert schwenken und laut schreien, damit sie sehen, daß du auch lebendig und kein Götzenbild bist.«

So sprang ich denn auf, schwang Wogenlohe über dem Kopf und brüllte wie ein Stier, denn eine laute, weittragende Stimme hatte ich von jeher besessen. Als die armen Leute das blanke Schwert aufblitzen sahen und mein Grölen hörten, schrien sie auf vor Schreck und ergriffen die Flucht. Die meisten fielen dabei von der Planke, und einer blieb im Schlamm stecken. Hätte Kari ihn nicht gerettet, er wäre wohl ertrunken, seine Landsleute hatten es viel zu eilig, um sich um ihn zu kümmern.

Als alle fort waren, kam Kari zurück und sagte, es sei alles gut gegangen. Hinfort sei ich kein Mensch mehr, sondern der fleischgewordene Geist des Meeres, ein Geist, den bislang selbst die Zauberer in ihren kühnsten Träumen nicht zu Gesicht bekommen hätten.

* * *

So wurde ich, Hubert von Hastings, für diese einfachen Menschen, die noch nie zuvor von einem weißen Mann gehört oder eine Rüstung oder ein stählernes Schwert gesehen hatten, zum Gott.

KAPITEL II

Die Felseninsel

Ich blieb noch gut eine Woche auf der *Blanche.* Kari wollte es so, und zwar nicht nur, damit ich wieder vollends zu Kräften käme. Als ich ihn nach dem Grund fragte, antwortete er, wir müßten warten, bis die Nachricht von meiner Ankunft von einem Stamm zum anderen getragen werde und sich so im Land verbreite. Das gehe sehr schnell, sie würde, wie er sich ausdrückte, fliegen wie ein Vogel. Währenddessen setzte ich mich jeden Tag mehr als eine Stunde lang in meiner Rüstung auf das Achterdeck und stellte mich vor den Eingeborenen zur Schau. Einige waren von weit hergekommen, und alle brachten sie mir Geschenke in solchen Mengen, daß ich nicht wußte, was ich damit anfangen sollte. Sie bauten mir sogar einen Altar, auf dem sie mir wilde Tiere und Vögel als Brandopfer darbrachten. Das taten nicht etwa nur die Leute vom ersten Tag, sondern auch andere, die weit entfernt lebten.

Als Kari und ich eines Abends nach dem Essen und vor dem Schlafengehen im Mondschein zusammensaßen, wandte ich mich unversehens an ihn und fragte, in der Hoffnung, seinem verschwiegenen Herzen so die Wahrheit zu entreißen:

»Wie soll es weitergehen, Kari? Denn du mußt wissen, daß ich dieses Lebens langsam überdrüssig werde.«

»Ich habe schon gewartet, daß der Herr diese Frage stellt«, antwortete er mit seinem sanften Lächeln. (Abermals zitiere ich sein schlechtes Englisch nicht wörtlich, sondern gebe nur den Sinn wieder.) »Wenn der Herr mich nun freundlicherweise anhören möchte? Wie ich ihm bereits sagte, glaube ich, daß mich die Götter, der seine wie der meine, in diesen Teil der Welt zurückgeführt haben, der dem Herr unbekannt ist, wo ich aber geboren wurde. So denke ich seit der Stunde, da ich aus meiner Ohnmacht erwachte, denn als ich die Augen öffnete, erkannte ich die Bäume und die Blumen und den Geruch der Erde und sah die Sterne so am Himmel stehen, wie ich es gewohnt war. Als ich dann an Land ging und mich unter die Eingeborenen mischte, fand ich meine Ansicht bestätigt, denn ich verstand manches von dem, was sie sagten, und auch sie verstanden mich. Des weiteren befand sich ein Mann unter ihnen, der von weither gekommen war, und der sagte mir, er habe einen wie mich in früheren Jahren umherirren sehen, als sei er von Sinnen, nur habe jener Mann das Bild eines Gottes um den Hals getragen, dessen Name so ehrwürdig sei, daß er ihn nicht auszusprechen wage. Und als ich mein Gewand öffnete und ihm zeigte, was ich um den Hals trage, da fiel er nieder und huldigte dem Bildnis und rief, ich und kein anderer müsse jener Mann sein.«

»Wenn dem so ist, dann ist es ein Wunder«, sagte ich. »Aber was machen wir nun?«

»Der Herr kann eins von zwei Dingen tun. Er kann hier bei diesen einfachen Menschen bleiben. Sie werden ihn zu ihrem König machen und ihm viele Frauen und alles andere geben, was sein Herz begehrt. So kann er sein Leben beschließen, denn an eine Rückkehr in das Land, aus dem er kam, ist nicht zu denken.«

»Ich wollte gar nicht zurück, selbst wenn es möglich wäre«, unterbrach ich.

»Oder«, fuhr Kari fort, »er kann versuchen, in meine Heimat zu gelangen. Doch die ist sehr weit weg. Ich kann mich an Teile des Weges erinnern, den ich in meinem Wahn zurücklegte, und daraus schließe ich, daß die Entfernung sehr, sehr groß ist. Zuerst gilt es, das Gebirge dort zu überqueren, um zu einem zweiten Meer zu gelangen. Diese Reise ist nicht weit, aber beschwerlich. Dann folgt man der Küste jenes zweiten

Meeres südwärts, wie lange, weiß ich nicht, aber ich denke, es dauert Monate, wenn nicht Jahre, bis man schließlich das Land meines Volkes erreicht. Auch dieser Weg ist hart und voller Gefahren, denn er führt durch Wälder und Wüsten, wo wilde Stämme, riesige Schlangen und Raubtiere hausen, wie sie auf den Fahnen deines Landes abgebildet sind. Hunger und Krankheiten sind dort weit verbreitet. Deshalb lautet mein Rat an den Herrn, davon Abstand zu nehmen.«

Ich überlegte eine Weile, dann fragte ich ihn, was er denn zu tun gedenke, sollte ich seinen Rat befolgen, und erhielt diese Antwort:

»Ich werde noch so lange hierbleiben, bis dieses Volk meinen Herrn zum König ausruft und ihm die Herrschaft überträgt. Dann werde ich die große Reise allein antreten, in der Hoffnung, das, was ein Wahnsinniger vollbrachte, auch bei klarem Verstand zu überstehen.«

»Das dachte ich mir«, sagte ich. »Höre, Kari, wenn wir die Reise nun zu zweit unternähmen und es uns tatsächlich gelänge, dein Volk zu erreichen, wie würde man uns wohl empfangen?«

»Das weiß ich nicht, Herr; ich glaube aber, mein Volk und alle anderen Völker dieses Landes würden dich zum Gott erklären. Womöglich würden sie den Gott aber auch opfern, damit seine Kraft und Schönheit auf sie übergehen mögen. Was mich angeht, so werden mir einige nach dem Leben trachten, andere werden mich dagegen zu ihrem Anführer machen. Welche Partei die stärkere sein wird, weiß ich nicht zu sagen, und es kümmert mich auch wenig. Ich will mir zurückholen, was mir gehört, ich will Rache üben, und sollte ich dabei ums Leben kommen – nun, dann sterbe ich einen ehrenvollen Tod.«

»Ich verstehe«, sagte ich. »Und nun, Kari, laß uns aufbrechen, sobald es geht, und bevor ich noch den Verstand verliere. Ich kann den Anblick dieser Bäume, dieser Blumen und dieser Eingeborenen mit den großen Augen nicht länger ertragen, auch wenn sie mich zum König machen wollen, wie du es in deinem Lande angeblich einst warst. Ob wir dieses Land jemals wiederfinden, weiß ich nicht, aber wir werden unser Bestes tun, und wenn wir scheitern, dann gehen wir eben in den Tod, wie es auf die eine oder andere Weise das Schicksal aller tapferen Männer ist.«

»Der Herr hat gesprochen«, sagte Kari noch ruhiger als sonst, doch ich sah, wie es in seinen schwarzen Augen aufblitzte, und wie ein freudiges Zittern seinen Körper durchlief. »Er weiß alles, und er hat entschieden. Was immer nun geschieht, er wird es nicht mir anlasten, denn ich kenne ihn. Doch eben weil der Herr so entschieden hat, verspreche ich folgendes – auch wenn wir mein Land finden, auch wenn das Schicksal es will, daß ich dort zum König ausgerufen werde, ich bleibe sein Diener, noch mehr als zuvor.«

»Das ist jetzt leicht gesagt, Kari, aber wenn wir dein Land tatsächlich erreichen, nehme ich dich beim Wort«, sagte ich lachend. Dann fragte ich, wann wir aufbrechen wollten.

Das habe noch Zeit, sagte er, er müsse erst Pläne machen. Unterdessen solle ich viel am Strand entlanglaufen, damit meine Beine wieder kräftig würden. So unternahm ich jeden Tag am Morgen, wenn es noch kühl war, und am Abend einen Spaziergang, blieb aber dabei stets in Sichtweite des Wracks. Auch ging ich niemals unbewaffnet und nahm auch meinen großen Bogen mit. Allerdings bekam ich niemanden zu Gesicht, denn die Eingeborenen wußten, wann ich meine Ausflüge unternahm, und hatten Anweisung, mich nicht zu behelligen. Sogar wenn ich durch eines ihrer Dörfer kam, waren die Lehmhütten mit den Blätterdächern wie ausgestorben.

Dennoch kam mir der Bogen letztlich zugute, denn als ich eines Abends unter einem großen Baum hindurchgehen wollte, vernahm ich ein leises Geräusch ähnlich dem Schnurren einer Katze. Ich schaute auf und bemerkte auf einem Ast ein großes Tier, eine Art Tiger, das zu mir herabäugte. Da spannte ich den Bogen und schoß ihm einen Pfeil durch den Leib, daß er auf der anderen Seite wieder herausdrang. Die Bestie brüllte auf, fiel vom Baum, wand sich in Todesqualen und hörte nicht auf, nach dem Pfeil zu schnappen, bis sie schließlich verendete.

Ich kehrte zum Schiff zurück und erzählte Kari, was geschehen war. Er sagte, ich hätte großes Glück gehabt, die Katze zu entdecken. Es handle sich um ein gefährliches Raubtier, das sich mit Sicherheit auf mich gestürzt hätte, sobald ich unter ihm gewesen wäre. Dann befahl er den Eingeborenen, der Katze das Fell abzuziehen, und als sie sahen, daß der Pfeil sie völlig durchbohrt hatte, da staunten sie über meine Macht und waren von meiner Göttlichkeit noch mehr überzeugt als bisher. Ihre eigenen Bogen waren nämlich sehr viel schwächer, und ihre Pfeile hatten nur knöcherne Spitzen.

* * *

Drei Tage nachdem ich die Raubkatze getötet hatte, traten wir die Reise in das unbekannte Land an. Schon lange vorher hatten Kari und ich alle Messer zusammengetragen, die wir auf dem Schiff finden konnten, und auch Pfeile, Nägel, Äxte, Zimmermannswerkzeug, Kleider und vieles andere gesammelt Die Dinge waren als Geschenke oder als Tauschwaren für den Handel mit den Eingeborenen gedacht. Nun verschnürten wir sie zu großen Bündeln von jeweils dreißig bis vierzig Pfund Gewicht und verpackten sie in Segeltuch. Auf meine Frage, wer die Lasten tragen sollte, antwortete Kari, das würde ich schon sehen. Und so war es. Am nächsten Tag im Morgengrauen kamen wohl an die hundert Männer an den Strand und brachten zwei

Sänften aus einem leichten Holz mit, das die gleichen Ringe aufwies wie Schilfrohr, aber härter war. Kari sagte mir, diese Sänften seien für ihn und für mich bestimmt. Die Lasten würden unter den übrigen Männern verteilt und auf dem Kopf getragen. Und nun sei es an der Zeit, die Sänften zu besteigen.

Doch vorher stieg ich noch in die Kabine hinab. Dort fiel ich auf die Knie, dankte Gott für meine Rettung und bat ihn und St. Hubert inständig, mich auch auf meinen weiteren Irrfahrten zu beschützen und sich meiner Seele anzunehmen, sollte ich dabei den Tod finden. Erst danach verließ ich das Schiff und nahm, während sich die Eingeborenen tief verneigten, in meiner Sänfte Platz. Wie sich herausstellte, war sie recht bequem. Einige Grasmatten waren als Unterlage vorgesehen, andere dienten als Vorhänge, und diese waren so fein gewoben, daß sie selbst den stärksten Regen abhielten.

Nun ging es los. Jeweils acht Mann nahmen die Sänften an ihren langen Stangen auf die Schultern, die anderen schwangen sich die Bündel auf den Kopf. Die Straße führte über bewaldete Hügel, und als wir die erste Kuppe erreichten, stieg ich aus meiner Sänfte und schaute noch einmal zurück.

Die *Blanche* lag nur noch wie ein kleiner, schwarzer Fleck unter mir in der Bucht. Dahinter spannte sich das weite Meer. Dort waren wir hergekommen, dieses elende Wrack war die letzte Verbindung zu meiner Tausende von Meilen entfernten Heimat. Doch diese Heimat, ich wußte es im tiefsten Herzen, war mir für immer verloren. Wie sollte ich aus diesem Land, das nie ein weißer Fuß betreten hatte, jemals den Weg dorthin zurückfinden?

Blanche selbst hatte an Deck dieses Schiffes gestanden und lächelnd mit mir geplaudert, als wir es kurz vor unserer Hochzeit einmal besuchten. Unten in der Kabine hatte ich sie geküßt. Nun hatte sie sich mit eigener Hand das Leben genommen, und ich, der reiche Londoner Kaufmann, lebte als Ausgestoßener unter den Wilden in einem Land, das ich nicht einmal mit Namen kannte, und wo alles neu und anders war. Und das Schiff, das uns wochenlang so wacker durch den Sturm getragen hatte, mußte mit seiner wertvollen Ladung da unten liegenbleiben, der Sonne und dem Regen ausgesetzt, bis es verfaulte. Ich würde es niemals wiedersehen. In diesem Moment kam mir zum ersten Mal, seit ich Deleroy mit dem Schwert Wogenlohe getötet hatte und aus London geflohen war, mein Elend, meine Einsamkeit so recht zu Bewußtsein. Ich fragte mich, wozu ich überhaupt geboren war, und wünschte mir beinahe, zu sterben, um die Antwort zu finden.

Ich kroch in die Sänfte zurück, barg mein Gesicht in den Händen und weinte wie ein Kind. Wie hatte ich, der wohlhabende Kaufmann aus London, der Aussicht hatte, zum Bürgermeister und Friedensrichter aufzusteigen und irgendwann geadelt zu werden, so tief sinken und zum heimatlosen Abenteurer werden können? Nun, wenn Gott es so wollte, hatte der Mensch sich zu fügen.

An diesem Abend lagerten wir auf einer Hügelkuppe und aßen von unseren Vorräten an getrocknetem Fleisch und Getreide. Unten im Tal rauschte ein Fluß, und ich empfand die Hitze und das Summen der Stechmücken, an die ich mich noch immer nicht gewöhnt hatte, als sehr störend.

Sobald es am nächsten Morgen hell wurde, machten wir uns wieder auf den Weg. Wir folgten dem Lauf des Flusses und dem Ufer eines Sees und zogen bergauf, bergab durch immer neue Wälder. Am dritten Abend sahen wir von einer Hochebene aus unter uns das Meer liegen, ein anderes Meer als das, welches wir verlassen hatten. Offenbar hatten wir einen Isthmus überquert, der nicht allzu breit war. Mit den nötigen Mitteln ließe sich an dieser Stelle wohl ein Kanal graben, der die beiden Meere miteinander verbände.

Dies war der eigentliche Beginn unserer Reise, denn nun wandte sich Kari, nachdem er lange abseits gesessen, in die Sterne geschaut und vor sich hingegrübelt hatte, nach Süden. Ich hatte an der Entscheidung keinen Anteil, die Richtung kümmerte mich wenig. Er gab auch weiter keine Erklärungen ab, sondern bemerkte nur, sein Gott und die wenigen Erinnerungen, die er aus den Zeiten des Wahnsinns herübergerettet habe, sagten ihm, das Land seines Volkes liege im Süden. Allerdings sei der Weg bis dorthin noch sehr weit.

Also zogen wir nach Süden und folgten, den Ozean stets zu unserer Rechten, in mühevollem Marsch den Pfaden durch die Wälder. Nach einer Woche trafen wir auf einen anderen Stamm von Eingeborenen, deren Sprache unsere Begleiter soweit verstanden, daß sie ihnen unsere Geschichte erzählen konnten. Tatsächlich war das Gerücht, ein Weißer Gott sei aus dem Meere erstanden, bereits bis hierher gedrungen, und man war ohne weiteres bereit, mir zu huldigen. Unsere bisherigen Begleiter wollten uns nun verlassen, um sich, wie sie sagten, nicht weiter von ihrem eigenen Lande entfernen zu müssen.

Es kam zu einer seltsamen Abschiedsszene. Jeder warf sich vor mir nieder, drückte die Stirn in den Staub und entfernte sich dann rückwärts und unter ständigen Verneigungen. Für uns änderte sich durch die Trennung nicht viel, denn die neuen Eingeborenen unterschieden sich kaum von den alten, sie waren allenfalls noch spärlicher bekleidet und noch schmutziger. Ich wurde ohne weiteres als Gott akzeptiert, wir bekamen soviel Proviant, wie wir brauchten, und als wir aufbrachen, gab man uns ausreichend viele Träger für die Sänften und die Lasten mit.

Auf diese Weise wurden wir von Stamm zu Stamm

nach Süden weitergereicht. Überall war uns die Kunde von der Ankunft ›des Gottes‹ bereits vorangeeilt. Es war ein ungemein gutmütiges Volk, wir begegneten niemandem, der uns angreifen oder uns bestehlen wollte, jeder gab uns das Beste, was er hatte. Dennoch erlebten wir so manches Abenteuer. So trafen wir zweimal auf Stämme, die mit anderen im Krieg lagen. Doch sobald ich erschien, legten sie zumindest für einige Zeit die Waffen nieder und trugen unsere Sänften weiter.

Bisweilen trafen wir auch auf Kannibalenstämme, und dann hatten wir sehr unter Fleischmangel zu leiden, wagten wir doch außer Getreide keine Speise anzurühren. Im ersten Kannibalendorf übermannte mich der Zorn, und ich schlug einem Mann, den ich dabei ertappte, wie er ein kleines Mädchen umbringen wollte, um es aufzuessen, mit meinem Schwert den Kopf ab. Ich war darauf gefaßt, diese Tat mit dem Leben bezahlen zu müssen, aber nichts geschah. Die Eingeborenen meinten achselzuckend, ein Gott könne tun, was ihm beliebe, nahmen den Toten mit und aßen ihn auf.

Manchmal führte uns der Weg durch schreckliche Wälder, wo kein Sonnenstrahl durch die hohen Bäume drang und wir uns erst einen Pfad durch das Unterholz schlagen mußten. Manchmal trieben jene Tiger oder Baumlöwen ihr Unwesen, von denen ich bereits erzählte, und dann mußten wir ständig die Augen offenhalten und des Nachts Feuer anzünden, um die Bestien abzuschrecken. Manchmal mußten wir große Flüsse durchwaten oder sie auf schwankenden Brücken aus geflochtenen Binsenseilen überqueren, was noch schlimmer war. Bevor ich mich daran gewöhnte, wurde mir jedesmal schwindlig, aber vor den Eingeborenen verbarg ich meine Angst. Und einmal kamen wir an ein Sumpfgebiet, wo es von Schlangen wimmelte, und ich fürchtete mich sehr, besonders als ich sah, wie einige von den Eingeborenen gebissen wurden und binnen weniger Minuten starben.

Andere Schlangen, so dick wie ein Manneskörper und vier bis fünf Schritte lang, lebten in den Bäumen und töteten ihre Beute, indem sie sich um sie wickelten und sie zu Tode drückten. Es hieß, sie machten auch Jagd auf Menschen, doch habe ich das selbst nie erlebt. Auf jeden Fall waren sie entsetzlich anzusehen und erinnerten mich an ihren Ahnherrn, durch dessen Mund einst Satan im Garten Eden zur Urmutter Eva sprach, um uns alle ins Verderben zu führen.

Und einmal sah ich am Ufer eines gewaltigen Flusses eine Schlange von solcher Größe, daß mir die Knie schlotterten. Bei St. Hubert, die Bestie war mehr als zwanzig Schritte lang; sie hatte einen Kopf wie ein Faß, und ihre Haut schillerte in allen Farben des Regenbogens. Außerdem war mir, als banne sie mich mit ihrem Blick, denn bis sie schließlich ins Wasser glitt, konnte ich keinen Fuß rühren.

So ging es Monat um Monat. Wir legten täglich etwa fünf Meilen zurück, bisweilen hatten wir nämlich weite Ebenen vor uns und kamen schnell voran. Trotz aller Gefahren und trotz der drückenden Hitze wurde keiner von uns krank. Das hielt ich dem Kraut zugute, das Kari in seinem Beutel hatte. Es hieß *Coca,* wie ich erfuhr, und wir beschafften uns unterwegs noch mehr davon und kauten es von Zeit zu Zeit. Auch waren wir niemals ernsthaft vom Hungertod bedroht, denn wenn wir nichts zu essen hatten und von diesem Kraut nahmen, hielten wir so lange durch, bis wir wieder Nahrung fanden. Ich erklärte mir solche Glücksfälle damit, daß St. Hubert vom Himmel herabschaute und seinen armen Namensvetter und Patensohn beschützte, aber vielleicht war auch Kari, der sich in jeder Lage mit soviel Mut und Tüchtigkeit zu helfen wußte, nicht ganz unbeteiligt daran.

Im neunten Monat unserer Reise – ich hatte längst

jeden Überblick verloren, aber Kari führte eine Art von Kalender, indem er Knoten in die hier gebräuchlichen Schnüre knüpfte – kamen wir an eine große Wüste, die sich nach Aussage der Eingeborenen mehr als hundert Wegstunden südwärts erstreckte und in der nirgendwo Wasser zu finden war. Im Osten dieser Wüste ragte, begrenzt von Steilwänden, die kein Mensch zu überwinden vermochte, ein Gebirge empor. Hier schien es, als sei unsere Reise an ihr Ende gelangt, denn Kari wußte nicht mehr, wie er diese Ödnis vor Jahren in seinem Wahn durchquert oder umgangen hatte – immer vorausgesetzt, er hatte tatsächlich diesen Weg genommen, was für mich noch immer nicht feststand.

Bei einem Stamm, der in einem schönen, wasserreichen Tal am Rand dieser Wüste lebte, verbrachten wir mehr als eine Woche und überlegten, was zu tun sei. Ich war inzwischen des ständigen Unterwegsseins so müde, daß ich gern bis ans Ende meiner Tage an diesem Ort geblieben wäre. Die Menschen waren sanft und freundlich und hielten mich wie alle anderen für einen Gott. Doch Kari war damit nicht einverstanden; er war fest entschlossen, seine Heimat zu erreichen, die er noch weiter im Süden vermutete.

So saßen wir denn Tag um Tag in diesem Tal, stärkten uns mit der kräftigen Kost, die man uns gab, und betrachteten erst die Wüste im Süden, dann die Klippen zu unserer Linken und schließlich das Meer zu unserer Rechten. Nun sollte ich vielleicht erklären, daß die Menschen hier nicht weniger vom Wasser lebten als vom Land, denn sie waren tüchtige Fischer und wagten sich in primitiven Booten oder Flößen, bestehend aus einem Holzrahmen mit luftgefüllten Lederschläuchen und getrockneten Schilfbündeln, aufs Meer hinaus. Auf diesen zerbrechlich wirkenden Gebilden, die weiter südlich übrigens *Balsas* genannt wurden, unternahmen sie weite Fahrten zu fernen Inseln und kehrten mit riesigen Mengen Fisch zurück. Teile des Fangs verwendeten sie dazu, ihre Äcker zu düngen. Die *Balsas* waren nicht nur mit Rudern, sondern auch mit quadratischen Baumwollsegeln ausgestattet, so daß sie auch die Kraft des Windes nutzen konnten. Gesteuert wurden sie mit einem Paddel am Heck.

In dieser Zeit kam ein Nordwind auf, der nicht einmal besonders stark war, doch ich beobachtete, wie alle *Balsas* an Land kamen und bis über die Wasserlinie auf den Strand gezogen wurden. Als ich mich mit Karis Hilfe erkundigte, was das zu bedeuten habe, erhielt ich zur Antwort, die Zeit des Fischfangs sei vorüber, von nun an würde der Wind lange Zeit unentwegt von Norden wehen, und wer sich aufs Meer hinauswage, laufe Gefahr, auf Nimmerwiedersehen nach Süden abgetrieben zu werden. Ja, man habe schon des öfteren erlebt, daß wagemutige Männer auf diese Weise spurlos verschwunden seien.

»Damit hast du doch eine Möglichkeit, nach Süden zu kommen«, sagte ich zu Kari.

Er antwortete nicht gleich, doch am folgenden Tag fragte er mich plötzlich, ob ich bereit sei, eine solche Fahrt zu wagen.

»Warum nicht?« antwortete ich. »Im Wasser stirbt es sich nicht schlechter als an Land, und ich bin es herzlich leid, ewig durch Sümpfe und Wälder zu stapfen, Berge zu erklimmen oder reißende Bäche zu überqueren.«

So kam es, daß Kari gegen ein Messer und ein paar Nägel das größte *Balsa* des Stammes eintauschte und es mit soviel Trockenfisch, Getreide und Wasser in irdenen Krügen belud, wie es neben uns und unserer restlichen Habe zu tragen vermochte. Sodann verkündete er, der Gott, der dem Meere entstiegen sei – also ich – wünsche mit ihm, seinem Diener, dahin zurückzukehren.

Eines schönen Morgens bestiegen wir bei stetigem,

aber nicht allzu starkem Nordwind unter den staunenden Blicken der katzbuckelnden Wilden das *Balsa* und setzten das Segel, um eine der wohl verrücktesten Reisen aller Zeiten anzutreten.

Trotz seiner plumpen Bauweise glitt das Floß so zügig durch die Wellen, daß wir nach meiner Schätzung in einer Stunde die gleiche Strecke zurücklegten wie in zwei Stunden zu Fuß. Bald war das Dorf hinter uns verschwunden, die Berge wurden immer blasser und verschwanden ebenfalls, und schließlich gab es nur noch die endlose Wildnis zu unserer Linken und ringsum das weite Meer. Wir hielten genügend Abstand von der Küste, um nicht auf tückische Felsen aufzufahren, und segelten den ganzen Tag und die ganze Nacht hindurch weiter. Als es wieder hell wurde, bemerkten wir hinter der Küste hohe Berge, die zum Teil mit Schnee bedeckt waren. Am Abend des zweiten Tages waren diese Berge ungeheuer groß geworden, und dazwischen konnte man Täler mit Wasserläufen erkennen.

Drei Tage und drei Nächte fuhren wir so dahin, der Nordwind wehte die ganze Zeit, und das *Balsa* blieb heil. Ich schätzte, daß wir in dieser Zeit etwa so weit gekommen waren wie vorher in sechs Monaten über Land, und darüber freute ich mich sehr. Auch Kari war überglücklich, denn die Berge, an denen wir vorüberfuhren, erinnerten ihn der Form und der Höhe nach an die Gebirge seiner Heimat, und daraus zog er den Schluß, daß wir unserem Ziel nicht mehr fern seien.

Am Morgen des vierten Tages zeigten sich jedoch die ersten Schwierigkeiten. Der zahme Nordwind wurde stärker und wuchs sich endlich zu einem regelrechten Sturm aus. Unser kleiner Segelfetzen flog bald davon, doch die Wellen schoben uns weiter mit großer Geschwindigkeit vor sich her.

Nun wäre ich gerne an Land gerudert, doch wir mußten bald einsehen, daß wir dazu nicht imstande waren. Die Strömung zog uns immer weiter aufs Meer hinaus, und wir kamen mit unserem schwerfälligen Fahrzeug nicht dagegen an. Bestenfalls konnten wir versuchen, es mit dem Steuer gerade zu halten, und auch dabei wurden wir oft herumgewirbelt wie ein Kreisel.

Etwa zwei Stunden nach Mittag bewölkte sich der Himmel, ein schweres Unwetter zog auf, und heftige Regenschauer prasselten auf uns nieder. Der Wind wurde immer noch stärker.

Bald war es auch mit dem Steuern vorbei. Also legten wir uns flach auf den Boden des *Balsa* und krallten uns an den Stricken fest, die es zusammenhielten, um nicht von den schäumenden Wogen, die immer wieder auf uns niederstürzten, über Bord gespült zu werden. Es war ohnehin ein Wunder, daß das zerbrechliche Ding noch ganz war. Doch das leichte Schilf und die luftgefüllten Lederschläuche hielten es über Wasser, und so wurde es, obwohl es sich ständig um die eigene Achse drehte, weiterhin nach Süden getragen. Mir war natürlich klar, daß das nicht mehr lange so bleiben würde, und so befahl ich Gott meine Seele, soweit ich, dem Ertrinken nahe, dazu noch fähig war, und wünschte mir nur, das Elend möge bald ein Ende haben.

Die Dunkelheit brach herein, doch immer noch krachte der Donner, immer noch zuckten die Blitze über den Himmel. In ihrem Schein erblickte ich die ferne Küste mit ihren schneebedeckten Gipfeln, und ich sah auch Kari, der sich neben mir an die Schilfbündel klammerte und von Zeit zu Zeit das goldene Pachacamac-Bildnis küßte, das er um den Hals trug. Irgendwann rückte er ganz dicht an mich heran und rief mir ins Ohr:

»Sei guten Mutes! Auch in diesem Sturm sind die Götter bei uns.«

»Gewiß«, gab ich zurück, »und wir sind bald bei ihnen – dann haben wir Frieden.«

Dann hörte ich nichts mehr von ihm. Ich überlegte mit dem letzten Rest Verstand, der mir noch geblieben war, wieviele Gefahren wir überstanden hatten, seit wir die Ufer der Themse hinter uns ließen, und wie traurig es doch war, daß nun alles umsonst gewesen sein sollte. Wäre es nicht besser gewesen, gleich zu Anfang zu sterben als jetzt, nachdem wir soviel Leid ertragen hatten? Dann zeigte mir ein neuer Blitz den Griff meines Schwertes Wogenlohe, das ich noch immer um meine Hüften trug, und die Rune fiel mir wieder ein, die meine Mutter mir am Morgen des Kampfes gegen die Franzosen übersetzt hatte. Wie lauteten die Verse noch?

Wer Wogenlohe schwingt in großer Not
der wird geliebt im Leben und stirbt den Heldentod.
Auf stürmischen Meeren suchet er sein Glück
Kommt aus der Fremde nimmermehr zurück.
Siegreich und doch besiegt fällt er alldort
Schläft mit mir fern der Heimat fort und fort.

Das paßte eigentlich recht gut auf mich. Allerdings hatte ich von der Liebe nur wenig mitbekommen, und das Wenige war von der unglücklichen Sorte gewesen, und die Schlacht, in der ich fallen sollte, war eine Schlacht gegen das Wasser. Auch war ich nicht siegreich gewesen, sondern selbst vom Schicksal besiegt worden. Kurzum, die Verse ließen sich wie alle Prophezeiungen auf zweierlei Weise deuten, und nur eine Aussage stimmte genau mit der Wirklichkeit überein – daß nämlich Wogenlohe und ich zusammen schlafen würden.

Einige Zeit später zuckten die Blitze so furchterregend grell wie die Schwerter einer Heerschar von Racheengeln über uns hinweg und setzten den ganzen Himmel in Brand. Für einen Moment sah ich noch hohe Brecher vor uns, und dahinter einen Schatten wie eine große, schwarze Landmasse. Dann waren wir in der Brandung, die erste Welle türmte sich auf, erfaßte gierig das *Balsa*, schleuderte es in schwindelnde Höhen empor und riß es sodann in ein tiefes Tal hinab. Als ihr eine zweite und eine dritte folgten, drohten mir die Sinne zu schwinden. Ich rief St. Hubert um Hilfe an, aber er war ein Festlandsheiliger und daher machtlos; und so wandte ich mich an einen anderen, der größer war als er.

Als letztes sah ich mich auf einer riesigen Woge reiten wie auf einem Pferd. Dann gab es einen gewaltigen Schlag, und es wurde dunkel um mich.

* * *

Horch! Rief mich da nicht eine Stimme aus den Tiefen des Schlafes zurück? Mühsam öffnete ich die Augen, nur um sie gleich wieder zu schließen. Das Licht blendete mich. Nach einer Weile setzte ich mich unter Schmerzen auf. Ich fühlte mich, als habe man mich windelweich geprügelt. Die Sonne schien, und über mir war der Himmel tiefblau. Vor mir lag, spiegelglatt fast, das Meer. Ringsum sah ich Sand und Felsen, dazwischen krochen große Reptilien umher – Schildkröten. Sie waren mir nicht unbekannt, denn ich hatte sie auf unseren Wanderungen oft gesehen. Neben mir kniete Kari. An seiner Hüfte hing noch immer das Schwert, das er dem toten Deleroy abgenommen hatte. Er blutete aus einer Wunde, und seine Haut war so mit Salz verkrustet, daß er nahezu wie ein Weißer aussah. Ansonsten schien er wohlauf zu sein. Mir hatte es vor Staunen die Sprache verschlagen, und so ergriff er das Wort und rief triumphierend:

»Habe ich dir nicht gesagt, die Götter seien mit uns? Wo hast du deinen Glauben, Weißer Mann! Sieh nur! Sie haben mich in das Land zurückgebracht, wo ich ein Prinz bin.«

Trotz meiner Schwäche war ich über Karis Tonfall empört. Wie kam er dazu, mich wegen meines Glaubens zu schelten? Und warum sprach er mich auf einmal als ›Weißer Mann‹ an und nicht mehr als ›Herr‹? Etwa gar deshalb, weil er in diesem Land ein hoher Herr war und ich nur ein Nichts? Ich konnte mich dieses Verdachts nicht erwehren, und so fragte ich:

»Und dies sind also deine Untertanen, o edler Kari?« und deutete auf die Schildkröten. »Dies ist das Wunderland, wo es Gold und Silber im Überfluß gibt wie andernorts Schlamm?« Und ich deutete auf die kahlen Felsen und den Sand.

Er lächelte über meinen Scherz und antwortete etwas maßvoller:

»Nein, Herr, mein Land ist dort drüben.«

Ich folgte seinem Blick und sah viele Wegstunden entfernt jenseits des Meeres zwei schneebedeckte Gipfel aus einer Wolkenbank emporragen.

»Diese Berge kenne ich«, fuhr er fort; »sie sind eine der Pforten in mein Land, daran kann kein Zweifel bestehen.«

»Und wenn wir in London wären, hätten wir etwa gleichviel Hoffnung, diese Pforte jemals zu passieren, Kari. Doch nun sag mir, was geschehen ist.«

»Folgendes, denke ich. Eine Riesenwelle hat uns erfaßt, uns über jene Felsen dort gehoben und auf den Strand geworfen. Schau – da ist das *Balsa*.« Er wies auf einen Haufen aus Schilf und geplatzten Lederschläuchen.

Ich stand mit seiner Hilfe auf und trat näher heran. Niemand hätte in dem Wrack ein Boot vermutet, doch es war in der Tat unser *Balsa*, und an den Trümmern hingen noch all die Dinge, die wir mitgebracht hatten, darunter auch mein schwarzer Bogen und meine Rüstung. Die Wasserkrüge waren freilich alle zerbrochen.

»Es hat uns bis hierhergebracht, aber weiter wird es uns nicht mehr tragen«, sagte ich.

»So ist es, Herr. Wären wir jedoch da drüben in meiner Heimat, so würde ich die Teile in einen goldenen Schrein legen und diesen als Denkmal in den Sonnentempel stellen.«

Dann gingen wir zu einer Felsenmulde ganz in der Nähe, in der sich Regenwasser gesammelt hatte, und stillten unseren brennenden Durst. Unter den Trümmern des *Balsa* fanden wir ein paar Stücke Trockenfisch, wuschen sie und aßen uns daran satt. Dann schleppten wir uns eine Anhöhe hinauf. Von oben sahen wir, daß wir uns auf einer kleinen Insel befanden, die vielleicht zweihundert englische *acres** maß. Hier wuchs nur derbes Gras, aber dafür war die Insel ein Paradies für große Schwärme von Seevögeln, die hier ihre Nistplätze hatten, sowie für die oben erwähnten Schildkröten und einige Säugetiere wie Seehunde oder Otter.

»Verhungern werden wir jedenfalls nicht«, sagte ich, »in der Trockenzeit könnten wir höchstens verdursten.«

* * *

Auf dieser Insel verbrachten wir vier lange Monate. Unsere Nahrung waren Schildkröten, die wir über dem Feuer brieten. Zum Feuermachen kannte Kari ein besonderes Verfahren: er setzte ein spitzes Stück Treibholz in eine Höhlung eines zweiten Stabes und drehte so lange, bis sich der trockene Grasstaub darin entzündete. Wäre ihm diese Kunst fremd gewesen, wir hätten verhungern oder von rohem Fleisch leben müssen. So hatten wir dank der Schildkröten, verschiedener Vögel und ihrer Eier und der Fische, die wir bei Ebbe in den Tümpeln fingen, reichlich zu essen. Aus Schildkrötenpanzern und Steinen bauten wir uns einen Unterstand zum Schutz vor Sonne und Regen, mehr brauchten wir

---

* 1 acre entspr. etwas mehr als 4000 m^2 – *Anm. d. Übers.*

in diesem heißen Land nicht. In anderen Panzern fingen wir, nachdem sie zu stinken aufgehört hatten, Regenwasser auf, um uns einen Vorrat für Dürrezeiten anzulegen, soweit das möglich war. Und schließlich schoß ich Seeotter mit meinem großen Bogen, den ich zusammen mit der Rüstung gerettet hatte. Die Pelze rieben wir mit Schildkrötenfett aus und kneteten sie, bis sie weich wurden, dann machten wir uns Kleider daraus.

So lebten wir denn von Mond zu Mond ohne jede Aussicht auf Rettung auf dieser verlassenen Insel, bis ich irgendwann vor Einsamkeit und Verzweiflung den Verstand zu verlieren glaubte. Zwar sah man in der Ferne die Gebirge auf dem Festland, doch dazwischen erstreckten sich so viele Wegstunden Wasser, daß an Schwimmen nicht zu denken war, und auf der Insel gab es nichts, woraus man ein Boot hätte bauen können.

»Wir müssen hierbleiben, bis wir sterben!« rief ich schließlich verzagt.

»Nein!« antwortete Kari, »die Götter sind noch immer mit uns, und wenn die Zeit gekommen ist, werden sie uns auch Rettung schicken.«

* * *

Und die Rettung kam – wenn auch auf sehr ungewöhnliche Weise.

KAPITEL III

Die Tochter des Mondes

Zum vierten Mal, seit wir auf der Insel gestrandet waren, stand riesengroß der Vollmond am tiefblauen Firmament. Kari und ich sahen ihn von weitem zwischen den beiden schneebedeckten Gipfeln emporsteigen, die er die Pforte zu seinem Land genannt hatte. So nahe war es uns und doch ferner als der Himmel. Den Himmel konnten wir im Tode auf den Schwingen unserer Seele zu erreichen hoffen, doch wie sollten wir jemals in dieses Land gelangen? Wir beobachteten, wie der große Mond auf einer Leiter aus kleinen Wolkenstreifen immer höher kletterte, und als uns die Augen müde wurden, richteten wir sie auf den glitzernden Pfad, den das Licht über den Busen der ruhigen See zeichnete. Plötzlich stutzte Kari und riß die Augen auf.

»Was ist?« fragte ich träge.

»Ich dachte, ich hätte etwas gesehen, da drüben, wo Quillas Schritte das Wasser zum Leuchten bringen«, sagte er. Er sprach Quichua – mittlerweile unterhielten wir uns häufig in seiner Sprache.

»Quilla?« rief ich. »Ach ja! Ich vergaß: so heißt der Mond in deinem Land, denn für euch ist er eine Frau, nicht wahr? Komm nur zu mir, Quilla, ich will dich heiraten und dir huldigen, wie es einst die Alten taten. Niemals werde ich eine andere ansehen, sei sie nun Göttin oder Frau. Komm und hol mich fort von diesem verfluchten Eiland, dann will ich auch für dich sterben. Doch zuvor werde ich dich lieben lehren, wie kein Stern und kein Weib jemals liebten.«

»Schweig!« unterbrach Kari streng mein wirres Gefasel, die Ausgeburt eines von Elend und Verzweiflung verstörten Gehirns.

»Warum sollte ich schweigen?« fragte ich. »Warum darf ich mir den Mond nicht in Gestalt einer schönen Frau vorstellen, die vom Himmel herniedersteigt, um einem einsamen Sterblichen Liebe und Trost zu schenken?«

»Weil, Herr, der Mond für mich und mein Volk eine Göttin ist, die alle Gebete hört und erhört. Wenn sie nun auch dich gehört und erhört hätte und zu dir käme, um von dir Liebe zu fordern, was dann?«

»Dann, Freund Kari«, phantasierte ich weiter, »würde ich sie willkommen heißen, denn meine Liebe ist wie ein Bettler, wie eine reife Frucht, die nur darauf wartet, von der ersten, schönen Hand gepflückt zu werden, unter den ersten, warmen Lippen dahinzuschmelzen. Man sagt, in der Liebe sei der Mann der Gebende und die Frau die Empfangende. Doch dem ist nicht so. Der Mann ist es, Kari, der auf die Liebe wartet, er ist ein ehrlicher Kaufmann und gibt genauso viel und nicht mehr zurück, wie er bekommt. Denn hält er es anders, dann muß er dafür büßen, ich habe es am eigenen Leibe erfahren. Komm also, Quilla, und liebe mich, wie es nur eine Göttin kann, und ich schwöre dir, ich folge dir mit Körper und Geist, durch Himmel und Hölle, denn ohne Liebe bleibt mir nur der Tod.«

»Sprich nicht so, ich bitte dich«, warnte Kari abermals in ängstlichem Ton, »solche Worte kommen von Herzen und bleiben nicht ungehört. Auch die Göttin ist nur eine Frau, und welche Frau könnte einem solchen Köder widerstehen?«

»So mag sie anbeißen. Warum auch nicht?«

»Weil *Quilla*, o mein Freund, vermählt ist mit *Yuti*; der Mond ist die Gemahlin der Sonne, und was hat wohl ein Mensch zu erwarten, der den größten Gott der Welt beraubt und dessen Eifersucht erregt?«

»Das weiß ich nicht, und es kümmert mich auch nicht. Mit Yuti wollte ich es schon aufnehmen, wenn Quilla nur käme und mich liebte – als Christ erkenne ich ihn ohnehin nicht an.«

Kari schauderte bei dieser Lästerung zusammen. Noch einmal ließ er den Blick über die silberne Bahn auf dem Wasser schweifen, doch es war vergebens, der große Fisch, der treibende Baumstamm oder was immer er gesehen haben mochte, er war verschwunden. Dann betete er wie jeden Abend zu Pachacamac, dem Großen Geist des Universums, oder zu dessen Diener, der Sonne, dem Gott der Welt. Schließlich rollte er sich in seine Felldecke, kroch in unsere kleine Hütte und schlief ein.

Ich wollte mich noch nicht schlafenlegen, denn das Gerede von Liebe und Frauen, beides Dinge, die Kari verabscheute, hatte mein Blut in Wallung gebracht, und ich war hellwach. So nahm ich den derben Kamm, den ich mir aus dem Panzer einer Schildkröte gefertigt hatte, und zog ihn durch meinen langen, blonden Bart, der mir bereits bis auf die Brust hing, und durch das lockige Haar, das mir bis über die Schultern fiel. Ich sah aus wie ein Wilder. Leise vor mich hinsummend, schaute ich in das kleine Feuer, das wir niemals ausgehen ließen, und dachte an glücklichere Zeiten, wie ich sie wohl nie wieder erleben sollte.

Endlich legte sich meine Unruhe, und ich wurde müde. Es war eine so schöne, warme Nacht, daß ich nicht in die Hütte gehen wollte. Also streckte ich mich neben dem Feuer aus, und dort übermannte mich der Schlaf.

* * *

Ich schlief, und ich träumte. Ich träumte von einer wunderschönen Frau, die auf ihrer nackten Brust einen Kristall in Form einer Mondsichel trug. Sie beugte sich über mich und schaute mit großen, dunklen Augen auf mich nieder. Und dabei seufzte sie. Dreimal seufzte sie, und jedesmal tiefer. Dann kniete sie neben mir nieder – so erschien es mir im Traum – und hielt eine Strähne ihres langen, schwarzen Haares an meine blonden

Locken, wie um die beiden zu vergleichen. Und damit nicht genug, hob sie – in meinem Traum – die duftende Strähne an, ließ sie wie Distelwolle auf mein Gesicht und meinen Mund fallen, und küßte sie sodann. Ich spürte ihren Atem.

Damit endete der Traum, obwohl ich nur zu gerne noch weitergeträumt hätte, und ich dachte schon, er habe sich wie alle Visionen einfach in Luft aufgelöst. Doch einige Zeit später erwachte ich ganz plötzlich und schlug die Augen auf. Neben mir stand im hellen Schein des Vollmonds die Frau aus meinem Traum, nur waren ihre nackten Brüste jetzt unter einem prächtigen, silberbestickten Umhang verborgen, und auf ihren schwarzen Locken saß eine gefiederte Haube, in deren Mitte eine gleichfalls silberne Mondsichel prangte. In der Hand hielt sie einen kleinen Silberspeer.

Ich war wie gelähmt und starrte sie nur an. Dann fiel mir das verrückte Gespräch mit Kari wieder ein, und ich sagte ein Wort, ein einziges nur: *Quilla*.

Sie senkte den Kopf und antwortete mir – mit einer Stimme so sanft wie das Raunen des Windes im Schilf – mit den wohlklingenden Lauten des Quichua. Wie bereits berichtet, hatte Kari mich diese Sprache gelehrt und während unserer Reisen sowie auf der Insel immer wieder mit mir geübt, so daß ich sie jetzt gut beherrschte.

»So heiße ich tatsächlich, ich bin nach meiner Mutter, dem Mond benannt«, sagte sie. »Doch woher weißt du das, o Wanderer, der du eine Haut hast so weiß wie der Schaum des Meeres und Haare so gelb wie das blanke Gold in den Tempeln?«

»Du hast ihn mir wohl genannt, als du dich vorhin über mich beugtest«, gab ich zurück.

Da schoß ihr das Blut in die Wangen, aber sie schüttelte den Kopf und antwortete:

»Nein, der Mond, meine Mutter, muß ihn dir verraten haben; vielleicht hat ihn auch dein Geist in Erfahrung gebracht. Jedenfalls heiße ich Quilla, du hast es recht getroffen.«

Überwältigt von dieser seltsamen Fügung stand ich auf und sah sie an, und sie erwiderte meinen Blick. In dem Glitzergewand und der Haube erschien sie mir wunderschön. Ihre Haut war heller als bei den Eingeborenen, denen ich bisher begegnet war, im Mondlicht leuchtete sie fast weiß, nur ein leichter Kupferton offenbarte, welcher Rasse sie angehörte. Sie war groß, aber nicht allzu sehr, schlank und aufrecht wie ein Pfeil, dabei aber mit vollen Brüsten und wohlgerundeten Gliedmaßen ausgestattet. Die wilde Anmut ihrer Bewegungen erinnerte an einen fliegenden Falken. Auch glaubte ich, in ihrem Antlitz mehr zu sehen als nur die Schönheit der Jugend, einen durchgeistigten Zug, wie große Künstler ihn den Gesichtern ihrer Heiligenfiguren mitgeben.

Ja, sie hätte ein Wesen sein können, in dessen Adern sich menschliches Blut mit etwas Fremdem mischte – sie hatte sich ja selbst als Tochter des Mondes bezeichnet.

Eine Frage drängte auf meine Lippen und ließ sich nicht zurückhalten:

»Sag mir, o Quilla, bist du vermählt oder noch Jungfrau?«

»Noch bin ich Jungfrau«, antwortete sie, »doch bin ich bereits zur Ehe versprochen.« Sie seufzte, dann fuhr sie rasch fort, wie um darauf nicht weiter eingehen zu müssen: »Sag du mir nun, o Wanderer, bist du ein Gott oder ein Mensch?«

Und ich antwortete listig:

»Ich bin ein Sohn des Meeres, so wie du eine Tochter des Mondes bist.«

Sie drehte den Kopf, betrachtete den leuchtenden Pfad über den Tiefen des Wassers und sagte wie zu sich selbst:

»Der Mond scheint auf das Meer, und das Meer spiegelt sein Licht, dennoch sind sie weit voneinander entfernt und dürfen sich niemals nahekommen.«

»Nein, o Quilla. Denn der Mond steigt aus dem Meer, und wenn er seine Bahn vollendet hat, sinkt er in seine weißen Arme zurück und findet dort Schlaf.«

Sie schlug die großen Augen nieder. Augen wie diese hatte ich noch nie gesehen.

»Offenbar spricht man im Meer unsere Sprache, und man wählt schöne Worte«, sagte sie leise und fügte hinzu: »Aber steigt der Mond denn nicht am Himmel empor und verschwindet dort auch wieder?«

Leider konnten wir das Gespräch nicht weiterführen, denn in diesem Moment kam Kari aus der Hütte gekrochen. Ruhig und würdevoll wie immer richtete er sich auf, stellte sich vor uns hin und sah erst Quilla und dann mich an.

»Was habe ich dir gesagt, Herr?« fragte er mich auf Englisch. »Sagte ich nicht, daß solche Gebete Erhörung fänden? Nun sieh! Hier ist das Kind des Mondes, nach dem du gerufen hast, in Schönheit ist sie gekleidet, und Liebe und Schmerz sind ihre Gaben.«

»Ja«, rief ich, »und freue mich, daß sie gekommen ist. Und würde sie nur mein, ich wollte um den Preis nicht feilschen.«

Quilla hatte ihren Speer erhoben, wie um sich zu verteidigen, was sie übrigens in meinem Fall nicht für nötig gehalten hatte, und sah Kari finster an.

»Dem Meer entsteigen also auch Menschen meiner Rasse«, bemerkte sie, an ihn gewandt. »Sag mir, o Fremder, wie kommst du mit dem Weißen Gott auf diese Insel?«

»Wir sind über Tausende von Meilen auf den Wogen des Meeres geritten«, antwortete er. »Und du, Herrin, wie kommst du hierher?«

»Ich ritt auf den Strahlen des Mondes«, gab sie lächelnd zurück. »Denn ich bin des Mondes Tochter, man nennt mich Mond, und ich trage des Mondes Zeichen auf meiner Stirn.«

»Was habe ich dir gesagt?« rief Kari, und seine Miene verdüsterte sich.

Doch Quilla fuhr fort:

»Ihr Fremden, ich war mit zweien meiner Dienerinnen zum Fischfang ausgefahren, und wir waren weit abgetrieben worden. Als die Sonne sank, erblickte ich den Rauch eures Feuers, und da man mir gesagt hatte, die Insel sei verlassen, erfaßte mich die Neugier, und ich wollte sehen, wer dieses Feuer entzündet habe. Meine Dienerinnen fürchteten sich, doch ich gelangte segelnd und rudernd hierher. Der Rest ist euch bekannt. Doch nun merkt auf! Ich habe euch etwas zu eröffnen. Ich bin das einzige Kind Huaracas, des Königs der Chanca, und seiner Gemahlin, einer Prinzessin aus dem Geschlecht der Inka, die bereits von ihrem Vater, der Sonne, zu sich gerufen wurde. Ich weile zu Besuch bei Quismancu, dem Bruder meiner Mutter und Häuptling der Yunca, die an der Küste wohnen. Mein Vater, der König, hat eine Abordnung mit einem Auftrag zu ihm geschickt, der mir nicht bekannt ist. Dort hinter dem Felsen liegt mein *Balsa*, meine beiden Mägde sind bei ihm. Sagt, wünscht ihr weiter auf dieser Insel zu bleiben, wollt ihr zurückkehren ins Meer, oder seid ihr bereit, mich in Quismancus Stadt begleiten? Wenn ja, dann sollten wir aufbrechen, bevor das Wetter umschlägt, sonst müssen wir ertrinken.«

»Natürlich wollen wir dich begleiten, Herrin, auch wenn ein Meeresgott niemals ertrinken kann«, sagte ich rasch, um Kari zuvorzukommen. Aber er sagte gar nichts, sondern zuckte nur die Achseln und seufzte, als würde er genötigt, ein Geschenk des Schicksals entgegenzunehmen, das nur Unheil zu bringen versprach.

»So sei es!« rief Quilla. »Ich gehe nun, um das *Balsa* bereit zu machen und meine Dienerinnen zu warnen, damit sie nicht erschrecken. Wenn ihr zum Aufbruch bereit seid, findet ihr uns dort hinter dem Felsen.«

Sie verneigte sich würdevoll und entfernte sich so stolz und leichtfüßig wie ein Reh.

Ich zog meine Rüstung aus unserer kleinen Hütte hervor, und Kari half mir, sie anzulegen. Er behauptete, so ließe sie sich leichter tragen, doch insgeheim hatte er wohl andere Gründe.

»Schon richtig«, sagte ich, »solange das *Balsa* nicht kentert, denn in einer Rüstung schwimmt es sich nicht gut.«

»Das *Balsa* wird nicht kentern, denn es fährt unter dem Mond und wird von einer Mondtochter gesteuert«, widersprach er ernst. »Im Schein der Sonne wäre es vielleicht anders gewesen. Außerdem ist der Weg ins Netz immer breit und bequem.«

»Was für ein Netz?« fragte ich.

»Ein Netz aus Frauenhaar. Ein solches hatte sich, wenn mich nicht alles täuscht, schon einmal um deinen Hals gelegt, und beim nächsten Mal wirst du dich nicht mehr befreien können. Und nun gib gut acht. Die Götter drängen uns in höchste Staatsangelegenheiten hinein. Die Yunca – bei deren Häuptling diese Frau zu Gast ist – sind ein großes Volk, das von meinem Volk unterworfen wurde und, falls es sich nicht schon erhoben hat, nur auf eine Gelegenheit zum Aufstand wartet. Die Chanca, deren König ihr Vater ist, sind ein noch größeres Volk, und sie drohen meinem Volk seit Jahren mit Krieg.«

»Und wenn schon, Kari? Mit solchen Dingen hat diese Frau gewiß nichts zu tun.«

»Ich denke, sie hat sehr viel damit zu tun. Ich denke, sie weiß mehr, als es den Anschein hat, denn sie weilt als Abgesandte der Chanca bei den Yunca. Wer wohl ihr Verlobter sein mag? Ein hoher Herr, soviel ist sicher. Doch alles zu seiner Zeit, wir werden es schon noch erfahren. Bis dahin, Herr, bedenke eines, ich bitte dich: Sie selbst erklärt, daß sie versprochen ist, und hierzulande sind die Männer rasend eifersüchtig, auch auf Weiße Götter, die dem Meer entsteigen.«

»Natürlich werde ich das bedenken«, antwortete ich scharf. »Oder glaubst du, ich hätte nicht genug von Frauen, die bereits gebunden sind?«

»Dein Gebet an den Mond, das so schnell und gründlich Erhörung fand, spricht eine andere Sprache. Auch ist diese Tochter des Mondes sehr schön, und es mag sein, daß sie nur ihre Hand, aber nicht ihr Herz hingegeben hat. Und noch etwas, Herr. Sprich mit niemandem über mich, verschweige, wer ich bin, sag nur, ich hätte als Einsiedler auf dieser Insel gehaust, und du hättest mich gefunden, als du dem Meer entstiegst. Mein Name, nun, mein Name lautet Zapana. Und vergiß nicht, auch wenn dich der lieblichste Mund betört, das leiseste Wort über meinen Rang und meine Herkunft wäre mein Tod. Und ich will nicht sterben, denn ich habe noch Rache zu üben und mir einen Thron zu erkämpfen. Behandle mich also wie einen Hund, wie einen Niemand, und schweige, sogar im Schlaf.«

»Ich werde es nicht vergessen, Kari.«

»Das genügt nicht – du mußt es mir schwören.«

»Gut. Ich schwöre es – beim Mond.«

»Nein, nicht beim Mond, denn der Mond ist ein Weib und damit wandelbar. Schwöre bei dem hier.« Damit holte er unter seinem Pelzrock die goldene Pachacamac-Scheibe hervor. »Schwöre beim Großen Geist des Universums, der Herr ist über die Sonne, den Mond und die Sterne, und den alle Menschen in dieser oder jener Gestalt verehren.«

Ich tat ihm den Gefallen, legte die Hand auf das goldene Bildnis und schwor. Dann dachten wir uns in aller Eile eine Geschichte aus, wonach ich in meiner Rüstung dem Meer entstiegen sei und ihn auf der Insel gefunden hätte. Er hätte in mir einen Weißen Gott erkannt, der vor langer Zeit einmal in diesem Land weilte und, den Weissagungen zufolge, eines Tages wiederkehren sollte, hätte mir gehuldigt und sich zu meinem Sklaven erklärt.

Nun begaben wir uns zu dem Felsen. Kari ging hinter mir und trug unsere wenigen Habseligkeiten, darunter auch Deleroys Schwert. Das *Balsa* lag hinter dem Felsen im Sand. Die edle Quilla stand daneben, sie hatte ihr kostbares Gewand abgelegt und trug nun wieder wie in meinem Traum die Tracht einer Fischerin. Zwei hochgewachsene, ebenso spärlich bekleidete Mädchen waren bei ihr. Als sie mich in meiner blanken Rüstung erblickten – wir hatten sie in langen Mußestunden poliert, bis sie wie Silber glänzte –, den Schild am Arm, den Helm auf dem Kopf, das große Schwert um den Leib gegürtet und den schwarzen Bogen in der Hand, da schrien sie auf vor Furcht und warfen sich zu Boden. Selbst Quilla fuhr zurück und warf einen Blick auf das Boot.

»Fürchtet euch nicht«, sagte ich. »Wer den Göttern dient, dem sind sie wohlgesonnen. Schreckliches droht nur dem, der ihnen zu schaden sucht.«

Kari trat zu den Dienerinnen und flüsterte so lange auf sie ein, bis sie sich zitternd erhoben. Nun bedeuteten sie mir, mich in das *Balsa* zu setzen – ein großes, stabiles Fahrzeug, wie ich zu meiner Freude feststellte –, ließen es mit Karis Hilfe zu Wasser und kletterten hinein. Quilla übernahm das Steuer, während Kari und die beiden Dienerinnen das kleine Segel hißten und so weit von der Insel wegruderten, bis das *Balsa* von einem leichten Wind erfaßt wurde. Dann holten sie die Ruder ein, und das vollbeladene Floß glitt ruhig dem Festland entgegen.

Ich saß im Bug des *Balsa*, Quilla stand am Heck, und die anderen waren zwischen uns, so daß ich während dieser nächtlichen Fahrt kein Wort mit ihr sprechen konnte, sondern mich damit bescheiden mußte, über die Schulter hinweg ihre Schönheit zu bewundern.

Selbst das war nicht so einfach, weil Kari es immer wieder schaffte, mir den Blick zu verstellen.

So vergingen viele Stunden. Kurz bevor wir das Festland erreichten, ging der Mond unter, und wir fuhren im Halbdunkel weiter. Und bei Tagesanbruch lag ein herrlicher Strand mit grünen Palmen und fruchtbaren Getreidefeldern vor uns, wasserreich und umgeben von schneebedeckten Bergen, darunter den beiden hohen Gipfeln, die wir von unserer Insel aus gesehen hatten.

Am Ufer stand eine Stadt mit flachen, weißen Häusern, und darüber erhob sich, etwa eine halbe Meile vom Meer entfernt, ein vier- bis fünfhundert Fuß hoher Hügel mit terrassenförmig abgestuften Hängen. Auf der Kuppe stand ein mächtiges, rot bemaltes Bauwerk, das mir ganz nach einer Kirche aussah. Die großen, glänzenden Türen inmitten der Fassade waren, wie ich später erfuhr, mit Gold verkleidet.

»Das ist Pachacamacs Tempel, Herr«, flüsterte Kari, senkte zum Zeichen des Respekts den Kopf und warf Küsse in die Luft.

Inzwischen hatten die Wächter, die man ans Ufer geschickt hatte, um das Meer nach Quillas Boot abzusuchen, unsere Ankunft bemerkt. Sie riefen laut, deuteten mit dem Finger auf mich – ich saß im Bug, und meine Rüstung glänzte in der Sonne – und rannten so aufgeregt, vielleicht auch so verschreckt herum wie aufgescheuchte Hühner. So hatte sich schon eine große Menschenmenge versammelt, bevor wir das Ufer erreichten. Quilla hatte wieder ihren silberbestickten Mantel angelegt, und die Federhaube mit der Mondsichel aufgesetzt. Sobald wir Grund berührten, kam sie nach vorn und richtete zum ersten Mal in dieser Nacht das Wort an mich:

»Bleib hier im *Balsa*, Herr«, sagte sie, »bis ich mit den Menschen gesprochen habe, und geruhe erst zu kommen, wenn ich dich rufe. Keine Sorge – niemand wird dir etwas zuleide tun.«

Dann sprang sie vom Bug des *Balsa* ans Ufer. Die beiden Dienerinnen folgten ihr und zogen das Floß weiter den Strand hinauf. Quilla trat zu einigen weißgekleideten Männern, die in der Menge standen, und redete so lange auf sie ein, wobei sie sich immer wieder umdrehte und auf mich zeigte, bis diese Männer mit etlichen anderen auf mich zukamen. Ich befürchtete schon einen Angriff und faßte nach meinem Schwert, doch dann fielen mir Quillas Worte wieder ein, und ich blieb sitzen und schwieg.

Es gab tatsächlich keinen Anlaß zu irgendwelcher Besorgnis, denn als die Weißgekleideten – Häuptlinge oder Priester – und ihr Gefolge nahe genug herangekommen waren, warfen sie sich unversehens zu Boden und schlugen mehrmals mit den Köpfen in den Sand. Das zeigte mir, daß auch sie mich für einen Gott hielten. Ich verneigte mich, zog mein Schwert – bei seinem Anblick rissen sie die Augen weit auf und erschauerten, denn Stahl war hier noch unbekannt – und hielt es mit der rechten Hand senkrecht in die Höhe. Den Schild mit den drei Pfeilen im Wappen trug ich am linken Arm.

Die Männer erhoben sich wieder, dann kamen einige von den weniger Vornehmen auf das *Balsa* zugekrochen, hoben es an und nahmen es auf die Schultern, was ihnen bei dem leichten Ding aus Schilfrohr und luftgefüllten Lederschläuchen wahrhaftig nicht schwerfiel. So zogen sie mit den Häuptlingen an der Spitze den Strand hinauf und auf die Stadt zu. Ich saß immer noch im Boot, und Kari kauerte hinter mir. Die ganze Szene war so grotesk, daß ich fast laut aufgelacht hätte. Was hätten wohl die würdigen Kaufleute aus dem Cheap in London gesagt, wenn sie mich so hätten sehen können?

»Kari«, fragte ich, ohne den Kopf zu wenden, »was haben sie mit uns vor? Wollen sie uns am Ende da oben in den Tempel setzen, um uns anzubeten, ohne uns vorher zu essen zu geben?«

»Ich glaube nicht, Herr«, antwortete Kari. »Denn dorthin könnte die edle Quilla nicht kommen, um mit dir zu sprechen. Wahrscheinlich bringt man dich ins Haus des hiesigen Königs, denn dort, wenn ich recht verstanden habe, wohnt auch sie.«

Und so kam es. Man trug uns in feierlicher Prozession die Hauptstraße der Stadt hinauf, die nun von Tausenden von Menschen gesäumt war. Einige streuten den Trägern Blumen vor die Füße, verneigten sich unentwegt und glotzten mich so heftig an, daß ich fürchtete, die Augen würden ihnen aus dem Kopf fallen. Endlich kamen wir zu einem großen Haus mit flachem Dach, das in einem umfriedeten Hof stand. Die Träger passierten das Tor, stellten das *Balsa* auf den Boden und traten zurück. Nun erschien Quilla in der Tür, begleitet von einem großen, stattlichen Mann in kostbaren Gewändern, und einer nicht minder prächtig gekleideten Frau mittleren Alters.

»O Herr«, sagte Quilla und verneigte sich, »dies ist mein Onkel Quismancu, der *Curaca*« (so nennt man dort den Herrscher über ein kleineres Volk), »der Yunca, und seine Gemahlin Mira.«

»Heil dir, Herr, der du dem Meer entstiegen bist!« rief Quismancu. »Heil dir, du Weißer Gott im silbernen Gewand! Heil dir, *Hurachi!*«

Warum er mir den Namen ›Hurachi‹ gab, wußte ich damals noch nicht, erst später erfuhr ich, daß es mit den Pfeilen auf meinem Schild zusammenhing, ›Hurachi‹ heißt hier nämlich soviel wie Pfeil. Jedenfalls war ich hinfort unter dem Namen Hurachi im ganzen Land bekannt, wenn man mich anredete, nannte man mich jedoch zumeist ›Herr-aus-dem Meer‹ oder ›Meeresgott‹.

Nun traten Quilla und die edle Mira vor, faßten mich an beiden Ellbogen und halfen mir, aus dem *Balsa* zu steigen. Auf seltsamere Weise wurde gewiß noch nie ein Schiffbrüchiger an Land gebracht.

Sie führten mich in einen großen Raum mit flacher Decke, wo man noch damit beschäftigt war, zu meinen Ehren die schönsten Stickereien an die Wände zu hängen, und wiesen mir einen holzgeschnitzten Hocker zu. Alsbald brachten mir Quilla und andere Frauen zu essen und ein berauschendes Getränk, das sie *Chicha* nannten, und das ich, nachdem ich so viele Monate lang nur Wasser getrunken hatte, sehr erquickend und wohlschmeckend fand. Mir entging nicht, daß man die Speisen auf Platten aus Gold und Silber servierte, und daß auch die seltsam geformten Becher aus Gold waren. Ich befand mich also wohl in einem sehr reichen Land. Später erfuhr ich freilich, daß man hier kein Geld kannte. Alles Gold und Silber diente als Schmuck oder zur Zierde der Tempel und der Paläste der *Inkas*, wie man hier die Könige und die hohen Adeligen nannte.

KAPITEL IV

Rimac das Orakel

Ich blieb sieben Tage in Quismancus Stadt, aber ich wagte mich nur selten auf die Straßen, denn jedesmal umdrängten mich die Menschen und starrten mich so freimütig an, daß ich ganz verlegen wurde. An der Rückseite des Hauses befand sich ein Garten, der von einer Mauer aus Lehmziegeln umgeben war. Hier hielt ich mich meistens auf, und hier machten mir auch die Großen der Stadt ihre Aufwartung und brachten mir Geschenke – Gewänder, goldene Gefäße und anderes mehr. Ich erzählte immer wieder die gleiche Geschichte – oder ließ sie vielmehr Kari erzählen –, wonach ich dem Meere entstiegen sei und auf einer einsamen Insel ihn, den Eremiten Zapana, gefunden habe. Erstaunlicherweise glaubten alle daran, und warum auch nicht? Kam ich denn nicht tatsächlich aus den Weiten der See?

Von Zeit zu Zeit besuchte mich auch Quilla in diesem Garten und brachte mir Blumen mit. Mit ihr blieb ich allein, und wenn ich mit ihr sprach, saß sie auf einem niedrigen Schemel und sah mich mit ihren schönen Augen so unverwandt an, als wolle sie mir auf den Grund der Seele blicken. Eines Tages fragte sie mich:

»Sag mir, mein Gebieter, bist du ein Gott oder ein Mann?«

»Was ist ein Gott?« fragte ich?

»Ein Gott wird von allen verehrt und geliebt.«

»Kann denn nicht auch ein Mann verehrt und geliebt werden, Quilla? Du zum Beispiel willst dich vermählen, wie ich höre; wirst du da deinen künftigen Gemahl nicht auch lieben und verehren?«

Sie erschauerte ein wenig und antwortete:

»Gewiß nicht, denn ich hasse ihn.«

»Warum willst du ihn dann heiraten? Oder zwingt man dich etwa dazu, Quilla?«

»Nein, mein Gebieter. Ich heirate ihn um meines Volkes willen. Er begehrt mich wegen meines Erbes und meiner Schönheit, und mit dieser Schönheit gedenke ich, ihn dahin zu bringen, wo mein Volk ihn haben will.«

»Eine alte Geschichte, Quilla; aber wirst du auf diese Weise glücklich werden?«

»Nein, mein Gebieter, ich werde sehr unglücklich sein. Aber was zählt das schon? Ich bin nur eine Frau, und so ist nun einmal das Los der Frauen.«

»Auch Frauen werden bisweilen verehrt und geliebt, Quilla, nicht anders als Götter und Männer.«

Bei diesen Worten errötete sie und antwortete:

»Ach, wenn es so wäre, könnte das Leben ganz anders sein. Aber selbst wenn ich einen Mann fände, der mich liebte und verehrte, und sei es auch nur für ein Jahr, es ist zu spät. Ich habe einen Eid geschworen, der nicht gebrochen werden darf, denn wird er gebrochen, dann könnte das für mein Volk den Tod bedeuten.«

»Wem bist du versprochen?«

»Dem Sohn der Sonne, der zugleich ein Mann ist; dem Gott, der einst Inka sein wird über das ganze Land.«

»Und wie sieht dieser Gott aus?«

»Man sagt, er sei ein Hüne mit dunkler Haut und großem Mund, im Herzen sei er jedoch ein Tier. Falsch sei er und grausam, und er habe Dutzende von Frauen. Doch sein Vater, der Inka, liebe ihn mehr als alle seine anderen Kinder, und so werde er schon bald der nächste König sein.«

»Und du, die du rein und lieblich bist wie der Mond, von dem du den Namen hast, willst dich mit Leib und Seele einem solchen Menschen hingeben?«

Wieder errötete sie.

»Habe ich soeben mit eigenen Ohren gehört, daß mich der Weiße-Gott-aus-dem-Meer so rein und lieblich nannte wie den Mond? Wenn ja, dann danke ich ihm. Doch möge er bitte bedenken, daß als Opfer für die Götter stets die Schönsten und Vollkommensten auserkoren werden.«

»Aber Quilla, vielleicht ist dein Opfer ja ganz umsonst. Wie lange wirst du die Begierde dieses zuchtlosen Prinzen reizen können?«

»Lange genug, um mein Ziel zu erreichen, mein Gebieter – oder wenigstens«, bei diesen Worten blitzte es in ihren Augen auf, »lange genug, um ihn zu töten, sollte er sich weigern, den Weg meines Volkes zu gehen. Oh, frage nicht weiter, denn deine Worte wühlen etwas auf in meiner Brust, und ein neuer Geist erfüllt mich, wie ich ihn mir niemals hätte träumen lassen. Hättest du vor drei Monden so zu mir gesprochen, vielleicht wäre alles anders gekommen. Warum bist du der See nicht früher entstiegen, edler Hurachi, sei es als Gott oder als Mann?«

Und sie erhob sich mit einem Laut, der wie ein Schluchzen klang, verneigte sich vor mir und flüchtete.

* * *

Sobald wir an diesem Abend allein in meinem Zimmer waren und niemand uns hören konnte, erzählte ich Kari, daß Quilla einem Prinzen zur Ehe versprochen sei, der einst Inka über das ganze Land sein werde.

»Ach nein?« fragte Kari. »Nun, Herr, dann wisse, daß dieser Prinz mein Bruder ist, derselbe, den ich hasse, weil er mir bitteres Unrecht angetan, mir meine Frau gestohlen und mich vergiftet hat. Sein Name ist Urco. Und die edle Quilla, liebt sie ihn?«

»Sie liebt ihn nicht. Ich glaube, sie haßt ihn ebenso wie du, sie will ihn nur aus politischen Gründen zum Mann nehmen.«

»Natürlich haßt sie ihn jetzt, doch vor einer Woche mag das noch ganz anders gewesen sein«, bemerkte Kari trocken. »Was soll dieser Baum für Früchte tragen? Herr, bist du bereit, morgen mit mir Pachacamacs Tempel aufzusuchen, wo im Allerheiligsten der Gott Rimac sitzt und Orakel verkündet?«

»Wozu das denn, Kari?« fragte ich verdrossen.

»Um das Orakel zu befragen, Herr. Ich glaube, wenn du hingingest, würde uns die edle Quilla begleiten. Vielleicht möchte auch sie einen Spruch hören.«

»Ich bin einverstanden, wenn wir unbemerkt, vielleicht bei Nacht dorthin gelangen können. Ich bin es leid, von diesen Menschen angestarrt zu werden.«

So sprach ich, weil ich mehr über die Religion dieses Landes erfahren und neue Dinge kennenlernen wollte.

»Ich denke, das läßt sich einrichten, Herr. Ich werde mich erkundigen.«

Kari verschwendete keine Zeit. Vielleicht wandte er sich an den Hohenpriester Pachacamacs – denn alle Diener dieses Gottes waren wie in einem Orden vereint –, vielleicht aber auch an den edlen Quismancu oder an Quilla selbst. Jedenfalls fragte Quismancu schon am nächsten Tag an, ob es mir genehm sei, noch am gleichen Abend den Tempel zu besuchen, und damit war die Sache abgemacht.

Nach Einbruch der Dunkelheit wurden zwei Sänften gebracht. Quilla und ihre Zofe bestiegen die eine, Kari und ich die andere. Quismancu und seine Frau kamen nicht mit – ich weiß nicht, warum. Dann wurden wir hinter einer dritten Sänfte, in der ein Priester des Gottes saß, und begleitet von einem Trupp Gardesoldaten, in einem heftigen Gewitter das kurze Stück Weges auf den Tempelberg getragen.

Vor den goldenen Toren, die immer wieder vom flackernden Schein der Blitze erhellt wurden, stiegen wir aus. Weißgekleidete Männer mit Laternen führten uns durch mehrere Höfe ins Allerheiligste des Gottes.

An der Schwelle bekreuzigte ich mich, denn die Gegenwart heidnischer Götzen war mir nicht so recht geheuer. Soweit ich im Laternenschein sehen konnte, war der Raum groß und prächtig, und überall gleißte es golden – Goldplatten an den Wänden, goldene Opfergaben auf dem Boden, goldene Sterne an der Decke. Seltsam war freilich, daß die heilige Stätte bis auf besagtes Gold nichts enthielt, keinen Altar und auch keine Götterstatuen. Die Laternen erhellten einen völlig leeren Saal.

Nun warfen sich alle außer mir zu Boden und beteten stumm. Als sie sich wieder erhoben, fragte ich Kari leise, wo denn der Gott sei. Und er antwortete: »Nirgendwo und doch überall.« Das war eine sehr treffende Beschreibung. Der Raum strahlte soviel Würde aus, daß ich die Nähe der Gottheit tatsächlich zu spüren glaubte.

Nach einer Weile führten uns die prächtig gekleideten Priester durch das Allerheiligste zu einer Tür, hinter der sich eine Treppe befand. Wir stiegen hinab in einen langen, schmalen Gang, der offenbar unter der Erde verlief, denn die Luft war sehr dumpf. Nach etwas mehr als hundert Schritten erreichten wir eine weitere Treppe, passierten wieder eine Tür und standen in einem zweiten Tempel, der kleiner, aber ebenso reich vergoldet war wie der erste. Er wurde von einer primitiven, goldenen Statue beherrscht, die einen sitzenden Mann darstellte.

»Da ist Rimac das Orakel«, flüsterte Kari.

»Wie kann Gold sprechen?« fragte ich.

Kari antwortete nicht.

Nun murmelten die Priester Gebete oder Beschwörungen, die mir wie Lästerungen in den Ohren klangen, und stellten ihre Opfergaben, allem Anschein nach rohes Fleisch in goldenen Schalen, vor das ruchlose Götzenbild. Endlich traten sie zurück und fragten, was wir hören wollten.

Ich schwieg, denn die ganze Sache war mir unheimlich. Auch Kari sagte nichts, doch Quilla ergriff kühn das Wort und verlangte zu erfahren, was die Zukunft für uns bereithalte.

Nun wurde es lange still, und ich will nicht leugnen, daß mich die Angst ergriff. Mir war, als schwebten hinter uns in der Dunkelheit Geister durch die Luft – ich glaubte sie flüstern, glaubte, ihre Flügel rascheln zu hören. Plötzlich erstrahlte das goldene Bildnis vor uns wie glutflüssige Schmelze, und seine Smaragdaugen leuchteten auf. Ich erschrak zutiefst, und hätte mich die Scham nicht zurückgehalten, ich wäre weggelaufen. So aber stand ich still und betete zu St. Hubert, er möge mich vor dem Teufel und seinen Werken beschützen. Bald wurde mein Flehen noch inbrünstiger, denn obwohl niemand in der Nähe war, begann das Bild zu sprechen. Es hatte eine gräßlich pfeifende Stimme, und es sagte folgendes:

»Wer steht da vor mir, in Silber gekleidet, mit weißer Haut und gelbem Haar? Einen wie ihn habe ich seit tausend Jahren nicht mehr geschaut. Seinesgleichen wird sich dereinst des Landes Tavantinsuyu bemächtigen, wird ihm seinen Reichtum stehlen, seine Bewohner töten und seine Götter stürzen. Aber noch nicht, noch ist es nicht so weit! Und deshalb lautet Pachacamacs Gebot, verkündet mit der Stimme des Orakels Rimac: niemand krümme dem Meergeborenen ein Haar, niemand stelle sich gegen ihn, denn eine starke Mauer wird er sein für viele, und sein Schwert wird triefen vom Blut der Bösewichte.«

Die Stimme verstummte. Die Priester und alle anderen starrten mich an, wie gebannt von diesen schicksalsschweren Worten. Plötzlich hub die Stimme abermals an:

»Und wer ist jener, der mit dem Strahlenden dem Meer entstieg, nachdem er weiter umhergestreift als jeder andere aus seinem alten Volke? Ich weiß. Ich weiß es, doch darf ich nicht sprechen, denn er trägt das Bild des Geistes aller Geister auf dem Herzen, und das gebietet mir Schweigen. Nur Mut! Nur Mut! Wachse und gedeihe, Pachacamacs Sohn, denn noch ist des Wanderns für dich kein Ende. Noch hast du einen Berg zu ersteigen, an dessen Gipfel ein Saum des himmlischen Goldes hängt.«

Wieder verstummte die Stimme, und diesmal waren alle Augen auf Kari gerichtet. Der schüttelte demutsvoll den Kopf und gab sich völlig verwirrt. Und abermals sprach das Bildnis:

»Wer ist die Tochter der Sonne, in deren Adern das Mondlicht spielt? Schöner ist sie als der Abendstern. Die Männer werden sie begehren, und ihretwegen wird Blut fließen unter den Mächtigen. Schnell wie der Blitz sind ihre Gedanken und listig wie die einer Schlange, die Leidenschaft brennt in ihr wie das Feuer im Schoß des Berges, doch ist sie erfüllt von einem Geist, der über dem Feuer tanzt und in die Ferne schweift. Tochter der Sonne, in deren Adern das Mondlicht fließt, entwinde dich den verhaßten Armen und suche Schutz bei der Sonne, dann wirst du zuletzt in den Armen des Geliebten schlafen. Doch mußt du vor der Rache des betrogenen Gottes fliehen, so schnell und so weit du nur kannst!«

Wieder verstummte die Stimme, und ich dachte, nun sei alles vorüber. Doch das war ein Irrtum, denn nach einer Weile erglühte das goldene Orakelbildnis noch stärker, die Smaragdaugen funkelten noch heller, und die Stimme steigerte sich zu einem Schrei:

»Rot wird Tavantinsuyus Schnee sich färben vom Blut, und die Wasser seiner Flüsse werden sich mischen mit Blut. Alle drei werdet ihr im Blut waten, und in einem Regen von Blut werdet ihr pflücken die Frucht eurer Wünsche. Dennoch werden Tavantinsuyus Götter noch eine Weile bestehen, werden seine Könige herrschen und seine Kinder frei sein. Doch am

Ende steht der Tod für die Götter, der Tod für die Könige und der Tod für das Volk. Aber noch nicht – noch ist es nicht so weit! Von den Lebenden wird keiner es schauen, auch ihre Kinder und Kindeskinder nicht. Rimac die Stimme hat gesprochen; bewahrt seine Worte und deutet sie, wie ihr wollt.«

Die pfeifende Stimme verklang wie der dünne Schrei eines verhungernden Kindes in der Wüste. Tiefe Stille trat ein. Dann erstarb auch das Leuchten, die Smaragdaugen erloschen, das Bildnis war nur noch ein toter Klumpen Metall. Die Priester warfen sich zu Boden, erhoben sich wieder und führten uns hinaus. Sie sprachen kein Wort, doch im Schein der Laternen sah ich, daß ihre Gesichter von Grauen gezeichnet waren – und dieses Grauen war so stark, daß ich es für echt hielt.

Wir nahmen den gleichen Weg, auf dem wir gekommen waren und standen endlich wieder vor den glänzenden Tempeltoren. Die Sänften erwarteten uns bereits.

»Was hatte das zu bedeuten?« flüsterte ich Quilla zu, die neben mir ging.

»Ich weiß nicht, was es für dich und den anderen bedeutet«, gab sie hastig zurück; »für mich bedeutet es wohl den Tod. Aber erst … erst wenn …« Sie verstummte.

In diesem Moment kam der Mond hinter den Regenwolken hervor und beschien ihr emporgewandtes Gesicht, und in ihren Augen war ein großer Glanz.

* * *

Wie ich später erfuhr, ging der Spruch des berühmten Orakels durch das ganze Land und erregte großes Aufsehen. Man kommentierte ihn mit ängstlichem Staunen, denn eine Weissagung von solchem Gewicht hatte es seit Generationen nicht mehr gegeben. Auch mein Schicksal war davon betroffen, denn wie ich jetzt erfuhr, hatten Quismancu und sein Volk zunächst beschlossen, mich nicht wieder fortzulassen. Schließlich entstieg nicht jeden Tag ein Weißer Gott dem Meer, und da ich nun schon einmal zu ihnen gekommen war, sollte ich auch bleiben, um sie zu schützen und ihren Ruhm zu mehren. Und für den Eremiten Zapana, dem der Gott angeblich auf jener einsamen Insel erschienen war, galt das gleiche. Doch Rimacs Orakelspruch änderte alles. Als ich sagte, wenn Quilla die Stadt verlasse, wolle ich mit ihr zu ihrem Vater Huraca, dem König der Chanca reisen, der mich durch Eilkurier zu sich eingeladen habe, da antwortete Quismancu, wenn dies mein Wunsch sei, so müsse man mir gehorchen, der Gott Rimac habe es so befohlen. Er sei dennoch sicher, daß wir uns wiedersehen würden.

Je mehr ich darüber nachdachte, desto stärker drängte sich mir die Frage auf, ob der Spruch tatsächlich von dem goldenen Rimac kam. Vielleicht drückte er ja nur Quillas, Karis oder aller beider Wunsch aus, ich möge die Yunca verlassen und zu den Chanca oder noch weiter reisen. Ich wußte es nicht, und ich sollte es auch nie erfahren, denn über alles, was ihre Götter angeht, schweigen diese Menschen wie das Grab. Ich fragte Kari, und ich fragte Quilla, doch beide sahen mich mit Unschuldsaugen an und fragten, wie ich nur darauf komme, daß sie Einfluß auf die Worte des goldenen Rimac hätten. Ebenso wenig erfuhr ich, ob Rimac der Prophet ein Geist war oder nur ein Metallklumpen, dem ein Priester seine Stimme lieh. Ich weiß lediglich, daß man ihn von einem Ende Tavantinsuyus bis zum anderen für einen Geist hielt, der jedem, der seine Worte verstand, den reinen Willen der Götter verkündete. Auch wenn ich das als Christenmensch nicht glauben konnte.

So kam es, daß ich einige Tage später mit Quilla, Kari und mehreren alten Männern – Priestern, Abgesandten oder beides – die Reise zu den Chanca antrat.

Viele Menschen umstanden meine Sänfte, weinten in mehr oder weniger aufrichtigem Schmerz und streuten den Sänftenträgern Blumen vor die Füße. Wir reisten nämlich in Sänften und mit einer Eskorte aus etwa zweihundert mit Kupferäxten und Bogen bewaffneten Kriegern. Ich jedoch weinte nicht, denn obwohl man mich hier gut behandelt, ja, geradezu verehrt hatte, war ich der Stadt und ihrer Menschen überdrüssig und wollte sie niemals wiedersehen.

Auch hatte ich das Gefühl, mich inmitten eines Netzes von Intrigen zu befinden. Worum es ging, wußte ich nicht, fest stand nur, daß Quilla, nach außen hin die unschuldige, liebreizende Maid, die Hand im Spiel hatte. Und mein Gefühl trog mich nicht. Mit der Zeit erkannte ich, daß die Intrigen tatsächlich nichts anderes zum Ziele hatten als einen Krieg der Chanca- und Yunca-Stämme gegen den Inka, ihren obersten Herrn und den König des mächtigen Volkes der Quichua, der weit im Landesinneren in einer Stadt namens Cuzco residierte. Bei jenem Besuch wurde das Bündnis geschlossen, und Quilla war die Schlüsselfigur. Sie selbst hatte sich zum Opfer angeboten, hatte sich bereiterklärt, sich dem Erben des Reiches hinzugeben, um dem Inka Sand in die Augen zu streuen. Währenddessen schmiedete ihr Vater Pläne, ihm seine Krone und damit die Herrschaft über ganz Tavantinsuyu zu entreißen.

* * *

Wir ließen die Küste hinter uns und wurden auf einer Straße, wie ich sie so gut in England nie erlebt hatte, über hohe Gebirgspässe getragen. Wo wir Flüsse überqueren mußten, wurden diese von steinernen Brücken überspannt. Wo der Weg durch Sümpfe führte, hatte man die Fundamente tief in den Schlamm gesenkt. Kurven und Windungen gab es nicht, alle Hindernisse wurden geradlinig überwunden. Dies war also eine jener berühmten Inkastraßen, die Tavantinsuyu von einem Ende zum anderen durchzogen. Das Land war hier dicht besiedelt, wir kamen in viele Städte, und meistens ergab es sich so, daß wir in einer Stadt die Nacht verbringen konnten. Jedesmal war mir mein Ruf bereits vorangeeilt, und der *Curaca* oder Stadthäuptling empfing mich mit Opfergaben, als sei ich tatsächlich ein Gott.

Auf diese Weise bekam ich Quilla in den ersten fünf Tagen der Reise kaum zu sehen, doch dann waren wir eines Abends gezwungen, in einer Art Rasthaus am höchsten Punkt eines Gebirgspasses zu nächtigen. Dort war es sehr kalt, überall lag tiefer Schnee, und ich wurde von keinem *Curaca* behelligt. Als Kari anderweitig beschäftigt war, verließ ich das Rasthaus und erstieg ganz allein einen nahen Berg, um vom Gipfel aus den Sonnenuntergang zu beobachten und in Ruhe nachzudenken.

Die Aussicht von dort oben war grandios. Ringsum ragten schneebedeckte Berge zum Himmel empor, und durch die tiefen Täler zogen sich die Flüsse wie Silberadern. Das Land war von einer schier endlosen Weite, seine Erhabenheit drohte einen förmlich zu erdrücken. Über mir war keine Wolke zu sehen, und als nun die Sonne hinter den schneeigen Gipfeln versank, leuchteten die ersten Lichter der Nacht durch das tiefe Blau.

In großer Höhe schwebte auf mächtigen Schwingen ein Bergadler dahin, der größte Vogel, den ich jemals gesehen hatte, und als ihn nun das rote Licht erfaßte, strahlte er auf, als stünde er in Flammen. Ich beobachtete ihn, und dabei erwachte in mir der Wunsch, mir möchten doch auch solche Schwingen wachsen, auf daß ich weit über das Meer fliegen könne.

Aber wollte ich das denn wirklich, obwohl ich auf der ganzen weiten Welt keine Heimat mehr hatte und nirgendwo ein liebendes Herz meiner harrte? Vor kurzem noch hätte ich auf diese Frage mit einem »Ja, nur fort aus dieser Einsamkeit«, geantwortet. Doch jetzt war ich mir nicht mehr so sicher. Hier hatte ich in Kari immerhin einen wenn auch eifersüchtigen Freund, wobei mir nicht entgangen war, daß er in letzter Zeit andere Dinge im Sinn hatte als Freundschaft – finstere Verschwörungen und ehrgeizige Pläne, von denen er bislang kaum mit mir sprach.

Und dann war da noch Quilla, diese schöne, fremde Frau. Sie hatte, nicht nur ihrer Schönheit wegen, mein Herz gewonnen, und auch sie sah mich, so schien es mir bisweilen, mit freundlichen Augen an. Doch was nützte mir das alles, wenn sie einem vornehmen Eingeborenen, einem künftigen König zur Ehe versprochen war? Hatte ich denn noch immer nicht genug von Frauen, die bereits anderen Männern gehörten? Ich täte wahrhaftig gut daran, von Quilla die Finger zu lassen.

Als ich soweit gekommen war, erfaßte mich die Verzweiflung, und ich setzte mich auf einen Felsen und barg mein Gesicht in den Händen, um nicht sehen zu müssen, wie mir die Tränen aus den Augen tropften. Da saß ich nun, ich, Hubert von Hastings, inmitten dieser erhabenen Einsamkeit, die mir bis in die Tiefen der Seele drang, und weinte wie ein verirrtes Kind.

Irgendwann faßte mich jemand an der Schulter, und ich ließ die Hände sinken, denn ich dachte, Kari sei mir nachgegangen. Doch dann drang eine sanfte Stimme, Quillas Stimme, an mein Ohr.

»Auch die Götter können also weinen«, sagte sie. »Warum weinst du, o Gott-aus-den-Wellen, den wir hier Hurachi nennen?«

»Ich weine«, antwortete ich, »weil ich ein Fremder bin in einem fremden Land; ich weine, weil ich keine Schwingen habe und nicht fortfliegen kann wie jener große Vogel da oben.«

Sie sah mich eine Weile an, dann fragte sie behutsam:

»Und wohin möchtest du fliegen, o Gott-aus-dem-Meer? Zurück in die Tiefen der See?«

»Laß ab davon, mich einen Gott zu nennen«, antwortete ich. »Weißt du doch ganz genau, daß ich ein Mann bin, wenn auch von einer anderen Rasse als du.«

»Ich dachte es mir zwar, aber sicher wußte ich es nicht. Doch wohin willst du denn nun wirklich fliegen, o edler Hurachi?«

»Zurück in das Land meiner Geburt, edle Quilla. In jenes Land, das ich niemals wiedersehen werde.«

»Ah! Gewiß hast du dort Frauen und Kinder, nach denen dein Herz sich verzehrt.«

»Nein, ich habe kein Weib mehr, und ich habe auch kein Kind.«

»Das heißt, du hattest einst ein Weib. Erzähl mir von ihr: war sie schön?«

»Wozu soll ich dir eine so traurige Geschichte erzählen? Sie ist tot.«

»Tot oder lebendig, du liebst sie noch immer, und wo die Liebe ist, hat der Tod keine Macht.«

»Nein, ich liebe nur das, wofür ich sie einst hielt.«

»Dann war sie falsch?«

»Ja, falsch und aufrichtig zugleich. So aufrichtig, daß sie ihrer Falschheit wegen in den Tod ging.«

»Wie kann eine Frau falsch und aufrichtig zugleich sein?«

»Frauen sind zu allem fähig. Schau in dein eigenes Herz. Kannst nicht auch du falsch sein und aufrichtig zugleich?«

Sie überlegte eine Weile, dann ließ sie das Thema fallen und sagte:

»Und da du einmal geliebt hast, kannst du niemals wieder lieben?«

»Warum nicht? Vielleicht könnte ich es nur allzu sehr. Aber was hätte ich davon, wenn mehr Liebe doch nur mehr Schmerz und Qual bedeutet?«

»Wen könntest du denn lieben, edler Hurachi, wenn die Frauen deines eigenen Volkes doch so fern sind?«

»Ich kenne eine, die ganz nahe ist, doch müßte sie Liebe mit Liebe vergelten.«

Quilla antwortete nicht, und ich dachte schon, sie sei verärgert und würde weggehen; doch weit gefehlt. Statt dessen setzte sie sich neben mich auf den Stein, schlug ihrerseits die Hände vors Gesicht und brach in Tränen aus. Nun war es an mir zu fragen:

»Warum weinst du?«

»Weil auch ich unter Einsamkeit leide, edler Hurachi, und außerdem schäme ich mich.«

Bei diesen Worten klopfte mir das Herz bis zum Halse, und eine wilde Leidenschaft erfaßte mich. Ich streckte die Hand aus, zog ihr die Hände vom Gesicht und betrachtete sie im schwindenden Licht. Oh! Der Ausdruck in den schönen Zügen war nicht zu mißdeuten.

»Liebst denn auch du?« flüsterte ich.

»O ja, mehr als jemals eine Frau geliebt hat. Als ich dich auf der einsamen Insel im Mondlicht schlafend fand, da wußte ich, daß mich das Schicksal ereilt, daß ich die Liebe gefunden hatte. Ich kämpfte dagegen an, wie es die Pflicht verlangt; doch die Liebe hörte nicht auf zu wachsen, und jetzt bin ich ganz Liebe, ich habe alles gegeben und stehe mit leeren Händen da.«

Als ich das hörte, sagte ich nichts mehr, sondern riß sie in meine Arme und küßte sie. Und sie lag an meiner Brust und erwiderte den Kuß.

»Laß mich los und hör mich an«, murmelte sie irgendwann, »denn du bist stark, und ich bin schwach.«

Ich gehorchte, und sie ließ sich wieder auf den Stein sinken.

»O mein Gebieter«, sagte sie, »das ist eine schlimme Geschichte, jedenfalls für mich. Du bist ein Mann und kannst lieben, so oft du willst, doch ich darf es nur einmal. O mein Gebieter, es darf nicht sein.«

»Warum nicht?« fragte ich heiser. »Dein Volk hält mich für einen Gott; kann ein Gott nicht jede Frau zum Weib nehmen, die er begehrt?«

»Nicht, wenn sie einem anderen Gott versprochen ist, einem Gott, der Inka werden soll. Nicht, wenn womöglich das Schicksal ganzer Nationen an ihr hängt.«

»Wir könnten fliehen, Quilla.«

»Wohin könnte der Gott-aus-dem-Meere fliehen? Und wohin könnte die Tochter des Mondes fliehen, die dem Sohn der Sonne zur Ehe versprochen ist? Doch nur in den Tod.«

»Es gibt Schlimmeres als den Tod, Quilla.«

»Gewiß, doch mein Leben ist verpfändet. Wenn ich sterbe, dann stirbt auch mein Volk. Ich selbst habe mein Leben dieser Sache geweiht und darf nun, königlichen Geblüts, wie ich bin, mein Wort nicht um meines eigenen Glückes willen brechen. Es ist besser, in Ehren unglücklich zu sein, als in Schmach und Schande geliebt zu werden.«

»Und was nun?« fragte ich mutlos.

»Es gibt nur eins. Die Götter stehen über uns und – hast du nicht gehört, was mir das Orakel Rimac offenbarte: ich solle mich den verhaßten Armen entwinden und Schutz suchen bei der Sonne, dann würde ich zuletzt in den Armen des Geliebten schlafen, doch vor der Rache des betrogenen Gottes müsse ich so schnell und weit fliehen, wie ich nur könne. Ich denke, daß damit der Tod gemeint ist, aber es heißt auch, daß im Tod noch Leben ist und – oh, ihr geliebten Arme, daß ihr mich doch noch umfangen werdet. Ich weiß nicht, wie, aber hab Vertrauen – irgendwann wirst du mich in deinen Armen halten. Doch vorderhand darfst du nicht versuchen, mich vom Pfad der Ehre abzubringen, denn eines weiß ich gewiß: nur er führt mich nach Hause. Wer mag nur der betrogene Gott sein, vor dem ich fliehen muß? Wer, wer?«

So sprach sie und verstummte; und auch ich schwieg. So saßen wir schweigend nebeneinander im Mondlicht und suchten am Himmel nach einem Stern, der uns führen konnte. Und alsbald vernahm ich Karis Stimme: »Habe ich dich endlich gefunden, mein Gebieter, und auch dich, edle Quilla? Ich bitte euch, kehrt zurück, man sucht nach euch, und alles ist in großer Sorge.«

»Warum?« fragte ich. »Die edle Quilla und ich sehen uns doch nur die wunderbare Aussicht an.«

»Gewiß, mein Gebieter, auch wenn das für gewöhnliche Sterbliche, die keine Götter sind, im Dunkeln ziemlich schwierig wäre. Und nun gestatte mir, dir den Weg zu zeigen.«

KAPITEL V

Kari geht fort

Während der letzten Tage ergab sich für Quilla und mich (von wenigen Minuten einmal abgesehen) keine Gelegenheit mehr, noch einmal allein zu sein, denn irgend jemand aus unserer Gesellschaft hatte uns immer im Auge. Besonders Kari wich mir nicht mehr von der Seite, und als ich ihn darauf ansprach, da sagte er mir ohne Umschweife, er sei um meine Sicherheit besorgt. Ein Gott müsse, um ein Gott zu bleiben, am besten allein in einem Tempel leben. Sobald er anfange, sich unter die Sterblichen zu mischen und sich so zu verhalten wie sie, sobald er mit ihnen esse und trinke, lache und zürne, oder gar auf dem gemeinsamen Wege im Schlamm ausrutsche oder über Steine stolpere, kämen die anderen womöglich bald zu der Erkenntnis, der Unterschied zwischen Gott und Mensch sei nicht allzu groß. Und diese Gefahr sei besonders gegeben, wenn der Gott die Gesellschaft von Frauen suche oder unter ihren sanften Blicken dahinschmelze.

Solch schmerzhafte Pfeile schoß er in letzter Zeit gern auf mich ab, und diesmal wurde ich böse. Ohne mich in irgendeiner Weise unwissend zu stellen, sagte ich ihm auf den Kopf zu:

»In Wahrheit, Kari, bist du auf die edle Quilla so eifersüchtig, wie du es einst auf eine andere warst.«

Er dachte, ernst wie immer, über meinen Vorwurf nach und antwortete schließlich:

»Ja, Herr, das ist wahr, aber es ist nur ein Teil der Wahrheit. Du hast mir das Leben gerettet und mich bei dir aufgenommen, als ich allein in einem fremden Lande war, deshalb, aber auch um deiner selbst willen liebe ich dich sehr. Und wahre Liebe ist immer eifersüchtig und haßt jeden Rivalen.«

»Es gibt verschiedene Arten von Liebe«, sagte ich, »die Liebe eines Mannes zu einem Manne ist eine andere als die Liebe eines Mannes zu einer Frau.«

»Ja, Herr, und die eines Weibes zu einem Mann ist eine dritte; und sie hat noch eine besondere Eigenschaft – sie ist wie eine Säure, die jede andere Liebe zerfrißt. Was wird aus den Freunden eines Mannes, wenn ein Weib sich in sein Herz geschlichen hat – auch wenn sie ihn womöglich mehr lieben, als die Frau es jemals tun wird? Denn im Grunde liebt das Weib sich selbst doch immer am meisten. Doch lassen wir das, denn so wirkt die Natur, und gegen die Natur ist kein Kraut gewachsen. Kari verliert, was Quilla gewinnt – und damit muß Kari sich abfinden.«

»Bist du jetzt fertig?« fragte ich wütend, denn ich war seiner Moralpredigten herzlich müde.

»Nein, Herr. Die Eifersucht ist nur ein kleines und sehr persönliches Problem, genau wie die Liebe. Aber du hast mir noch nicht ausdrücklich gesagt, ob du die edle Quilla liebst und, was noch wichtiger ist, ob sie deine Liebe auch erwidert.«

»Dann will ich das jetzt nachholen. Ich liebe sie – und sie liebt mich.«

»Du liebst die edle Quilla, und sie sagt, daß sie dich liebt, das kann wahr sein oder auch nicht, und wenn es heute wahr ist, kann es morgen schon falsch sein. Um deinetwillen kann ich nur hoffen, daß es nicht wahr ist.«

»Warum?« fuhr ich zornig auf.

»Weil es, Herr, in diesem Lande viele Sorten Gift gibt, wie ich bereits am eigenen Leibe erfahren mußte. Auch Messer haben wir, selbst wenn sie nicht aus Stahl sind, und manch einer möchte vielleicht gerne herausfinden, ob ein Gott, der die Frauen umwirbt wie ein Mensch, nicht auch für Gift anfällig oder mit einer

Klinge verwundbar ist. Oh! Glaub mir«, fuhr er fort, und jetzt war der bittere Sarkasmus vollkommen aus seiner Stimme verschwunden. »Ich will deiner nicht spotten, ich möchte dich nur schützen. Die edle Quilla ist wie die Königin in jenem großen Spiel mit vielen Figuren, das du mich im fernen England gelehrt hast, und ohne sie läßt sich das Spiel – jedenfalls nach Meinung der Spieler – kaum gewinnen. Nun willst du diese Königin stehlen, doch das brächte, wiederum aus der Sicht der Spieler, Tod und Verderben über ein ganzes Land. Du spielst mit dem Feuer, Herr. Es gibt so viele schöne Frauen bei uns; nimm dir, wen immer du willst, nur laß die Hand von dieser einen Königin.«

»Kari«, antwortete ich, »wenn es ein solches Spiel denn gibt, gehörst dann vielleicht auch du auf der einen oder anderen Seite zu den Spielern?«

»Das mag schon sein, Herr, und wenn du es noch nicht erraten hast, dann werde ich dir eines Tages vielleicht sagen, auf welcher Seite ich stehe. Es könnte nämlich sogar sein, daß es mir sehr gelegen käme, wenn du die Königin vom Spielbrett nähmst, dann hätte ich eben aus Liebe zu dir gesprochen und gegen meine eigenen Interessen. Und auch aus Liebe zu der edlen Quilla, denn wenn du fällst, dann stürzt sie mit dir durch die schwarze Nacht in die Arme ihrer Mutter, des Mondes. Aber nun genug davon, es ist töricht, mit solchem Geschwätz meinen Atem zu vergeuden, die Vorsehung wird mit euch beiden ja doch verfahren, wie es ihr beliebt. Was wir auch spielen, wer wir auch sind, der Ausgang jeder Partie steht längst in Pachacamacs Buch verzeichnet. Hat Rimac das nicht neulich erst verkündet? So spiele denn, spiel weiter, damit das Schicksal sich erfüllen möge. Wenn ich es wagte, dir einen Rat zu geben, so nur deshalb, weil der Feldherr, der die Schlacht von seinem Hügel aus beobachtet, mehr sieht als der Soldat, der mitten im Getümmel steht.«

Damit verneigte er sich auf gewohnt würdevolle Art und ging weg; und es dauerte lange, bis er das nächste Mal über Quilla und unsere Liebe zu mir sprach.

Sobald er fort war, schwand auch mein Zorn, und ich sah ein, daß seine Warnung ernster gemeint war, als er kundzutun wagte, und daß er nicht aus Eigennutz so zu mir sprach, sondern weil er mich liebte. Außerdem hatte ich Angst, spürte ich doch, daß ich mich in den Netzen eines gewaltigen Komplotts verfangen hatte, das ich nicht durchschaute. Quilla, die kaltäugigen Edelleute in ihrem Gefolge, der Häuptling, dessen Gast ich gewesen war, Kari selbst und viele andere, die ich noch nicht kannte, alle spannen sie an den unsichtbaren Fäden, die mich eines Tages erdrosseln würden. Und wenn schon? Was kümmerte es mich? Angst hatte ich nur um Quilla – große Angst.

* * *

Einen Tag nach diesem Gespräch mit Kari erreichten wir endlich die große Stadt des Chanca-Volkes, die ebenfalls Chanca genannt wurde – jedenfalls kannte ich sie immer nur unter diesem Namen. Seit dem frühen Morgen waren wir durch fruchtbare Täler gezogen, in denen Tausende dieser Chanca lebten. Sie hatten sich scharenweise zu beiden Seiten der Straße versammelt, vor allem, um den Weißen Gott zu sehen, der dem Meer entstiegen war, aber auch, um ihre Prinzessin, die edle Quilla zu begrüßen. Ich sah, daß es sich um starke Menschen handelte, die so stolz und aufrecht einhergingen wie Soldaten.

Erst jetzt wurde mir so richtig klar, daß Quilla tatsächlich eine Prinzessin war, denn wo ihre Sänfte vorbeigetragen wurde, warfen sich die Leute zu Boden und küßten erst die Luft und dann die Erde. Außerdem hatte sich Quillas Verhalten geändert, sie trug den Kopf höher und sparte mit Worten. Bald sprach sie nur noch, um Befehle zu erteilen, selbst ich wurde kaum noch einer Anrede gewürdigt. Allerdings entging mir nicht, wie ihre Augen auf mir ruhten, wenn sie sich unbeobachtet glaubte.

Als ich während der Mittagsrast aufblickte, sah ich ein Heer von mehr als fünftausend Mann auf uns zukommen und fragte Kari, was das zu bedeuten habe.

»Das«, antwortete er, »ist ein Teil der Truppen Huarachas, des Königs der Chanca. Sie kommen in seinem Auftrag, um seine Tochter, sein einziges Kind, und mit ihr seinen Gast, den Weißen Gott zu begrüßen.«

»Ein Teil seiner Truppen! Hat er denn noch mehr?«

»O ja, Herr, wohl zehnmal so viele. Die Chanca sind ein mächtiges Volk, kaum weniger mächtig als das Volk des Inka, der in Cuzco residiert. Komm jetzt ins Zelt, leg deine Rüstung an und mach dich bereit für den Empfang.«

Ich wappnete mich, trat in meinem blanken Stahlharnisch vor und postierte mich an einer von Kari bezeichneten Stelle auf einer Anhöhe. Quilla stand, prächtiger gekleidet, als ich sie je gesehen hatte, in einigem Abstand zu meiner Rechten, und hinter ihr hatten sich ihre Dienerinnen, ihre Höflinge und ihre Ratgeber aufgestellt.

Die Heerscharen rückten näher und marschierten auf der Ebene etwa zweihundert Meter vor uns regimentweise auf. Die Feldherren und etliche weißgekleidete Männer, die ich für Priester und Stammesälteste hielt, traten vor und kamen auf uns zu. Es waren etwa zwanzig an der Zahl. Sie verneigten sich zuerst vor Quilla, die ihnen mit einem Kopfnicken dankte, und dann vor mir. Danach gingen sie zu Quilla und sprachen mit ihr. Was sie sagten, konnte ich nicht hören, doch ließen sie mich die ganze Zeit nicht aus den Augen. Schließlich führte Quilla sie zu mir, einer nach dem anderen verneigte sich und sagte ein paar Worte. Ich verstand nur wenig, weil ihre Sprache von der, die Kari mich gelehrt hatte, etwas abwich.

Danach bestiegen wir die Sänften und wurden, geleitet von den Heerscharen, durch Täler und über Höhenzüge getragen. Gegen Sonnenuntergang erreichten wir eine große, schüsselförmige Ebene, in deren Mitte die Stadt Chanca lag. Ich sah freilich nicht viel mehr von ihr, als daß sie sehr groß war, denn als wir an diesem Tag einzogen, dunkelte es bereits, und später konnte ich mich nicht mehr frei bewegen, weil ich ständig von einer Menschenmenge umgeben war. Man trug mich durch eine breite Straße zu einem schönen Haus in einem großen Garten, der von einer hohen Mauer geschützt wurde. Dort war bereits ein Tisch mit Speisen und Getränken auf goldenem und silbernem Geschirr gedeckt, und Frauen standen bereit, mich zu bedienen. Auch Kari wartete mir auf, denn er nannte sich immer noch Zapana und galt als mein Sklave.

Als ich gegessen hatte, ging ich allein in den Garten hinaus, denn hier auf der Ebene waren die Abende angenehm warm. Es war ein wunderschöner Garten, und ich schlenderte, froh, ein wenig allein zu sein und meinen Gedanken nachhängen zu können, zwischen den blühenden Sträuchern umher. Unter anderem fragte ich mich, wo Quilla wohl sein mochte – denn ich hatte sie nicht mehr gesehen, seit wir die Stadt betreten hatten. Dabei war ich nur ungern von ihr getrennt, war sie doch in diesem riesigen, fremden Land, in das es mich verschlagen hatte, die einzige, für die mein Herz schlug, und ohne sie glaubte ich, vor Einsamkeit zugrundezugehen.

Natürlich war auch Kari noch da, der mich auf seine Art ebenfalls liebte, doch hatte sich zwischen uns ein Abgrund aufgetan. Nicht mehr nur die Zugehörigkeit zu verschiedenen Rassen und Glaubensrichtungen trennte uns, nun war etwas Neues hinzugekommen, das ich noch nicht ganz durchschaute. In London war er mein Diener gewesen und hatte die gleichen Ziele verfolgt wie ich. Auf unseren Wanderungen hatten wir als gute Kameraden mannigfache Abenteuer bestanden. Doch jetzt war er von anderen Wünschen und Neigungen beseelt und wandelte auf einer Straße, von der ich noch nicht wußte, wohin sie führte. An mich dachte er nur noch, wenn ich irgend etwas tat oder begehrte, womit ich seine Pläne zu durchkreuzen drohte.

So blieb mir nur noch Quilla, und auch sie sollte mir bald entrissen werden. Oh! Wie war mir dieses fremde Land mit seinen schneebedeckten Bergen und fruchtbaren Tälern verleidet, wie haßte ich die Menschenhorden mit der dunklen Haut, den großen Augen, den lächelnden Gesichtern und den unergründlichen Seelen! Die großen Städte, die Tempel, die Paläste voller Gold und Silber, das niemandem nützte, die strahlende Sonne, die reißenden Flüsse, die Götter, Könige und die Politik, alles war mir fremd, kein Mensch stand mir nahe, und sollte auch Quilla mir noch genommen werden und ich ganz allein zurückbleiben, dann, so dachte ich, zöge ich den Tod wohl diesem Leben vor.

Hinter einer Palme am Rand der Allee bewegte sich etwas. Ich wußte nicht, ob es ein Tier war oder ein Mensch, und so griff ich nach meinem Schwert, das ich noch bei mir trug, während ich die Rüstung bereits abgelegt hatte. Bevor ich es jedoch ziehen konnte, umfaßte jemand mein Handgelenk, und eine sanfte Stimme flüsterte mir ins Ohr:

»Fürchte dich nicht; ich bin es – Quilla.«

Sie war es tatsächlich. Sie hatte sich einen langen Kapuzenumhang übergeworfen, wie ihn die Bauersfrauen in kalten Gegenden tragen. Nun streifte sie die Kapuze ab, und das Licht der Sterne fiel auf ihr Gesicht.

»Hör mich an!« sagte sie. »Ich bringe uns beide in Gefahr, aber ich mußte kommen, um dir Lebewohl zu sagen.«

»Lebewohl! Ich habe es befürchtet, aber warum schon so bald, Quilla?«

»Der Grund ist folgender, mein geliebter Gebieter. Ich habe mit meinem Vater, dem König gesprochen und ihm über meine Verhandlungen mit den Yunca berichtet. Er war zufrieden und in gnädiger Stimmung, und so habe ich ihm mein Herz ausgeschüttet und ihm erklärt, ich sei nicht mehr bereit, mich mit Urco vermählen zu lassen, der bald die Inkakrone tragen wird. Du weißt ja, daß er es ist, dem ich versprochen bin!«

»Wie lautete seine Antwort, Quilla?«

»Er sagte: ›Das bedeutet, Tochter, du bist einem anderen Mann begegnet und willst, daß ich dich ihm zur Frau gebe. Ich werde nicht nach seinem Namen fragen, denn kennte ich ihn, so wäre es meine Pflicht, ihn zu töten, und sei er auch von edelstem Geblüt.‹«

»Dann ahnt er es bereits, Quilla?«

»Ich denke schon; wahrscheinlich wurde ihm bereits so manches ins Ohr geflüstert, aber er will nichts hören, sondern zieht es vor, sich taub und blind zu stellen.«

»Und das war alles, was er sagte, Quilla?«

»Bei weitem nicht; er sagte weiter – und nun vertraue ich dir ein großes Geheimnis an, mein Gebieter, und lege damit meine Ehre in deine Hände. Doch ich habe dir alles andere gegeben, warum soll ich dir das verweigern? Er sagte also: ›Tochter, ich habe dich zu meiner Abgesandten gemacht, weil du mein einziges Kind bist und alle meine Ratschlüsse kennst. So wisse denn, daß uns der größte Krieg bevorsteht, den das Land Tavantinsuyu jemals erlebt hat. Zwei mächtige Nationen stehen einander gegenüber, die Quichua von Cuzco mit ihrem Gottkönig, dem alten Upanqui, und die Chanca mit mir als ihrem König und mit dir als ihrer künftigen Königin – immer vorausgesetzt, du bleibst am Leben. Diese beiden Löwen können nicht länger zusammen in einem Wald hausen; einer muß den anderen verschlingen. Auch werde ich nicht alleine kämpfen, alle Yunca von der Küste werden auf unserer Seite sein, denn wie du mir berichtet hast, sind sie zum Aufstand bereit. Doch weiß ich, ebenfalls von dir, aber auch von anderer Seite, daß sie noch nicht gerüstet sind. Monde werden vergehen, bis ihre Heerscharen zu den meinen stoßen können und ich die Maske abwerfen darf. Stimmst du mir zu?‹

Ich bejahte, und mein Vater fuhr fort:

›In dieser Zeit, Tochter, brauchen wir eine Staubwolke, die das Blitzen meiner Speere verbirgt, und diese Staubwolke, Tochter, bist du. Morgen wird mich der alte Inka Upanqui mit einem kleinen Heer hier besuchen. Ich weiß, was du jetzt denkst: Warum tötet er ihn nicht einfach und vernichtet sein Heer? Ich habe meine Gründe, Tochter: Upanqui ist sehr alt, die Kräfte seines Geistes wie seines Körper schwinden zusehends, und er ist im Begriff, sein Zepter niederzulegen. Was also nützte mir sein Tod, wenn er mit Urco einen Sohn hinterläßt, der nach ihm als Inka in Cuzco herrschen wird, und wenn ihn nur einer von fünfzig seiner Soldaten hierher begleitet? Außerdem ist er mein Gast, und wer seinen Gast erschlägt, dem zürnen die Götter, und er verliert das Vertrauen der Menschen auf immer.‹

Darauf antwortete ich: ›Du hast mich eine Staubwolke genannt, Vater; wie aber vermag der elende Staub deine Ziele und die des Volkes der Chanca zu fördern?‹

›Auf folgende Weise, Tochter‹, antwortete er. ›Du selbst hast dich bereiterklärt, dich mit Urco vermählen zu lassen. Upanqui der Inka hat Gerüchte gehört, wonach die Chanca zum Kriege rüsten. Deshalb kommt er nun auf seiner letzten Reise durch einige Teile seines Reiches hierher, um dich mitzunehmen und Urco als Braut zuzuführen. Er sagt sich: ‚Falls die Gerüchte stimmen, wird mir König Huaracha sein eigenes Kind, seine Erbin vorenthalten, denn herrscht sie erst in Cuczco als Königin, dann wird er nie und nimmermehr Krieg gegen uns führen.' Weigere ich mich also, dich mit ihm ziehen zu lassen, so kehrt er zurück, schlägt seinerseits los und überrollt uns mit Tausenden von Kriegern, bevor wir bereit sind, und das bedeutet Vernichtung und Knechtschaft für die Chanca. Damit liegt nicht nur mein Schicksal, sondern das Schicksal deines ganzen Landes in deiner Hand.‹

›Vater‹, flehte ich, ›du hast keine Söhne, ich war dir immer teuer, so frage ich dich denn: gibt es keinen Ausweg? Muß ich dieses bittere Brot essen? Wisse, bevor du antwortest, daß du recht vermutest. Ich, der vor diesem Eheversprechen alle Männer gleichgültig waren, verzehre mich nun im Feuer der Liebe.‹

Er sah mich eine Weile an, dann sagte er: ›Tochter des Mondes, es gibt nur einen Ausweg für dich – und der führt zum Mond. Eine Tote kann man nicht verheiraten. Und bräche es mir auch das Herz, wenn deine Not so groß ist, so ist es vielleicht am besten, du suchst den Tod und fliehst damit an einen Ort, an den dein Geliebter dir gewiß bald folgen wird. Und nun laß mich allein, vielleicht findest du im Schlaf beim Himmel Rat. Morgen, vor Upanquis Ankunft, sprechen wir noch einmal miteinander.‹

So kniete ich nieder, küßte meinem königlichen Vater die Hand und verließ ihn. Sein Edelmut machte mich staunen. Er hatte seinem einzigen Kind einen Rat gegeben, der ihm, wenn es danach handelte, bitteren Schmerz bereiten und vielleicht auch alle seine Hoffnungen zerstören würde. Doch der Weg, den er mir wies, ist den Frauen meines Volkes altbekannt, und warum sollte ich ihn nicht gehen wie Tausende vor mir?«

»Wie bist du hierher gekommen?« fragte ich heiser.

»Mein Gebieter, ich dachte mir, daß du in diesem Garten lustwandeln würdest. Der Garten des Palastes befindet sich gleich nebenan, niemand war in der Nähe, und die Pforte in der Mauer stand offen. Fast schien es mir, als habe man mich ganz bewußt allein und unbewacht gelassen. So kam ich hierher, suchte – und fand dich. Und nun habe ich dir eine Frage zu stellen.«

»Und wie lautet sie, o Quilla?«

»Meine Frage lautet: Soll ich leben, oder soll ich sterben? Sprich, und ich werde gehorchen. Doch bevor du sprichst, bedenke eines: lebe ich, dann sehen wir uns heute zum letzten Mal, denn dann muß ich bald schon fort, um Urcos Weib zu werden und die Rolle zu spielen, die man mir zugedacht hat.«

Als ich, Hubert, nun diese Worte hörte, da war es mir, als zerspränge mir das Herz in der Brust, und ich wußte nicht, was ich sagen sollte. Und so fragte ich sie, um Zeit zu gewinnen:

»Was ist dein Wunsch – willst du leben oder sterben?«

Darüber mußte sie lachen, und dann antwortete sie:

»Welch sonderbare Frage, mein Gebieter. Habe ich dir nicht eben gesagt, daß ich nur dann am Leben bleiben kann, wenn ich zulasse, daß Urco mich wie alle seine Frauen besudelt; sterbe ich jedoch, so sterbe ich rein und nehme meine Liebe mit in ein Land, wohin Urco mir nicht folgen kann, aber zu gegebener Zeit vielleicht ein anderer?«

»Und das wohl schon sehr bald, Quilla, denn wer diesen hübschen Plan durchkreuzt, wird kaum noch lange auf Erden wandeln, selbst wenn er das wollte. Dennoch sage ich dir: Suche nicht den Tod – lebe weiter.«

»Um Urcos Weib zu werden! Ein seltsamer Rat von den Lippen eines Liebenden, mein Gebieter; so hätte wohl keiner von unseren Adeligen gesprochen.«

»Gewiß nicht, Quilla, doch ich spreche so, weil ich deinem Volk nicht angehöre, weil ich anders denke als euer Adel, und weil ich seine Sitten und Gebräuche ablehne. Noch bist du nicht Urcos Weib, noch gibt es andere Wege als den Tod, um dich von ihm zu befreien, während du dem Grabe niemals mehr entkommst.«

»Doch gibt es im Grab auch keine Angst mehr, mein Gebieter. Dorthin kann Urco mir nicht folgen; dort gibt es keine Kriege, dort spinnt man keine Ränke; dort winkt dir weder die Ehre, noch hält dich die Liebe zurück. Ich sage, ich mache ein Ende, ich suche den Tod, wie es aus ähnlichen Gründen schon viele meines Blutes getan haben. Ich suche den Tod, wenn auch noch nicht hier und jetzt. Kurz bevor man mich an Urco ausliefert, werde ich sterben, und vielleicht nicht allein. Vielleicht wird er mich begleiten«, fügte sie hinzu.

»Und was soll ich tun, wenn das geschieht?«

»Lebe weiter, mein Gebieter, und suche dir andere Frauen, die dich lieben, denn so ziemt es sich für einen Gott. Es gibt in diesem Lande viele, die schöner und klüger sind als ich, und mit Ausnahme von mir kannst du wählen, wen immer du willst.«

»Hör zu, o Quilla, ich will dir eine Geschichte erzählen.«

Dann berichtete ich ihr so knapp wie möglich von Blanche und ihrem Ende, und sie las mir jedes Wort von den Lippen ab.

»Oh, wie ich mit dir fühle!« sagte sie, als ich geendet hatte.

»Du fühlst mit mir, und doch willst du ebenso handeln, wie sie es um meinetwillen tat. Müssen denn meine beiden Hände mit Blut befleckt werden? Den ersten Schlag habe ich verwunden; doch wenn mich ein zweiter trifft, dann verliere ich den Verstand und gehe zugrunde, so oder so, und du, Quilla, bist schuld an meinem Tod.«

»Nein, nein, nur das nicht!« murmelte sie.

»Dann schwöre mir bei deinem Gott und deiner Seele, daß du dir kein Leid antun wirst, was immer auch geschieht, und daß du, wenn es denn sein muß, nur mit mir zusammen in den Tod gehst.«

»Ist deine Liebe so groß, daß du um meinetwillen dein Leben hingäbest, mein Gebieter?«

»Ich bin dazu bereit, doch erst, wenn alles andere gescheitert ist. Es mag eine große Sünde sein, doch würdest du mir genommen, o Quilla, ich könnte hier, einsam und fern der Heimat, wohl nicht weiterleben. Schwörst du es mir?«

»Ja, mein geliebter Gebieter, ich schwöre es, um deinetwillen. Und ich setze noch einen zweiten Schwur darauf. Sollte es uns gelingen, allen Gefahren zu entrinnen und uns zu vereinen, so will ich dir eine Frau sein, wie kein Mann sie jemals hatte. Meine Liebe wird dich einhüllen, ich werde dich zum König machen. Herrlich und in Freuden sollst du hier leben, auf daß du deine Heimat jenseits des Meeres und alles Leid, das dir dort widerfuhr, vergessen mögest. Kinder will ich dir schenken, deren du dich nicht zu schämen brauchst, auch wenn mein dunkles Blut in ihren Adern fließt. Über Armeen sollst du gebieten, in goldenen Palästen sollst du wohnen und in allen königlichen Genüssen sollst du schwelgen. Und sollten die Götter wider uns sein und wir gemeinsam aus dieser Welt scheiden müssen, so werde ich dich noch reicher bescheren, o ja, dessen bin ich gewiß, auch wenn ich noch nicht weiß, womit, denn die Macht der Liebe ist ohne Ende – hier auf Erden wie im Jenseits!«

Als ich ihr Antlitz im Sternenschein betrachtete, war es geradezu verklärt. Es war nicht mehr das Gesicht einer Sterblichen, es war vom Glanz ihrer göttlichen Seele durchdrungen wie eine Perle, die man vor das Licht hält. Eine Göttin stand neben mir, diese Augen waren heilig, und die Arme, die mich umschlangen, waren nicht mehr nur aus Fleisch und Blut.

»Ich muß fort«, flüsterte sie, »doch jetzt gehe ich ohne Furcht. Mag sein, daß wir lange nicht miteinander sprechen können, aber vertraue mir. Spiele du deine Rolle, und ich spiele die meine. Folge mir, wohin man mich auch bringt, und bleib in meiner Nähe, wenn man dich läßt. Meine Seele wird stets bei dir sein. Was also kann uns noch geschehen, und sollten wir auch getötet werden? Lebe wohl, Geliebter, küsse mich und lebe wohl.«

Und schon glitt sie aus meinen Armen und verschwand in den Schatten.

* * *

Sie war fort, und ich stand da wie vom Blitz getroffen. Diese fremde Frau hatte mir soviel Liebe geschenkt, daß ich nicht wußte, wie ich mich ihrer würdig erweisen sollte. Aller Kummer war vergessen; ich trauerte nicht mehr, weil ich ein Ausgestoßener war, für den es kein Wiedersehen mit dem Land seiner Geburt und mit anderen Menschen seiner Rasse gab. Diese herrliche Frau hatte mir alle erlittenen Verluste mit doppelter Münze erstattet. Wir waren von Gefahren umlauert, aber ich fürchtete sie nicht mehr, wußte ich doch, daß ihre Liebe sie mit Füßen treten und mich wohlbehalten in ein Paradies körperlichen und seelischen Glücks geleiten würde, wo wir Seite an Seite, siegreich und ohne Furcht unsere Tage beschließen konnten.

Solchen Gedanken hing ich nach und schwelgte dabei in einem Rausch des Entzückens, wie ich ihn nicht mehr erlebt hatte, seit Blanche mich zum ersten Mal geküßt hatte. In Hastings war das gewesen, am Eingang jener Höhle, nachdem ich mit meinen drei Pfeilen die drei Franzosen getötet hatte. Plötzlich hörte ich ein Geräusch. Ich blickte auf. Vor mir stand ein Mann.

»Wer da?« fragte ich und griff nach meinem Schwert, denn sein Gesicht lag im Schatten.

»Ich«, antwortete eine Stimme, und ich erkannte, daß es Kari war.

»Aber wie kommst du hierher? Ich habe niemanden gesehen, der den Garten durchquert hätte.«

»Herr, du bist nicht der einzige, der sich gern in stiller Nacht im Freien ergeht. Ich war schon vor dir hier und stand dort hinter jenem Baum.« Er zeigte auf eine Palme, die keine drei Schritte entfernt war.

»Dann, Kari, mußt du mitangesehen haben …«

»Ja, Herr, ich habe vieles gesehen und gehört, nicht alles, denn irgendwann schloß ich die Augen und hielt mir die Ohren zu. Nicht alles also, aber doch genug.«

»Ich hätte gute Lust, dich zu töten, Kari«, knirschte ich. »Wie kommst du dazu, mir nachzuspionieren?«

»Darauf war ich gefaßt, Herr«, antwortete er mit seiner sanftesten Stimme, »und deshalb stehe ich, wie du sicher bemerkt hast, außer Reichweite deines Schwertes. Du möchtest wissen, warum ich hier bin? Ich will es dir sagen. Nicht, weil ich den Wunsch hätte, dich bei deinem Stelldichein zu belauschen, dergleichen habe ich oft genug erlebt, um dabei nur Langeweile zu empfinden. Nein, ich wollte Geheimnisse erfahren – die waren bei Liebenden noch nie gut aufgehoben – und das ist mir gelungen. Was hatte ich für eine andere Wahl, Herr?«

»Du hast wahrhaftig den Tod verdient«, rief ich wütend.

»Ich glaube nicht, Herr. Doch hör mich an, und dann urteile selbst. Ich habe dir einiges über mich erzählt, nun sollst du mehr erfahren, und danach können wir uns darüber unterhalten, was ich verdiene und was nicht. Ich bin der älteste Sohn des Inka Upanqui, und Urco – von dem ihr beide gesprochen habt – ist mein jüngerer Bruder. Upanqui, unserem Vater, war meine Mutter gleichgültig, Urcos Mutter dagegen liebte er von Herzen, und so schwor er ihr vor ihrem Tod, ihren Sohn Urco wider alles Recht und Gesetz zu seinem Nachfolger zu machen. Ich stand ihm dabei im Wege, und deshalb haßte er mich, ein Umstand, der mir großes Ungemach bereitete. Endlich bekam Urco freie Hand, nahm mir meine Frau weg und suchte mich zu vergiften. Den Rest der Geschichte kennst du. Nun muß ich wissen, wie die Dinge stehen, und aus diesem Grund belauschte ich das Gespräch zwischen dir und einer gewissen Dame. Dabei erfuhr ich nicht nur, was ich bereits wußte, daß nämlich mein Vater Upanqui morgen hierherkommt, sondern auch manches andere, was mir noch nicht bekannt war. Nun muß ich verschwinden, denn Upanqui und seine Ratgeber würden mich gewiß wiedererkennen; und da sie alle Urcos Freunde sind, bekäme ich womöglich ein stärkeres Gift in größerer Menge zu kosten als schon einmal.«

»Wo willst du hin, Kari?«

»Ich weiß es nicht, Herr; und wüßte ich es, dann würde ich es dir nicht sagen, habe ich doch eben erst wieder erlebt, wie leicht Geheimnisse von einem Ohr zum anderen wandern. Ich muß mich verstecken, das ist genug. Doch glaube nicht, daß ich dich jetzt im Stich lasse. Ich werde über dich wachen, solange ich lebe, denn du bist fremd in meinem Land, wie ich es in deinem England war, als du über mich wachtest.«

»Ich danke dir«, antwortete ich »Du wachst gut über mich – zu gut bisweilen, wie ich erst heute abend wieder feststellen mußte.«

»Du glaubst, es macht mir Freude, dich und eine gewisse Dame zu bespitzeln«, fuhr Kari gleichmütig fort, »doch dem ist nicht so. Ich habe gute Gründe – unter anderem suche ich euch beide zu beschützen und, wenn irgend möglich, eure Wünsche zu erfüllen. Wie ich soeben erfahren durfte, hat die Dame ein edles Herz, du hast also trotz allem eine gute Wahl getroffen, und das gilt auch für sie. Ich werde eure Liebe fördern und tun, was ich kann, um euch zusammenzubringen und, ja, um sie vor Urcos Armen zu bewahren. Nein, frage mich nicht, wie, denn ich weiß es nicht. Der Fall scheint aussichtslos.«

»Aber wenn du fortgehst, bin ich ganz allein, und was fange ich dann an?« fragte ich erschrocken.

»Du bleibst am besten hier, mein Gebieter, und erklärst, dein Diener Zapana habe dich im Stich gelassen. Eine andere Möglichkeit sehe ich nicht, denn der König dieses Landes wird kaum dulden, daß du seine Tochter begleitest, wenn sie zu ihrer Hochzeit nach Cuzco reist. Und selbst wenn Upanqui das wünschen sollte und der König einwilligte, wäre es nicht ratsam. Allzu leicht könnte dir unterwegs ein Unglück zustoßen. Es gibt Frauen, mein Gebieter, die sind nicht imstande, sich liebender Blicke zu enthalten, und in nächster Zeit werden viele Augen die vornehmste Dame des Reiches beobachten, und viele Ohren werden ihre geheimsten Seufzer belauschen. Nun leb wohl, bis ich zurückkehre oder an meiner Stelle jemanden zu dir schicke. Vertraue mir, ich bitte dich. Auch wenn ich allen anderen falsch erscheinen mag, dir bin ich treu; ja, dir und auch deiner Geliebten, denn sie ist inzwischen ein Teil von dir.«

Bevor ich noch antworten konnte, ergriff Kari meine Hand und führte sie an seine Lippen. Gleich darauf war er in den Schatten verschwunden.

KAPITEL VI

Die Entscheidung

Ich schlief nicht gut in dieser Nacht. Zu sehr war ich in Gedanken mit all den guten und schlimmen Dingen beschäftigt, die mir widerfahren waren. Da hatte ich wie durch ein Wunder eine neue Liebe gefunden, und jetzt stand ich kurz davor, die Frau, die mir diese Liebe schenkte, wieder zu verlieren. Damit nicht genug, sollte sie, nur um der finsteren Machtspiele eines großen und kriegerischen Volkes willen, an einen Mann verschleudert werden, den sie haßte. Ich hatte ihr mit wohltönenden Worten Mut gemacht, doch selbst hegte ich nur wenig Hoffnung. Sie würde bis zum bitteren Ende ihrer vermeintlichen Pflicht folgen, und die führte sie, wenn sie ihr Versprechen hielt und nicht in den ersehnten Tod ging – geradewegs in Urcos Arme. Von dort gab es kein Entrinnen mehr, eine Vorstellung, die mich zum Wahnsinn trieb. Und nun war auch noch Kari fortgegangen und hatte mich unter all den Fremden alleingelassen, und ich wußte nicht, ob er jemals wiederkehren würde. Oh! ich wünschte fast, ich wäre tot.

Als es endlich Morgen wurde, erhob ich mich und rief nach Zapana. Als andere Diener kamen und mir sagten, mein Diener Zapana sei nirgendwo zu finden, stellte ich mich überrascht und empört, doch war ich auch bei ihnen in guten Händen, und so stand ich auf und speiste mit größtem Behagen. Ich hatte mein Mahl kaum beendet, als auch schon Boten erschienen und mich zur Audienz bei König Huaracha riefen.

Obwohl der Weg von Tür zu Tür nicht weiter war als ein Pfeilschuß mit meinem schwarzen Bogen, beförderte man mich in einer Sänfte. Am Tor des Palastes –

er war noch prächtiger als die Paläste, die ich bereits gesehen hatte – wurde ich von Soldaten und Dienern in farbenfroher Tracht empfangen und in einen kleinen Raum an der Rückseite eines Innenhofes geleitet, wo man Vorbereitungen für eine Feier traf. Als meine Augen sich an das Halbdunkel gewöhnt hatten, sah ich mich einem Mann von etwa sechzig Jahren gegenüber, hinter dem zwei Soldaten standen. Er hatte eine auffallend schlichte Umgebung gewählt: der nahezu kahle Raum mit den vier weißgetünchten Wänden und dem Steinfußboden enthielt nur den Schemel, auf dem er saß. Auch seine Kleidung war sehr einfach, kein Gold, kein Silber, keine Stickereien, keine Edelsteine und auch kein kostbarer Schmuck, wie solche Menschen ihn sonst lieben, sondern eher die Tracht eines Soldaten. Und wie ein Soldat sah er auch aus, breit und kräftig gebaut, mit einem unscheinbaren, von Narben gezeichneten Gesicht. Seine blanken Augen schienen mir bis auf den Grund der Seele zu blicken.

Bei meinem Eintreten erhob sich König Huaracha, denn er war es, von seinem Schemel und verneigte sich vor mir, und ich verneigte mich ebenfalls. Dann winkte er einem der Soldaten, mir einen zweiten Schemel zu bringen. Ich setzte mich, und er sagte leise, mit tiefer Stimme, in der Sprache, die Kari mich gelehrt hatte:

»Sei mir gegrüßt, du Weißer-Gott-aus-dem-Meer – vielleicht bist du auch nur ein goldbärtiger Mann mit Namen Hurachi. Ich habe viel von dir gehört und freue mich, dich in meiner bescheidenen Stadt empfangen zu dürfen. Sag, kannst du meine Worte verstehen?«

Er sah mich forschend an, doch ich merkte wohl, daß seine Augen eher auf meiner Rüstung und auf Wogenlohe, meinem großen Schwert ruhten als auf meinem Antlitz.

Ich erwiderte seinen Gruß und antwortete, ich verstünde seine Sprache, wenn auch nicht allzu gut. Nun kam er auf meine Rüstung und mein Schwert zu sprechen. Beides hatte seine Verwunderung erregt, denn er hatte noch niemals Stahl gesehen.

»Fertige mir einige dieser Waffen an«, sagte er, »und ich gebe dir das Zehnfache ihres Gewichtes in Gold. Was nützt mir das gelbe Zeug – seine Feinde kann man damit nicht töten.«

»In meinem Land kann man es dazu verwenden, sie zu bestechen«, antwortete ich, »oder sie zu kaufen und so zu Freunden zu machen.«

»Dann kommst du also aus einem Land«, unterbrach er mich listig. »Ich dachte immer, die Götter hätten keine Heimat.«

»Auch die Götter müssen irgendwo leben«, gab ich zurück.

Er lachte, dann wandte er sich an die beiden Soldaten, die ebenfalls den Blick nicht von meiner Rüstung und meinem Schwert wenden konnten, und entließ sie. Als sich die schwere Tür hinter ihnen geschlossen hatte und wir ganz allein waren, sagte er:

»Edler Hurachi, meine Tochter hat mir berichtet, wie sie dich im Meer fand. Eine unglaubliche Geschichte, fürwahr. Auch habe ich gehört oder erraten, daß sie ihr Herz an dich verloren hat. Das ist bei einem Mann wie dir nicht weiter verwunderlich, vorausgesetzt, du bist wirklich nur ein Mann und nicht mehr. Außerdem neigen alle Frauen dazu, sich in Männer zu verlieben, für deren Retterinnen sie sich halten. Ist es nicht so, edler Hurachi?«

»Warum fragst du das nicht die edle Quilla, o König?«

»Vielleicht habe ich das bereits getan. Du scheinst jedenfalls nicht leugnen zu wollen. Nun hör mir gut zu, edler Hurachi. Du bist mein geehrter Gast, und was mein ist, ist mit einer Ausnahme auch dein. Aber du darfst dich niemals wieder nächtens allein im Garten mit der edlen Quilla treffen.«

Alle Proteste und Beteuerungen wären sinnlos gewesen, denn ich sah, daß er alles wußte. So faßte ich mir ein Herz und fragte:

»Warum nicht?«

»Ich dachte, das hätte dir meine Tochter bereits gesagt, edler Hurachi, aber wenn du es von meinen Lippen noch einmal hören willst, der Grund ist folgender: Die edle Quilla ist einem Mann zur Ehe versprochen, und an dieses Versprechen ist sie zeit ihres Lebens gebunden, hängt doch das Schicksal ganzer Nationen daran. So sehr ich es also bedauere, ein Paar wie euch beide trennen zu müssen, ihr dürft euch nicht mehr treffen, weder in Gärten noch anderswo. Verstößt du gegen dieses Gebot, so ist das ihr Tod und, falls Götter sterben können, auch der deine.«

Ich überlegte eine Weile, dann sagte ich:

»Das sind harte Worte, König Huaracha, denn ich will dir nicht verhehlen, daß ich deine Tochter von Herzen liebe, und daß dieses edle Geschöpf auch mich liebt und mich zu ihrem Gemahl begehrt.«

»Ich weiß es, und ich fühle mit euch beiden«, sagte er höflich.

»König Huaracha«, fuhr ich fort. »Ich sehe dir an, daß du ein Krieger bist, ich weiß, daß du über eine große Heerschar gebietest, und ich kann mich des Verdachtes nicht erwehren, daß du vielleicht von einem Krieg träumst.«

»Die Götter haben scharfe Augen, Weißer Gebieter.«

»Ob Gott oder Mensch, auch ich bin ein Krieger, o König, und ich kenne manche Kampfesarten, die dir und deinem Volk vielleicht noch fremd sind. Auch trage ich eine magische Rüstung, die mich vor allen Waffen schützt, und gegen mein Zauberschwert kann niemand im Kampf bestehen. Schließlich vermag ich Schlachtpläne zu entwerfen wie ein Feldherr. In einem großen Krieg, König, könnte ich dir von großem Nutzen sein, wenn ich der Gatte deiner Tochter – und damit auch dein Sohn und dein Freund wäre. Würfe ich meine Fähigkeiten mit in die Waagschale, so könnten sie für dich und deine Nation zwischen Sieg und Niederlage entscheiden.«

»Daran zweifle ich nicht, o du Sohn-des-Meeres.«

»Andererseits, o König, könnte ich mich auf die Seite deiner Feinde schlagen, um ihnen den Sieg und dir die Niederlage zu bescheren. In wessen Diensten sähest du mich also lieber, in den deinen oder in den ihren?«

»Ich sähe dich gern in meinen Diensten«, antwortete er begierig. »Komm zu mir, und der ganze Reichtum meines Landes ist dein. Unter mir sollst du über meine Heerscharen gebieten. Paläste und Felder, Gold und Silber will ich dir geben, die schönsten Töchter meiner Untertanen sollen dir gehören, man wird dich als Gott verehren, und wer weiß, vielleicht wirst du gar mein Nachfolger und herrschest dereinst nicht nur über mein Land, sondern gar über ein noch größeres Reich.«

»Kein schlechtes Angebot, o König, aber noch nicht gut genug. Gib mir deine Tochter Quilla, und du kannst alles übrige behalten.«

»Das kann ich nicht, Weißer Gebieter, denn dazu müßte ich mein Wort brechen.«

»Dann, König, kann ich dir nicht dienen, und so du mich nicht vorher tötest – falls dir das gelingt –, werde ich nicht dein Freund sein, sondern dein Feind.«

»Darf man einen Gott töten, und wenn ja, darf man einen Gast töten? Du weißt es, Gebieter, man darf es nicht. Doch man darf den Gott als Gast behalten. In mein Land bist du gekommen, Gebieter, und in meinem Lande sollst du auch bleiben, es sei denn, du hättest Flügel unter deinem Silbergewand. Quilla geht fort, edler Hurachi, aber du wirst hier ausharren müssen.«

»Die Flügel könnten sich finden«, warnte ich.

»Mag sein, Gebieter, es heißt ja, die Toten können fliegen, und wenn auch ich dich nicht töten darf, so tun es vielleicht andere. Deshalb rate ich dir, bleib hier, nimm, was mein armes Land dir zu bieten hat, und versuche nicht, dem Mond (damit war Quilla gemeint) in die goldene Stadt Cuzco zu folgen, die fürderhin seine Heimat sein wird.«

Er hatte mir sozusagen den Krieg erklärt, und darauf gab es nichts mehr zu erwidern, also erhob ich mich, um mich zu verabschieden. Auch der König stand auf, doch dann fiel ihm wohl noch etwas ein, denn er sagte, er wünsche mit meinem Diener Zapana zu sprechen, den die edle Quilla mit mir zusammen auf der Insel im Meer gefunden habe. Ich entgegnete, das sei nicht möglich, da Zapana verschwunden sei und ich nicht wisse, wo er sich aufhalte.

Diese Nachricht beunruhigte ihn sichtlich, und er war schon im Begriff, mir peinliche Fragen nach Zapana zu stellen, wer er wohl sein möge und wie ich überhaupt an ihn geraten sei, als die Tür aufging und Quilla eintrat. Sie war prächtig gekleidet und erschien mir liebreizender denn je. Nachdem sie sich erst vor dem König und dann vor mir verneigt hatte, sagte sie:

»Mein Herr und Vater, ich komme, um dir zu melden, daß sich der Inka Upanqui mit seinen Prinzen und Heerführern der Stadt nähert.«

»Tatsächlich, Tochter?« fragte er. »Dann wirst du jetzt von diesem Weißen Sohn des Meeres Abschied nehmen, denn es ist mein Wille, daß du mit Upanqui von hier fortgehst. Er wird dich nach Cuzco geleiten, in die Stadt der Sonne, und dort wird man dich dem Prinzen Urco vermählen, dem Sohn der Sonne, der bald schon auf dem Thron des Inka sitzen soll.«

»Ich gehorche und nehme Abschied von dem edlen Hurachi«, antwortete sie sehr leise und knickste. »Doch wisse, Vater, daß ich diesen Weißen Gebieter liebe, und daß er mich liebt. Du magst mich dem Prinzen Urco zum Geschenk machen wie einen goldenen Becher, doch er wird aus diesem Becher nie trinken, ich werde sein Weib nie sein.«

»Du hast Mut, Tochter, und das gefällt mir«, sagte Huaracha. »Regle die Sache, wie immer du willst, und wenn du dich dem Würgegriff der Schlange Urco entwinden kannst, ohne ihren Giftzahn zu spüren, dann werde ich dich daran nicht hindern. Ich habe meinen Teil des Abkommens erfüllt, meiner Ehre ist Genüge getan. Nur sollst du nicht hierher zurückkehren, um den edlen Hurachi wiederzusehen, und der edle Hurachi soll dir nicht nach Cuzco folgen.«

»Darüber mögen die Götter entscheiden, mein Vater; bis dahin füge ich mich *deinem* Willen. Edler Hurachi, gehabe dich wohl. Wir werden uns wiedersehen – in dieser oder in jener Welt.«

Sie verneigte sich vor mir und verließ den Raum; und wir folgten ihr bald, ohne ein weiteres Wort zu wechseln.

* * *

Vor dem Palast befand sich ein großer, freier Platz, der auf drei Seiten von Häusern umgeben und nur nach Osten hin offen war. Hier war ein ganzes Regiment von prächtig gekleideten, mit kupferbewehrten Speeren bewaffneten Soldaten angetreten. Davor hatte man einen großen Pavillon aus bunten Tüchern aufgeschlagen, unter dem nun König Huaracha, in einem schlichten, weißen Baumwollgewand, jedoch mit einem goldenen Krönchen auf dem Kopf und einem langen Speer in der Hand, auf einem Thronsessel Platz nahm. Quilla setzte sich auf einen kleineren Thronsessel zu seiner Rechten, und zu seiner Linken stand ein weiterer Thron mit Goldbeschlägen, der bislang noch leer war. Zwischen dem Thron Huarachas und dem leeren Sessel befand sich ein mit Silber verkleideter Stuhl, den man mir zuwies. Er stand so, daß alle mich sehen konnten. Dahinter und an den Seiten hatten sich die Höflinge und die Heerführer postiert.

Wir saßen kaum, als auch schon aus einer Senke

jenseits des freien Platzes phantastisch aufgeputzte Herolde mit Speeren in den Händen erschienen und riefen, der Inka Upanqui, der Sohn der Sonne, der göttliche Beherrscher der Erde sei nahe.

»Er möge kommen!« sagte Huaracha knapp, und die Herolde zogen ab.

Wenig später ertönten aus der Senke barbarische Musik und lauter Gesang, und dann tauchte eine Prunksänfte auf, getragen von kostbar gekleideten Männern, ausnahmslos reinblütigen Prinzen, wie ich später erfuhr, und begleitet von hohen Beamten und von schönen Frauen mit edelsteinbesetzten Fächern. In der Sänfte saß der Inka Upanqui, und dahinter marschierte seine persönliche Leibgarde, vielleicht hundert Krieger, nicht mehr.

Vor dem Thron wurde die Sänfte abgesetzt, man zog die golddurchwirkten Vorhänge zurück, und heraus stieg ein Mann, der so glitzerte und funkelte, daß wir alle geblendet waren. Sein Umhang aus purpurroter Wolle war über und über mit Goldplättchen und Edelsteinen besetzt. Dazu trug er einen Kopfputz so bunt wie Josephs berühmter Rock, gekrönt mit zwei Federn, die nur diesem Träger vorbehalten waren, und mit scharlachroten, zu Quasten gedrehten, tief in die Stirn fallenden Wollfransen versehen. Das war die Krone des Inka, *Lautu* genannt, und wer sie berührte, war des Todes. Der Inka war schon sehr alt, die Locken und der Bart über den kostbaren Gewändern waren schlohweiß, und er stützte sich schwer auf seinen Königsstab, der anstelle eines Knaufs einen riesigen Smaragd hatte. Das feingeschnittene, hoheitsvolle Gesicht verriet die Schwäche des Alters, und die Augen blickten trübe. Beim Anblick des Inka erhoben sich alle, und Huaracha erhob sich von seinem Thron und sagte mit lauter Stimme:

»Willkommen im Land der Chanca, o Upanqui, Inka der Quichua.«

Der alte Herrscher musterte ihn kurz, dann erwiderte er mit piepsiger Stimme:

»Sei mir gegrüßt, o Huaracha, *Curaca* der Chanca.«

Huaracha verneigte sich und sagte:

»Ich danke dir, doch hier, inmitten meines eigenen Volkes, bin ich nicht *Curaca*, sondern König, o Inka.«

Da richtete sich Upanqui zu voller Höhe auf und erklärte:

»Der Inka kennt im Lande Tavantinsuyu keinen König außer sich selbst, o Huaracha.«

»Das mag sein, o Inka; doch die Chanca, ein bisher unbesiegtes Volk, kennen einen König, und der bin ich. Ich bitte dich, nimm Platz, o Inka.«

Upanqui blieb stehen und zog die Stirn in Falten. Ich dachte schon, er wolle Huaracha mit einer kurzen Antwort abfertigen, doch da fiel sein Blick auf mich, und das brachte ihn auf andere Gedanken.

»Ist das der Weiße-Gott-aus-dem-Meer?« fragte er mit fast kindlicher Neugier. »Ich hörte schon, daß er hier sei, und eigentlich bin ich gekommen, um ihn zu sehen, nicht, um mich mit dir herumzustreiten, o Huaracha. Es heißt nicht umsonst, ohne einen Speer in der Hand könne man mit dir nicht reden. Wie rot sein Bart leuchtet, und wie sein Mantel glänzt! Er mag kommen und mir huldigen.«

»Kommen wird er, aber huldigen wird er dir wohl kaum. Er soll nämlich selbst ein Gott sein, o Inka.«

»Tatsächlich? Nun, ich entsinne mich gewisser, dunkler Prophezeiungen über einen Weißen Gott, der wie die Vorfahren der Inkas dereinst dem Meer entsteigen und großes Unheil über das Land bringen soll. Er halte sich also besser von mir fern, denn dieses riesige Schwert ist mir nicht recht geheuer. Bei meinem Vater, der Sonne, er ist wahrhaftig groß und stark« (ich war inzwischen aufgestanden), »und sein Bart lodert wie Feuer; er wird alle Frauenherzen in Brand stecken, doch wenn er ein Gott ist, liegt ihm vielleicht gar nichts an den Frauen. Dazu muß ich erst meine Zauberer und den Oberpriester des Sonnentempels befragen. Der Weiße Gott mag sich bereit machen, mit mir nach Cuzco zu reisen.«

»Der edle Hurachi ist mein Gast, o Inka, und er bleibt hier bei mir«, sagte Huaracha.

»Unsinn, Unsinn! Wenn der Inka jemanden an seinen Hof einlädt, dann hat derjenige auch zu kommen. Doch lassen wir das zunächst. Ich bin aus anderen Gründen hier. Was war es doch noch? Ich muß mich setzen und darüber nachdenken.«

Man führte ihn zu seinem Thron, und er nahm darauf Platz und bemühte sich, seine Gedanken zu sammeln, doch das Alter hatte seinen Geist wohl schon zu sehr geschwächt. So wandte er sich endlich hilfesuchend an einen Minister in mittleren Jahren, einen Mann mit strengen Zügen und verschlagenem Blick. Wie ich später erfuhr, handelte es sich dabei um den Hohenpriester Larico, den persönlichen Ratgeber des Inka und seines Sohnes Urco und einen der mächtigsten Männer im ganzen Reich. Dieser Edelmann stand, das war nicht zu übersehen, im Range eines Ohrenmannes, das heißt, er trug in seinem Ohr, das wie bei Kari stark in die Länge gezogen war, eine goldene Scheibe von der Größe eines Apfels mit dem Bild der Sonne.

Auf ein Zeichen, ein leises Wort seines greisen Herrn, begann Larico nun in dessen Namen zu sprechen, ganz so, als sei er selbst der Inka.

»Höre, o Huaracha«, begann er. »Ich habe eine beschwerliche Reise hinter mir. Es ist die letzte, die ich als Inka unternehmen werde, denn hiermit tue ich dir kund und zu wissen, daß ich gedenke, die königlichen Fransen abzulegen und sie an den Prinzen Urco zu übergeben, meinen leiblichen Sohn, den ich einst mit dem Geist der Sonne gezeugt. Dann will ich mich in meinen Palast in Yucay zurückziehen, um geduldig und in Frieden zu warten, bis es meinem Vater, der Sonne, gefällt, mich an seine Brust zu drücken.«

Hier legte Larico eine Pause ein, um seinen Zuhörern Zeit zu geben, die Nachricht verdauen. Ich dachte bei mir, daß ich im Tod doch lieber einen anderen Busen vorzöge, der Busen der Sonne gemahnte mich allzu sehr an die Hölle. Doch da sprach Larico bereits weiter:

»Ich, der Inka, habe Gerüchte vernommen, wonach du, Huaracha, Häuptling der Chanca, zum Krieg gegen mein Reich rüstest. Ich schenkte diesen Gerüchten keinen Glauben, doch um ihnen auf den Grund zu gehen, entsandte ich schon vor längerem eine Abordnung zu dir, damit sie um dein einziges Kind anhalte. Es ist unser Wille, die edle Quilla dem Prinzen Urco zu vermählen. Er hat keine Schwester, die er zum Weibe nehmen könnte, doch da ihr, deiner Tochter, von mütterlicher Seite das heilige Inkablut in den Adern fließt, soll sie zur *Coya*, zur Königin des Prinzen werden und ihm den Erben gebären, der ihm dereinst auf den Thron folgen wird.«

»Die Abordnung war bei mir und hat meine Antwort erhalten, o Inka«, sagte Huaracha.

»So ist es; und die Antwort lautete, du seist bereit, die edle Quilla dem Prinzen Urco zur Gemahlin zu geben, doch da sie anderswo zu Gast weile, könne dies erst nach ihrer Rückkehr geschehen. Seither, o Huaracha, sind jedoch abermals Gerüchte zu mir gedrungen, wonach du weiterhin zum Kriege rüstest, eifrig nach Verbündeten suchst und meine Untertanen anstiftest, sich gegen mich zu erheben. Deshalb komme ich nun selbst, um die edle Quilla mit mir zu nehmen und sie dem Prinzen Urco zuzuführen.«

»Warum ist der Prinz Urco nicht in eigener Person gekommen, o Inka?«

»Ich will dir den Grund nennen, Huaracha, denn ich habe keine Geheimnisse vor dir: Wäre der Prinz selbst gekommen, so hättest du ihm, der Hoffnung des Reiches, womöglich eine Falle gestellt und ihn getötet.«

»Das könnte auch dir, seinem Vater, widerfahren, o Inka.«

»Gewiß, doch was nützte es dir, solange sich der Prinz in Cuzco in Sicherheit befindet und jederzeit die Fransen des Königstums anlegen kann? Ich bin alt, mein Werk ist vollendet, es kümmert mich wenig, wann und wo der Tod mich ereilt. Wer sollte es auch wagen, mit dem Mord an einem greisen Gast die Götter zu erzürnen? Und so komme ich im Vertrauen auf deine Ehre und auf den Schutz meines Vaters, der Sonne, nur mit einem kleinen Gefolge zu dir, der du inmitten deiner Heerscharen sitzt, und frage dich: Willst du meinem Sohn die Hand deiner Tochter geben und so ein Bündnis mit mir schließen, oder willst du Krieg führen gegen mein Reich und dabei zugrundegehen – mitsamt deinem Volke?«

Upanqui hatte schweigend zugehört, wie Larico in seinem Namen sprach, doch nun unterbrach er ihn mit den Worten:

»Ja, ja, so ist es richtig, er muß begreifen, daß der Inka noch über ihm steht, denn der Inka duldet im ganzen Land keinen Rivalen.«

»So vernimm denn meine Antwort«, sagte Huaracha. »Ich gebe meine Tochter hin, wie ich es versprochen, aber die Chanca sind ein freies Volk und dulden keinen Herrscher über sich.«

»Törichtes Geschwätz!« nörgelte Upanqui. »Nicht anders, als würde der Baum sagen, er wolle sich nicht beugen vor dem Wind. Doch darüber magst du dich mit Urco auseinandersetzen oder auch mit deiner Tochter, die übrigens nicht nur seine Königin sein wird, sondern, da du meines Wissens sonst keine legitimen Kinder hast, auch deine Erbin. Wozu streiten und Krieg führen, wenn uns dein Reich einfach durch Heirat zufällt? Nun will ich diese Quilla sehen, die meine Tochter werden soll.«

Huaracha hatte sich das Geplapper mit finsterer Miene angehört, nun wandte er sich an Quilla und gab ihr ein Zeichen. Sie stieg von ihrem Thron herab, trat auf den Inka zu, blieb, liebreizend wie ein Traumbild, vor ihm stehen und beugte das Knie. Er sah sie eine Weile an, und auch seine Begleiter machten große Augen. Dann sagte er:

»Du bist also die edle Quilla. Du bist schön, sehr schön sogar, und stolz dazu. Einer Frau wie dir müßte es doch gelingen, Urco auf den rechten Weg zu führen. Auch dein Name, der Name des Mondes, paßt gut zu dir, o Quilla, strahlt dir das Mondlicht doch förmlich aus den Augen. O ja, o ja, wäre ich nur zwanzig Jahre jünger, ich würde dich für mich behalten, und Urco müßte sich eine andere Königin suchen.«

Quilla hatte bisher geschwiegen, doch nun sagte sie:

»Dein Wille geschehe, o Inka. Ich bin dem Sohn der Sonne zum Weibe versprochen, doch welchem Sohn, das gilt mir gleich.«

»Wohl gesprochen, edle Quilla, deine Worte überraschen mich nicht. Zwar werde ich allmählich alt, doch hält man mich noch immer für einen stattlichen Mann und lobt meine feinen Züge, während Urco als grob und ungeschlacht gilt. Du brauchst nur meine Frauen zu fragen, wenn du nach Cuzco kommst; eine von ihnen hat mir erst neulich versichert, es gebe in der ganzen Stadt keinen schöneren Mann – eine Artigkeit, für die sie sich natürlich ein kostbares Geschenk verdient hat. Was meinst du, Larico? Warum unterbrichst du mich ständig? Aber vielleicht hast du recht, und wenn du bereit bist, edle Quilla, dann wollen wir aufbrechen. Nein, nein, Curaca, ich danke dir, aber ich verzichte auf ein Festmahl, ich möchte noch vor Einbruch der Nacht mein Lager erreichen. Wer weiß, was einem bei Nacht in einem fremden Land alles zustoßen mag?«

Nun packte Huaracha doch der Zorn.

»Dein Wille geschehe, o Inka«, sagte er, »doch wisse, daß du mich soeben dreifach beleidigt hast. Erstens, indem du es ablehnst, an dem Festmahl teilzunehmen, das wir für dich bereitet haben, und bei dem du alle Würdenträger meines Reiches kennenlernen solltest. Zweitens, indem du mich, einen König, mit dem Titel eines kleinen Häuptlings belegst, der deine Befehlsgewalt anerkennt. Und drittens, indem du meine Ehre in Zweifel ziehst und mir unterstellst, ich könnte dich im Dunkeln ermorden lassen. Ich habe gute Lust, dir zu sagen: ›Hebe dich hinweg aus meinem armen Lande, edler Inka, zieh hin in Frieden, aber meine Tochter laß hier.‹«

Nun sah ich, Hubert, bei diesen Worten einen Hoffnungsfunken in Quillas großen Augen aufblitzen und spürte den gleichen Funken auch in meinem Herzen. Bedeutete das etwa, daß sie Urco nun doch entränne? Doch leider erloschen die beiden Fünkchen so schnell wie eine Fackel, die man ins Wasser taucht.

»Still, still!« mahnte der Greis. »Was bist du nur für ein Feuerkopf, Freund Huaracha. So wisse denn, daß ich Speise und Trank nur bei Nacht zu mir nehme, und daß mir die kühle Abendluft in die Knochen fährt, wenn mein Vater, die Sonne untergegangen ist. Was nun die Titel angeht – nenne dich meinethalben, wie du willst, nur nicht Inka.«

»Vielleicht lege ich mir irgendwann auch diesen Titel zu«, fiel Huaracha ihm ins Wort. Er war außer sich und ließ sich auch durch die geflüsterten Vorhaltungen seiner Ratgeber nicht beschwichtigen.

Nun mischte sich der Minister und Hohepriester Larico ein, der den Streit bisher gleichmütig verfolgt hatte, und sagte in eisigem Ton.

»Zürne nicht, o König Huaracha, und miß den unbedachten Worten des göttlichen Inka nicht zuviel Gewicht bei. Auch Göttern fallen bisweilen die Augen zu, wenn die Last der Jahre und die Sorgen um das Reich allzu drückend werden. Niemand wollte dich kränken, niemand, schon gar nicht der Inka, will dir unterstellen, du könntest deine Ehre derart mit Füßen treten, daß du dich bei Tag oder bei Nacht an deinen Gästen vergriffest. Nur eines mußt du wissen: solltest du nach allen Eiden, die geleistet wurden, deine Tochter Quilla dem Hause Urcos, ihres künftigen Gemahls, vorenthalten wollen, so bedeutet das Krieg. Sobald die Nachricht Cuzco erreicht – und das dauert nur zwanzig Stunden, denn die Boten stehen überall an der Straße bereit –, setzen sich die gewaltigen Heerscharen, die der Inka dort zusammengezogen hat, in Marsch. Bedenke es wohl, ob du stark genug bist, ihnen zu trotzen. Die Entscheidung liegt bei dir: Du kannst glanzvoll und in allen Ehren weiterleben, du kannst aber auch dich selbst in den Tod und dein Volk in die Sklaverei stürzen. Und so, König Huaracha, frage ich dich im Namen Urcos, der in wenigen Monden Inka sein wird – läßt du die edle Quilla mit uns nach Cuzco ziehen und tust damit kund, daß Frieden herrscht zwischen unseren Völkern, oder behältst du sie hier, brichst deinen und ihren Schwur und erklärst damit den Krieg?«

Huaracha schwieg und schien tief in Gedanken versunken, während der alte Inka Upanqui gleich wieder zu schwatzen anfing.

»Wohl gesprochen, ich hätte es selbst nicht besser sagen können, und im Grunde habe auch ich es gesagt, denn dieser neunmalkluge Larico hält sich zwar für etwas Besonderes, nur weil ich ihn unter mir zum Hohenpriester der Sonne gemacht habe und weil er von meinem Blute ist, aber er ist doch nichts anderes als die Zunge in meinem Munde. Du willst doch gar nicht sterben, Huaracha, nicht wahr? Und du willst auch nicht zusehen, wie deine Untertanen scharenweise getötet werden und wie man dein Land verwüstet. Denn das hättest du zu erwarten. Wenn du deine Tochter nicht nach Cuzco schickst, wie du es versprochen hast, setzen sich binnen weniger Stunden hunderttausend Mann gegen dich in Marsch, und weitere hunderttausend machen sich bereit. Doch wie auch immer, ich bitte dich, triff eine Entscheidung, denn es drängt mich, diesen Ort zu verlassen.«

Huaracha dachte noch eine Weile nach. Dann stieg er von seinem Thron herab, winkte Quilla zu sich und trat mit ihr in den rückwärtigen Teil des Pavillons. Links hinter meinem Stuhl, wo niemand außer mir seine Worte hören konnte, blieb er stehen. Mich schien er gar nicht wahrzunehmen, entweder hatte er mich vergessen, oder er wollte, daß ich alles mitbekam.

»Tochter«, fragte er leise, »was willst du tun? Bevor du antwortest, bedenke eines: Falls ich mich weigere, dich fortzuschicken, breche ich zum ersten Mal im Leben meinen Schwur.«

»An solchen Schwüren liegt mir nicht viel«, antwortete Quilla. »Etwas anderes beschäftigt mich viel mehr. Sag mir, mein Vater, wenn uns der Inka nun den Krieg erklärt und angreift, können wir seinen Heerscharen trotzen?«

»Nein, Tochter, solange die Yunca nicht zu uns gestoßen sind, haben wir nicht genügend Männer. Auch sind wir noch nicht gerüstet, wir brauchen noch mindestens zwei weitere Monate.«

»Der Fall liegt demnach folgendermaßen, Vater: Gehe ich nicht, so bricht der Krieg aus; gehe ich aber, dann läßt er sich so lange aufschieben, bis du bereit bist. Vielleicht kommt es auch gar nicht dazu, denn ich bin das Unterpfand des Friedens, und alle Welt wird davon ausgehen, daß ich, deine Erbin, dein Reich als Morgengabe mitbringe, auf daß man es nach deinem Tod dem Inkareich eingliedere. Ist es nicht so?«

»Genauso ist es, Quilla. Nur sollst du darauf hinarbeiten, daß das Reich der Inka dem Reich der Chanca eingegliedert wird und nicht umgekehrt, auf daß du eines schönen Tages als Königin der Chanca über beide Reiche herrschen kannst, und deine Kinder nach dir.«

Ich, Hubert, hatte Quilla aus den Augenwinkeln beobachtet und sah nun, wie sie erbleichte und zu zittern begann.

»Sprich mir nicht von Kindern«, sagte sie, »denn an sie glaube ich nicht, und sprich nicht von künftigem Ruhm, denn daran liegt mir nichts. Allein unser Volk liegt mir am Herzen. Schwörst du mir, daß deine Heerscharen vernichtet werden, wenn ich bleibe, und daß alle, die dem Speer entgehen, in die Sklaverei wandern müssen?«

»Das schwöre ich bei deiner Mutter, dem Mond, und weiterhin schwöre ich, daß ich mit meinen Kriegern sterben werde.«

»Doch wenn ich gehe, lasse ich zurück, was ich liebe«, dabei warf sie einen Blick auf mich, »und liefere mich einer Schmach aus, die schlimmer ist als der Tod. Ist das dein Wunsch, mein Vater?«

»Es ist mein Wunsch nicht. Doch bedenke, Tochter, daß du nicht nur eingeweiht warst in diesen Plan, sondern ihn, weitsichtig wie du bist, gar selbst erdachtest. Ich will dich nicht zwingen, daran festzuhalten, denn ich sehe, daß sich dein Sinn gewandelt hat, und ich wünsche mir nichts sehnlicher, als dich glücklich und an meiner Seite zu wissen. Entscheide, wie du willst, ich nehme es hin. Doch was danach geschieht, komme über dein Haupt.«

»Was soll ich sagen, o mein Gebieter, den ich aus dem Meer gerettet habe?« zischte Quilla, ohne sich nach mir umzudrehen.

Damit stürzte sie mich in Höllenqualen, wußte ich doch, daß sie sagen würde, was immer ich ihr eingab, und daß somit von meiner Antwort womöglich das Schicksal des ganzen, großen Chanca-Volkes abhing. Ging sie nach Cuzco, dann wären die Chanca gerettet, blieb sie, dann würde sie vielleicht mein Weib, wenn auch nur für kurze Zeit. Mir lag nichts an den Chanca, und mir lag auch nichts an den Quichua, doch Quilla war alles, was mir auf der Welt geblieben war, und wenn ich sie gehen hieß, dann trieb ich sie einem anderen in die Arme. Und doch – und doch, wenn ich an ihrer Stelle wäre, wenn Englands Schicksal von meinem nächsten Wort abhinge, was dann?

»Mach schnell«, flüsterte sie wieder.

Und ich sprach oder etwas sprach aus mir:

»Tu, was dir die Ehre gebietet, o Tochter des Mondes, denn was nützt dir die Liebe, wenn du ehrlos bist? Vielleicht wird zuletzt doch noch beides dein.«

»Ich danke dir, mein Gebieter. Dein Herz spricht genau wie das meine«, flüsterte sie zum dritten Mal; dann hob sie den Kopf, sah Huaracha in die Augen und sagte:

»Vater, ich gehe; doch kann ich dir nicht versprechen, diesen Urco auch wirklich zu heiraten.«

KAPITEL VII

Kari kehrt zurück

Und so wurde Quilla kurz darauf in einer goldenen Sänfte und, wie es ihrem Rang entsprach, in Begleitung einer Schar von Dienerinnen, im Gefolge des Inka Upanqui davongetragen. Ich war verzweifelt. Vor dem Aufbruch hatte sie unter dem Vorwand, sich verabschieden zu wollen, noch die Genehmigung erwirkt, mit mir ein paar Worte unter vier Augen zu sprechen.

»Mein geliebter Gebieter«, sagte sie, »ich gehe einem ungewissen Schicksal entgegen und überlasse dich einem Schicksal, das nicht weniger ungewiß ist. Doch deine Lippen haben wahr gesprochen, es ziemt sich, daß ich gehe. Nun habe ich noch eine Bitte an dich – folge mir nicht, auch wenn dein Herz dich dazu treibt. Gewiß, noch gestern abend habe ich dich angefleht, mich niemals aus den Augen zu lassen, auf daß ich Kraft schöpfen könne aus deiner Nähe. Nun bin ich anderen Sinnes geworden. Wenn ich schon nicht umhin kann, diesen Urco zum Gemahl zu nehmen, so möchte ich doch nicht, daß du Zeuge meiner Schmach wirst. Und sollte es mir gelingen, mich dieser Ehe zu entziehen, so kannst du mir nicht helfen, denn dazu müßte ich mich in den Tod oder an einen Ort flüchten, an den du mir nicht folgen kannst. Und es gibt noch einen dritten Grund.«

»Und was für ein Grund wäre das, o Quilla?« fragte ich.

»Folgender: ich möchte, daß du bei meinem Vater bleibst und ihm zur Seite stehst, wenn, und das ist unvermeidlich, der Krieg ausbricht. Ich wünsche mir nichts mehr, als diesen Urco im Staub liegen zu sehen, aber ohne deine Hilfe sind die Chanca und die Yunca mit Sicherheit zu schwach, um die Macht des Inka zu brechen. Vergiß nicht, selbst wenn ich dieser Ehe entgehen sollte, führt der Weg zu mir über Urcos Niederlage und seinen Tod. Also versprich mir, hierzubleiben und mitzuhelfen, die Truppen der Chanca zu führen. Und zaudere nicht lange, denn der greise Upanqui drängt zum Aufbruch. Horch! schon rufen seine Boten nach mir; meine Frauen können sie nicht länger aufhalten.«

»Ich werde bleiben«, preßte ich hervor.

»Ich danke dir, und nun leb wohl, bis wir uns wiedersehen, in dieser oder einer anderen Welt. So vieles geht mir noch durch den Kopf, aber ich habe keine Zeit mehr, darüber zu sprechen.«

»Mir ergeht es nicht anders, Quilla, nur eines noch. Du kennst den Mann, der mit mir auf der Insel war. Nun, er ist mehr, als er scheint.«

»Das dachte ich mir bereits. Doch wo ist er jetzt?«

»Er hält sich versteckt, Quilla. Solltest du ihm durch Zufall begegnen, so wisse, daß er Urcos Feind ist, und daß er viele Freunde hat; auch liebt er mich auf seine Weise. Habe deshalb Vertrauen zu ihm, ich bitte dich. Urco ist nicht der einzige, in dessen Adern Inkablut fließt, o Quilla.«

Sie warf mir einen raschen Blick zu und nickte. Dann zog sie ohne ein weiteres Wort – denn schon näherten sich die Höflinge – einen Ring von ihrem Finger, einen alten Ring aus schwerem Gold mit einem Muster aus Blüten oder Sonnenbildern, und reichte ihn mir.

»Trag diesen Ring um meinetwillen«, bat sie. »Er ist sehr alt und hat eine Geschichte, die von aufrichtiger Liebe handelt, doch dafür ist jetzt keine Zeit mehr.«

Ich nahm das Kleinod und gab ihr dafür den alten Ring, den meine Mutter zusammen mit dem Schwert Wogenlohe geerbt und mir vermacht hatte. Dazu sagte ich:

»Auch dieser Ring ist alt und hat eine Geschichte; trag ihn zum Andenken an mich.«

Dann schieden wir, und wenig später war sie fort.

Ich sah der Sänfte nach, bis sie im Abendnebel verschwand. Als ich mich zum Gehen wandte, stand plötzlich Huaracha vor mir.

»Herr-aus-dem-Meer«, sagte er, »du hast dich heute verhalten wie ein rechtschaffener Mann – oder wie ein Gott. Hättest du meine Tochter gedrängt, bei dir zu bleiben, die Liebe hätte sie dazu bewogen, und um das Volk der Chanca wäre es geschehen. Denn dem alten Inka oder seinem Sprachrohr war es ernst, sie hätten einen Eidbruch als Kriegserklärung gewertet. Nun haben wir eine Atempause gewonnen, und damit steht der Ausgang wieder offen.«

»Gewiß«, erwiderte ich, »doch was wird aus Quilla und aus mir?«

»Ich weiß nicht, woran du glaubst, und was du unter Ehre verstehst, Weißer Gebieter; doch bei uns – auch wenn das für dich nicht von Bedeutung sein mag – ist man der Überzeugung, daß der Einzelne, ob Mann oder Frau, besonders, wenn er von hohem Range ist, bisweilen Opfer bringen muß für das Wohl der Vielen, die auf seine Führung und seinen Schutz bauen. Meine Tochter und du, ihr habt ein solches Opfer gebracht und euch damit meinen Respekt erworben.«

»Doch was wird mit diesem Opfer erreicht?« fragte ich verbittert. »Nicht mehr, als daß ein Volk die Möglichkeit bekommt, ein anderes zu unterjochen.«

»Du irrst dich, Gebieter. Wenn ich gegen die Quichua Krieg führe, so geht es mir nicht darum, einen Sieg zu erringen oder neues Land unter meine Herrschaft zu bringen. Vielmehr muß ich einem Schlag zuvorkommen, der mich unweigerlich treffen wird, auch wenn Quillas Heirat mir vielleicht einen kleinen Aufschub verschafft. Der Inka herrscht über ein Gebiet von unermeßlicher Größe, und wir Chanca stehen ganz alleine mittendrin. An uns bricht sich die Flut der Eroberungen, unter den vielen versklavten Völkern haben wir uns bislang als einzige die Freiheit bewahrt. Deshalb trachten die Inkas wie ihre Vorläufer, die einstigen Herrscher von Cuzco, schon seit einer Ewigkeit danach, uns zu vernichten. Vor allem Urco hat sich dieses Ziel auf seine Fahnen geschrieben.«

»Urco könnte sterben oder entmachtet werden, Huaracha.«

»Dann legt ein anderer die Fransen der Herrschaft an und verpflichtet sich, die gleiche Politik wie alle seine Amtsvorgänger zu verfolgen. Deshalb heißt es für mich kämpfen oder mit meinem Volke untergehen. Höre, Herr-aus-dem-Meer! Bleib bei mir, du sollst sein wie mein Bruder, und ich werde dich zum Feldherrn über meine Truppen machen. Da man dich für einen unbesiegbaren Gott hält, werden sie dir überallhin folgen. Wenn wir dann den Sieg errungen haben, will ich dich zur Belohnung an Sohnesstatt annehmen und dir die Chanca-Krone vererben, das schwöre ich dir. Und wenn die Frau, die du liebst, noch zu retten ist, dann sollst du sie zum Weibe haben. Bedenke es wohl, bevor du mein Angebot ausschlägst. Ich weiß nicht, woher du kommst, ich weiß nur, daß du nicht mehr dahin zurück kannst oder allenfalls als Geist. Du mußt hierbleiben bis zu deinem Tod. Also mach das Beste aus deinem Schicksal. Gewiß, du könntest zu den Quichua fliehen, dort wärst du eine große Sensation, du bekämst Gold, Paläste und Ländereien, soviel du nur wolltest, aber du wärst ein Sklave für allezeit. Ich dagegen biete dir eine Krone, die Herrschaft über ein mächtiges und freies Volk.«

»An Kronen liegt mir nichts« seufzte ich. »Doch war genau dies Quillas Bitte, die letzte vielleicht, die sie jemals an mich richten wird. Deine Sache erscheint mir edel, deshalb nehme ich dein Angebot an und werde dir treu dienen bis zum Ende, o Huaracha.«

Ich reichte ihm die Hand, und damit war das Bündnis besiegelt.

* * *

Schon am nächsten Tag machte ich mich an die Arbeit. Huaracha stellte mich seinen Heerführern vor und gebot ihnen, mir in allem zu gehorchen, und da sie mich für einen Halbgott hielten, waren sie dazu auch gern bereit.

Nun verstand ich, der Seemann, vom Soldatenhandwerk nicht allzu viel; doch hatte ich die Erfahrung gemacht, daß ein gebürtiger Engländer imstande ist, sich auch im fremdesten Land einen Weg zu bahnen, der ihn zum Ziel führt.

Außerdem hatte ich in London viel vom Kriegswesen und von Heeresorganisation reden hören und den Truppen oft genug beim Exerzieren zugesehen; auch wußte ich mit Bogen und Schwert umzugehen und verstand etwas von Menschenführung. Nun nahm ich alle diese Erinnerungen zusammen und stellte mich der Aufgabe, aus einer Horde von bewaffneten Halbwilden eine disziplinierte Streitmacht aufzubauen. Ich schuf Regimenter, in denen ich möglichst Bewohner einer bestimmten Stadt oder Region zusammenfaßte, und unterstellte sie den besten Offizieren, die ich finden konnte. Dann sorgte ich dafür, daß diese Verbände hart gedrillt wurden und lernten, die Waffen, die sie zur Verfügung hatten, so wirkungsvoll wie möglich einzusetzen.

Auch ließ ich leistungsfähigere Bogen nach dem Muster meines eigenen anfertigen, mit dem ich im fernen Hastings die drei Franzosen erschossen hatte. Mit dieser Waffe und dem Schwert Wogenlohe war angeblich schon mein Vorfahr Thorgrimmer, der Normanne, in die Schlacht gezogen, und als die Chanca sahen, wie weit und treffsicher ich mit dem Bogen zu schießen vermochte, da übten sie Tag und Nacht, um es mir gleichzutun – ohne daß ihnen dies jemals gelungen wäre. Als nächstes verbesserte ich die hierzulande üblichen, wattierten Harnische, indem ich (in Ermangelung von Eisen, das es nicht gab) Lederbahnen aus den

Häuten wilder Tiere und der einheimischen Langhaarschafe zwischen die Baumwollschichten legen ließ. Die Reihe der Neuerungen war damit noch längst nicht am Ende, doch würde es zu lange dauern, sie alle aufzuzählen.

Das Ergebnis dieser Maßnahmen war, daß Huracha binnen dreier Monate etwa fünfzigtausend Mann zur Verfügung standen, die vielleicht nicht voll ausgebildet waren, aber Disziplin hielten und regimentweise marschieren konnten; des weiteren sie mit ihren Bogen umzugehen wußten und von den kupferbewehrten Speeren sowie den Äxten, deren Schneiden aus dem gleichen Metall oder aus hartem Stein bestanden, bestmöglichen Gebrauch machen konnten.

Nun endlich stießen auch die Yunca zu uns, dreißigbis vierzigtausend an der Zahl, wilde, tapfere Krieger, aber ohne jede Disziplin. Bei ihnen konnte ich in der kurzen Zeit, die mir noch blieb, nicht mehr viel ausrichten, und so schickte ich ihnen nur einige von mir ausgebildete Offiziere, damit die den Häuptlingen und Anführern beibrächten, was sie gelernt hatten.

So war ich von morgens bis abends und oft bis in die Nacht hinein beschäftigt. Ich führte Besprechungen mit Huaracha und seinen Heerführern, zeichnete mit einer Tinte, die ich selbst fabriziert hatte, auf Schafspergament Pläne oder notierte mir Zahlen und andere Dinge – für diese Menschen, die keine Schrift kannten, immer wieder ein Anlaß zum Staunen. Die Arbeit beanspruchte mich sehr, doch schenkte sie mir eine Befriedigung, wie ich sie seit jenem Unglückstag nicht mehr erlebt hatte, an dem der reiche Londoner Kaufmann Hubert von Hastings mit Blanche Aleys vor den Altar von St. Margaret getreten war. Ja, über all den abgeschlossenen und unvollendeten Projekten, die jede Minute meiner Zeit und jeden Winkel meines Gehirns füllten, vergaß ich meine Einsamkeit als Fremder in einem fremden Land und wurde wieder zu dem

Mann, der einst im Londoner Cheap seinen Geschäften nachgegangen war.

Doch so viel ich auch rackerte und schuftete, Quilla konnte ich nicht vergessen. Bei Tag wurde die Erinnerung von all den dringenden Geschäften in den Hintergrund gedrängt, doch sobald ich mich zur Ruhe legte, tauchte meine ferne Geliebte auf wie ein Gespenst, trat an mein Bett und sah mich mit sehnsuchtsvollen Augen traurig an. So wirklich erschien sie mir, daß ich bisweilen glaubte, sie habe diese Welt verlassen und sei in der Tat zum Geist geworden, oder es sei ihr gelungen, ihre Seele auf Reisen zu schicken – einige der Bewohner dieses Landes sind dazu angeblich imstande. Jedenfalls war sie bei mir, während ich noch wachte, und auch später, wenn ich eingeschlafen war, und ob mir diese sonderbaren Besuche mehr Freude oder mehr Schmerz bereiteten, vermag ich nicht zu sagen. Denn leider konnte sie nicht mit mir sprechen und mir auch nicht berichten, wie es ihr erging, und da ich annehmen mußte, sie sei inzwischen eines anderen Weib, hätte ich sie, um ehrlich zu sein, lieber vergessen.

Nachricht hatten wir von Quilla nämlich nicht. Wir hatten noch erfahren, daß sie wohlbehalten in Cuzco eingetroffen sei, doch danach hörten wir nichts mehr. Auch von einer Hochzeit wurde nichts gemeldet, es war, als habe sich meine Geliebte in Luft aufgelöst. Huarachas Spitzel berichteten jedoch, das große Heer, das Urco für den Angriff gegen ihn zusammengezogen hatte, sei teilweise wieder aufgelöst worden, und das bewies uns, daß sich der Inka nicht mehr unmittelbar für einen Krieg rüstete. Doch was war dann aus Quilla geworden, dem Unterpfand des Friedens? Vielleicht hielt man sie versteckt, solange die Hochzeitsvorbereitungen im Gange waren; ich konnte mir jedenfalls nichts anderes vorstellen, es sei denn, sie hätte doch Hand an sich gelegt oder wäre eines natürlichen Todes gestorben.

Wenig später versiegte der Nachrichtenstrom ganz und gar, denn Huaracha machte, in der Hoffnung, seine eigenen Rüstungsanstrengungen auf diese Weise vor Urco geheimhalten zu können, seine Grenzen dicht.

* * *

Und dann, unsere Streitmacht war fast zum Abmarsch bereit, kam Kari – Kari, den ich bereits verloren gegeben hatte.

Eines Nachts, ich hatte eine Lampe angezündet und schrieb Zahlen auf ein Pergament, fiel ein Schatten auf meine Schrift, und als ich aufschaute, stand Kari vor mir. Er sah erschöpft und schmutzig aus wie nach einer langen Reise, aber wenn ich nicht träumte, dann war er es und niemand sonst.

Ich starrte ihn an. »Hast du Speise und Trank für mich, mein Gebieter?« fragte er. »Ich sterbe vor Hunger und möchte erst essen, bevor ich erzähle.«

Es war spät, und meine Diener schliefen bereits. So holte ich selbst ein paar Stücke Fleisch und etwas von dem Bier, das die Eingeborenen brauten, und brachte es ihm. Dann wartete ich schweigend, bis er gesättigt war, denn inzwischen hatte ich etwas von der Geduld seines Volkes angenommen. Endlich begann er zu sprechen:

»Huarachas Wache ist gut. Um an den Posten vorbeizukommen, mußte ich hoch in die Berge hinauf. Ich habe drei Nächte ohne Nahrung im Schnee verbracht.«

»Wo kommst du her?« fragte ich.

»Aus Cuzco, mein Gebieter.«

»Wie geht es der edlen Quilla? Ist sie noch am Leben? Ist sie mit Urco vermählt?«

»Sie lebt, jedenfalls lebte sie vor vierzehn Tagen noch, und sie ist nicht vermählt. Aber sie befindet sich an einem Ort, an den kein Mann ihr folgen kann. Du wirst die edle Quilla niemals wiedersehen, mein Gebieter.«

»Warum nicht, wenn sie am Leben und noch unvermählt ist?« fragte ich zitternd.

»Weil sie eine der Jungfrauen unseres Vaters, der Sonne geworden ist und deshalb von keinem Mann berührt werden darf. Wäre ich der Inka, und du versuchtest, sie zu entführen, ich tötete dich mit meinem eigenen Schwert, ja, selbst dich, obwohl ich alles weiß, und obwohl ich dich liebe. Es gibt in unserem Lande nur ein Verbrechen, mein Gebieter, das niemals gesühnt werden kann, und dieses Verbrechen begeht, wer sich an einer Jungfrau der Sonne vergreift. Wer dies wagt, mein Gebieter, der bringt nach unserem Glauben einen Fluch über das Land und muß, bevor er der ewigen Rache des Gottes anheimfällt, mitsamt seinem Haus und seiner Heimatstadt vernichtet werden. Und die falsche Jungfrau, die unseren Vater verriet, wird langsam über dem Feuer gebraten.«

»Ist es dazu denn jemals gekommen?« fragte ich.

»Es findet sich kein Beispiel in der Geschichte, mein Gebieter, weil bislang niemand so ruchlos war, doch so lautet das Gesetz.«

Für mich war ein solches Gesetz böse und grausam, und insgeheim nahm ich mir vor, es zu brechen, sobald ich Gelegenheit dazu fände, aber Kari gegenüber äußerte ich davon nichts, denn ich wußte, wann ich den Mund zu halten hatte. Kari diese verblendeten Vorstellungen seines Irrglaubens ausreden zu wollen, war ebenso aussichtslos, als wollte ich versuchen, einen Berg aus der Erde zu reißen. Doch was hatte ich ihm vorzuwerfen? Auch wir hielten ja unsere Nonnen für heilig und töteten sie angeblich sogar, wenn sie ihr Gelübde brachen.

»Was hast du zu berichten, Kari?« fragte ich.

»Vieles, mein Gebieter. Höre. Ich hatte mich als Bauer verkleidet und gab vor, in dieses Land gekommen zu sein, um in einem Dorf nahe Cuzco Wolle einzukaufen. So konnte ich mich dem Gefolge des Inka

Upanqui anschließen. Unter seinen Höflingen fand ich einen Mann, der mir in früheren Jahren ein guter Freund gewesen war. Als Jungen waren wir gemeinsam in den Orden der Ritter aufgenommen worden, und damit war er verpflichtet, mein Geheimnis zu wahren. Als ein Sänftenträger der edlen Quilla erkrankte, verschaffte er mir dessen Posten. Auf diese Weise war ich stets in ihrer Nähe und konnte bisweilen auch heimlich mit ihr sprechen. Sie hatte mich trotz meiner Verkleidung und meiner Tracht gleich wiedererkannt. Ich war auch einer von denen, die sie beim Essen bedienten, und so entging mir nichts.

Bereits am zweiten Tag machte es sich mein Vater, der Inka Upanqui, dessen Erbe ich von Rechts wegen immer noch bin, auch wenn er mich zugunsten Urcos verstieß und seither für tot hält, zur Gewohnheit, seine Mahlzeiten im selben Zelt oder Speiseraum einzunehmen wie die edle Quilla. Sie ist sehr klug, mein Gebieter, und ließ nichts unversucht, um ihn mit ihrem Liebreiz zu betören, und bald schon war er nach Art alter Männer ganz vernarrt in die schöne, junge Frau. Auch sie tat so, als habe sie ihn liebgewonnen, und erklärte ihm endlich, wie sehr sie es bedauere, nicht ihn heiraten zu können, den sie seiner Weisheit wegen verehre, anstelle eines Prinzen, der dem Vernehmen nach keineswegs weise sei. Sie wußte natürlich, daß der Inka schon seit Jahren alleine lebte und nie wieder heiraten würde. Dennoch fühlte er sich geschmeichelt und meinte, es sei fürwahr nicht leicht für sie, die Frau eines Mannes werden zu müssen, an dem ihr nichts liege. Daraufhin flehte sie ihn so lange und unter Tränen an, sie vor diesem Schicksal zu bewahren, bis er sich erweichen ließ und ihr vorschlug, sie unter die Jungfrauen der Sonne aufzunehmen, die kein Mann auch nur ansehen dürfe. Sie dankte ihm und versprach, sich das Angebot zu überlegen. Aus Gründen, die du sicher erraten kannst, mein Gebieter, hatte sie wohl kein Verlangen danach, eine Sonnenjungfrau zu werden, um den Rest ihres Lebens im Gebet zu verbringen und an Gewändern für den Inka zu weben.

So ging es weiter, bis einen Tagesmarsch vor Cuzco mein Bruder Urco kam, um seine Braut abzuholen. Nun ist Urco riesengroß und so häßlich, daß niemand Inkablut in seinen Adern vermuten würde. Ein grober Klotz, zügellos, ein Trinker, allerdings auch ein gefährlicher Kämpfer, ein tapferer Soldat und, wenn er nüchtern ist, von wachem Verstand. Ich war zugegen, als die beiden sich zum ersten Mal sahen, und konnte beobachten, wie die edle Quilla bei seinem Anblick totenbleich wurde und erschauerte, während er sie mit seinen Blicken geradezu verschlang. Sie sprachen nur ein paar Worte, doch bevor sie wieder auseinandergingen, erklärte er ihr, es sei sein Wille, die Hochzeit einen Tag nach ihrer Ankunft in Cuzco abzuhalten. Und als der Inka Upanqui, um Zeit zu gewinnen, listig einwandte, für einen so wichtigen Anlaß seien doch wohl umfangreiche Vorbereitungen vonnöten, wollte er nicht auf ihn hören.

Vielmehr zürnte er seinem Vater, der ihn nicht weniger fürchtet, als er ihn liebt, und sagte, er werde immerhin bald Inka sein und deshalb in dieser Angelegenheit allein entscheiden. Seine Wut wurde immer größer, und endlich bekam Upanqui es mit der Angst zu tun und ging weg. Urco blieb mit Quilla allein zurück und wollte sie umarmen, doch sie flüchtete und verbarg sich mit ihren Dienerinnen an einem geheimen Ort. Beim anschließenden Festmahl betrank sich Urco wie gewohnt und wurde von seinen Höflingen zu Bett gebracht. Nun suchte Quilla den Inka auf und sagte:

›O Inka, ich habe den Prinzen gesehen und nehme dich nun beim Wort. Du hast versprochen, mich vor ihm zu retten. O Inka, ich habe jeden Gedanken an eine Heirat aufgegeben, mach mich zur Braut unseres Vaters der Sonne.‹

Upanqui war über Urcos Verhalten höchst aufgebracht und schwor Quilla im Namen der Sonne selbst, sie nicht im Stich zu lassen, komme, was da wolle. Urco werde schon sehen, daß er noch nicht Inka sei.«

»Und was geschah dann?« fragte ich ungeduldig.

»Vor dem feierlichen Einzug in Cuzco, mein Gebieter, machten wir noch einmal halt, und dabei fand die edle Quilla Gelegenheit, ein paar Worte mit mir zu wechseln. Sie sagte folgendes:

›Melde meinem Vater, dem König Huaracha, ich hätte getan, was er geschworen, aber ich könne Urco nicht heiraten. Deshalb suchte ich nun, dem Spruch des Orakels von Rimac folgend, Zuflucht in den Armen der Sonne, denn mir bleibe nur noch die Wahl zwischen diesem Los und dem Tod. Meinem Herrn-aus-dem-Meer aber berichte, was mir widerfahren ist, und sag ihm in meinem Namen Lebewohl. Doch sag ihm auch, er möge guten Mutes sein, denn ich glaubte nicht, daß damit zwischen uns schon alles zu Ende sei.‹

Dann mußten wir uns trennen, und ich sah sie nicht wieder.«

»Und mehr hast du nicht gehört, Kari?«

»Gehört habe ich vieles, mein Gebieter. Ich habe zum Beispiel gehört, Urco habe sich aufgeführt wie ein Rasender, als er erfuhr, die edle Quilla habe sich ins Haus der Jungfrauen geflüchtet, das er nicht betreten dürfe, und somit sei ihm die heißbegehrte Braut für immer verloren. Und ich habe es auch mit eigenen Augen gesehen. Zwei Tage später stand ich mit vielen Tausenden auf dem großen Platz vor dem Tempel der Sonne. Der Inka Upanqui saß in all seiner Pracht auf seinem goldenen Thron, um sich von seinen Untertanen für seine Rückkehr von der langen, beschwerlichen Reise feiern zu lassen. Auch hieß es, er wolle die Gelegenheit nützen, um zu Urcos Gunsten die Inkawürde niederzulegen, und um dem Volk mitzuteilen, daß die Gefahr eines Krieges mit den Chanca gebannt sei. Die Zeremonie hatte kaum begonnen, als Urco erschien, gefolgt von einer Reihe von Adeligen und Prinzen des Inkageschlechts, lauter Angehörigen seiner Sippe. Er war betrunken, und seine Wut war nicht zu übersehen. Er trat bis dicht vor den Thron und rief nach einer denkbar knappen Verbeugung:

›Wo ist die edle Quilla, die Tochter des Huaracha, die man mir zur Gemahlin versprochen hat, Inka? Warum versteckst du sie vor mir, Inka?‹

›Unser Vater, die Sonne, verlangt sie zur Braut und hat sie in sein heiliges Haus geholt. Nun darf kein Männerauge sie jemals mehr ansehen, Prinz!‹ antwortete Upanqui.

›Das heißt doch wohl, du hast sie mir geraubt, um sie für dich zu behalten, Inka?‹ schrie Urco zurück.

Da stand Upanqui auf und schwor bei der Sonne, dem sei nicht so, er habe nur dem Befehl des Gottes und den Bitten der edlen Quilla Folge geleistet. Sie habe nach ihrer ersten Begegnung mit Urco erklärt, wenn man sie nicht dem Gott vermähle, würde sie von eigener Hand sterben, und das hätte die Rache der Sonne auf das Volk herabbeschworen.

Nun geriet Urco außer sich und gebärdete sich wie ein Rasender. Alle Anwesenden erschauerten, als er unserem Vater der Sonne fluchte. Selbst als eine Wolke am Himmel erschien und das Antlitz des Gottes verhüllte, achtete er des Omens nicht, sondern setzte seine frevelhaften Reden fort. Bald werde er der Inka sein, sagte er, und dann werde er notfalls das Haus der Jungfrauen Stein für Stein niederreißen, um die edle Quilla aus seinen Mauern zu holen und zu seiner Frau zu machen.

Bei diesen Worten erhob sich Upanqui und zerriß seine Kleider.

›Mußt du meine Ohren mit Gotteslästerungen beleidigen?‹ rief er. ›Wisse, Sohn Urco, daß ich vorhatte, den Königlichen Kopfputz heute abzunehmen, um ihn dir aufs Haupt zu setzen und dich an meiner Stelle zum Inka zu krönen. Ich selbst wollte mich nach Yucay zurückziehen, um dort meine letzten Tage in Frieden und im Gebet zu verbringen. Nun bin ich anderen Sinnes geworden. Noch ist mein Leben nicht zu Ende, ich fühle, wie meinem Körper und meinem Geist neue Kräfte zuströmen. Ich bleibe Inka. Ich sehe ein, daß ich für meine Sünde büßen muß.‹

›Für welche Sünde denn?‹ schrie Urco.

›Es war Sünde, dich über meinen ältesten, legitimen Sohn Kari zu setzen, dem du die Frau gestohlen hast; über Kari, von dem es auch heißt, du hättest ihn vergiftet, der jedenfalls verschwunden und ohne Zweifel tot ist.‹

Als ich, Kari, dies hörte, Herr, da schmolz mir das Herz in der Brust, und ich hatte nicht übel Lust, mich meinem Vater Upanqui zu erkennen zu geben. Doch während ich noch überlegte, wohl wissend, daß meine ersten Worte, falls ich mich dazu entschlösse, zugleich meine letzten sein könnten – Urco hatte viele Höflinge bei sich, die sich womöglich auf mich stürzen und mich töten würden –, da verlor mein Vater Upanqui plötzlich die Besinnung und kippte vornüber. Seine Höflinge und Leibärzte trugen ihn weg. Urco folgte ihm, und alsbald verlief sich auch die Menge. Hinterher erfuhren wir, der Inka sei wieder zu sich gekommen, bedürfe aber noch viele Tage lang völliger Ruhe.«

»Hast du noch mehr über Quilla erfahren, Kari?«

»Ja, mein Gebieter«, antwortete er ernst. »Man erzählte sich allenthalben, Urco habe eine Priesterin dafür bezahlt, sie zu vergiften. Und er habe erklärt, wenn sie sich schon die Sonne zum Gemahl erwählt habe, solle sie auch zur Sonne eingehen.«

»Vergiftet!« murmelte ich. Der Schreck warf mich fast um. »Vergiftet!«

»Ja, mein Gebieter, aber du kannst dich trösten, denn

das war noch nicht alles. Es hieß weiterhin, die Frau, die der edlen Quilla das Gift verabreichen sollte, sei von der sogenannten Mutter der Jungfrauen auf frischer Tat ertappt worden. Man habe sie den Priesterinnen übergeben, und die hätten sie in die Schlangengrube geworfen, wo sie jämmerlich zugrunde ging. Zuvor habe sie noch geschrien, daß Urco sie zu dem Verbrechen gezwungen habe.«

»Das ist kein Trost für mich, Mann. Was ist mit Quilla? Ist sie tot?«

»Nach allem, was man hört, nein, mein Gebieter. Angeblich hat die Mutter der Jungfrauen den Becher weggestoßen, bevor er ihre Lippen berührte. Aber es heißt auch, ein Teil des Giftes sei ihr dabei in die Augen gespritzt und habe sie geblendet.«

Ich stöhnte auf. Zu schrecklich war die Vorstellung, Quilla könnte ihr Augenlicht verloren haben.

»Tröste dich abermals, Herr, denn es könnte sein, daß diese Blindheit wieder vergeht. Auch hörte ich, sie könne zwar nicht sehen, aber ihre Schönheit sei nicht beeinträchtigt; durch das Gift seien ihre Augen womöglich noch größer und anziehender geworden als zuvor.«

Ich schwieg, denn ich befürchtete insgeheim, Kari wolle mich täuschen oder sei selbst einer Täuschung erlegen und Quilla sei doch nicht mehr am Leben. Nach einer Weile nahm er den Faden seiner Erzählung ruhig und gelassen wieder auf.

»Anschließend, mein Gebieter«, sagte er, »suchte ich einige Freunde aus meinen Jugendjahren auf, die zu Lebzeiten meiner Mutter auch deren Freunde gewesen waren, und gab mich ihnen zu erkennen. Gemeinsam schmiedeten wir Pläne, doch bevor wir ans Werk gehen konnten, war es unerläßlich, daß ich meinen Vater Upanqui einen Besuch machte. Während ich noch wartete, daß er sich von seinem Schlag erhole, verriet mich ein Spitzel an Urco, der suchte nach mir, um mich zu töten, und hätte mich um ein Haar auch gefunden. Ich mußte fliehen, doch vorher haben sich noch viele, die Urcos Joch abwerfen wollen, meiner Sache verschworen, und wir trafen eine Übereinkunft. Wenn ich mit einem Heer im Rücken wiederkehrte, wollten sie und ihre Anhänger – Tausende an der Zahl – sich offen zu mir bekennen und zu uns stoßen. Dann sollte ich mit ihrer Hilfe mein Erbe zurückerobern, um nach meinem Vater Upanqui Inka zu werden. Und nun bin ich hier, um mit dir und mit Huaracha zu sprechen.

Das war meine Geschichte.«

KAPITEL VIII

Die Schlacht auf dem Blutfeld

Als Huaracha, der König der Chanca, am nächsten Morgen erfuhr, daß Urco seiner Tochter Quilla Gift gegeben habe und sie, falls sie noch lebe, vermutlich erblindet sei, da geriet er völlig außer sich.

»Nun mag der Krieg kommen; ich will nicht rasten, noch ruhen«, schrie er, »bis dieser Hund Urco tot ist. Dann lasse ich seine Haut mit Stroh ausstopfen und hänge ihn auf als Opfer an seinen Gott, die Sonne.«

»Hast nicht du selbst, König Huaracha, die edle Quilla zu diesem Urco geschickt, weil du dir einen Vorteil davon versprachst?« fragte Kari in seiner ruhigen Art.

»Wie kommst du dazu, mir Vorwürfe zu machen?« fuhr Huaracha auf ihn los. »Ich kenne dich nur als den Diener oder Sklaven des Weißen Gottes aus dem Meer, auch wenn ich nicht leugnen will, daß ich auch andere Dinge über dich gehört habe.«

»Ich bin kein Geringerer als Kari, der erstgeborene, legitime Sohn Upanquis und damit der rechtmäßige Erbe des Inkathrons, o Huaracha. Mein Bruder Urco raubte mir mein Weib, nachdem er mir mit Hilfe meines törichten Vaters, der völlig unter dem Einfluß von Urcos Mutter stand, bereits mein Erbe geraubt hatte. Um ganz sicherzugehen, suchte er mich anschließend zu vergiften, genau wie jetzt deine Tochter. Das Gift, das er verwendete, sollte mich nicht töten, es sollte nur meinen Geist verwirren, so daß ich nicht mehr fähig wäre zu herrschen – vor einem Mord schreckte er zurück, um nicht den Fluch der Sonne auf sich herabzubeschwören. Ich genas jedoch und wurde in ein fernes Land verschlagen. Nun bin ich zurückgekehrt, um mir das Meine wiederzuholen, soweit das möglich ist. Das alles kann ich dir auch beweisen.«

Huaracha hatte es die Sprache verschlagen, er sah ihn eine Weile stumm an, dann sagte er:

»Und wenn du es bewiesen hast, was willst du dann von mir, o Kari?«

»Die Hilfe deiner Heerscharen, um Urco zu stürzen, denn er ist der Oberste Feldherr des Quichua-Heeres und deshalb ungeheuer stark.«

»Und was bekomme ich, wenn deine Geschichte stimmt und Urcos Sturz gelingt?«

»Die Unabhängigkeit für das Volk der Chanca, das sonst dem Untergang geweiht wäre, und, solange ich Inka bin, die Herrschaft über gewisse Gebiete, die du schon lange begehrst.«

»Und dazu meine Tochter, falls sie noch lebt?« fragte Huaracha und sah ihn fest an.

»Nein«, lehnte Kari entschieden ab. »Was die edle Quilla angeht, kann ich keinerlei Zusagen machen. Sie hat sich meinem Vater, der Sonne, geweiht, und deshalb muß ich dir das gleiche sagen wie dem edlen Hurachi, der ihr seine Liebe geschenkt hat. Sie ist die Braut der Sonne, und wenn ich duldete, daß irgendein Mann sie fürderhin auch nur ansähe, dann käme gewiß der Fluch der Sonne über mich und mein Volk. Wer es wagt, sie zu berühren, dem werde ich eigenhändig nach dem Leben trachten« – hier sah er mich eindringlich an –, »denn nur so kann ich dem Fluch entgehen. Nimm dir, was du willst, doch die edle Quilla laß in Frieden. Was die Sonne hat, das behält sie für immer.«

»Vielleicht hat dabei auch ihre Mutter, der Mond, ein Wörtchen mitzureden«, bemerkte Huaracha finster.

Nun setzte eine lebhafte Diskussion über die Bedingungen für ein Bündnis und über die Unterstützung ein, die Kari von seinen Anhängern in Cuzco erwarten konnte, falls es tatsächlich zum Kampf kommen sollte.

Am Ende führte mich Huaracha in einen anderen Raum, und wir erörterten die Sache unter uns.

»Wenn dieser Kari wirklich ist, wofür er sich ausgibt, dann ist er ein Eiferer«, sagte der König. »Geht es nach ihm, dann sehen wir beide Quilla niemals wieder, denn er wird keine Lästerung seines Gottes dulden. Wie also ist deine Meinung?«

Ich riet ihm, das Bündnis mit Kari zu schließen, da ich wüßte, daß er aufrichtig und seine Ansprüche berechtigt seien. Auch hätten wir ohne seine Hilfe wohl keine Aussicht, die Heerscharen des Inkavolkes zu besiegen. Alles übrige müßten wir dem Zufall überlassen, und was Quilla anginge, sollten wir keinerlei Versprechungen abgeben.

»Das würde uns auch wenig nützen«, sagte Huaracha. »Ich bin ganz sicher, daß sie tot ist, und so bleibt uns nur, sie zu rächen. An Gift herrscht in Cuczco kein Mangel, Weißer Gott!«

* * *

Acht Tage später marschierten wir mit einer gewaltigen Schar von mindestens vierzigtausend Chanca und fünfundzwanzigtausend aufständischen Yunca, die sich unserer Fahne angeschlossen hatten, gen Cuzco.

Wir marschierten auf der großen Straße über Berg und Tal. Eine unübersehbare Zahl von einheimischen Schafen wurde als Wegzehrung mitgetrieben. Wir begegneten keiner Menschenseele, denn sobald wir das Gebiet der Chanca hinter uns gelassen hatten, ergriff alles vor uns die Flucht. Eines Nachts lagerten wir auf einem Berg namens Carmenca und sahen unter uns in der Ferne in einem breiten Flußtal die große Stadt Cuzco liegen mit ihrer mächtigen, aus großen Steinblöcken erbauten Festung, ihren Tempeln und Palästen, ihren großen Plätzen und den zahllosen, von niedrigen Häusern gesäumten Straßen. Und ringsum erblickten wir ein gewaltiges Heerlager mit Tausenden von weißen Zelten.

»Urco erwartet uns«, sagte Kari mit grimmiger Miene.

Wir lagerten also auf dem Berg Carmenca, und in dieser Nacht kam eine Abordnung zu uns und erklärte, in Upanquis und Urcos Namen zu sprechen, so als regierten die beiden gemeinsam. Die Abgesandten, lauter hohe Adelige mit goldenen Sonnenscheiben in den Ohren, wollten wissen, wozu wir gekommen seien. Huaracha antwortete, wir hätten gehört, die edle Quilla sei von Urco vergiftet worden, und nun wollten wir diesen Mord rächen.

»Woher wollt ihr wissen, daß sie tot ist?« fragte der Sprecher der Gruppe.

»Wenn sie nicht tot ist«, entgegnete Huaracha, »dann wollen wir sie sehen.«

»Das darf nicht sein«, wehrte der Sprecher ab, »denn falls sie noch am Leben ist, befindet sie sich im Haus der Sonnenjungfrauen, einem Haus, das niemand betritt oder verläßt. Höre, o Huaracha. Kehre zurück, woher du gekommen bist, oder das riesige Heer des Inka fällt über dich her und vernichtet dich mit deiner Handvoll Soldaten.«

»Das bleibt abzuwarten«, gab Huaracha zurück.

In dieser Nacht kamen Männer, die Karis Sache vertraten, heimlich in unser Zelt geschlichen. Von Quilla hatten sie wohl nichts gehört, denn keiner erwähnte die Frauen, über die der Schleier der Sonne gefallen war. Dafür berichteten sie, der alte Inka Upanqui befinde sich noch immer in Cuzco und sei von seiner Krankheit halbwegs genesen. Sein Streit mit Urco habe an Erbitterung zugenommen, doch sei Urco der Überlegene, er habe noch immer den Oberbefehl über sämtliche Krieger, und sein gewaltiges Heer würde uns am nächsten Morgen angreifen. Allerdings stünden verschiedene Regimenter auf Karis Seite und sollten im

Verlauf der Schlacht zu uns überlaufen. Und schließlich meldeten sie noch, ganz Cuzco zittere vor der Schlacht um Tavantinsuyu, wie man sie bereits nenne, und niemand wage, ihren Ausgang vorherzusagen.

Zum Schluß sprachen sie noch ein Gebet, worin sie die Sonne anflehten, uns den Sieg zu schenken und sie vor Urcos Tyrannei zu retten. Der Prinz hatte nämlich von der Verschwörung Wind bekommen – das Gerücht, Kari sei noch am Leben, war inzwischen in aller Munde – und daraufhin über Spitzel die Namen von etlichen Beteiligten in Erfahrung gebracht. Nun verfolgte er diese Unglücklichen mit Mordanschlägen. Einige waren beim Essen vergiftet und andere des Nachts auf der Straße erdolcht worden; ihre Ehefrauen, besonders, wenn sie jung und schön waren, verschwanden spurlos – vermutlich in den Häusern gewisser Urco-Anhänger, die ein Auge auf sie geworfen hatten – und ihre Kinder wurden entführt und wahrscheinlich in die Sklaverei verkauft. Eine Klage beim alten Inka hätte keinen Erfolg gebracht, denn Urco hatte das Heer hinter sich, und so war Upanqui ihm gegenüber machtlos. Karis Freunde wären also selbst über Huarachas Sieg glücklich gewesen, denn auch in diesem Fall konnte Kari Inka werden. Nur sein Reich würde sich etwas verkleinern.

Bevor die Verschwörer sich verabschiedeten, um ans Werk zu gehen, brachte Kari sie noch zu mir, und siehe da, sie waren tatsächlich so töricht, mich für einen Gott zu halten und mir zu huldigen. Er versicherte ihnen, ich würde Huarachas Heer in den Kampf führen, und sie hätten nichts zu befürchten.

Nachdem ich vor dem Dunkelwerden das Gelände erkundet hatte, arbeitete ich mit Huaracha und Kari bis tief in die Nacht hinein an meinen Plänen für die große Schlacht. Als alles fertig war, legte ich mich noch eine Weile schlafen. Vielleicht war es das letzte Mal auf dieser Erde, dachte ich, aber das kümmerte mich nicht allzu sehr. Da ich Quilla für tot hielt, hätte ich die Welt und ihre Sorgen nur zu gerne gegen das Jenseits eingetauscht, und wäre es auch nur ewiger Schlaf gewesen. Nur meine Sünden lasteten noch auf meinem Gewissen, und es gab niemanden, dem ich sie hätte beichten können.

Irgendwann kommt für die meisten Menschen der Moment, in dem sie sich nur noch nach Ruhe sehnen, und an diesem Punkt war ich, ausgestoßen und verzweifelt, wie ich war, nun angelangt. Da hatte ich in diesem fremden Land, unter lauter fremden Menschen eine verwandte Seele gefunden, eine schöne Frau, die mich liebte, und die auch meine Liebe und mein Begehren geweckt hatte. Doch was war geschehen? Den Forderungen der Staatsräson und ihrer edlen Gesinnung folgend hatte sie sich von mir getrennt, und wenn sie auch der schlimmsten Schmach zunächst entgangen war, so hatte man sie doch in einen barbarischen Götzentempel entführt, wo sie, davon war ich fast überzeugt, der Tod ereilt hatte.

Zumindest hatte sie ihr Augenlicht verloren. Nun mußte sie in ewigem Dunkel leben, und der Aberglaube der Eingeborenen hielt alle Männer von ihr fern. Selbst wenn sie noch lebte und Kari der nächste Inka würde, nützte das weder mir noch ihr, denn er war der schlimmste Eiferer von allen und hatte geschworen, mich, seinen Freund, lieber zu töten, als zuzulassen, daß ich eine Frau berührte, die seinen Götzen geweiht war.

Womöglich ließ er sie, um sich diesen Kummer zu ersparen, auch einfach durch die Priester töten. Tot oder nicht, für mich war sie jedenfalls verloren, und ich mußte – mutterseelenallein – für eine Sache kämpfen, bei der mir nur eines am Herzen lag: den Barbarenprinzen, der Quilla soviel Leid angetan hatte, in den Tod zu schicken. Doch selbst wenn alles gutging und das Glück mir hold war, wie sah meine Zukunft aus? Was nützten mir Belohnungen, die ich nicht haben wollte, was nützten mir die Huldigungen eines Pöbels, den ich haßte? Lieber hätte ich mein Leben als der ärmste Fischer am Strand von Hastings beschlossen, als zum König über diese reichen Wilden gesetzt zu werden. Für ihr Gold und ihre Edelsteine konnte ich mir nichts kaufen, was ich wirklich brauchte. Nicht einmal ein Stundenbuch, um den Durst meiner Seele zu stillen, oder den Klang der Muttersprache als Trost für mein einsames Herz.

Über diesen Gedanken schlief ich schließlich ein. Als Kari mich weckte, schienen mir nur wenige Minuten vergangen, doch in Wirklichkeit waren es sechs Stunden. Er sagte mir, der Tag sei nicht mehr fern, und er wolle mir helfen, meine Rüstung anzulegen. Als das geschehen war, verließ ich das Zelt, um zusammen mit Huaracha den Aufmarsch des Heeres zu überwachen. Es sollte laut Plan von unserer Anhöhe aus über eine weite Tiefebene vorrücken, die Xaqui hieß, aber später den Namen Yahuar-pampa oder Blutfeld bekam.

Diese Ebene lag zwischen uns und der Stadt Cuzco, und ich stellte mir vor, daß wir sie, notfalls kämpfend, überqueren, die Stadt, die keine Mauern hatte, erstürmen und den Angriff der jenseits davon lagernden Inka-Scharen auf den Straßen und im Schutz der Häuser erwarten sollten, wo wir eher hoffen konnten, ihnen gewachsen zu sein. Doch es kam alles ganz anders. Sobald es hell wurde – so lange hatten wir gewartet, um nicht im Dunkeln über unbekanntes Gelände marschieren zu müssen –, zeigte sich, daß das Inka-Heer während der Nacht die Stadt umgangen hatte und nun zu Zehntausenden in dichten Reihen diesseits davon die Ebene besetzt hielt.

Wir beratschlagten und faßten den Entschluß, nicht, wie ursprünglich vorgeschlagen, selbst anzugreifen, sondern auf dem Berg abzuwarten und den Gegner heraufkommen zu lassen. Also gaben wir Befehl, daß unser in drei Divisionen – eine in der Mitte und zwei an den Flanken – gegliedertes Heer und die Yunca, die als Reserve dahinter angetreten waren, Essen fassen und sich bereithalten sollten. Ich bezog Posten auf einem flachen, langgestreckten Höhenrücken etwas vor der Hauptdivision, die aus etwa fünfzehntausend Chanca-Soldaten bestand. Dort stieg ich auf einen Felsen, hinter mir postierte sich eine Gruppe von Offizieren und Kurieren, und auf den umliegenden Hängen und um meinen Hügel herum nahm eine Wache aus etwa tausend ausgesuchten Soldaten Aufstellung.

Nun trat eine Pause ein. Hinter uns opferten die Priester der Chanca und der Yunca dem Mond und ihren vielen anderen Göttern eine Reihe von geweihten Schafen, und vor mir begrüßten, wie ich von meinem Felsen aus beobachten konnte, die Priester der Quichua mit Gebeten und Opfergaben die aufgehende Sonne. Dann setzten sich die Inka-Scharen mit großem Geschrei in Bewegung und begannen, die Ebene zu überqueren. Eine flüchtige Schätzung ergab, daß sie uns zwei oder drei zu eins überlegen waren; die Zahl der Krieger erschien unermeßlich, und immer noch drängten aus allen Winkeln der Stadt neue nach. In drei große Blöcke unterteilt, krochen sie über die Ebene. Es war ein farbenprächtiges Schauspiel, die Speere blitzten, und die barbarisch bunten Uniformen leuchteten in der Sonne.

Etwa eine Achtelmeile vor uns hielten sie an und beratschlagten, wobei sie immer wieder geradezu ängstlich mit ihren Speeren auf mich wiesen. Wir rührten uns nicht vom Fleck. Zwar drängten einige von unseren Feldherren zum Angriff, doch riet ich Huaracha davon ab, denn ich wollte, daß die Quicha zuerst ihre Kräfte verausgabten. Endlich erging ein Befehl; die Inka entrollten ihr prächtiges ›Regenbogenbanner‹ und stürmten, immer noch in drei jeweils durch einen breiten Geländestreifen voneinander getrennten Blöcken, kreischend wie alle Teufel der Hölle auf uns los.

Sobald sie uns erreichten, war die blutigste Schlacht in der Geschichte dieses Landes eröffnet. Eine Welle von Inka-Kriegern nach der anderen brandete heran, doch ich hatte unsere Bataillone nicht vergeblich gedrillt, sie standen felsenfest und kämpften unermüdlich, bis man die Toten nach Tausenden zählte. Immer wieder suchten die Inka meinen Höhenrücken zu erstürmen, um mich zu töten, doch jedesmal schlugen wir sie zurück. Ich nahm ihre Feldherren aufs Korn und schickte mit meinem Langbogen Pfeil um Pfeil in die Menge. Nur selten verfehlte ich mein Ziel, und die scharfen Eisenspitzen drangen mühelos durch die wattierten Harnische.

»Die Pfeile des Gottes! Die Pfeile des Gottes!« schrien die Getroffenen und wichen vor mir zurück.

Alsbald erschien ein Mann mit einem gelben Band im Haar und in einem edelsteinbesetzten Gewand, ein wahrer Goliath mit gewaltigen Armen und Beinen und feurigen Augen, aber dabei ein Schreihals und häßlich wie die Nacht. Er schwenkte eine große Kupferaxt und hatte den längsten Bogen, den ich in diesem Land jemals gesehen hatte. Nun hängte er sich die Axt an den Gürtel, legte einen Pfeil auf die Sehne und schoß auf mich. Der Pfeil traf mich tatsächlich mitten auf die Brust, nur um dann an der guten, französischen Rüstung zu zerschellen, die mit einer Kupferspitze nicht zu durchschlagen war.

Als der Hüne einen zweiten Schuß abgab, streifte der Pfeil meinen Helm. Nun legte ich auf ihn an und zielte auf seinen Kopf. Mein Pfeil riß ihm die Fransen von der Stirn und trug sie weit weg. Als sein Gefolge das sah, stöhnten alle laut auf, und ein Höfling rief:

»Ein Omen, o Urco, ein böses Omen!«

»Ja«, brüllte er zurück, »aber für den Weißen Hexenmeister, der diesen Pfeil abschoß.«

Er ließ den Bogen fallen und stürmte, die Axt schwingend, an der Spitze seines adeligen Gefolges den Hang herauf. Seinen ersten Hieb fing ich mit meinem Schild ab und schlug mit Wogenlohe zurück. Er hob die Axt, um seinen Kopf zu schützen, doch meine Klinge durchschnitt den Stiel wie ein Schilfrohr, durchschlug auch das mit Goldstreifen verstärkte Schulterpolster und fraß sich in den Knochen.

Ein Mann schob sich an mir vorbei. Es war Kari, und er griff Urco mit Deleroys Schwert an. Die beiden prallten aufeinander und rollten engumschlungen den Hang hinab. Was dann geschah, weiß ich nicht, denn nun stürmten neue Gegner auf mich ein, und es entstand große Verwirrung. Nach einer Weile kam Kari jedoch ziemlich angeschlagen und blutend zurückgehumpelt, und Urco entdeckte ich inmitten seines Gefolges am Fuß des Hügels. Er war offenbar nur leicht verletzt.

In diesem Augenblick erhob sich lautes Geschrei, und als ich mich umdrehte, waren die Quichua an unserer linken Flanke durchgebrochen. Viele unserer Leute wurden niedergemetzelt, die anderen suchten ihr Heil in der Flucht. Auch die Rechte wankte. Ich schickte Boten zu Huaracha und forderte ihn auf, die Yunca-Nachhut in die Bresche zu werfen. Das dauerte freilich lange, und ich gab schon alles verloren. Die Horden von Cuzco kesselten uns immer weiter ein.

Doch da entfaltete Kari oder einer seiner Begleiter ein Banner, das um eine Stange gewickelt war, ein blaues Banner mit einer goldenen Sonne darauf. Sein Anblick versetzte die Reihen der Inka in Unruhe, und bald kam ein großer Trupp, fünf oder sechstausend Mann, die sich bisher offenbar zurückgehalten hatten, mit lauten *»Kari! Kari!«*-Schreien nach vorne gestürmt. Sie fielen über die Inka-Schar her, die unsere in Auflösung begriffene linke Flanke verfolgte, hielten sie auf und trieben sie auseinander. Dann waren endlich die Yunca heran und schlugen die Regimenter zurück, die unsere Rechte bedrängten. In Urcos Reihen wurde empört »Verrat!« gerufen.

Hörner erschollen, das Inka-Heer sammelte sich widerstrebend und zog sich unter Zurücklassung seiner Toten und Verwundeten in die Ebene zurück, wo es sich abermals zu drei, jetzt sehr viel kleineren Blöcken formierte.

Huaracha erschien und sagte:

»Schlag zu, Weißer Gott! Das ist unsere Stunde! Der Mut hat sie verlassen!«

Auf mein Zeichen hin brüllten die Chanca auf wie ein Hurrikan und stürmten mit mir, Huaracha und Kari an der Spitze den Hang hinab. Da ich in meiner Rüstung nicht so schnell laufen konnte, hatten mich die flinken Chanca bald überholt. So, wie wir auf dem Berg angetreten waren, griffen wir nun in drei Gruppen an. Dabei nützten wir die Gassen, die der Feind freigelassen hatte, denn die waren nicht so sehr mit Toten und Verwundeten blockiert. Als jedoch die Krieger, die mich überholt hatten, mit einem Mal verschwunden waren, wurde mir rasch klar, warum die Soldaten von Cuzco sich gehütet hatten, diese Streifen zu betreten. Meine Chanca waren nämlich in eine Grube mit spitzen Pfählen gestürzt, die mit Schilfhalmen und Erde abgedeckt war. Auch rechts und links von mir stürzten die Männer in solche Gruben, die man für diese Schlacht zu Dutzenden ausgehoben hatte. Als es uns mit Mühe gelang, die Chanca aufzuhalten, hatten wir bereits Hunderte von Leuten verloren. Für den weiteren Vormarsch begaben wir uns auf das Gelände, über das die Inkascharen zurückgewichen waren.

Unter einem Hagel von Pfeilen erreichten wir endlich ihre Linien, und nun hob ein Schlachten an, wie ich es mir in meinen schlimmsten Alpträumen niemals vorgestellt hätte. Beide Seiten kämpften mit Äxten, steinbewehrten Keulen und Speeren, doch obwohl uns die Inkamannen nach wie vor zweifach überlegen waren, konnten unsere gut ausgebildeten Regimenter sie zurückdrängen. Ein Höfling nach dem anderen rannte mit wildem Blick gegen mich an, doch alle Kupferspeere und Feuersteinmesser prallten an meiner Rüstung ab. Oh! Wogenlohe fraß sich satt an diesem Tag, und falls mein Ahne Thorgrimmer uns von Walhall aus zusah, dann schwor er gewiß bei Odin, daß er dem Schwert niemals ein solches Festmahl bereitet hatte.

Die Inka-Krieger bekamen es mit der Angst und wichen zurück.

»Der Rotbart aus dem Meer ist wahrhaftig ein Gott. Man kann ihn nicht töten!« hörte ich sie schreien.

Da erschien Urco blutüberströmt und völlig außer sich und brüllte:

»Ihr Feiglinge! Ich will euch zeigen, ob er unsterblich ist.«

Er rannte auf mich zu, traf aber – nicht auf mich, sondern auf Huaracha, der sich vor mich gestellt hatte, als er sah, wie müde ich war. Die beiden kämpften, Huaracha ging zu Boden und wurde von seinen Dienern weggeschleppt.

Nun standen Urco und ich einander gegenüber, er schwang eine riesige, kupferbeschlagene Keule, um mir den Schädel zu zerschmettern, wenn schon kein Pfeil meine Rüstung durchdringen konnte. Ich fing den Hieb mit meinem Schild ab, aber seine Wucht war so groß, daß er mich auf die Knie warf. Wie der Blitz war ich wieder auf den Beinen und ging auf den Hünen los. Ich faßte das Schwert mit beiden Händen – den Schild hatte ich verloren –, Wogenlohe durchschnitt Urcos dicken, turbanartigen Kopfschutz so mühelos wie zuvor den Axtstiel und biß sich tief in seinen Schädel.

Urco fiel um wie ein Ochse, und ich stürzte mich auf ihn, um die Sache zu Ende zu bringen. In diesem Augenblick warf mir jemand eine Seilschlinge um die Schultern und zog sie fest. Ich wurde zu Boden gerissen, von einem Dutzend Händen gepackt und zwischen Urcos Horden hineingezerrt.

Während man auf eine Sänfte wartete, stellte man mich wieder auf die Beine. Meine Arme waren mit jener Schlinge gefesselt, die bei den Indianern ›Laso‹ heißt, und mit der sie so vorzüglich umzugehen verstehen. Wogenlohe, mein blutiges Schwert, hing nutzlos an seinem Riemen von meinem rechten Handgelenk. Wie ein gefangener Stier stand ich da, und alle scharten sich um mich und starrten mich an, aber nicht haßerfüllt, wie mir schien, sondern eher mit scheuer Ehrfurcht. Als die Sänfte endlich kam, half man mir keineswegs unsanft hinein.

Beim Einsteigen sah ich mich noch einmal um. Die Schlacht tobte noch immer, aber wohl nicht mehr ganz so heftig wie zuvor. Seit die Anführer gefallen waren, schienen beide Seiten des Mordens müde geworden. Ich wurde aufgehoben und fortgetragen, bis ich den Kampfeslärm und die Schreie nur noch gedämpft vernahm. Als ich mich umdrehte und zwischen den hinteren Vorhängen nach draußen spähte, sah ich, daß sich das Inka- und das Chanca-Heer widerwillig trennten. Keine Seite war geschlagen, die Verwundeten wurden mitgenommen. Es war nicht zu einer Entscheidung gekommen.

Dann erreichten wir die große Stadt Cuzco. Frauen und Kinder standen gaffend vor ihren Häusern, einige rangen die Hände, und die Tränen liefen ihnen über das Gesicht.

Durch lange Straßen und über eine Brücke trug man mich auf einen weiten Platz, der mit mächtigen Gebäuden bestanden war, niedrigen, gedrungenen Klötzen aus großen Steinblöcken. Vor einem davon hielt die Sänfte an, und man half mir beim Aussteigen. Männer in wunderschön bestickten Leinengewändern führten mich durch ein Tor und in einen Garten, der besonders in einer Hinsicht auffallend war: alle Pflanzen waren aus massivem Gold und hatten Blüten aus Silber, manchmal war es auch umgekehrt. Auf den Bäumen saßen goldene und silberne Vögel. Als ich das sah, da glaubte ich schon, ich hätte den Verstand verloren, aber dem war nicht so, die Inka wußten mit den edlen Metallen, die es in diesem Lande im Überfluß gab, tatsächlich nichts Besseres anzufangen, als ihre Paläste auszuschmücken.

Durch den goldenen Garten gelangte ich in einen Innenhof und wurde in einen der umliegenden Räume geführt. Die Tür öffnete sich in ein prächtiges Gemach, an den Wänden hingen Bildteppiche mit phantastischen Szenen, und überall standen gepolsterte Sessel und Tische aus edlem Holz, mit kostbaren Steinen besetzt. Alsbald erschien ein Kammerherr nebst vielen Dienern oder Sklaven, verneigte sich tief und hieß mich im Namen des Inka willkommen.

Man löste mir so vorsichtig, als sei ich ein Halbgott, das Schwert vom Handgelenk, nahm mir den Langbogen und den Köcher mit den wenigen, noch verbliebenen Pfeilen vom Rücken, konfiszierte auch meinen Dolch und trug alles fort. Dann streifte man mir die Fesseln ab, befreite mich unter meiner Anleitung von meiner Rüstung und zog mir die Sachen aus, die ich darunter trug. Schließlich wusch man mich mit warmem, parfümiertem Wasser, massierte mir die schmerzenden Glieder und zog mir herrlich weiche Gewänder an, die ebenfalls parfümiert waren und um die Mitte von einem goldenen Gürtel gehalten wurden. Nun wurden in goldenen Gefäßen Speisen und würzige, mit Weinen aus heimischem Anbau bereitete Getränke aufgetragen. Ich ließ es mir munden, dann legte ich mich, müde, wie ich war, auf eins der Lager und schlief ein. Über mein Schicksal zerbrach ich mir nicht weiter den Kopf, ich nahm alles, wie es kam, das Gute wie das Böse, und befahl meinen Körper wie meine Seele der Obhut Gottes und des heiligen Hubert. Was blieb einem waffenlosen Gefangenen denn auch anderes übrig?

Als ich, steif und mit schmerzenden Gliedern, aber sehr erquickt wieder erwachte, war es Nacht geworden. Die Hängelampen im Raum brannten, und in ihrem Schein sah ich den bereits erwähnten Kammerherrn vor mir stehen. Ich fragte nach seinem Begehr. Er erklärte mir unter vielen Verneigungen, wenn ich mich ausgeruht hätte, wünsche mich der Inka Upanqui zu sehen und mit mir zu sprechen.

Ich hieß ihn vorangehen, und er führte mich mit einigen anderen Dienern, die draußen gewartet hatten, durch ein Labyrinth von Gängen in einen prächtigen Saal. Alles war dort aus Gold, sogar die Wandvertäfelungen. Soviel Gold hatte ich nicht einmal im Traum je gesehen; es wurde mir tatsächlich zuviel, ich sehnte mich nach dem Anblick von schlichtem Mauerwerk oder Holz. Der hintere Teil dieses Saales wurde ebenfalls von Lampen erhellt und war mit Vorhängen abgetrennt, die alsbald von zwei schönen Frauen in edelsteinbesetzten Röcken und Hauben aufgezogen wurden. Dahinter befand sich ein Podest mit einer Liege, und darauf lag der alte Inka Upanqui. Er trug nur eine schlichte, weiße Tunika und wirkte gebrechlicher als damals in der Stadt der Chanca, wo ich ihn zum letzten Mal gesehen hatte. Die roten Fransen, von denen er sich wohl Tag und Nacht nicht trennte, hingen ihm in die Stirn. Er blickte auf und sagte:

»Sei mir gegrüßt, Weißer-Gott-aus-dem-Meer. So besuchst du mich also doch noch, obwohl du damals davon nichts hören wolltest.«

»Es ließ sich nicht vermeiden, o Inka«, antwortete ich.

»Ja, ja, man sagte mir, man hätte dich in der Schlacht gefangengenommen, aber das geschah wohl nicht ohne dein Einverständnis. Du warst der Chanca müde geworden. Denn welches *Laso* vermöchte einen Gott zu halten?«

»Keines«, antwortete ich kühn.

»Natürlich nicht, und daß du nach allem, was du in

dieser Schlacht geleistet hast, hier wie ein Gott verehrt wirst, versteht sich von selbst. Man sagt, alle Pfeile und Speere seien geschmolzen, wenn sie dich berührten, während du deine Gegner zu Dutzenden erschossen und erschlagen hättest. Und als Prinz Urco, der stärkste Mann in meinem Reich, dich zu töten suchte, da hättest du ihn umgeworfen wie ein kleines Kind. Nun klafft ein Loch in seinem Schädel, und er weiß nicht, ob er leben oder sterben soll. Mir wäre es übrigens lieber, er stürbe, denn ich liege in heftigem Streit mit ihm.«

Genau wie ich, dachte ich bei mir, aber ich fragte nur: »Wie ist die Schlacht ausgegangen, o Inka?«

»So wie sie begann, edler Hurachi. Auf beiden Seiten gab es Tausende und Abertausende von Gefallenen, aber kein Heer konnte den Sieg erringen. Nun haben sie sich zurückgezogen und knurren einander an wie zwei gereizte Löwen, die nicht wagen, den Kampf wiederaufzunehmen. Auch mir ist daran nichts gelegen, und da Urco nun nicht mehr eingreifen kann, werde ich mich bemühen, dem Blutvergießen ein Ende zu machen. Doch nun frage ich dich, der du bei diesem Huaracha gelebt hast: Warum will er, der doch ebenfalls verwundet ist, mit seinen aufrührerischen Chanca denn unbedingt Krieg gegen mich führen?«

»Weil dein Sohn, Prinz Urco, Huarachas einziges Kind Quilla vergiftet oder es zumindest versucht hat.«

»Ja, ja, ich weiß; das war eine schlimme Tat. Und es hatte damit folgende Bewandtnis: Die liebreizende Quilla, die ihre Mutter, den Mond, an Schönheit noch übertrifft, sollte Urcos Frau werden. Doch obwohl ich ein alter Mann bin, ergab es sich auf unserer gemeinsamen Reise – kurzum, sie wurde von Liebe zu mir ergriffen und bat mich, sie vor Urco zu beschützen. Solche Dinge geschehen zuweilen, denn wenn die Frauen einmal das Göttliche gespürt haben, dann scheuen sie oft vor dem Gemeinen zurück.« Der eitle, alte Narr ließ ein dümmliches Kichern hören.

»Natürlich. Wie könnte es denn auch anders sein, o Inka? Wer würde mit Urco leben wollen, nachdem er dich gesehen hat?«

»Niemand; besonders, da Urco ein grober und ungeschlachter Bursche ist. Nun, was sollte ich tun? Ich will in meinem Alter aus verschiedenen Gründen nicht noch einmal heiraten. Auch bin ich der Frauen müde und möchte meine Zeit lieber im Gebet verbringen und mich mit heiligen Dingen beschäftigen. Hätte ich ihrem Wunsch entsprochen, dann hätte es womöglich geheißen, ich hätte Urco unrecht getan. Andererseits sind Frauenherzen heilig, und daß einer so reizenden, verständnisvollen und schönen Frau das Herz gebrochen wurde, konnte ich schon gar nicht zulassen. So schickte ich sie ins Haus der Sonnenjungfrauen, denn dort ist sie sicher.«

»Ganz sicher offenbar doch nicht, o Inka.«

»Nein, weil Urco, der die Gewalt liebt, in seiner Enttäuschung und Eifersucht eine seiner Kreaturen, einer Dienerin der Jungfrauen, den Auftrag gab, die edle Quilla zu vergiften. Das Mittel, das er gewählt hatte, läßt den Leib aufschwellen und überzieht das Gesicht mit abscheulichen Flecken, manchmal raubt es auch den Verstand. Zum Glück konnte eine der Vorsteherinnen, wir nennen sie *Mama-conas*, den Becher wegstoßen, bevor das Opfer getrunken hatte, doch etwas von dem schrecklichen Gift spritzte ihr in die Augen und machte sie blind.«

»Sie ist also noch am Leben, o Inka?«

»Gewiß ist sie noch am Leben. Ich habe mich selbst davon überzeugt, denn in diesem Lande empfiehlt es sich nicht, auf die Aussagen anderer zu vertrauen. Wie du weißt, genieße ich als Inka gewisse Privilegien. So ist es selbst mir verboten, das Wort an die Sonnenjungfrauen zu richten, aber ich ließ sie an mir vorüberziehen, obwohl strenggenommen auch das nicht erlaubt war. Ein Vergnügen war es nicht, edler Hurachi, denn viele von diesen Jungfrauen sind bei aller Heiligkeit doch uralt und häßlich – und Quilla als Novizin kam, geführt von zwei *Mama-conas*, die mit mir verwandt sind, natürlich als allerletzte. Seltsamerweise ist sie durch das Gift noch schöner geworden als zuvor, es hat ihre Augen vergrößert, und sie strahlen nun so prächtig wie zwei Sterne in einer Winternacht. Auf jeden Fall ist sie jetzt vor Urco und vor jedem anderen Mann, so ruchlos er auch sein mag, in Sicherheit. Aber was will nun dieser Huaracha von mir?«

»Er will seine blinde Tochter zurückhaben, o Inka.«

»Unmöglich, völlig unmöglich! Das wäre einfach unerhört! Der Himmel würde auf die Erde herniederstürzen, und die Sonne, mein Vater und ihr Gemahl, würde uns alle verbrennen. Aber vielleicht könnten wir doch noch zu einer Einigung gelangen, gewiß ist auch Huaracha der Kämpfe müde, wahrscheinlich wird er sogar sterben. Doch nun genug von der edlen Quilla, ich möchte dich etwas fragen.«

»Sprich, o Inka.«

Mit dem Greis ging eine jähe Verwandlung vor sich; plötzlich zeigte er sich so hellwach und durchtrieben, wie er – einst ein großer König – in seinen besten Jahren gewesen sein mußte. Die beiden Frauen und der Kammerherr hatten sich zu Beginn unseres Gesprächs ans andere Ende des Saales zurückgezogen und warteten dort mit gefalteten Händen wie die Gläubigen vor einem Altar. Dennoch vergewisserte sich der Inka, daß niemand in Hörweite war, bevor er mir bedeutete, das Podest zu ersteigen und mich neben ihn zu setzen.

»Du siehst«, sagte er, »daß ich dir vertraue, obwohl du ein Gott aus dem Meer bist und gegen mich gekämpft hast. So höre. Du hattest einen Diener bei dir, einen seltsamen Mann, der gleichfalls dem Meer entstiegen sein soll. Doch das kann ich nicht glauben, denn er sieht einem unserer Prinzen allzu ähnlich. Wo ist dieser Mann?«

»Bei Huarachas Heer, o Inka.«

»So hat man mir berichtet. Auch hörte ich, er habe in der Schlacht eine Fahne mit einem Abbild der Sonne gehißt, und daraufhin seien einige meiner Regimenter zu Huaracha übergelaufen. Was mag sie wohl dazu bewogen haben?«

»Wenn ich nicht irre, o Inka, haben die Könige dieses Landes viele Kinder. Vielleicht ist er eines davon.«

»Aha! Du bist so klug, wie es sich für einen Gott gehört. Doch da auch ich ein Gott bin, ist mir der gleiche Gedanke gekommen. Tatsächlich habe ich nur zwei legitime Söhne, und die anderen zählen nicht. Der älteste hieß Kari und war ein stattlicher und tüchtiger Prinz. Bedauerlicherweise geriet ich in Streit mit ihm, es ging um eine Frau, um genau zu sein, oder vielmehr um zwei Frauen, denn Karis Mutter befehdete sich mit Urcos Mutter, die ich wiederum liebte, weil sie mich im Gegensatz zu der anderen niemals auszankte. So bestimmte ich Urco zu meinem Nachfolger als Inka. Doch ihm genügte das nicht, er war weiterhin eifersüchtig auf seinen Bruder Kari, der ihm außer an schierer Körperkraft in allen Dingen überlegen war. Beide umwarben dieselbe schöne Frau, und Kari errang sie. Daraufhin machte Urco sie ihm abspenstig, und hinterher tötete er sie oder ließ sie töten. Jedenfalls kam sie auf irgendeine Weise ums Leben. Nun schlugen sich die inkablütigen Adeligen nach und nach auf Karis Seite, weil er aus königlichem Hause und sehr klug war. Das hätte Krieg bedeutet, nachdem ich zur Sonne eingegangen war. Deshalb ließ ihn Urco vergiften, so geht jedenfalls das Gerücht. Auf jeden Fall verschwand er, und ich habe nicht aufgehört, um ihn zu trauern.«

»Manchmal stehen die Toten wieder auf, o Inka.«

»Ja, gewiß, o Herr-aus-dem-Meer, das kommt vor; die Götter, die sie einst zu sich holten, bringen sie auch wieder zurück – und dein Diener – es heißt, er sehe Kari zum Verwechseln ähnlich, nur sei er einige Jahre älter. Warum also sind diese Regimenter, die samt und sonders unter dem Kommando von Männern standen, die Kari einst zugetan waren, heute zu Huaracha übergelaufen, und wo kommen die Gerüchte her, die plötzlich durch das ganze Land ziehen wie ein jäher Wind an einem schönen Tag? Erzähl mir von deinem Diener und wie es zuging, daß du ihn im Meer fandest.«

»Warum sollte ich dir von ihm erzählen? Du willst ihn doch nicht etwa töten, weil er deinem verlorenen Kari so ähnlich ist?«

»Nein, nein – Götter können doch über ihresgleichen schweigen, nicht wahr? Die Wahrheit ist, ich würde – oh! die Hälfte meiner Göttlichkeit hingeben für die Nachricht, daß er noch lebt. Denn wisse, manchmal ist mir Urco so zuwider, daß mich Zweifel befallen, ob er wirklich mein Sohn ist. Wer weiß? Es gab da einst einen Adeligen aus den Küstengebieten, einen haarigen Hünen, von dem es hieß, er könne ein halbes Schaf auf einmal verspeisen und einem Menschen mit den Händen das Rückgrat brechen. Urcos Mutter hielt viel von diesem Mann. Doch wer wüßte mehr? Nur mein Vater, die Sonne, und er wahrt – derzeit noch – sein Geheimnis. Jedenfalls bin ich Urcos, seiner brutalen Verbrechen und seiner Trunksucht herzlich überdrüssig, doch das Heer liebt ihn für seine Metzeleien, aber auch für seine Großzügigkeit. Neulich erst gerieten wir wegen einer Belanglosigkeit wie dieser edlen Quilla in Streit, und er drohte mir so lange, bis ich zornig wurde und erklärte, ihm meine Krone nun doch nicht übergeben zu wollen. Ja, ich ergrimmte heftig, und ich haßte ihn, weil seine Mutter mich behext und ich um seinetwillen gesündigt hatte. Herr-aus-dem-Meer«, seine Stimme sank zu einem Flüstern herab, »Urco macht mir Angst. Gegen Mord ist selbst ein Gott nicht gefeit, o Herr-aus-dem-Meer. Deshalb werde ich mich nicht nach Yucay begeben, am Ende käme ich dort ums Leben, ohne daß jemand davon erführe, während ich hier immer noch der Inka bin und jeder, der Hand an mich legte, sich eines Frevels schuldig machte.«

»Ich verstehe, o Inka; aber ich bin nur ein Gefangener in deinem Palast, wie also kann ich dir helfen?«

»Nein, nein, mein Gefangener bist du nur dem Namen nach. Urco wird im ungünstigsten Falle lange Zeit darniederliegen, denn die Wunde, die dein Schwert ihm schlug, ist nach Aussage der Ärzte sehr tief. So lange liegt alle Macht in meiner Hand. Meine Kuriere stehen dir zu Diensten; du kannst kommen und gehen, wie es dir beliebt. Aber bring deinen Diener zu mir, denn dir wird er vertrauen. Ich möchte mit ihm sprechen, o Herr-aus-dem-Meer.«

»Wenn ich das tue, o Inka, darf dann die edle Quilla zu ihrem Vater zurückkehren?«

»Nein, das wäre ein Frevel gegen den Gott. Verlange von mir, was immer du willst, Land, Macht, Paläste und Frauen – aber nicht das. Selbst ich, der ich in den Armen der Sonne ruhe, würde es nicht wagen, sie auch nur mit dem Finger zu berühren. Doch was hängst du dich an diese Quilla? Gibt es schöne Frauen nicht zu Tausenden.«

Ich überlegte eine Weile, dann antwortete ich: »Sie bedeutet mir sehr viel, o Inka. Doch um das Blutvergießen zu beenden, werde ich tun, was ich kann, um meinen ehemaligen Diener zu dir zu bringen. Du mußt mir nur die Möglichkeit geben, ihn zu erreichen. Danach werden wir uns weiter unterhalten.«

»Ja, ich bin jetzt müde. Danach werden wir uns weiter unterhalten. Leb wohl, o Herr-aus-dem-Meer.«

KAPITEL IX

Kari erlangt sein Recht

Als ich am nächsten Morgen in dem oben beschriebenen Prunkgemach erwachte, fand ich meine Rüstung und meine Waffen neben mir. Besonders über das Wiedersehen mit Wogenlohe war ich sehr froh. Nachdem ich gegessen und mich – in Begleitung von Dienern, denn man ließ mich nie allein – im Garten ergangen hatte, um die kunstvollen goldenen Früchte und Blüten zu bewundern, kam ein Bote zu mir und meldete, der *Villaorna* wolle mich sprechen. Ich wußte zunächst nicht, wer dieser *Villaorna* wohl sein mochte, doch als er eintrat, erkannte ich Larico, den Adeligen mit dem strengen Gesicht und dem verschlagenen Blick, der bei jenem Besuch in der Stadt der Chanca für den Inka gesprochen hatte. *Villaorna* war sein Titel, wie ich jetzt erfuhr, und bedeutete soviel wie ›Oberster Priester‹.

Wir verneigten uns voreinander, und dann wurden alle anderen aus dem Raum geschickt, so daß wir ganz ungestört waren.

»Herr-aus-dem-Meer«, sagte er, »der Inka schickt mich, seinen Ratgeber und Blutsverwandten, den Oberpriester der Sonne, zu dir. Er wünscht, daß du als sein Abgesandter das Lager der Chanca aufsuchst. Doch zuvor sollst du bei der Sonne schwören, wieder nach Cuzco zurückzukehren. Bist du damit einverstanden?«

Nun wollte ich nichts lieber, als nach Cuzco zurückzukehren, wo sich schließlich auch Quilla befand, und so erklärte ich mich bereit, bei meinem eigenen Gott, bei der Sonne und bei meinem Schwert zu schwören, daß ich in jedem Fall zurückkehren würde, es sei denn, die Chanca hielten mich mit Gewalt davon ab. Dann bat ich ihn, mir seinen Auftrag darzulegen.

Das tat er mit folgenden Worten:

»Mein Gebieter, wir haben erfahren, woher, tut nichts zur Sache, daß der Mann, der mit dir in dieses Land kam, kein anderer ist als Kari, der älteste Sohn des Inka, den wir für tot gehalten hatten. Nun haben der Inka und seine Ratgeber beschlossen, den Prinzen Kari zum Erben des bald schon verwaisten Thrones zu bestimmen. Doch das ist sehr gefährlich, denn Urco hat immer noch den Befehl über das Heer, und viele von den hohen Adeligen entstammen der Sippe seiner Mutter und halten zu ihm, weil sie sich Vorteile erhoffen, wenn er dereinst Inka wird.«

»Aber Priester Larico, Urco soll doch dem Tod nahe sein. Wenn dem so ist, lösen sich alle Schwierigkeiten auf wie eine Wolke.«

»Dein Schwerthieb ging sehr tief, mein Gebieter; aber ich weiß von seinen Leibärzten, daß das Gehirn unverletzt blieb. Sterben wird er also nicht, auch wenn mit einem langen Krankenlager zu rechnen ist. In dieser Zeit müssen wir handeln, denn selbst wenn man an ihn herankäme, wäre es nicht rechtens, ihn vom Leben zum Tode zu befördern. Die Zeit drängt, mein Gebieter, du siehst ja selbst, wie alt und gebrechlich der Inka ist und wie schwach im Geiste. Auch wenn er immer wieder zu Kräften kommt, läßt ihn sein Verstand bisweilen völlig im Stich.«

»Das heißt, ich habe es mit dem Obersten Priester und seinen Hintermännern zu tun «, sagte ich und sah ihm fest in die Augen.

»So ist es, mein Gebieter. Und nun hör zu, denn ich will ganz offen sein. Ich bin nach dem Inka der mächtigste Mann in Tavantinsuyu, mehr noch, der Inka spricht zumeist mit meiner Stimme, auch wenn es so aussieht, als spräche ich mit der seinen. Doch jetzt sitze ich in der Klemme. Bislang hatte ich Urco unterstützt, obwohl er ein schlechter und grausamer Mensch ist, denn es gab keinen anderen Anwärter auf den Thron.

Seit jener Reise in die Stadt der Chanca herrscht jedoch Zwietracht zwischen ihm und mir. Er gibt mir die Schuld daran, daß er die Hexe Quilla verloren hat, die er bis zum Wahnsinn begehrt. Nun ist mir zu Ohren gekommen, daß er vorhat, mich sofort zu töten, nachdem er den Thron bestiegen hat, und wenn er eine Möglichkeit dazu findet, wird er das gewiß auch tun. Zumindest aber wird er mich meines Ranges entheben und mich meiner Macht entkleiden, und das ist ebenso schlimm. Deshalb ist es mir ein Anliegen, mit Kari Frieden zu schließen, sofern er mir schwört, mich im Amt zu behalten, und dazu brauche ich dich. Wenn du uns miteinander versöhnst, mein Gebieter, dann verspreche ich dir alles, was du willst, notfalls sogar die Inkawürde, sollte Kari etwas zustoßen oder er meine Angebote zurückweisen. Ich denke, die Quichua hätten nichts dagegen einzuwenden, von einem Weißen Gott aus dem Meer regiert zu werden, der sich als großer Feldherr und tapferer Kämpfer erwiesen hat und über mehr Wissen und Weisheit verfügt als sie selbst«, fügte er nachdenklich hinzu. »Nur müßte man sich dann nicht nur Urcos entledigen, sondern auch Karis.«

»Womit ich niemals einverstanden wäre«, gab ich zurück, »denn er ist mein Freund, und wir haben viele Gefahren miteinander bestanden. Außerdem will ich gar nicht Inka werden.«

»Dann hast du vielleicht einen anderen Herzenswunsch, mein Gebieter? Ich hatte damals in der Stadt der Chanca einen gewissen Verdacht. Ist die edle Quilla nicht eine wunderschöne und majestätische Frau? Wie seltsam, daß sie ihr Herz einem hilflosen Greis wie Upanqui geschenkt haben soll.«

Wir sahen uns an.

»Sehr seltsam«, stimmte ich zu. »Auch finde ich es sehr traurig, diese wunderschöne Quilla bis an ihr Lebensende in einem Kloster einzusperren. Ich will ganz ehrlich sein, Hoherpriester, es ist nicht gut, wenn ein

Mann alleine lebt. Ich hätte sie lieber selbst geheiratet, anstatt sie einem solchen Schicksal zu überlassen, und vielleicht wäre sie dazu sogar bereit gewesen.«

Wieder sahen wir uns an, und ich fuhr fort:

»Als wir hörten, daß sie nun zu den Jungfrauen gehört, machte ich Kari gegenüber eine ähnliche Andeutung, und dann fragte ich ihn, ob er sie, wenn er denn Inka würde, von dort wegholen und mir anvertrauen würde.«

»Was hat er geantwortet, Herr?«

»Er sagte, er liebe mich wie einen Bruder, aber er würde mich eher mit eigener Hand töten, denn eine solche Tat sei ein Verbrechen gegen die Sonne. Und der Inka erklärte mir vergangene Nacht etwa das gleiche.«

»Tatsächlich, mein Gebieter? Nun, die Inkas werden von uns Priestern zu solchem Denken erzogen. Wo bliebe sonst unsere Macht? Schließlich sind wir die Stimme der Sonne auf Erden und verkünden ihre Befehle.«

»Aber denkt ihr auch selbst immer so, o Hoherpriester?«

»Nicht unbedingt. In allen göttlichen und menschlichen Gesetzen gibt es Schlupflöcher, und im Fall der edlen Quilla glaube ich, ein solches zu erkennen. Doch bevor wir noch mehr Zeit mit leeren Worten vergeuden – sag mir, Weißer Gott, begehrst du sie, und wenn, bist du bereit, den Preis zu bezahlen, den ich verlange? Wirst du dafür sorgen, daß der Prinz Kari mein Freund bleibt, falls er Inka wird, und mich in Amt und Würden behält?«

»Meine Antwort lautet: ich begehre diese Frau, o Hoherpriester, und wenn es möglich ist, werde ich Kari das von dir gewünschte Versprechen abringen. Wo ist nun das Schlupfloch?«

»Ich glaube mich an ein altes Gesetz zu erinnern, mein Gebieter, wonach keine Frau, die in irgendeiner Weise verstümmelt ist, zur Gemahlin der Sonne taugt.

Zugegeben, dieses Gesetz wurde für die Zeit *vor* der Verpflichtung zu diesem heiligen Bund geschaffen, doch wenn ich als Hoherpriester zu einer Entscheidung aufgerufen wäre, könnte ich zu der Ansicht gelangen, daß es auch auf Frauen zutrifft, die *nach* der Eheschließung verstümmelt wurden. Der Fall ist sehr selten, und Präzedenzfälle lassen sich auch bei gründlicher Suche nicht finden. Nun will es der Zufall, daß die edle Quilla durch Urcos üble Machenschaften ihr Augenlicht und damit ihre körperliche Unversehrtheit einbüßte. Du verstehst, was ich meine?«

»Durchaus; aber wie würden sich Upanqui und Kari dazu stellen? Du selbst sagst ja, daß alle Inkas Eiferer sind. Sie könnten das Gesetz auch anders auslegen.«

»Ich weiß es nicht, mein Gebieter; aber reden wir nicht länger um den heißen Brei herum. Ich helfe dir, wo ich kann, wenn du mir hilfst, wo du kannst. Freilich glaube ich, daß dir, der du kein Eiferer bist, letztlich nichts anderes übrig bleiben wird, als das Gesetz in die eigene Hand zu nehmen; und vielleicht findet sich dazu auch die edle Quilla bereit, die ja den Mond und nicht die Sonne verehrt.«

So wurde ich mit diesem durchtriebenen Priester und Staatsmann handelseinig. Falls ich Kari in seinem Sinne beeinflussen könne, so schwor er bei der Sonne, würde er mir Zugang zur edlen Quilla verschaffen und mir behilflich sein, mit ihr zu fliehen, wenn wir das beide wünschten. Ich wiederum versprach ihm feierlich, mich bei Kari für ihn einzusetzen. Außerdem überzeugte er mich, daß wir uns fortan gegenseitig in der Hand hätten und nicht zu befürchten brauchten, daß einer seinen Eid bräche.

Anschließend erörterten wir Staatsangelegenheiten. Ich erhielt den Auftrag, Huaracha und den Chanca einen ehrenvollen Waffenstillstand anzubieten, verbunden mit der Erlaubnis, mit ihren Heerscharen in einigen Tälern unweit Cuzcos zu lagern, wo sie bis zum Friedensschluß verpflegt werden sollten. Der Friedensvertrag würde ihnen alles zugestehen, was sie brauchten, vor allem Freiheit und Sicherheit vor einer Invasion. Des weiteren sollte ich Kari – und alle, die gestern zu ihm übergelaufen waren – mit dem Versprechen nach Cuzco bringen, daß niemand sie dort behelligen würde.

Als Larico ging, war ich so glücklich wie seit dem Tag nicht mehr, an dem ich Quilla Lebewohl gesagt hatte. Denn jetzt sah ich endlich Licht, ein schwaches, flackerndes Lichtlein nur, gewiß, das sich, wenn überhaupt, nur nach vielen Schwierigkeiten und Gefahren erreichen ließe, aber doch Licht im Dunkel. Ich hatte in diesem Land des schwärzesten Aberglaubens einen Menschen gefunden, der kein blinder Eiferer war. Der Hohepriester der Sonne kannte seinen Gott zu gut, um ihn zu fürchten, er traute ihm nicht zu, sogleich auf die Erde herniederzusteigen und alles in Schutt und Asche zu legen, wenn eine von seinen Hunderten von Bräuten einen anderen zum Manne nahm. Natürlich konnte ich nicht ausschließen, daß dieser Larico mich und Quilla verriet, aber daran glaubte ich nicht. Er hätte damit nichts zu gewinnen, aber viel zu verlieren gehabt, denn ich konnte Kari jederzeit zu seinem Gegner machen, jedenfalls bildete ich mir das ein. Wie auch immer, ich konnte nur vorwärtsgehen und auf Fortuna vertrauen, obwohl die mir bislang nie hold gewesen war, wenn es um Frauen ging.

* * *

Wenig später wurde ich in einer der persönlichen Sänften des Inka, begleitet von einer Abordnung hoher Adeliger, ins Lager der Chanca getragen.

Wir überquerten die blutgetränkte Ebene, wo beide Seiten im Schutz der Waffenstillstandsfahne eifrig beschäftigt waren, ihre Tausenden von Toten zu begraben, und kamen zu dem Höhenzug, von dem aus wir am Vortag angegriffen hatten. Hier wurden wir von Wachposten angehalten, und ich stieg aus meiner Sänfte. Als die Chanca mich und meine Rüstung erkannten und sahen, daß ich lebend zu ihnen zurückgekehrt war, da brachen sie in lauten Jubel aus, und man führte mich und die Vertreter des Inka-Adels unverzüglich in König Huarachas Pavillon.

Der König lag krank auf seinem Lager. Äußerlich war er unversehrt, aber Urco hatte ihm mit einem Schlag seiner Keule schwere Prellungen am Unterleib zugefügt und vermutlich auch die Eingeweide verletzt. Bei meinem Anblick war seine Freude groß, hatte er doch befürchtet, ich sei nach meiner Gefangennahme getötet worden. Nun wollte er wissen, wie es denn zugehe, daß ich in Begleitung unserer Feinde in seinem Lager erscheine. Ich erstattete ihm Bericht und fügte hinzu, daß ich mich verpflichtet hätte, nach Abschluß meines Auftrages nach Cuzco zurückzukehren. Dann unterbreiteten ihm die Abgesandten des Inka ihre Vorschläge für einen Waffenstillstand und zogen sich zurück, damit Huaracha sich mit seinen Feldherren und mit Kari besprechen konnte, der übrigens ebenfalls überglücklich war, mich wohlbehalten wiederzusehen.

Der Waffenstillstand wurde schließlich ohne Einschränkungen angenommen. Huaracha und sein Heer erklärten sich bereit, in den oben erwähnten Tälern ihr Lager aufzuschlagen. Dort sollten sie so lange mit der nötigen Verpflegung versorgt werden, bis ein annehmbares Friedensangebot ergangen war. Im Grunde waren die Chanca heilfroh über diesen Plan, denn sie hatten schwere Verluste erlitten und waren nicht in der Verfassung, einen neuerlichen Angriff gegen Cuzco zu führen, das immer noch von riesigen Scharen tapferer, um ihre Heimat, ihre Familien und ihre Freiheit kämpfender Krieger verteidigt wurde.

So einigte man sich also unter dem Vorbehalt, daß es

binnen höchstens dreißig Tagen zum Friedensschluß käme. Andernfalls sollte der Kampf wiederaufgenommen werden.

Anschließend berichtete ich Huaracha unter vier Augen, was ich über Quilla erfahren hatte. Ich sagte ihm auch, ich hätte noch Hoffnung, sie zu retten, ohne jedoch zu erwähnen, worin diese Hoffnung bestand. Er überlegte eine Weile und meinte dann, er müsse Quillas Schicksal nun den Göttern und mir überlassen, denn die Chance auf einen ehrenvollen Frieden könne er nicht einmal um ihretwillen in den Wind schlagen. Weiterzukämpfen bedeute den sicheren Tod. Auch sei er verwundet, und ich, sein einstiger Feldherr, sei ein Gefangener, der sich unter Eid verpflichtet habe, in sein Gefängnis zurückzukehren. Damit seien die Chanca führerlos.

So schieden wir voneinander. Ich versprach ihm, mich weiterhin für seine Sache einzusetzen und ihn, wenn möglich, wieder zu besuchen.

Nun ging ich mit Kari etwas abseits, damit niemand uns belauschen konnte, erklärte ihm, wie die Dinge standen, und legte ihm das Angebot des Hohenpriesters Larico vor. Von Quilla sagte ich kein Wort, so sehr es mich auch schmerzte, Kari einen Teil der Wahrheit zu verheimlichen. Doch was sollte ich tun? Wenn ich ihm alles sagte, und er wurde Inka oder zumindest offizieller Thronfolger, dann würde er im Wahn seines Aberglaubens mein Geständnis gegen mich verwenden. Womöglich behauptete er noch, Quilla wandle auf frevelhaften Pfaden, und ließ sie von den Priestern töten. Ich schwieg also über diese Angelegenheit, und auch er erwähnte Quilla mit keinem Wort. Ich denke, er wollte nichts wissen von dieser Frau und ihrem Los.

Als er alles erfahren hatte, sagte er:

»Das könnte eine Falle sein, mein Gebieter. Ich traue diesem Larico nicht, denn er war immer mein Feind und Urcos Freund.«

»Mir scheint, er denkt in erster Linie an sich selbst«, antwortete ich. »Er weiß, daß Urco ihm mißtraut und ihn töten wird, sollte er wieder genesen, weil Larico im Streit der beiden die Partei deines Vaters Upanqui ergriffen hat.«

»Ich weiß nicht recht«, sagte Kari. »Aber manchmal muß man ein Risiko eingehen. Erinnerst du dich noch, wie ich dir auf unserer Fahrt den englischen Fluß hinab und auch später immer wieder einschärfte, wir müßten unseren Göttern vertrauen? Und haben sie uns nicht gerettet? Nun, auch diesmal setze ich mein Vertrauen in meinen Gott.« Er zog Pachacamacs Bildnis heraus, das er noch immer um den Hals trug, und küßte es, dann drehte er sich um, verneigte sich und sprach ein Gebet an die Sonne.

»Ich komme mit dir«, sagte er, als er seine Andacht beendet hatte. »Mag die Sonne entscheiden, ob ich Inka werde oder in den Tod gehe.«

So kam es, daß er und einige seiner Freunde – Offiziere der Regimenter, die in der Schlacht zu ihm übergelaufen waren – mich begleiteten. Die fünftausend Soldaten, oder was davon noch übrig war, blieben jedoch zurück, mußten sie doch befürchten, von Urcos Leuten überfallen und abgeschlachtet zu werden.

* * *

Wir kamen wohlbehalten in Cuczco an, und noch am gleichen Abend trafen sich Kari und der Hohepriester Larico zu einer geheimen Unterredung. Worum es ging, weiß ich nicht, Kari sagte mir nur, sie hätten eine für beide Seiten befriedigende Übereinkunft erzielt. Larico sagte mir beim nächsten Treffen das gleiche und fügte hinzu:

»Du hast dein Wort gehalten und mir geholfen, Herr-aus-dem-Meer, so will ich auch das meine halten, wenn es soweit ist. Doch laß dich warnen: Sprich mit dem Prinzen Kari nicht über eine gewisse Frau, denn als ich ihren Namen erwähnte und andeutete, wie sehr es die Verhandlungen erleichtern und den Frieden festigen würde, wenn man sie ihrem Vater Huaracha ausliefere, da antwortete er, lieber würde er gegen Huaracha und die Yunca zusammen kämpfen, bis der letzte Mann in Cuzco gefallen sei.

›Zur Sonne ist sie gegangen‹, sagte er, ›und dort muß sie auch bleiben, wenn uns nicht alle miteinander der Fluch der Sonne und Pachacamacs treffen soll, des Geistes, der über der Sonne steht.‹«

Weiterhin vertraute Larico mir an, die hohen Adeligen, die auf Urcos Seite stünden, befürchteten Verrat und hätten ihren Prinzen in einer Sänfte in eine Festung in den Bergen gebracht, die fünf Wegstunden von Cuzco entfernt sei. Begleitet hätten ihn mehrere tausend vertrauenswürdige Männer, die in und um diese Festung Posten beziehen würden.

Am nächsten Morgen erhielt ich Befehl, dem Inka Upanqui aufzuwarten. Ich legte meine Rüstung an und begab mich zu ihm. Er erwartete mich in dem gleichen großen Saal wie beim ersten Mal, nur war er diesmal sehr viel prächtiger gekleidet. Etliche hohe Adelige aus dem Inkageschlecht und einige Priester waren bei ihm, darunter der *Villaorna* Larico.

Der alte König schien an diesem Tag in guter Verfassung und bei klarem Verstand zu sein, er begrüßte mich freundlich und wollte hören, was ich im Lager der Chanca mit Huaracha besprochen hätte. Ich erstattete ausführlich Bericht, und verheimlichte ihm nur, wie hoch die Verluste der Chanca waren, und wie sehr sie sich freuten, mit dem Waffenstillstand eine Atempause zu bekommen.

Upanqui erklärte, man würde die Sache schon regeln. Er sprach sehr von oben herab, als handle es sich nur um eine Kleinigkeit, und daran sah ich, wie groß seine Macht sein mußte. Tatsächlich war er ein bedeutender Monarch. Englands gesamtes Staatsgebiet war nicht größer als eine Provinz seines riesigen Reiches, und das war bis in den letzten Winkel mit Menschen bevölkert, die, sofern sie nicht gerade aufbegehrten wie die Yunca, nur dafür lebten, seinen Willen zu tun.

Ich hielt die Audienz schon für beendet, als sich ein Kammerherr dem Thron näherte, niederkniete und meldete, ein Bittsteller ersuche darum, vor den Inka treten zu dürfen. Upanqui schwenkte zum Zeichen, daß er die Bitte gewähre, sein Zepter, jenen langen Stab mit dem Smaragd, den ich bereits erwähnte. Und alsbald kam Kari in der Tunika und im Mantel eines Inka-Prinzen, im Ohr eine Scheibe mit dem Bild der Sonne, und um den Hals eine Kette aus goldgefaßten Smaragden, durch den Saal geschritten. Und er kam nicht allein, sondern wurde von einer prächtig gekleideten Schar eben jener Adeligen und Offiziere begleitet, die am Tag der großen Schlacht zu ihm übergelaufen waren. Vor dem Thron angelangt, kniete er nieder.

»Wer ist der Mann, der sich mit den Insignien des Heiligen Geschlechtes schmückt und sich kleidet wie ein Prinz der Sonne?« fragte Upanqui. Er gab sich ahnungslos und unbekümmert, aber ich sah, wie ihm das Blut in die bleichen Wangen schoß, und wie das Zepter in seiner runzeligen Hand zitterte.

»Einer, der in der Tat dem heiligen Inkageschlecht angehört und in direkter Linie von der Sonne abstammt«, antwortete Kari auf seine ruhige, würdevolle Art.

»Und wie lautet sein Name?« fragte der Inka weiter.

»Sein Name lautet Kari, und er ist der erstgeborene Sohn des Upanqui, o Inka.«

»Ich hatte einst einen Sohn dieses Namens; aber ich glaubte ihn längst nicht mehr unter den Lebenden«, sagte Upanqui mit zitternder Stimme.

»Er ist nicht tot, o Inka. Er lebt und kniet vor dir. Urco hatte ihm Gift gegeben, aber sein Vater, die Sonne, rettete ihn, und der Geist, der über allen Göttern steht, erhielt ihn am Leben. Die See trug ihn in ein fernes Land, wo er einen Weißen Gott fand, der sich seiner annahm und sein Freund wurde.« Hier deutete er mit dem Kopf auf mich. »Mit diesem Gott kehrte er in seine Heimat zurück, und nun kniet er vor dir, o Inka.«

»Das kann nicht sein«, sagte der Inka. »Du nennst dich Kari, aber wie kannst du beweisen, daß du es wirklich bist? Zeig mir das Bild des Geistes, der über allen Göttern steht, und das man seit Generationen dem ältesten Sohn des Inka mit seiner Königin um den Hals legt.«

Kari öffnete seinen Mantel und zog das goldene Abbild Pachacamacs heraus, das er niemals ablegte.

Upanqui hielt es dicht vor seine tränenden Augen und betrachtete es genau.

»Es scheint mir das nämliche zu sein«, sagte er. »Wer sollte es besser kennen als ich, lag es doch an meiner eigenen Brust, bis mein erster Sohn zur Welt kam. Doch wer weiß, können nicht auch solche Dinge kopiert werden?«

Er gab Kari das Bildnis zurück, überlegte eine Weile und sagte dann:

»Schafft mir die Mutter der Königlichen Ammen herbei.«

Die Dame hatte wohl schon gewartet, denn es dauerte nur eine Minute, bis ein altes Hutzelweib mit runden, glänzenden Äuglein vor dem Thron erschien.

»Mutter«, sagte der Inka, »du hast der *Coya* (das heißt Königin) beigestanden, die bereits zur Sonne eingegangen ist, als ihr Knabe geboren wurde, und hast ihn anschließend jahrelang genährt. Würdest du seinen Körper auch wiedererkennen, wenn er ein Mann in den mittleren Jahren wäre?«

»Ja, o Inka.«

»Und woran, Mutter?«

»An drei Muttermalen, o Inka, die wir Frauen einst

Yuti, Quilla und *Chasca* nannten« (das heißt, die Sonne, der Mond und der Planet Venus). »Es waren Glücksmale, und die Götter hatten sie dem Prinzen eins über dem anderen zwischen den Schultern auf den Rücken geprägt.«

»Mann, der du dich Kari nennst, bist du bereit, der Alten deinen Rücken zu zeigen?« fragte Upanqui.

Kari lächelte und streifte wortlos seine bestickte Tunika und alle anderen Kleidungsstücke ab, bis er schließlich mit nacktem Oberkörper vor uns stand. Dann wandte er der Mutter der Ammen seinen Rücken zu. Sie humpelte heran und musterte ihn mit ihren blanken Äuglein.

»Viele Narben«, murmelte sie, »Narben vorn und Narben hinten. Ein Krieger, der so manche Schlacht erlebt und viele Schläge eingesteckt hat. Aber was haben wir denn hier? Sieh nur, o Inka, da sind *Yuti, Quilla* und *Chasca*, eins über dem anderen, nur ist *Chasca* von einer alten Wunde nahezu verdeckt. O mein Pflegesohn, o mein Prinz, den ich einst mit meinen Brüsten nährte, bist du von den Toten auferstanden, um dein Recht wiederzuerlangen? O Kari aus dem Heiligen Geschlecht; Kari der Verlorene wurde wiedergefunden!«

Fortwährend weiterplappernd, schloß sie ihn weinend in die Arme und küßte ihn. Und er schämte sich nicht, ihre Küsse vor allen Anwesenden zu erwidern.

»Man gebe dem Prinzen seine Kleider zurück«, sagte Upanqui, »und bringe mir die Fransen für den Erben des Inka.«

Der Hohepriester Larico gehorchte ohne Zögern, und daran erkannte ich, wie gut die Szene vorbereitet war. Upanqui nahm Larico die Fransen ab, winkte Kari zu sich und band sie ihm mit Hilfe des Priesters um die Stirn. Damit war Kari als Erbe des Reiches anerkannt und wieder in seine alten Rechte eingesetzt. Nun küßte Upanqui ihn auf die Stirn, und Kari kniete nieder und huldigte seinem Vater.

Danach entfernten sich die beiden, nur von Larico und zwei oder drei Ratgebern aus dem Inkageschlecht begleitet, um sich, wie ich hinterher von Larico erfuhr, ihre Geschichten zu erzählen und Pläne zu schmieden, wie man Urco und seine Anhänger überlisten und notfalls vernichten könnte.

Am folgenden Tag bekam Kari ein eigenes Haus, das mir eher wie eine Festung erschien als wie ein Palast, denn es war aus mächtigen Steinblöcken erbaut, hatte schmale Pforten und stand mitten auf einem freien Platz. Ringsum lagerten, sozusagen als Wache, all jene, die in der Schlacht auf dem Blutfeld zu Kari übergelaufen waren. Sie hatten, nachdem er als königlicher Erbe bestätigt worden war, Huarachas Lager verlassen, um nach Cuzco zurückzukehren. Unweit davon wurden zusätzlich inkatreue Soldaten postiert. Urcos Anhänger verließen dagegen heimlich die Stadt und eilten an sein Krankenlager. In der Stadt wurde verkündet, daß Kari am Tag des neuen Mondes, der von den Magiern zum Glückstag erklärt worden war, im Sonnentempel dem Volk als Erbe des Inka präsentiert werden sollte. Urco dagegen wurde wegen seiner Verbrechen gegen die Sonne, das Reich und seinen Vater, den Inka, enterbt.

Als ich zu Kari ging, um ihm zu seinem Aufstieg zu gratulieren, sagte er: »Bruder« – denn so nannte er mich, seit er wieder zum Prinzen eingesetzt worden war –, »Bruder, habe ich dir nicht immer wieder erklärt, wir brauchten nur unseren Göttern zu vertrauen? Du siehst, mein Vertrauen wurde nicht enttäuscht – auch wenn noch viele Gefahren auf mich lauern und mir vielleicht sogar ein Bürgerkrieg bevorsteht.«

»O ja«, antwortete ich, »deine Götter sind großzügig und geben dir, was immer du willst. Das kann ich von den meinen nicht behaupten.«

»So sprich, was du begehrst, Bruder, denn du kannst alles von mir haben, sogar die Hälfte meines Reiches.«

»Kari«, erwiderte ich, »ich greife nicht nach der Erde, sondern nach dem Mond.«

Er begriff sofort, und seine Miene verfinsterte sich.

»Bruder, der Mond ist unerreichbar für dich, denn er wohnt am Himmel, während du noch auf Erden wandelst«, antwortete er stirnrunzelnd. Dann wechselte er das Thema und kam auf den Frieden mit Huaracha zu sprechen.

KAPITEL X

Die Greueltat

Die Greueltat, die ganz Tavantinsuyu aus Angst vor der Rache des Himmels erzittern ließ, wurde am Tag des Neumonds begangen.

Seit Upanqui seinen älteren Sohn wiedergefunden hatte, hing er nach Art alter und geistig verwirrter Menschen in geradezu abgöttischer Liebe an ihm. Oft lustwandelte er, den Arm um seine Schultern gelegt, mit ihm durch die Gärten und Paläste und plapperte, was ihm gerade in den Sinn kam. Das Unrecht, das er Kari angetan hatte, als er dem Drängen von Urcos Mutter nachgab und deren Sohn bevorzugte, lastete schwer auf seinem Gewissen.

»In Wahrheit, mein Sohn«, hörte ich selbst ihn zu Kari sagen, »scheint es nur so, als würden Männer wie ich die Welt beherrschen, werden wir doch unsererseits stets von den Frauen beherrscht. Sie machen sich die Leidenschaften zunutze, die uns die Götter aus unbekannten Gründen ins Herz senken, und sie sind weitaus zielstrebiger als wir. Der Mann denkt an viele Dinge, doch die Frau denkt nur an das, was sie begehrt. So wird sie alles einsetzen, was sie hat, während der Mann, ohnehin von der Natur mit Verwirrung geschlagen, nur einen geringen Bruchteil seiner Aufmerksamkeit auf den Kampf verwendet und deshalb unterliegen muß; denn der Mann wurde einzig und allein dafür geschaffen, der Frau beizuliegen, auf daß sie neue Männer zur Welt bringe. Diese müssen wiederum anderen Frauen zu Willen sein, die ihrerseits den Anschein erwecken, als seien sie ihre Sklavinnen.«

»Das mußte ich am eigenen Leibe schmerzlich erfahren, Vater«, antwortete Kari ernst, »und deshalb bin ich entschlossen, mich mit Frauen so wenig abzugeben, wie meine Stellung es nur erlaubt. Ich habe in diesem und in anderen Ländern erlebt, wie große und edle Männer an der Liebe zu einer Frau zugrunde gingen und ins Verderben stürzten; wie sie, die allen Ruhm, allen Reichtum der Welt in Händen hielten, aufs schmählichste in den Staub getreten wurden. Des weiteren habe ich festgestellt, daß Männer selten klüger werden und stets bereit sind, noch einmal den gleichen Fehler zu machen und alles zu glauben, was weiche Frauenlippen ihnen schwören. Immer wieder verfallen sie dem Wahn, sie würden nur um ihrer selbst geliebt. Auch ich bin in diese Falle getappt. Urco hätte mir mein schönes Weib nicht wegnehmen können, Vater, wenn sie nicht dazu bereit gewesen wäre. Aber sie hatte ja gesehen, daß ich deine Gunst und damit jede Hoffnung auf die Scharlachfransen verloren hatte.«

Kari hatte natürlich die ganze Zeit über auf mich angespielt, nun sah er zu mir herüber, und als er merkte, daß ich das Gespräch belauschen konnte, sprach er von etwas anderem.

* * *

Als der große Tag gekommen war, an dem Kari zum Erben des Inka ausgerufen werden sollte, versammelten sich alle Adeligen des Landes, besonders die Angehörigen des Inkageschlechtes und die ›Ohrenmänner‹, ein Rang, der etwa dem unserer englischen Peers entspricht. Die Zeremonie sollte im Beisein dieser erlauchten Gesellschaft im Großen Sonnentempel stattfinden, den ich dabei zum ersten Mal zu Gesicht bekam.

Der Sonnentempel war sehr groß und unglaublich prächtig und trug völlig zu Recht den Namen ›Goldenes Haus‹. Denn hier war alles aus Gold. An der Westwand hing ein Bildnis der Sonne, ein riesiges, von

Edelsteinen umrahmtes Goldantlitz mit Augen und Zähnen aus großen Smaragden, das von einer Seite zur anderen mehr als zwanzig Fuß maß. Auch Decke und Wände waren mit Gold vertäfelt, und sogar die Gesimse und die Säulenkapitelle waren aus massivem Gold.

An diesen Tempel schlossen sich weitere Gebäude an, die dem Mond und den Sternen geweiht waren. Der Tempel des Mondes war ganz in Silber gehalten, und ein silbernes Abbild des Mondgesichtes hing an der Westwand. Ähnlich sah es in den Tempeln der Sterne, des Blitzes und des Regenbogens aus, wobei letzterer mit seinen vielen, durch Edelsteine dargestellten Farben wohl am eindrucksvollsten war.

Ich war überwältigt von soviel Pracht, und plötzlich ging mir ein Gedanke durch den Kopf: Wenn man davon in Europa wüßte, dann würden Zehntausende von Menschen ihr Leben aufs Spiel setzen, um dieses Land zu erobern und seinen Reichtum an sich zu bringen. Hier dagegen maß man dem Gold weiter keinen großen Wert bei, man verwendete es nur als Zierde und opferte es den Göttern und den Inkas.

Freilich war das Gold nicht das größte Wunder dieses Sonnentempels, denn zu beiden Seiten des Sonnenbildnisses saßen auf goldenen Thronen die toten Inkas und ihre Königinnen. Alle waren sie in die königlichen Gewänder gehüllt, hielten die Insignien in den Händen und trugen die Fransen auf den gesenkten Köpfen. Man hatte sie so kunstvoll konserviert, daß man sie für Schlafende hätte halten können, hätte der Tod den Gesichtern nicht seinen Stempel aufgeprägt. Im Antlitz von Karis verstorbener Mutter fand ich die Züge des Sohnes wieder. Die Zahl der toten Könige und Königinnen war groß, denn man hatte vom ersten Inka der Geschichte an alle Herrscher in diesen heiligen Mauern versammelt. Hier ruhten sie nun in der Obhut der Sonne, die sie als ihren Stammvater betrachteten. Der

Anblick war so erhaben, daß ich von tiefer Ehrfurcht ergriffen wurde, und auch den anderen erging es wohl so, denn mir fiel auf, daß jeder mit bloßen Füßen einherschritt und niemand beim Sprechen die Stimme erhob.

Nun betrat der alte Inka Upanqui, prächtig gekleidet und von Höflingen und Priestern begleitet, den Tempel. Kari folgte ihm mit seinen vornehmen Anhängern. Der Inka verneigte sich vor der Versammlung, und alle warfen sich vor seiner göttlichen Majestät zu Boden. Nur mich zwang mein Stolz als Engländer, aufrecht stehen zu bleiben, auch wenn ich mir dabei vorkam wie der einzige Überlebende auf einem Schlachtfeld voller Gefallener. Auf ein Zeichen hin erhob man sich wieder, und der Inka setzte sich auf einen edelsteinbesetzten Goldthron unter dem Sonnenbildnis, während Kari auf einem kleineren Thron zur Rechten des Inka Platz nahm.

Ich betrachtete ihn in seinem Glanz, an diesem Tag, der ihm alles wiedergab, was er verloren, und plötzlich stand mir der elende, halbverhungerte, von Schlägen gezeichnete und unbeschreiblich schmutzige Fremdling vor Augen, den ich am Themsekai vor dem grausamen Pöbel gerettet hatte, und ich staunte über die Launen des Schicksals, die diesen wundersamen Wandel herbeigeführt hatten.

Auch mein Glück hatte sich gewendet, denn damals war ich für meine Verhältnisse einer der Großen gewesen, und jetzt war ich ein Ausgestoßener. Zwar konnte ich mich wahrhaftig nicht beklagen über die Aufnahme in dieser schillernden, neuen Welt jenseits des Meeres, von der man bei uns nichts ahnte. Der Reiz des Fremden, das unbekannte Wissen, über das ich verfügte, und meine Erfahrungen in der Kunst des Krieges hatten mir viele Türen geöffnet. Doch im Grunde war ich nur ein heimatloser Wanderer, und das würde ich auch bleiben bis an mein Lebensende. Kari hing wohl den gleichen Gedanken nach, denn in diesem Augenblick trafen sich unsere Blicke, und ich las es in seinen Augen.

So war nun aus meinem Diener mein Herr geworden. Mein Freund war er zwar noch immer, doch ahnte ich bereits, daß ihn die Führung dieses großen Reiches bald voll in Anspruch nehmen würde, und dann wäre ich noch einsamer als bisher. Auch gehörten wir nicht nur verschiedenen Rassen an, er dachte auch anders als ich und hatte sich zum Sklaven eines Glaubens gemacht, der für mich nur ein abscheulicher Aberglaube war, eine Ausgeburt des Teufels, der übrigens hier gelegentlich unter dem Namen *Cupay* verehrt wurde, wobei dieser *Cupay* andernorts auch als Gott der Toten galt.

Oh, könnte ich nur mit Quilla fliehen, um den Rest meines Lebens an ihrer Seite zu verbringen! Unter all den unzähligen Menschen hier war sie doch die einzige, die mich verstand und so dachte wie ich, weil ihr das heilige Feuer der Liebe die Augen geöffnet und alle Unterschiede weggebrannt hatte. Aber Quilla war mir durch ebendiesen verfluchten Aberglauben entrissen worden, und Kari mochte mir noch so viele Zugeständnisse machen, diese Mondfrau würde er mir niemals überlassen, denn damit hätte er nach seinen eigenen Worten seinen Gott gelästert.

* * *

Die Zeremonie begann. Zuerst brachte Larico, der Hohepriester der Sonne, in seinem weißen Priestergewand auf einem kleinen Altar vor dem Thron des Inka ein Opfer dar.

Es war ein sehr schlichtes Opfer, Früchte, Getreide und Blumen, sowie ein paar Goldgebilde in seltsamen Formen. Mehr sah ich nicht, und so bin ich sicher, daß – anders als bei den Blutopfern der Juden und einiger anderer Völker – in diesem großen Land nichts Lebendiges auf den Altar gelegt wurde.

Gebete wurden allerdings gesprochen – sehr schöne und reine Worte, soweit ich sie verstehen konnte, denn die Sprache der Gottesdienste war sehr alt und unterschied sich von der Umgangssprache; auch schritten die Priester, ähnlich wie bei unseren Meßfeiern, immer wieder hin und her, verneigten sich und beugten das Knie, wobei mir nicht ganz klar war, ob solches zu Ehren des Gottes geschah oder dem Inka galt.

Als das Opfer vorüber und das kleine Altarfeuer – von dem man mir sagte, es sei über Jahrhunderte niemals erloschen – heruntergebrannt war, ergriff der Inka das Wort. Er erzählte sehr ausführlich und mit vielen Einzelheiten, die mir bis dahin nicht bekannt gewesen waren, von Kari und von der Entfremdung zwischen Vater und Sohn, die Urcos Mutter – sie war, genau wie Karis Mutter, inzwischen verstorben – in vergangenen Jahren mit ihren Machenschaften bewußt betrieben hatte. Offenbar hatte diese Frau dem Inka so lange damit in den Ohren gelegen, daß Kari auf Verrat sinne, bis er Urco befahl, seinen Bruder gefangenzunehmen. Der sei jedoch nur mit Karis Frau zurückgekommen und habe behauptet, Kari habe sich selbst getötet.

Hier ließ sich Upanqui nach Greisenart von seinen Gefühlen überwältigen, er schlug sich an die Brust und vergoß sogar bittere Tränen. Durch seine eigene Ungerechtigkeit sei es so weit gekommen, daß die Bösen über die Guten triumphierten, und sein Vater, die Sonne, würde ihn für diese Sünde gewiß bestrafen – wobei er wohl nicht ahnte, wie schnell ihn diese Strafe ereilen sollte. Nach einer Weile setzte er seine Geschichte fort, indem er Urcos sämtliche Schandtaten aufzählte, seine Frevel gegen die Götter sowie seine Morde an Menschen aus allen Teilen der Gesellschaft und den Raub ihrer Frauen und Töchter. Zum Schluß ging er auf die Rückkehr des totgeglaubten Kari und auf die Geschehnisse ein, die ich bereits geschildert habe.

Im folgenden setzte er Urco in einer feierlichen Zeremonie als Erben des Reiches ab und gab diesen Titel Kari zurück, dem er von Geburts wegen zustand. Anschließend rief er einen seiner toten Vorfahren nach dem anderen zum Zeugen für diese Amtshandlung auf, und schließlich band er Kari mit großer Würde zum zweiten Mal die Prinzenfransen um die Stirn. Dazu sprach er:

»Bald, o Prinz Kari, wirst du die gelbe Krone mit der roten vertauschen, die ich noch trage, und die gesamte Bürde des Reiches auf deine Schultern nehmen. Denn ich gedenke mich baldmöglichst nach Yucay in meinen Palast zurückzuziehen und dort meinen Frieden mit Gott zu machen, bevor ich abberufen werde in die Paläste der Sonne.«

Als er geendet hatte, huldigte Kari seinem Vater und berichtete seinerseits, ruhig und gelassen, wie es seine Art war, was ihm sein Bruder Urco angetan hatte und wie er dessen Nachstellungen zwar lebend, aber seines Verstandes beraubt entkommen war. Weiterhin erzählte er von seiner Irrfahrt über das Meer und kam schließlich darauf zu sprechen, wie ich ihn in seinem Elend gefunden und vor dem Tode gerettet hatte. Ich sei in meiner Heimat, die er sonst übrigens mit keinem Wort erwähnte, ein sehr angesehener Mann gewesen, doch sei es mir ergangen wie ihm selbst, ich hätte großes Unrecht erlitten, und so habe er mich überredet, mit ihm in sein Land zu reisen und dessen Finsternis mit meiner Weisheit zu erhellen. Meinen göttlichen Zauberkräften sei es zu verdanken, daß wir wohlbehalten hier gelandet seien. Zuletzt fragte er die versammelten Priester und Adeligen, ob sie bereit seien, ihn als künftigen Inka anzuerkennen und ihm zur Seite zu stehen, sollte Urco gegen ihn zu Felde ziehen.

Die Antwort lautete, man sei bereit und werde ihn nach Kräften unterstützen.

Nun folgten weitere Rituale, so setzte etwa der Hohepriester einen toten Inka nach dem anderen von dieser feierlichen Erklärung in Kenntnis und richtete unzählige Gebete an die Könige und ihren Vater, die Sonne. Dazwischen stimmten die Chöre, die unsichtbar in den Seitenkapellen standen, immer wieder ihre Gesänge an. So ging der Tag zur Neige, bis die Feier zu Ende war.

Es dämmerte bereits, als der Inka mit Kari und mir, den Priestern und allen Adeligen den Tempel verließ, um Kari der riesigen Menge, die auf dem offenen Platz vor den Toren wartete, als Thronerben zu präsentieren.

Hier wurde die Zeremonie fortgesetzt. Der Inka und die meisten von uns – für alle war nicht genügend Platz, obwohl wir uns so dicht aneinanderdrängten wie in Hastings die Heringe in den Fischkörben – bestiegen eine Plattform, die von einer prachtvollen Kette aus massivem Gold umgeben war, von der es hieß, man brauche fünfzig Männer, um sie vom Boden aufzuheben. Dann trat Upanqui, der wieder ganz frisch wirkte – vielleicht hatte er irgendeine Droge zu sich genommen, oder das große Ereignis beflügelte seine Lebensgeister –, an den Rand des niedrigen Podests und wandte sich an die Menge, um ihr in ähnlich wohlgesetzten Worten wie im Tempel darzulegen, worum es ging. Als er seine Ansprache beendet hatte, fragte er feierlich:

»Seid ihr, Kinder der Sonne, bereit, meinen Erstgeborenen, den Prinzen Kari, nach mir als Inka anzuerkennen?«

Ein lautes Ja brandete auf, und als die Stimmen wieder verstummten, drehte sich Upanqui um und rief Kari zu sich, um ihn dem Volke zu zeigen.

In diesem Augenblick sah ich im Halbdunkel einen großen Mann mit grausamen Zügen und einem Kopfverband über die goldene Kette setzen und erkannte, daß es Urco war. Er schwang sich auf die Plattform und schrie: »*Ich* erkenne ihn nicht an, und dies ist die Strafe für euren Verrat.« Damit stieß er dem Inka ein Messer oder Schwert aus blankem Kupfer in die Brust.

Bevor sich in der Menge jemand regen konnte, war Urco schon wieder über die Kette und von der Plattform gesprungen und in einer Gruppe von Bürgern oder Bauern – zweifellos verkleidete Anhänger – verschwunden.

Alle waren wie gelähmt vor Entsetzen. Ein lauter Seufzer stieg gen Himmel, dann trat Stille ein. Eine solche Tat hatte es in der Geschichte dieses Reiches noch nie gegeben. Der greise Upanqui hielt sich noch einen Augenblick auf den Beinen, obwohl ihm das Blut in Strömen über den weißen Bart und das juwelenbesetzte Gewand floß. Er drehte sich ein wenig zur Seite und sagte mit klarer, gütiger Stimme:

»Nun, Kari, wirst du früher Inka, als ich dachte. Nimm mich auf zu dir, o Gott, mein Vater, und verzeih dem Mörder. Er kann doch wohl mein leiblicher Sohn nicht sein.«

Dann fiel er vornüber, und als wir ihn aufhoben, war er tot.

Noch lag Schweigen über der Menge; alles war wie mit Stummheit geschlagen. Endlich trat Kari vor und rief:

»Der Inka ist tot; doch ich, der Inka, lebe und werde ihn rächen. Hiermit erkläre ich dem Mörder Urco und allen seinen Anhängern den Krieg!«

Damit hatte er den Bann gebrochen, und aus der nur schemenhaft erkennbaren Menge erhob sich ein Aufschrei des Hasses gegen Urco, den Schlächter und Vatermörder. Alles rannte wild durcheinander und suchte nach ihm. Vergebens! Er war im Dunkeln entkommen.

Am folgenden Tag wurde Kari in einer weiteren

Zeremonie zum Inka gekrönt, wobei man wegen der unruhigen Zeiten auf viele Teile des Rituals verzichtete. So tauschte er nur die gelben Fransen gegen die scharlachroten und nahm zum Andenken an seinen Vater dessen Königsnamen Upanqui an. In Cuczco gab es niemanden, der sich dagegen aufgelehnt hätte. Die ganze Stadt war wegen des begangenen Frevels wie gelähmt, und Urco war mit seinen Anhängern nach Huarina am Ufer des großen Titicaca-Sees geflohen, wo es eine Insel mit herrlichen Tempeln voller Gold gab, und diese Stadt war ziemlich weit von Cuzco entfernt.

* * *

Der Bürgerkrieg, der nun begann, tobte drei volle Monate lang. Von dieser Zeit und ihren Geschehnissen will ich nicht viel berichten, es wäre zu mühsam, und ich möchte mit meiner Geschichte fortfahren.

Ich spielte in diesem Krieg eine wichtige Rolle. Kari befürchtete, die Chanca könnten Cuzco abermals angreifen, wenn sie sähen, daß das Inkareich in sich gespalten sei, und ich übernahm es, dies zu verhindern. Als Karis Abgesandter besuchte ich das Lager der Chanca und überbrachte Huaracha ein Friedensangebot, das ihm mehr zugestand, als er mit Waffengewalt jemals hätte erringen können. Der alte Kriegerkönig war noch immer nicht von der Verwundung genesen, die Urco ihm mit seiner Keule beigebracht hatte, er war stark abgemagert, konnte sich aber inzwischen auf Krücken fortbewegen. Als ich ihm den Fall darlegte, antwortete er, er spüre kein Verlangen danach, gegen Kari zu kämpfen, der ihm so ehrenvolle Bedingungen anbiete, schon gar nicht, wenn Kari Krieg gegen den verhaßten Urco führe, der nicht nur seine, Huarachas, Tochter habe vergiften wollen, sondern auch ihm selbst einen Schlag versetzt habe, der ihn wohl letztlich das Leben kosten werde. Er sei also bereit, mit dem neuen

Inka einen dauerhaften Frieden zu schließen, wenn dieser sein bisheriges Angebot erweitere und ihm Quilla ausliefere, denn sie sei seine Erbin und solle nach ihm Königin der Chanca werden.

Mit diesem Bescheid kehrte ich zu Kari zurück, nur um festzustellen, daß er in dieser Frage so unerbittlich war wie ein Felsen aus den Bergen. Vergeblich beschwor ich ihn, vergeblich suchte ihn der Hohepriester Larico mit versteckten Andeutungen und feinsinnigen Argumenten milder zu stimmen.

»Mein Bruder«, begann Kari mit seiner weichen, ruhigen Stimme, nachdem er mich geduldig bis zu Ende angehört hatte, »verzeih mir, wenn ich dir sage, daß du mit jedem Wort im Namen des Königs Huaracha zwei Worte in deinem eigenen Namen sprichst. Diese Jungfrau der Sonne, die edle Quilla, hat dich behext, und nun begehrst du sie um jeden Preis zur Frau. Mein Bruder, du darfst mich um alles bitten, was ich dir geben kann, nur von dieser Frau halte dich fern. Ich sage dir noch einmal, ich kann sie weder Huaracha noch dir ausliefern, wenn ich nicht den Fluch meines Vaters, der Sonne, und Pachacamacs, des Geistes über der Sonne, auf mich und mein Volk herabbeschwören will. Wie ich hörte, hatte sich Upanqui, mein irdischer Vater, erdreistet, sie anzusehen, nachdem sie das Haus der Sonne betreten hatte, und auf diesen Frevel führen die Magier und die weisen Männer nach Auswertung der Orakel seinen gewaltsamen Tod zurück. Ich werde ein so ruchloses Verbrechen niemals begehen, selbst wenn uns Huaracha abermals den Krieg erklärte, selbst wenn du dich auf seine oder gar auf Urcos Seite schlügest und mir den Thron wieder zu entreißen suchtest. Denn sollte ich dabei getötet werden, dann stürbe ich wenigstens in Ehren.«

»Dazu wäre ich niemals imstande«, sagte ich traurig.

»Nein, mein Bruder Hubert« (inzwischen nannte er mich oft bei meinem englischen Namen), »dazu wärst du nicht imstande, ich kenne dich ja. So mußt du denn deine Last tragen wie wir alle. Vielleicht gefällt es meinen Göttern oder auch den deinen ja irgendwann doch, dir diese Frau, die dein Herz so sehr begehrt, auf eine Weise zukommen zu lassen, die ich nicht vorherzusehen vermag. Doch aus freien Stücken werde ich sie dir niemals geben. Das wäre für mich nicht anders, als würde der König in deinem England befehlen, den Priestern in euren Tempeln das geweihte Brot und den Wein aus den Händen zu reißen und den Hunden vorzuwerfen oder sie den Ungläubigen in euren Mauern zu geben, damit sie ihren Spott damit treiben; nicht anders, als ließe er die Nonnen aus ihren Klöstern entführen und zu Buhlerinnen machen. Was würdest du in deinem Land von einem solchen König halten? Und was«, fügte er bedeutungsvoll hinzu, »hättest du von mir gehalten, hätte ich eine dieser Nonnen geraubt, nur weil sie mir schön erschien und ich sie zum Weibe begehrte?«

Karis Worte schmerzten mich, weil sie durchaus ein Körnchen Wahrheit enthielten, doch ich antwortete, für mich habe die Sache ein anderes Gesicht. Auch sei Quilla nicht aus freiem Willen Jungfrau der Sonne geworden, sondern nur, um Urco zu entgehen.

»Gewiß, mein Bruder«, stimmte er zu. »Du denkst so, weil du meine Religion für Götzendienst hältst und nicht begreifst, daß die Sonne für mich Gottes Symbol und Gottes Gewand ist. Wenn wir aus dem Geschlecht der Inka oder jene, die zu den Eingeweihten zählen, sie unseren Vater nennen, dann meinen wir damit im Grunde, daß wir Gottes Kinder sind, auch wenn man das gemeine Volk etwas anderes lehrt. Was deinen zweiten Einwand angeht, so hat diese Frau ihre Gelübde aus freiem Willen abgelegt, und wenn sie dabei geheime Hintergedanken hatte, so kenne ich sie nicht. Ich weiß ja auch nicht, warum sie sich erboten hatte, Urcos Weib zu werden, bevor sie dich auf jener

Insel fand. Ich bedauere dich, und ich bedauere auch sie, doch vergiß bitte nicht, was eure eigenen Priester lehren: im Leben jedes Menschen, der kein Unmensch ist, muß es auch Leid und Opfer geben, denn sie sind die Stufen, auf denen der Mensch zum Geistigen emporsteigt. So pflücke denn aus dem Garten des Schicksals so viele Blumen, wie du nur willst, aber diese weiße Blüte laß stehen.«

Lange redete er so salbungsvoll auf mich ein, und endlich ertrug ich es nicht mehr und sagte barsch:

»Für mich ist es sündhaft, o Inka, zwei Menschen zu trennen, die sich lieben, das kann dem Himmel nicht wohlgefällig sein. Du magst deshalb noch soviel Macht besitzen, und du magst mein Freund sein, ich sage dir ganz offen, wenn es mir möglich ist, die edle Quilla aus diesem goldenen Grabe zu befreien, dann werde ich es tun.«

»Das weiß ich, Bruder«, antwortete er, »und wäre ich wie einige meiner Vorgänger, so schickte ich diese Gottesbraut früher auf die Reise in den Himmel, als die Natur es verlangt. Aber das werde ich nicht tun, weiß ich doch auch, daß die Vorsehung über allem steht und der Hilfe des Menschen nicht bedarf. Dennoch warne ich dich: Ich werde dich an deinem Vorhaben hindern, wo ich nur kann, und solltest du Erfolg haben, so werde ich danach trachten, dich und diese Frau für eure Gotteslästerung zu töten. Ja, ich werde dich töten, obwohl ich keinen Menschen auf der Welt so liebe wie dich. Und sollte es König Huaracha gelingen, sie mit Gewalt zu entführen, dann werde ich ihn solange bekriegen, bis entweder ich und mein Volk oder er und sein Volk vernichtet sind. Doch nun laß uns davon aufhören und lieber Pläne gegen Urco schmieden. Nachdem hier keine Frau im Spiel ist, kann ich auf dich bauen, und ich habe deine Hilfe dringend nötig.«

* * *

So kehrte ich denn mit schwerem Herzen in Huarachas Lager zurück und berichtete ihm, wie Kari sich zu seiner Forderung stellte. Er war darüber sehr erzürnt, denn er verehrte andere Götter als die Inkas und hielt nicht viel von der Heiligkeit der Sonnenjungfrauen, und so dachte er sogar daran, den Krieg wiederaufzunehmen. Dazu kam es allerdings nicht, und das hatte verschiedene Gründe. Das größte Hindernis war, daß seine Krankheit sich mit jedem Tag verschlimmerte. Auch sagte ich ihm, ich könne nicht an seiner Seite kämpfen, so sehr ich Quilla auch begehre, denn ich hätte Kari geschworen, ihm gegen Urco beizustehen, und würde mein Wort nicht brechen. Zum dritten waren die Yunca, unsere einstigen Verbündeten, der langen Abwesenheit von zu Hause überdrüssig und wollten heimkehren. Also gaben sie sich zufrieden mit dem Versprechen des neuen Inka, ihnen zu verzeihen und ihren Beschwerden abzuhelfen, und traten den langen Marsch zur Küste an. Auch viele von den Chanca kehrten heimlich in ihr Land zurück. Huarachas große Stunde war vorüber.

Schließlich kamen wir überein, daß es töricht sei, Cuczco anzugreifen, um Quilla zu retten, denn selbst wenn Huaracha gegen die zu allem entschlossenen Verteidiger siegen sollte, fände er seine Tochter vermutlich nur noch tot, oder man hätte sie längst in ein fernes, unbekanntes Kloster entführt. Wir könnten nur hoffen, daß sie uns der Zufall in die Hände spielte. Weiterhin beschlossen wir, daß Huaracha in sein Land zurückkehren solle, nachdem er einen ehrenvollen Frieden geschlossen und auch alle anderen Ziele erreicht hätte. Mir sollte er für den Kampf gegen Urco und als Leibwache für mich und auch für Quilla, sollte es mir gelingen, sie aus dem Haus der Sonne zu befreien, nur fünftausend ausgewählte Männer zurücklassen, die bereit wären, unter mir zu dienen.

Sobald sich das herumsprach, traten unverzüglich

fünftausend der besten und tapfersten Chanca-Krieger vor – alles junge Männer, die ich ausgebildet hatte, und die es nach Krieg und Abenteuern gelüstete – und schworen feierlich, mir in allem zu gehorchen. Mit dieser Truppe kehrte ich, nachdem ich mich von Huaracha verabschiedet und Boten vorausgeschickt hatte, um Kari den Grund für diesen Einmarsch zu erklären, nach Cuczco zurück. Dort wurden wir freundlich empfangen, mir wies man einen Palast zu, und meine Leute wurden in unmittelbarer Nähe davon untergebracht.

Wenige Tage später marschierten wir mit einer großen Streitmacht auf die Stadt Huarina zu und stießen kurz davor auf Urco und sein noch größeres Heer. Es kam zu einer blutigen Schlacht, die einen Tag und eine Nacht währte, doch wie bei der Schlacht auf dem Blutfeld gab es weder Sieger, noch Verlierer. Nachdem die Tausenden von Toten begraben und die Verwundeten nach Cuzco zurückgeschafft worden waren, griffen wir Huarina an. Ich bildete mit meinen Chanca die Vorhut, wir stürmten die Stadt und jagten Urco und seine Mannen hinaus.

Sie zogen sich in die Berge zurück, und nun entspann sich ein Kleinkrieg, der kein Ende nehmen wollte. Die Streitkräfte des Inka hatten viel zu leiden, doch endlich gelang es ihnen, Urcos Truppen bis an die Ufer des Titicaca-Sees zurückzudrängen, wo die meisten in den Sümpfen und in den bewaldeten Tälern verschwanden. Urco selbst entkam jedoch und floh mit einigen seiner Anhänger in Booten auf die heilige Insel im See.

Daraufhin bauten wir aus Schilfrohr und luftgefüllten Schafshäuten eine *Balsa*-Flotte und jagten ihm nach. Wir landeten auf der Insel und stürmten die Tempelstadt, deren Bauten noch schöner und noch kostbarer ausgestattet waren als die in Cuczco. Urcos Männer leisteten verzweifelt Widerstand, aber wir trieben sie von einer Straße zur anderen, und endlich hatten wir sie in einem der größten Tempel eingeschlossen. Als dessen Schilfdach versehentlich in Brand geriet, gingen sie jämmerlich zugrunde. Es war eine so schreckliche Szene, wie ich sie niemals wieder erleben möchte. Leider gelang es Urco und einigen seiner Offiziere, im Schutz des Rauches aus dem brennenden Tempel auszubrechen und sich, entweder in *Balsas* oder, wie vielfach behauptet, schwimmend über den See zu retten. Jedenfalls waren sie verschwunden, und obwohl wir das Festland aufs gründlichste absuchten, fanden wir sie nicht wieder.

Damit hatten wir, wenn man davon absah, daß Urco uns entwischt war, unser Ziel erreicht und kehrten nach Cuzco zurück. Kari marschierte als strahlender Sieger in die Stadt ein und ich ging, kriegsmüde und allen Blutvergießens überdrüssig, an seiner Seite.

KAPITEL XI

Das Haus des Todes

Einmal hatte Kari in diesem langen Krieg gegen Urco der Sieg gelächelt, doch danach senkte sich die Waagschale wieder auf die andere Seite. Kari wurde in einer offenen Feldschlacht geschlagen, und ich wäre um ein Haar mit einem zweiten Heer in einem Tal eingekesselt worden. Schon schien alles verloren, da gelang es mir zu entkommen, indem ich meine Soldaten auf einen Berg führte und Urcos Nachhut von hinten angriff. Letztlich ging alles gut für uns aus, und so brauche ich darauf nicht weiter einzugehen.

In einer der schwärzesten Stunden brachte man einen Offizier zu mir, den unsere Außenposten aufgegriffen hatten, als er desertieren oder sich zumindest an ihnen vorbeischleichen wollte. Zufällig erkannte ich den Mann wieder, ich hatte ihn erst tags zuvor heimlich bei einem sehr ernsthaften Gespräch mit dem Oberpriester Larico beobachtet, der, vielleicht, um ein Auge auf mich zu haben, mit einigen Priestern mein Heer begleitete. So nahm ich den Offizier beiseite, um ihn allein zu verhören, und drohte, ihn zu Tode foltern zu lassen, wenn er mir nicht verrate, was man ihm aufgetragen habe.

Schließlich hatte ich ihn soweit eingeschüchtert, daß er redete, und erfuhr, daß Larico ihn als Boten zu Urco geschickt hatte. Der Oberste Priester war so gut wie sicher, daß wir unterliegen würden und trachtete nun, seinen Frieden mit Urco zu machen, indem er ihm anbot, Karis und meine Pläne zu verraten und ihm einen Weg zu zeigen, uns ohne große Mühe vernichtend zu schlagen. Auch ließ er ihm ausrichten, er, Larico, habe sich nur deshalb auf Upanquis und später auf

Karis Seite geschlagen, weil man ihn mit dem Tode bedroht habe, im Innersten seines Herzens sei er Urco stets treu geblieben. Er erkenne ihn als seinen Obersten Herrn und als den rechtmäßigen Inka an und werde alle Macht der Sonnenpriesterschaft aufbieten, um ihn wieder auf den Thron zu bringen. Der Spitzel hatte außerdem eine Geheimbotschaft bei sich, ein Bündel dünner Schnüre mit kunstvollen Knoten. Diese Knoten dienten den Inkas als Schrift und wurden gelesen wie ein Buch.

Wißbegierig, wie ich nun einmal war, hatte ich mich in dieser Knotenschrift unterrichten lassen, so daß ich sie zu jener Zeit schon halbwegs beherrschte und imstande war, die Botschaft zu entziffern. Sie war knapp, aber unmißverständlich. Der Hohepriester Larico wisse, daß Urco die edle Quilla, die Tochter des Chanca-Königs, die man widerrechtlich bei den Sonnenjungfrauen verborgen halte, noch immer begehre. Der Weiße-Gott-aus-dem-Meer trachte danach, sie zu entführen, aber Larico würde sie Urco übergeben und ihm zugleich auch mich ausliefern, dann könne er mich töten, falls ich sterblich sei.

Als ich so weit vorgedrungen war, packte mich der Zorn, und ich wollte Larico schon ergreifen und als Hochverräter hinrichten lassen. Doch bald besann ich mich eines Besseren. Ich befahl, den Spitzel streng zu bewachen, und niemanden zu ihm zu lassen. Larico ließ ich beobachten, verriet aber weder ihm, noch Kari, was ich erfahren hatte.

Wenige Tage später wendete sich das Glück, Urco wurde geschlagen und flüchtete an die Ufer des Titicaca-Sees. Nun hatten wir von dem heimtückischen Hohenpriester, dem es nur darum ging, auf der Seite des Siegers zu stehen und seine Machtstellung zu bewahren, nichts mehr zu befürchten. Da er mir auch nicht entwischen konnte, wartete ich ab, denn er war meine einzige Hoffnung, an Quilla heranzukommen. Meine Stunde kam nach Beendigung des Krieges und nach unserem triumphalen Einzug in Cuzco. Gleich nach den Siegesfeiern und sobald Kari fest auf seinem Thron saß, schickte ich, der zweitmächtigste Mann im Reich, nach Larico.

Er folgte meinem Ruf, und nachdem wir uns feierlich begrüßt hatten, begann er, meine Feldherrnkünste zu preisen. Nur an mir habe es gelegen, daß nicht Urco Sieger geblieben sei. Der Inka habe gut daran getan, mich vor dem Volk als seinen Bruder zu bezeichnen und zu erklären, er verdanke mir seinen Thron.

»Ganz recht«, antwortete ich. »Demzufolge bist du, Larico, nun der drittmächtigste Mann im Reich, du bleibst Hoherpriester der Sonne und hast weiterhin das Ohr des Inka. Dies alles hatte ich dir versprochen, Larico, allerdings hatte ich daran eine Bedingung geknüpft, an die ich dich heute erinnern möchte.«

»Was für eine Bedingung, o Herr-aus-dem-Meer?«

»Du solltest mir ein Treffen mit einer gewissen Sonnenjungfrau ermöglichen – sie hieß Quilla, als sie noch unter den Menschen weilte –, und du solltest einen Weg finden, sie aus den Armen der Sonne in die meinen zurückzuführen, o Larico.«

Seine Stirn umwölkte sich, und er sagte:

»Mein Gebieter, ich habe über diese Bedingung lange nachgedacht, doch so sehr ich auch wünschte, zu meinem Wort stehen zu können, ich muß dir leider sagen, es ist unmöglich.«

»Warum, o Larico?«

»Weil mein Glaube es mir verbietet, mein Gebieter.«

»Ist das alles, Larico?« erwiderte ich lächelnd.

»Nein, mein Gebieter; auch weil der Inka es nicht dulden würde und geschworen hat, jeden zu töten, der es wagte, der edlen Quilla zu nahe zu treten.«

»Ist das alles, Larico?«

»Nein, mein Gebieter, auch weil eine Frau, die einem Mann aus königlichem Geschlecht verlobt war, nie wieder einem anderen gehören darf.«

»Jetzt kommen wir der Sache schon näher. Du meinst also, wenn du nun dein Versprechen einlöstest und Urco käme womöglich doch noch auf den Thron, was durchaus denkbar wäre, wenn sein Bruder Kari stürbe – und jeder Mensch ist schließlich sterblich –, dann könnte er dich zur Rechenschaft ziehen.«

»So ist es, mein Gebieter, und ich kann einen solchen Verlauf nicht ausschließen. Urco ist immerhin noch am Leben und sammelt, wie man hört, in den Bergen ein neues Heer. Er würde mich ganz gewiß zur Rechenschaft ziehen, man hat es mir hinterbracht. Obendrein hätte ich unseren Vater, die Sonne, zu fürchten, sowie den Inka, der sein Zepter auf der Erde schwingt.«

Als ich wissen wollte, warum er das alles nicht früher bedacht habe, als es noch viel zu gewinnen gab, anstatt jetzt, da er durch mich alles erreicht habe, da antwortete er, er habe eben nicht gründlich genug überlegt. Nun tat ich, als würde ich zornig, und rief:

»Du bist ein Schurke, Larico! Du machst Versprechungen und streichst deinen Lohn ein, ohne sie zu erfüllen. Hinfort bin ich dein Feind, und der Inka hört auf mich.«

»Mehr noch hört er auf seinen Gott, die Sonne, und auf mich, der ich Gottes Stimme bin, Weißer Mann«, antwortete er in unverschämtem Ton und fügte hinzu: »Dein Schlag kommt zu spät; du hast keine Macht mehr über mich und mein Schicksal, Weißer Mann.«

»Du hast wohl leider recht«, antwortete ich scheinbar kleinlaut, »also laß uns nicht weiter darüber sprechen. Die schöne Sonnenbraut ist schließlich nicht die einzige Frau in Cuzco. Doch bevor du gehst, Hoherpriester, möchte ich dich in meiner Unwissenheit um Rat fragen. Schon lange trachte ich danach, euer Verfahren der Gedankenübermittlung durch Knoten zu erlernen. Nun habe ich hier ein Bündel Schnüre, aus dem ich nicht ganz klug werde. Wärst du wohl so freundlich, sie mir zu deuten, o du heiliger und aufrechter Hoherpriester?«

Damit zog ich die Knotenschnüre, die ich seinem Boten abgenommen hatte, unter meinem Gewand hervor, und hielt sie ihm hin.

Seine Augen wurden groß, und er erbleichte. Dann tastete er mit einer Hand nach seinem Dolch, ließ sie aber wieder sinken, als er sah, daß meine Hand auf Wogenlohes Griff ruhte. Dann fiel ihm ein, ich könnte die Knotenschrift vielleicht wirklich nicht lesen, und er fing an, sie falsch zu deuten.

»Genug, Verräter«, erklärte ich spöttisch lachend. »Dein Spiel ist aus. Urco darf Quilla also heiraten, ich aber nicht. Um deinen Boten brauchst du dich nicht mehr zu sorgen – ich höre, du suchst schon überall nach ihm – er ist bei mir in sicherem Gewahrsam. Morgen bringe ich ihn, nicht zu Urco, sondern zu Kari, damit er seine Nachricht weitergeben kann. Und was dann, du Verräter?«

Larico war – trotz seiner strengen Züge und seiner stolzen Haltung – im Grunde seines Herzens ein Feigling. Er fiel zitternd vor mir auf die Knie und flehte mich an, sein Leben zu schonen. Natürlich war ihm klar, daß ich ihn in der Hand hatte, denn wenn sein Verrat erst Kari zu Ohren kam, konnte nicht einmal der Hohepriester der Sonne hoffen, der gerechten Strafe zu entgehen.

»Was gibst du mir, wenn ich Gnade walten lasse?« fragte ich.

»Das einzige, wonach es dich verlangt, mein Gebieter – die edle Quilla. Hör mich an. Vor der Stadt liegt der Palast des Upanqui, der von Urco getötet wurde. Der göttliche Inka sitzt einbalsamiert im großen Saal, und nur den Jungfrauen der Sonne ist es erlaubt, vor sein heiliges Antlitz zu treten, sind sie doch mit dem Dienst an dem mächtigen Toten betraut. Morgen früh, eine Stunde vor Tagesanbruch, wenn noch alles schläft, wirst du die Gewänder eines Sonnenpriesters anlegen, damit dich unterwegs niemand erkennt, und ich werde dich zu diesem Palast führen. Nur eine Sonnenjungfrau wird dich empfangen, die Frau nämlich, die du begehrst. Nimm sie mit dir und fliehe. Für alles weitere bist du auf dich selbst gestellt.«

»Woher weiß ich, daß das keine Falle ist, Larico?«

»Ich werde bei dir sein, mein Gebieter, und damit an dem Frevel teilhaben. Auch liegt mein Leben in deiner Hand.«

»So ist es, Larico«, antwortete ich grimmig. »Und vergiß nicht, sollte mir ein Unheil widerfahren, dann wird dies«, ich berührte die Knotenschnüre, »zusammen mit dem Mann, der einst dein Bote war, den Weg zu Kari finden.«

Er nickte und antwortete:

»Ich habe nur den einen Wunsch, mein Gebieter, dich und die Frau, die du in deinem Wahn so maßlos begehrst, möglichst weit von Cuzco entfernt zu wissen und niemals wieder in dein Antlitz zu schauen.«

Nachdem wir vereinbart hatten, wann und wo wir uns treffen wollten, besprachen wir noch einiges andere, dann verabschiedete er sich mit lächelnder Miene und vielen Verbeugungen.

Einen ausgekochteren Schurken fände man wohl in ganz London nicht, dachte ich bei mir. Dann überlegte ich, was er wohl tun könnte, um mir eine Falle zu stellen. Denn daß er etwas derartiges plante, davon war ich überzeugt. Warum mußte ich mich denn unbedingt mit ihm einlassen? fragte ich mich. Aus zwei Gründen, lautete die Antwort. Erstens war ich Quilla, nach der mein Herz sich vor Sehnsucht verzehrte, um keinen Schritt nähergekommen, seit wir vor vielen Monaten in der Stadt der Chanca Abschied genommen hatten, und ohne Laricos Hilfe hatte ich auch keine Aussicht, sie zu finden. Zweitens befahl mir eine innere Stimme, kein Risiko zu scheuen, wenn ich sie in dieser Welt noch einmal wiedersehen wollte. Und diese Stimme drängte mich zur Eile, denn Quilla habe nicht mehr lange zu leben. Wie schon Huaracha gesagt hatte, herrschte in Cuzco kein Mangel an Gift, und nach Meuchelmördern brauchte man ebenfalls nicht weit zu suchen. Vielleicht forderte auch die Verzweiflung ihren Tribut. Oder sie nahm sich, wie sie es schon einmal angedeutet hatte, selbst das Leben. Ich durfte mich also nicht aufhalten lassen, und sollte mich mein Weg auch pfeilgerade ins Verderben führen.

An diesem Tag traf ich noch verschiedene Vorkehrungen. Als großer Feldherr und angesehener Mann – ja, als Gott – hatte ich eine Reihe von vertrauenswürdigen Leuten um mich, die mir Treue geschworen hatten. Einem davon, einen Prinzen aus dem Inkageschlecht, der zur Familie von Karis Mutter gehörte, ließ ich zu mir kommen, übergab ihm die Knotenschnüre, den Beweis für Laricos Verrat, und wies ihn an, sie zusammen mit dem Boten in seiner Obhut dem Inka auszuliefern, sollte mir ein Unheil zustoßen oder ich plötzlich verschwinden. Bis dahin sollte er sie keinem Menschen zeigen. Er verneigte sich und schwor bei der Sonne, meinen Auftrag auszuführen. Zweifellos dachte er, der Weiße Gott habe sein Werk in diesem Lande vollendet und wolle nun zurückkehren in das Meer, dem er entstiegen war.

Als nächstes ließ ich die Offiziere der Chanca rufen, die während des ganzen Bürgerkrieges unter meinem Kommando gestanden hatten – etwa die Hälfte war noch am Leben – und befahl ihnen, ihre Männer auf dem Höhenzug zu versammeln, wo ich mich vor der Schlacht auf dem Blutfeld postiert hatte. Dort sollten sie sechs Tage lang auf mich warten. Falls ich in dieser Zeit nicht erscheine, sollten sie in ihre Heimat zurückmarschieren und König Huaracha berichten, ich sei ›ins Meer zurückgekehrt‹. Er könne sich schon denken, warum. Auch bestimmte ich acht der tapfersten Krieger aus meiner Leibgarde, die in allen Schlachten an meiner Seite gewesen waren und mir durch Feuer und Wasser und bis in die Hölle gefolgt wären, sich als Träger zu verkleiden und sich, die Waffen unter den Mänteln verborgen, nach Einbruch der Dunkelheit mit einer Sänfte im Hof meines Palastes einzufinden.

Danach suchte ich den Inka Kari auf und bat ihn um Erlaubnis, eine Reise antreten zu dürfen. Ich sei von den Kämpfen ermüdet und sehne mich danach, mich bei meinen Freunden, den Chanca auszuruhen.

Er sah mich eine Weile an, dann streckte er mir, zum Zeichen, daß er meine Bitte erfülle, sein Szepter entgegen und sagte traurig:

»Du willst mich also verlassen, mein Bruder, weil ich dir nicht geben kann, was du begehrst. Bedenke es wohl. Du wirst dem Mond (damit war Quilla gemeint) bei den Chanca nicht näher sein als in Cuzco, und hier bist du, nachdem ich dich in aller Öffentlichkeit als meinen Bruder bezeichnet und zu meinem Obersten Feldherrn ernannt habe, nach dem Inka der mächtigste Mann im Reich.«

Nun belog ich ihn, obwohl mir dabei fast übel wurde, und sagte:

»Der Mond ist für mich untergegangen, ich werde ihn nie wiedersehen, also laß ihn ruhen. Ansonsten wisse, o Kari, daß Huaracha geschworen hat, mich nicht nur zu seinem Bruder zu machen, sondern zu seinem Sohn, und Huaracha ist sehr krank – man sagt, er sei dem Tod nahe.«

»Soll das heißen, du wärest lieber König der Chanca, als bei den Quichua gleich neben dem Thron zu stehen?« fragte er und sah mich prüfend an.

»Ja, Kari«, log ich weiter. »Wenn ich schon in diesem fremden Lande leben muß, dann nur als König – darauf bestehe ich.«

»Das ist dein gutes Recht, mein Bruder, stehst du doch hoch über uns allen. Doch was gedenkst du zu tun, wenn du erst König bist? Trachtest du danach, mich zu besiegen und selbst über Tavantinsuyu zu herrschen? Es könnte dir sogar gelingen.«

»Nein; ich werde niemals Krieg gegen dich führen, Kari, es sei denn, du brächest deinen Vertrag mit den Chanca und suchtest sie zu unterjochen.«

»Was *ich* wiederum niemals tun werde, Bruder.«

Er schwieg eine Weile, dann rief er so leidenschaftlich, wie ich ihn noch nie erlebt hatte:

»Ich wünschte, die Frau, die zwischen uns steht, wäre tot. Ich wünschte, sie wäre nie geboren. Ich habe gute Lust, meinen Vater, die Sonne zu bitten, sie zu sich zu nehmen, denn dann könnte es zwischen uns vielleicht wieder so werden wie einst in deinem England und als wir auf dem Meer und in den Wäldern Seite an Seite allen Gefahren trotzten. Verflucht sei das Weib, das alles entzweit. Ich kann sie dir nicht überlassen, diese Frau, die alle Götter verfluchen mögen. Gehörte sie meinem Hause an, ich gäbe sie dir sofort, und wäre sie auch mein eigenes Weib, doch sie ist die Gemahlin des Gottes, und deshalb darf es nicht sein – nein, es darf nicht sein!« Er stöhnte auf und verhüllte sein Gesicht mit seinem Gewand.

Als ich diese Worte hörte, wurde mir angst und bange, denn wenn der Inka die Sonne bittet, jemanden sterben zu lassen, dann stirbt derjenige auch, und zwar im allgemeinen sehr schnell.

»Füge dieser Frau nicht noch mehr Unrecht zu, indem du ihr nach dem Augenlicht und der Freiheit auch noch das Leben raubst, Kari«, bat ich.

»Keine Sorge, Bruder«, antwortete er. »Vor mir ist sie sicher. Zwar wünschte ich mir ihren Tod von ganzem Herzen, doch werde ich davon kein Wort verlauten lassen. Geh deiner Wege, Freund und Bruder, und werde König. Und wenn du der Krone überdrüssig wirst – wie ich es jetzt schon bin, wenn ich ehrlich sein soll –, dann kehre zu mir zurück. Vielleicht reisen wir dann gemeinsam bis ans Ende der Welt und vergessen, daß wir einst Könige waren.«

Er erhob sich von seinem Thron, beugte sich zu mir

und warf einen Kuß in die Luft, als sei ich ein Gott. Dann nahm er sich die Amtskette des Inka vom Halse und legte sie mir um. Schließlich wandte er sich ab und ließ mich ohne ein weiteres Wort allein.

Ich kehrte schweren Herzens in meinen Palast zurück. Bei Sonnenuntergang speiste ich wie gewohnt, anschließend entließ ich meine Diener – es waren nur zwei, denn ich lebte sehr bescheiden – und schickte sie in ihre Unterkünfte. Dann legte ich mich schlafen. Nach Mitternacht stand ich auf und begab mich in den Innenhof. Die acht verkleideten Chanca-Offiziere mit der Sänfte waren bereits da. Ich führte sie zu einem leeren Wachhäuschen und befahl ihnen, dort zu warten und sich ruhig zu verhalten. Ich selbst kehrte in mein Schlafgemach zurück.

Etwa zwei Stunden vor Tagesanbruch kam Larico und klopfte wie vereinbart an die Seitentür. Ich öffnete ihm, und er trat ein. Seine Kleider und sein Gesicht waren unter einem Kapuzenumhang aus Schafswolle verborgen, wie ihn sich die Priester an kalten Tagen überzuwerfen pflegten. Mir hatte er, in ein Tuch eingebunden, die Gewänder eines Sonnenpriesters mitgebracht. Leider waren sie so geschnitten, daß ich meine Rüstung nicht darunter tragen konnte, ohne mich zu verraten. Trotzdem zog ich sie an. Larico wollte, daß ich auch das Schwert Wogenlohe ablegte, aber ich war mißtrauisch und fand auch tatsächlich eine Möglichkeit, das Schwert und meinen Dolch unter dem Priestermantel zu verstecken. Die Rüstung verschnürte ich zu einem Bündel und nahm sie mit.

Wir sprachen nur wenig, bevor wir uns auf den Weg machten. Die Zeit für Worte war vorbei, das Wissen um die Gefahr unseres Tuns und die Angst vor der Zukunft lähmten uns die Zunge. Bald hatten wir das Wachhäuschen erreicht, und ich holte die Chanca. Larico sah sie mit Erstaunen, sagte aber nichts. Nachdem ich die Kapuze meines Umhangs gelüftet und mich zu erkennen gegeben hatte, reichte ich einem der Männer das Bündel mit meiner Rüstung und meinen Langbogen und ließ beides in die Sänfte legen. Dann drängte ich zum Aufbruch.

Larico und ich gingen vorneweg, unsere acht Begleiter folgten. Vier trugen die leere Sänfte, die anderen vier marschierten hinterdrein. Das hatte gute Gründe. Falls uns jemand bemerkte oder wir, wie es ein- oder zweimal tatsächlich geschah, einer Wache begegneten, wollten wir wie zwei Priester erscheinen, die einen Kranken zum Heiler oder einen Toten zum Leichenbestatter brachten. Einmal wurden wir trotzdem angehalten, doch auf ein Wort von Larico ließ man uns ungehindert passieren.

Noch bevor es hell wurde, erreichten wir den Palast des toten Upanqui. Larico wollte, daß ich die Sänfte mit den acht als Träger verkleideten Chanca-Soldaten am Gartentor zurückließ, doch ich lehnte ab und bestand darauf, daß sie mich bis zu den Palasttoren begleiteten. Als er nicht lockerließ, faßte ich an mein Schwert und zischte, wenn er nicht aufhöre, müsse *er* am Gartentor zurückbleiben. Da gab er nach, und wir gingen geschlossen durch den Garten auf den Palast zu. Larico öffnete mit einem Schlüssel das Tor, dann befahl ich den Chanca, hier auf meine Rückkehr zu warten, und trat mit ihm alleine ein.

Wir schlichen einen kurzen Gang hinunter, der am Ende mit einem Vorhang abgeteilt war. Dahinter lag, von einer goldenen Hängelampe schwach erhellt, Upanquis Bankettsaal. Der Anblick, der sich mir hier bot, erschreckte mich auf seine Art mehr als alles, was ich in diesem Land bisher gesehen hatte.

Auf einem Podest saß der tote Upanqui in seinen prächtigen Inkagewändern auf einem goldenen Thron. Die Einbalsamierer hatten ausgezeichnete Arbeit geleistet, man hätte ihn jederzeit für einen Schlafenden gehalten. Er hatte die Arme verschränkt, das Szepter stand neben ihm, und so starrte er mit leeren Augen durch den Saal – ein grausiges Symbol für das Leben im Tode. Ringsum waren seine Schätze aufgebaut, goldene Gefäße und Möbel und ganze Berge von Edelsteinen. Das alles würde unverändert bleiben, bis das Dach einstürzte und es unter sich begrub, denn nicht einmal der dreisteste Grabräuber hätte es gewagt, sich an diesem geweihten Hort zu vergreifen. In der Mitte des Saales stand eine mit edelsteinbesetztem Geschirr festlich gedeckte Tafel mit verschiedenen Speisen und Weinen, die von den Jungfrauen der Sonne täglich erneuert wurden. Gewiß hätte es noch mehr zu bestaunen gegeben, aber das Licht war zu schwach, es reichte nicht einmal bis zu den Türen, die in andere Gemächer führten. Auch fesselte bereits etwas anderes meinen Blick.

Am Fuße des Podestes kauerte eine Gestalt, die ich zunächst ebenfalls für eine Mumie hielt, eine Frau oder eine Tochter des toten Inka vielleicht, die man mit ihm beigesetzt hatte. Doch sie hatte offenbar unsere Schritte vernommen, denn während ich sie noch anstarrte, erhob sie sich und drehte sich so, daß das Licht der Lampe voll auf ihr Gesicht fiel. Es war Quilla, sie trug ein in Weiß und Purpur gehaltenes Gewand, und auf ihrer Brust prangte ein goldenes Abbild der Sonne!

Ich fand sie wunderschön, wie sie so mit ihren großen, blinden Augen in die Dunkelheit blickte. Unter dem edelsteinbesetzten Kopfputz, einem Diadem, das den Strahlen der Sonne nachgebildet war, quoll ihr dichtes Haar hervor. Mir stockte der Atem, und mein Herz stand still.

»Da steht das Ziel deiner Wünsche«, flüsterte Larico spöttisch. Selbst er wagte es nicht, hier die Stimme zu erheben. »Geh hin und nimm sie dir. Die Menschen mögen dich für einen Gott halten, doch für mich bist du nur ein trunkener Narr, der alles aufs Spiel setzt für die Lippen eines Weibes. Geh hin und nimm sie dir, vielleicht gibt der tote König, den du in seiner Ruhe störst, sogar noch seinen Segen zu deinen Küssen.«

»Schweig«, gab ich flüsternd zurück und ging um den Tisch herum, bis ich vor Quilla stand. Doch dann kam etwas über mich, ein Zauber, vielleicht auch der Fluch des toten Upanqui, und schnürte mir die Kehle zu, so daß ich kein Wort herausbrachte.

Da stand ich nun und starrte in diese schönen, blinden Augen, und die blinden Augen starrten zurück. Nach einer Weile schien Quilla zu erwachen, und sie sprach oder murmelte vielmehr vor sich hin:

»Wie seltsam – ich hätte schwören können! Wie seltsam, aber mir war doch so! Oh! Ich bin wohl eingeschlafen, während ich doch Wache halten sollte bei dem toten alten Mann, der im Leben so töricht war und mir nun so weise erscheint. Und dann hatte ich einen Traum. Mir träumte, ich hätte einen Schritt gehört, den ich nie wieder hören werde. Mir träumte, einer sei nahe, den ich nie wieder berühren werde. Ich will weiterschlafen, denn was bleibt mir denn noch in meiner ewigen Nacht als der Schlaf und – der Tod?«

Das gab mir endlich die Sprache wieder, und ich sagte heiser: »Die Liebe bleibt dir noch, Quilla, und – das Leben.«

Sie hörte es und richtete sich auf. Ihr Körper verkrampfte sich wie in Qualen des Glücks. Die blinden Augen blitzten auf, die Lippen zitterten. Sie streckte die Hand aus, tastete durch die Dunkelheit. Ihre Finger berührten meine Stirn, glitten flink über mein Gesicht.

»Er ist es – tot oder lebendig – er ist es ...«, und sie breitete die Arme aus.

Oh! Gab es auf dieser Erde etwas Schöneres als die blinde Quilla, die da in diesem prächtigen Haus des Todes stand und mir die Arme entgegenstreckte?

Wir umfingen einander und küßten uns. Dann schob ich sie von mir und sagte:

»Rasch fort aus diesem Unglückshaus. Alles ist zur Flucht bereit. Die Chanca warten schon.«

Sie schob ihre Hand in die meine, und ich drehte mich um und wollte sie hinausführen.

In diesem Augenblick ertönte ein spöttisches Lachen. Ich dachte, es sei Larico, auch glaubte ich, leise Schritte zu hören. Ich sah mich um. Rechts von mir schälte sich ein wahrer Koloß aus den Schatten, die den Eingang zum Nebenraum verhüllten. Ich erkannte Urco, und hinter ihm bewegten sich weitere Gestalten. Als ich nach links schaute, entdeckte ich auch dort Männer, und vor mir, hinter der goldenen Tafel, stand der Verräter Larico und lachte.

»Du hast die ersten Früchte gekostet, Gott-aus-dem-Meer«, höhnte er, »aber die Ernte bringt wohl ein anderer ein.«

»Packt sie«, rief Urco mit seiner heiseren Stimme und zeigte mit seiner Keule auf Quilla, »und dem weißen Dieb zerschmettert den Schädel.«

Ich zückte Wogenlohe und wollte mich auf ihn stürzen, doch schon drängten von beiden Seiten Männer auf mich ein. Einen hieb ich nieder, doch die anderen schleppten Quilla fort. Ich war umzingelt und hatte nicht genug Platz, um mein Schwert zu schwingen. Über mir blitzten die Waffen der Gegner. In diesem Moment hatte ich eine Idee. Am Tor warteten die Chanca. Wenn ich sie erreichte, wäre Quilla vielleicht noch zu retten. Vor mir stand der Tisch mit dem Totenmahl. Mit einem Satz sprang ich hinauf und warf, aus voller Kehle schreiend, mit dem goldenen Geschirr um mich. Der Verräter Larico, der mich in diese Falle gelockt hatte, stand immer noch da – ich warf mich auf ihn, hob Wogenlohe mit beiden Händen, ließ es mit aller Kraft niedersausen und hieb ihn bis zur Mitte entzwei. Dann schleuderte jemand einen Speer nach mir und traf die Lampe.

Sie zerbrach, und das Licht erlosch!

KAPITEL XII

Auf Leben und Tod

Der Lärm im Saal war ohrenbetäubend; laute Zurufe, das Schreien des Mannes, den ich als ersten niedergeschlagen hatte, das Klirren der goldenen Teller und Becher und über allem eine schrille Frauenstimme, die so oft von Wänden und Decke zurückgeworfen wurde, daß ich nicht feststellen konnte, woher sie ursprünglich kam.

Ich tappte durch die Finsternis in die Richtung, wo ich die Vorhänge vermutete. Plötzlich wurden sie aufgerissen, und meine acht Chanca kamen im grauen Licht des neuen Tages auf mich zugestürmt.

»Folgt mir!« rief ich, und tastete mich allen voran in den Saal zurück, um Quilla zu suchen. Vor der großen Tafel stolperte ich über Laricos Leichnam. Dann flog unversehens am anderen Ende eine Tür auf, ein Lichtstreifen fiel herein, und ich sah, wie die letzten von Urcos Schergen das Gebäude verließen. Wir sprangen über das Podest – der goldene Thron war umgestürzt, und Upanquis Mumie lag steif und verkrümmt auf dem Rücken und sah mit starren Augen zu mir auf.

Zum Glück hatte niemand daran gedacht, die Tür zu schließen. Wir rannten in den parkartigen Garten hinaus. Es war heller geworden, und so konnte ich sehen, wie gut hundert Schritte vor uns, von Bewaffneten umringt, die Sänfte zwischen den Bäumen verschwand, und wußte, daß Quilla auf dem Weg in eine schmachvolle Gefangenschaft war.

Wir eilten hinterher. Die Sänfte passierte das Gartentor, doch als wir es erreichten, war es verschlossen und verriegelt, und wir verloren kostbare Zeit damit, es mit Hilfe eines gefällten Baums aufzubrechen, den wir in der Nähe fanden. Als wir endlich draußen waren, zeigte sich bereits der obere Rand der Sonne über dem Horizont, und wir erspähten im Morgennebel an einem Berghang jenseits der Stadt gerade noch die Sänfte – eine gute halbe Meile entfernt. Wir rannten hinterher und holten beim Anstieg sogar noch etwas auf, schließlich hatten wir außer dem Sack mit meiner Rüstung, den einer der Chanca samt meinem Langbogen und den Pfeilen mit in den Saal gebracht hatte, nichts zu tragen.

Nun klaffte zwischen diesem Berg und dem nächsten eine Schlucht, wie man sie in diesem Lande häufig findet, so tief und schmal, daß das Tageslicht an manchen Stellen kaum bis auf den Grund fällt. In diesem Tunnel verschwand nun die Sänfte, und als wir näher kamen, sahen wir, daß der Eingang von mindestens sechs Bewaffneten verteidigt wurde. Ich nahm dem Chanca meinen Bogen ab, spannte ihn rasch und schoß. Der Mann, auf den ich gezielt hatte, ging zu Boden. Wieder schoß ich, ein zweiter fiel, die übrigen suchten Deckung hinter den Steinen.

Damit hatte der Bogen seinen Dienst getan, ich warf ihn dem Chanca wieder zu, und dann stürmten wir. Bald war alles vorüber, und sämtliche Männer, die Urco zurückgelassen hatte, waren tot. Nur einer war abgedrängt worden und flüchtete hügelabwärts in die Stadt, um dort zu berichten, was sich im Palast des toten Upanqui ereignet hatte.

Nun war der Eingang frei, und wir stürzten uns in das schwarze Loch. Zum Glück führte die Schlucht nach Osten, so daß die Sonne, die jetzt vollends aufgegangen war, aber noch tief am Himmel stand, hereinschien und uns Licht spendete. Später hätten wir darauf verzichten müssen.

Ich war ein schneller Läufer, und so zog ich, von Zorn und Angst beflügelt, meinen Begleitern davon. Als ich um einen Felsen bog, der mitten im Wege lag, erblickte ich die Sänfte keine hundert Meter vor mir. Sie hatte angehalten, weil einer oder mehrere Träger über die Steine gestolpert und gestürzt waren. Mit lautem Gebrüll rannte ich darauf zu. Vielleicht wäre es klüger gewesen, auf meine Begleiter zu warten, aber ich war wie von Sinnen und kannte keine Furcht. Als Urcos Leute mich sahen, erhob sich ein Schrei:

»Der Weiße Gott! Der schreckliche Weiße Gott!«

Dann bekamen sie es mit der Angst zu tun, ließen die Sänfte stehen und ergriffen die Flucht. Alle liefen sie davon bis auf einen, und dieser eine war Urco selbst.

Er erwartete mich augenrollend und zähneknirschend in den Schatten. In diesem Moment erschien er mir so riesengroß und abschreckend häßlich wie ein Teufel aus der Hölle. Plötzlich fiel ihm etwas ein, er sprang auf die Sänfte zu, riß die Vorhänge auseinander, zerrte Quilla heraus und warf sie zu Boden.

»Wenn ich sie nicht haben kann, sollst auch du sie nicht bekommen, weißer Dieb!«, schrie er. »Sieh her! Jetzt gebe ich der Sonne ihre Braut zurück!« Und er hob sein Kupferschwert, um sie zu durchbohren.

Ich war noch etwa zehn Schritte entfernt und hatte keine Aussicht, sie zu erreichen, bevor ihr das Schwert ins Herz fuhr. Was tun? Oh! St. Hubert muß mir beigestanden haben, denn ich wußte es sofort. Schon lag Wogenlohe in meiner Hand, ich zielte auf Urcos Kopf und schleuderte das Schwert mit aller Kraft.

Die mächtige Klinge schoß durch die Luft, daß es zischte. Ich sah sie im Sonnenlicht aufblitzen. Urco wollte noch zur Seite springen, aber es war zu spät. Er hatte die Hand erhoben, um seinen Kopf zu schützen, und Wogenlohe rasierte ihm zwei Finger ab. Nun konnte er sein Schwert nicht mehr halten, und es entglitt ihm. Im nächsten Moment stürzte ich mich, vermutlich mit ähnlichem Gebrüll wie einst mein Vorfahr, der alte Thorgrimmer, wenn es auf Leben und Tod ging – die Bande des Blutes sind stark –, auf den Hünen. Waffenlos waren wir beide, und so rangen wir miteinander in den Tiefen der Schlucht. Er war ein Bär von einem Mann, aber ich hatte jetzt Kräfte für zehn. Mit einem Griff, den ich in Sussex gelernt hatte, riß ich ihn von den Beinen, und dann wälzten wir uns eng umschlungen auf dem Boden hin und her. Einmal hatte er mich schon unten, und hätten ihm nicht die beiden Finger an der rechten Hand gefehlt, er hätte mich wohl erwürgt.

Mit einem mächtigen Schwung warf ich ihn ab, nun lagen wir Seite an Seite. Er tastete nach einem Messer – ich spürte es, sehen konnte ich es nicht. Neben seinem Kopf bemerkte ich einen scharfkantigen Stein, der mehr als eine Männerhand hoch aus der Erde ragte, und überlegte, was sich damit anfangen ließe. Wieder holte ich Schwung, und als er endlich sein Messer fand, auf mich einstach und mir das Gesicht zerkratzte, legte ich ihm eine Hand um den Hals und drückte seinen Stiernacken auf diesen Stein. Dann ließ ich los, packte ihn an den Haaren und zog seinen Riesenschädel so lange mit aller Kraft nach hinten, bis ich etwas knacken hörte.

Ich hatte Urco das Genick gebrochen. Er erbebte noch einmal, dann war er tot!

Keuchend lag ich neben ihm. Aus dem weißen Bündel am Boden, dem Anlaß für diesen tödlichen Zweikampf, ließ sich eine Stimme vernehmen: Quillas Stimme.

»Einer ist tot, aber wer ist noch am Leben?« fragte sie.

Ich war so außer Atem, daß ich nicht antworten konnte. Meine Kräfte hatten mich verlassen. Dennoch setzte ich mich auf, stützte mich mit einer Hand ab und hoffte, daß ich mich wieder erholen würde. Quilla wandte sich mir oder vielmehr dem Geräusch zu, das bei meiner Bewegung entstanden war. Es machte mich sehr traurig, daß sie nicht sehen konnte. Doch als sie wieder sprach, zitterte ihre Stimme.

»Ich *sehe* ja, wer noch am Leben ist«, sagte sie. »In meinen Augen hat es einen Ruck gegeben, und jetzt, mein geliebter Gebieter, sehe ich, daß *du* es bist. Du, ja, du! Sieh doch nur, du blutest!«

Doch da kamen schon die Chanca in langen Sätzen durch die Schlucht getürmt.

Bei uns angelangt, betrachteten sie sich den toten Hünen und stellten fest, daß er nicht durch das Schwert gefallen, sondern mit roher Kraft getötet worden war. Dann sahen sie mich an, beugten das Knie, priesen mich und sagten, ich sei wahrhaftig ein Gott, denn kein Mensch hätte je vermocht, dem riesenhaften Urco mit bloßen Händen den Garaus zu machen. Endlich setzten sie Quilla wieder in ihre Sänfte, und sechs von ihnen trugen sie durch die schwarze Schlucht zurück. Die beiden anderen – sie hatten den Kampf alle unverletzt überstanden – stützten mich, bis meine Kräfte wiederkehrten. Der Schnitt im Gesicht, den Urco mir mit seinem Dolch zugefügt hatte, war nicht weiter schlimm. Am Eingang der Schlucht hielten wir an und beratschlagten.

Nach dieser Tat nach Cuzco zurückzukehren, hätte den sicheren Tod bedeutet. So bogen wir nach rechts ab, schlugen einen weiten Bogen und erreichten gegen zehn Uhr morgens unbehelligt jenen Höhenrücken, auf dem ich zu Beginn der Schlacht auf dem Blutfeld gestanden hatte. Dort lagerten, wie ich es befohlen hatte, etwa dreitausend von meinen Chanca. Als sie mich erblickten und sahen, daß ich lebte und nur leicht verletzt war, brachen sie in lauten Jubel aus, und als sie erfuhren, wer in der Sänfte saß, gerieten sie fast außer sich.

Nun erzählten meine acht Begleiter die Geschichte von Quillas Rettung und vom Tod des Hünen Urco, und die Offiziere kamen zu mir, küßten mir die Füße und meinten, ich müsse wohl doch ein Gott sein, auch wenn einige von ihnen mich bisher für einen Menschen gehalten hätten.

»Ob Gott oder Mensch«, sagte ich, »ich brauche jetzt Ruhe. Die Frauen sollen sich der edlen Quilla annehmen und mir zu essen und zu trinken bringen. Danach will ich schlafen. Bei Sonnenuntergang marschieren wir nach Hause zu eurem und meinem König Huaracha und bringen ihm seine Tochter zurück. Bis dahin haben wir nichts zu befürchten, denn Kari hat derzeit keine Truppen zur Verfügung, um uns anzugreifen. Stellt trotzdem Wachen auf.«

So aß und trank ich, von ersterem nur wenig, von letzterem dafür wohl umso mehr, und danach schlief ich wie ein Toter, denn ich war völlig erschöpft.

Eine Stunde vor Sonnenuntergang weckten mich einige Offiziere mit der Meldung, eine Abordnung aus Cuzco, nicht mehr als zehn Mann, warte vor unseren Linien und ersuche um eine Unterredung mit mir. Also erhob ich mich und ließ mir, nachdem man mir die Gesichtswunde verbunden hatte, den Körper zuerst mit Wasser übergießen und dann mit Öl abreiben; danach stieg ich in den Gewändern eines Chanca-Adeligen, aber ohne meine Rüstung, mit neun Chanca-Offizieren zu der Ebene am Fuß des Berges hinab. Ich wollte die Abordnung genau an der Stelle empfangen, wo ich meinen ersten Kampf mit Urco ausgefochten hatte.

Als wir näher kamen, löste sich ein Mann aus der Gruppe der Höflinge. Ich sah genauer hin und erkannte Kari; ja, es war der Inka selbst.

Ich ging ihm entgegen, und wir blieben außer Hörweite unserer Begleiter stehen, um miteinander zu reden.

»Mein Bruder«, sagte Kari, »ich habe erfahren, was geschehen ist, und preise dich als den kühnsten aller Menschen und den besten aller Krieger. Du hast den Hünen Urco mit bloßen Händen getötet.«

»Und dir damit deinen Thron gesichert, Kari.«

»Und mir damit meinen Thron gesichert. Auch hast du Larico im Todeshaus meines Vaters Upanqui in zwei Hälften gespalten ...«

»Und dir damit einen Verräter vom Hals geschafft, Kari.«

»Und mir damit einen Verräter vom Hals geschafft. Das wußte ich bereits von deinem Boten, der mir die Knotenschnur übergab, und von dem Spitzel, den du in Gewahrsam hattest. Ich wiederhole, du bist der kühnste aller Menschen und der beste aller Krieger; mein Volk hält dich für einen Gott, und viel fehlt dir dazu in der Tat nicht.«

Ich verneigte mich, und er fuhr nach kurzem Schweigen fort:

»Ich wünschte, ich könnte es dabei bewenden lassen, doch leider ist dem nicht so. Du hast gegen meinen Vater, die Sonne, einen großen Frevel begangen, obwohl ich dich davor gewarnt hatte, du hast ihm seine Braut geraubt, und mich, mein Bruder, hast du erst gestern belogen, als du mir sagtest, du hättest sie dir aus dem Sinn geschlagen.«

»Ich halte es nicht für einen Frevel, Kari, sondern für eine gute Tat, eine Frau aus den Fesseln eines Glaubens zu befreien, dem weder sie noch ich anhängen, und eine lebendig Begrabene dem Leben und der Liebe zurückzugeben.«

»Hältst du auch deine Lüge für eine gute Tat, Bruder?«

»Ja«, antwortete ich kühn; »wenn Lügen jemals gut sein können. Erinnere dich. Du hast gebetet, daß diese Frau sterben möge, weil sie zwischen dir und mir stand, und wenn ein König will, daß ein Mensch stirbt, dann stirbt er auch, ob mit oder ohne Wissen oder ausdrücklichen Befehl dieses Königs. Ich aber wollte, daß sie am Leben bliebe, und so sagte ich, ich hätte sie mir aus dem Sinn geschlagen.«

»Und du wolltest sie in deinen Armen halten, Bruder. Nun höre. Mit dieser Tat hast du uns, die wir mehr waren als Freunde, zu Todfeinden gemacht. Du hast meinem Gott und mir den Krieg erklärt; nun erkläre ich dir den Krieg. Doch höre weiter. Ich möchte nicht, daß wegen unseres Streites Tausende von Menschen ihr Leben lassen müssen. Deshalb mache ich dir ein Angebot. Du kämpfst hier und jetzt mit mir, Mann gegen Mann, und wir überlassen es der Sonne oder Pachacamac, der über der Sonne steht, den Ausgang zu bestimmen.«

»Gegen *dich* soll ich kämpfen! Gegen *dich*, Kari, den Inka?« keuchte ich.

»Ja, ein Zweikampf bis zum Tode, denn zwischen uns ist alles vorbei. In England hast du mich behütet. Hier im Lande Tavantinsuyu, dessen Herrscher ich heute bin, habe ich dich behütet. Du bist in meinem Schatten groß geworden, aber wenn du mir mit deinen Feldherrnkünsten nicht beigestanden hättest, könnte ich vielleicht keinen Schatten mehr werfen. Rechnen wir daher eins gegen das andere auf und vergessen, was vergangen ist. Wir stehen uns als Feinde gegenüber. Vielleicht besiegst du mich, denn du bist ein mächtiger Kämpfer. Sollte es so kommen, dann wird dich mein Volk, das dich bereits als Halbgott betrachtet, gewiß auch zum Inka erheben, falls das dein Wunsch ist.«

»Das ist nicht mein Wunsch«, warf ich ein.

»Ich glaube dir«, antwortete er und senkte den Kopf, »aber ist es nicht vielleicht der Wunsch dieser Hure mit dem hübschen Lärvchen, die unseren Herrn, die Sonne, verraten hat?«

Ich fuhr auf, doch dann biß ich mir auf die Lippe.

»Aha! Das schmerzt«, fuhr er fort. »Die Wahrheit ist immer schmerzhaft, und das ist gut so. Eines solltest du freilich wissen, du Weißer Gott, der du einst mein Bruder warst: entweder kämpfst du mit mir bis zum

Tode, oder ich erkläre dir und dem Volk der Chanca den Krieg, und dieser Krieg wird Monat um Monat und Jahr um Jahr währen, so lange, bis ihr alle vernichtet seid. Wählst du jedoch den Zweikampf, und die Sonne schenkt mir den Sieg, so ist der Gerechtigkeit Genüge getan, und ich werde Frieden halten, wie ich es den Chanca geschworen habe. Besiegst du dagegen mich, dann ist dein Frevel mit meinem Blut gesühnt, und der Friede mit den Chanca bleibt ebenfalls bestehen, das schwöre ich im Namen meines Volkes. Ruf nun deine Begleiter her, ich rufe die meinen, und dann erklären wir ihnen, wie die Dinge stehen.«

Ich drehte mich um und winkte meinen Offizieren, und Kari tat desgleichen. Als alle sich versammelt hatten, wiederholte er auf seine klare, ruhige Art Wort für Wort und so, daß es alle hören konnten, was er mir gesagt hatte, und fügte noch einige Erläuterungen hinzu. Ich hörte es nur mit halbem Ohr, denn ich überlegte angestrengt.

Die ganze Sache war mir aus tiefstem Herzen zuwider, doch ich saß in der Falle, denn nach hiesigem Brauch gab es keine ehrenvolle Möglichkeit, eine solche Herausforderung abzulehnen. Außerdem war es für die Chanca, ja, für sie und für die Quichua nur von Vorteil, wenn ich annahm, denn ob ich hinterher tot oder lebendig war, spielte keine Rolle, in beiden Fällen hätten die beiden Völker Frieden, während sie sonst mit einem womöglich für beide vernichtenden Krieg rechnen müßten. Gerade diesen Krieg, so fiel mir jetzt ein, hatte Quilla mit ihrem Opfer ursprünglich verhindern wollen. Auch wenn es ihr nicht gelungen war, sollte ich ihrem Beispiel nicht folgen? Gewiß, ich war müde, doch fürchtete ich Kari nicht. Obwohl er ein tapferer und flinker Kämpfer war, traute ich mir durchaus zu, ihn zu besiegen. Vielleicht erränge ich sogar seinen Thron, wurde ich doch von den Quichua, deren Heere ich so oft zum Sieg geführt hatte, kaum weniger verehrt als von den Chanca. Aber – ich war nicht fähig, Kari zu töten. Er war für mich wie ein Kind meiner eigenen Mutter. Gab es denn keinen Ausweg?

Mein Herz gab mir die Antwort. Es gab einen Ausweg. Ich konnte zulassen, daß Kari mich tötete. Doch was würde dann aus Quilla? Sollte ich sie nach allem, was geschehen war, auf diese Weise doch noch verlieren, sollte sie mich verlieren? Es bräche ihr gewiß das Herz, es wäre ihr Tod. Ich litt Höllenqualen. Ich wußte nicht, was ich tun sollte. Doch während ich noch schwankte, hörte ich plötzlich eine Stimme, es muß die Stimme von St. Hubert gewesen sein, und sie flüsterte mir zu: »Kari vertraut auf seinen Gott, warum vertraust du nicht auch auf den deinen, Hubert von Hastings, du bist doch ein Christ? Geh deinen Weg und hab Vertrauen, Hubert von Hastings.«

Karis sanfte Stimme verstummte; er hatte seine Ansprache beendet, nun richteten sich alle Blicke auf mich.

»Was meint ihr dazu?« wandte ich mich barsch an meine Offiziere.

»Folgendes, Herr«, antwortete ihr Sprecher. »Kämpfen mußt du, daran führt kein Weg vorbei; aber wir möchten mit dir kämpfen, zehn Chanca gegen zehn von den Quichua.«

»Ja, das ist gut«, antwortete der erste von Karis Höflingen. »Die Angelegenheit ist zu wichtig, als daß man sich auf eines einzigen Mannes Kraft und Geschicklichkeit verlassen dürfte.«

»Genug!« sagte ich. »Das ist allein eine Sache zwischen dem Inka und mir«, und Kari nickte und wiederholte: »Genug!«

Ich schickte einen der Offiziere ins Lager zurück, damit er mein Schwert hole, und auch Kari ließ sich das seine bringen. Wir waren nämlich, wie es hier der Brauch war, zum Treffen der Parlamentäre unbewaffnet erschienen. Als der Offizier zurückkehrte, hatte er nicht nur mein Schwert dabei, sondern wurde auch von einigen Dienern begleitet, die meine Rüstung trugen. Das gesamte Chanca-Heer drängte hinterher – die Nachricht hatte sich wie ein Lauffeuer verbreitet – und stellte sich auf dem Höhenrücken auf, um dem Kampf zuzusehen. Mir entging nicht, daß der Offizier Wogenlohe im Gehen mit einem besonderen Stein schliff, um ihr eine schärfere Schneide zu geben.

Bei mir angekommen, beugte er ein Knie und reichte mir das alte Schwert. Auch der Diener des Inka war eingetroffen. Er drückte die Stirn in den Staub, bevor er seinem Herrn dessen Waffe reichte. Ich kannte sie nur zu gut, schon einmal hatte ich dieser Klinge mit dem Elfenbeingriff bei einem Kampf um mein Leben gegenübergestanden. Kari hatte sie dem toten Lord Deleroy abgenommen, nachdem ich diesen im Solar meines Hauses im Cheap in London getötet hatte. Als der Diener mit meiner Rüstung kam, lehnte ich es ab, sie anzulegen, da auch der Inka nicht gewappnet war, und schickte ihn fort. Das löste bei meinen Leuten einiges Murren aus.

Kari hatte alles gesehen und gehört.

»Edel wie eh und je«, sagte er laut. »Ein Jammer, daß so viel blanke Ehre vom Atem eines Weibes befleckt werden mußte.«

Unsere Männer erörterten die Regeln des Kampfes, aber ich schenkte ihnen kaum Beachtung.

Endlich war alles bereit, und auf ein Stichwort hin traten wir vor und stellten uns einander gegenüber. Wir waren fast gleich gekleidet. Ich hatte mein Übergewand abgeworfen und trug nur ein Wams aus weichem Schafsleder und keine Kopfbedeckung. Auch Kari hatte seinen prunkvollen Rock ausgezogen und eine Ledertunika übergestreift. Auch hatte er aus Gründen der Gleichheit seinen turbanartigen Kopfschutz und sogar – seine Höflinge hielten das für ein schlechtes Omen und sahen sich erschrocken an – die scharlachroten Fransen der Inkawürde abgenommen.

In diesem Moment hörte ich hinter mir ein Geräusch und drehte den Kopf. Quilla kam den steinigen Hang heraufgestolpert, so gut ihre halbblinden Augen es zuließen, und rief:

»O mein Gebieter, du sollst nicht kämpfen. O Inka, laß mich ins Haus der Sonne zurückkehren!«

»Schweig, verfluchtes Weib!« gebot Kari mit finsterer Miene. »Seit wann nimmt die Sonne eine wie dich zurück? Schweig und laß dem Leid, das du verursacht hast, seinen Lauf, danach kannst du wehklagen in alle Ewigkeit.«

Vor dieser ungerechten Anklage verstummte sie. Einige Frauen, die ihr gefolgt waren, führten sie zu einem Stein. Dort sank sie nieder und blieb so reglos sitzen wie eine Statue oder wie der tote Upanqui in seinem Bankettsaal.

Nun wurden die Bedingungen für den Kampf ausgerufen, sie lauteten genauso, wie Kari sie gestellt hatte. Er hörte bis zum Ende zu, dann sagte er:

»Tut auch kund, daß der Kampf so lange fortgesetzt wird, bis einer von uns oder alle beide tot sind. Sollten wir nämlich am Leben bleiben, dann nehme ich alle Schwüre zurück, lasse die Hexe dort für ihren Betrug an der Sonne verbrennen und vernichte ihr Volk und ihre Stadt. Denn nach altem Recht trifft die Rache für einen Verrat an der Sonne auch die Sippe des Verräters.«

Ich hörte es wohl, aber ich sagte nichts, war mir doch jedes Wort zu schade für einen Streit mit einem großen Mann, dem religiöser Starrsinn und Frauenhaß die Sinne verwirrt hatten.

Gleich darauf wurde das Zeichen gegeben, und der Kampf begann. Kari ging auf mich los wie einer der Baumlöwen aus seinen Wäldern, aber ich wich aus und parierte. Dreimal sprang er, und dreimal wehrte ich ihn ab. Als ich eine Lücke in seiner Deckung bemerkte, hätte ich fast zugestoßen, doch dann brachte ich es nicht über mich. Die Chanca beobachteten mich und fragten sich, was ich, der ich an diese Art des Zweikampfs nicht gewöhnt war, wohl für ein Spiel spiele, und ich selbst stellte mir die gleiche Frage, wußte ich doch immer noch nicht, was ich tun sollte. Wenn nicht bald etwas geschah, war ich tot, denn ewig konnte ich meine Deckung nicht aufrechterhalten, irgendwann fände Deleroys Schwert sein Ziel.

Die Strategie, mich geduldig zu verteidigen, ohne einen einzigen Gegenhieb zu führen, hatte Kari wohl verwirrt. Jedenfalls zog er sich ein wenig zurück und stürmte dann, das Schwert hoch erhoben, wohl in der Absicht, einen Überraschungsangriff von oben zu führen, auf mich los. In diesem Augenblick kam mir die Erleuchtung. Ich nahm Wogenlohe in beide Hände und schwang es mit aller Kraft, zielte aber nicht auf Kari, sondern auf den Elfenbeingriff seines Schwerts. Die scharfe, alte Klinge, die durchaus von den sagenhaften Zwergen des Nordlands geschmiedet sein mochte, traf das Elfenbein, wie ich gehofft hatte, genau zwischen Hand und Griffschutz. Karis Klinge wurde abgetrennt und fiel zu Boden, und auch der Griff flog ihm aus der Hand.

Als seine Höflinge das sahen, stöhnten sie erschrocken auf, während die Chanca vor Freude jubelten. Jetzt war Kari wehrlos, und ich brauchte ihm nur noch den Todesstoß zu versetzen, um den Zweikampf zu beenden.

Kari verschränkte die Arme vor der Brust und senkte den Kopf.

»Mein Gott hat es so gefügt«, sagte er. »Es war ein Fehler, sich auf das Schwert jenes Schurken zu verlassen, den du getötet hattest. Du bist der Sieger, schlag zu und mach ein Ende.«

Ich stützte mich auf Wogenlohe und antwortete:

»Wenn ich nicht zuschlage, o Inka, wirst du dann deine Worte zurücknehmen, wird dann der Frieden zwischen deinem Volk und den Chanca von Dauer sein?«

»Nein«, lehnte er ab. »Was ich gesagt habe, gilt. Erst muß das falsche Weib dort drüben das Schicksal aller Verräter an der Sonne erleiden, dann mag Frieden herrschen zwischen den Völkern. Sonst werde ich zeit meines Lebens Krieg führen gegen dich und sie und gegen die Chanca, die euch beiden Unterschlupf gewähren.«

Nun packte mich der Zorn, und ich sagte mir, solange dieser Weiberhasser und starrsinnige religiöse Eiferer am Leben sei, werde das Blut nicht aufhören zu fließen, vor seinem Tod gebe es keinen Frieden und keine Sicherheit für Quilla. Schon hob ich mein Schwert, doch da fuhr Quilla von ihrem Stein auf, stolperte ein paar Schritte auf mich zu und rief:

»O mein Gebieter, du sollst um meinetwillen nicht das heilige Blut des Inka vergießen. Liefere mich aus! Liefere mich aus!«

Da kam etwas über mich, und ich sprach:

»Edle Frau, die eine Hälfte deiner Bitte sei dir gewährt, die andere schlage ich dir ab. Ich werde das Blut des Inka nicht vergießen, denn das wäre nicht anders, als vergösse ich das deine. Aber ich werde auch nicht dulden, daß du dich auslieferst, denn du hast keine Schuld auf dich geladen. Ich war es, der dich mit Gewalt entführte, und Urco hatte nichts anderes im Sinn. Kari, hör mich an. Bei unseren gemeinsamen Abenteuern hast du mehr als nur einmal gedrängt, jeder möge dem Gott vertrauen, den er verehre, und so haben wir es gehalten. Auch jetzt will ich diesem Rat folgen und mein Vertrauen auf meinen Gott setzen. Du drohst mir, für deinen Glauben, den ich für Aberglauben halte, alle Kräfte deines mächtigen Reiches aufzubieten, um das Volk der Chanca bis zum letzten Säugling zu vernichten und seine Stadt dem Erdboden gleichzumachen. Ich glaube nicht, daß mein Gott dies zulassen wird, auch wenn ich nicht weiß, auf welche Weise er deiner Rachsucht Einhalt gebieten will. Kari, großer Inka von Tavantinsuyu, der du über diese ganze, fremde, neue Welt gebietest, ich, der Weiße Wanderer aus dem Meer, schenke dir dein Leben und werde dir zum Retter wie schon einmal in einem fernen Lande. Mit dieser einen Ausnahme hast du für alles, was du tust, meinen Segen. Kari, mein Bruder, sieh mich ein letztes Mal an, und dann geh hin in Frieden.«

Der Inka vernahm meine Worte und hob den Kopf. Seine schönen, schwermütigen Augen richteten sich auf mich. Und plötzlich entquoll ihnen ein Strom von Tränen. Damit nicht genug, fiel er vor mir auf die Knie wie der niedrigste seiner Sklaven und küßte die Erde.

»Edelster der Edlen«, sagte er und erhob sich wieder, »ich huldige dir. Ja, ich, der Inka, huldige dir. Ich wünschte, ich könnte meinen Eid zurücknehmen, aber das kann ich nicht. Mein Gott verhärtet mir das Herz, ich darf mein Volk nicht dem Verderben preisgeben. Vielleicht kann der Gott, dem du dienst, alles so fügen, wie du es prophezeist, hat er doch auch erreicht, daß ich Staub fresse vor dir. Ich kann es nur hoffen, denn ich bin kein Freund des Blutvergießens, aber ich muß meinem Weg folgen wie der Pfeil, der von der Kraft des Bogens getrieben wird. Bruder, geehrter, geliebter Bruder, lebe wohl! Ich wünsche dir ein glückliches Leben und einen friedlichen Tod. Und uns beiden wünsche ich ein Wiedersehen nach dem Tode, wenn keine Frau uns mehr entzweien kann, auf daß wir wieder Brüder werden wie einst.«

* * *

Kari senkte den Kopf, wandte sich ab und ging. Seine Höflinge folgten ihm so traurig wie bei einem Leichenzug, doch vorher entboten sie mir noch den königlichen Gruß, der eigentlich nur dem ruhmreichen Inka allein gebührt.

KAPITEL XIII

Quillas Kuß

Quilla war in Ohnmacht gefallen. Ihre Frauen trugen sie fort vom Schauplatz dieses schicksalhaften Kampfes. Sie verharrte in Schwäche und Traurigkeit, bis wir die Stadt der Chanca vor uns liegen sahen. Doch zugleich wurden ihre Augen von Tag zu Tag kräftiger, bis sie endlich wieder sehen konnte wie früher. Ich dankte dem Himmel für diese Gnade.

Wir hatten Boten vorausgeschickt, und als wir uns der Stadt näherten, kam uns fast das ganze Chanca-Volk, eine gewaltige Schar, blumenstreuend und Freudenlieder singend entgegengeeilt. Noch am gleichen Abend ließ mich Huaracha zu sich rufen. Er lag im Sterben, als ich kam. Seine höchsten Offiziere waren bei ihm. Quilla und ich erzählten ihm unsere Geschichte, und er hörte uns, ohne uns zu unterbrechen, bis zum Ende an. Dann sagte er:

»Ich danke dir, Herr-aus-dem-Meer, denn du hast dich in große Gefahr begeben, um meine Tochter zu retten. Unbefleckt, wie sie von mir ging, hast du sie nach Hause gebracht, damit sie mir Lebewohl sagen kann. Heute sehe ich ein, daß es schlechte Politik war, sie dem Prinzen Urco zur Gemahlin zu versprechen. Du hast mit deinem Heldenmut dieses Unheil von ihr abgewendet, und darüber bin ich froh. Doch liegen auch weiterhin große Gefahren vor dir und meinem Volk. Meistere sie, so gut du es vermagst und wie du es für richtig hältst, denn fortan, Herr-aus-dem-Meer, ist es dein Volk, dein Volk und das meiner Tochter. Ich wünsche, ja, ich befehle, daß ihr euch vermählt, sobald ich eingegangen bin zu meinen Vätern. Vielleicht wäre es besser gewesen, den Inka zu töten, als sich die Möglichkeit bot, aber jeder Mensch muß seinem Geist folgen, wohin er ihn führt. Mein Segen und der Segen meiner Götter ruhe auf euch beiden und auf euren Kindern. Und nun laßt mich allein, denn mehr habe ich nicht zu sagen.«

König Huaracha starb noch in der gleichen Nacht.

Drei Tage später wurde er feierlich beigesetzt. Man begrub ihn unter dem Tempel des Mondes, denn anders als die Quichua pflegten die Chanca ihre Leichname nicht zu konservieren und über der Erde zu bestatten.

Am letzten Tag der Trauerzeit berief man die höchsten Adeligen des Landes, mehrere Hundert an der Zahl, zu einer Ratsversammlung ein, an der auch ich teilnehmen sollte. Die Einladung erging in Quillas Namen und unter ihrem neuen Titel, der soviel wie ›Hohe Herrin‹ oder ›Königin‹ bedeutete. Ich folgte dem Ruf nur zu gerne, hatte ich sie doch seit jenem Abend vor dem Tod ihres Vaters kaum noch zu Gesicht bekommen. Sie hatte, wie es hier Sitte war, die Trauerzeit allein mit ihren Frauen verbracht.

Ich war sehr überrascht, als mich ein Höfling nicht etwa in den großen Saal führte, wo sich die Würdenträger versammelten, sondern in den kleinen Raum, wo ich zum ersten Mal mit Quillas Vater Huaracha gesprochen hatte. Er ließ mich ohne Erklärung zurück. Nach einer Weile hörte ich ein Geräusch, und als ich aufsah, stand Quilla selbst zwischen den geöffneten Vorhängen wie ein Bild in seinem Rahmen. Sie trug ihr königliches Gewand, und die Mondsicheln auf ihrer Brust und ihrer Stirn glitzerten durch den halbdunklen Raum. Noch heller strahlten freilich ihre großen Rehaugen.

»Sei mir gegrüßt, mein Gebieter«, sagte sie mit ihrer sanften Stimme und beugte das Knie. »Hat mein Gebieter mir irgend etwas zu sagen? Die Zeit drängt, denn der Hohe Rat wartet.«

Tödliche Verlegenheit lähmte mir die Zunge, doch endlich stammelte ich:

»Nichts, was ich dir nicht schon früher gesagt hätte – ich liebe dich.«

Ein Lächeln erhellte ihr Gesicht, und dann fragte sie: »Und weiter hast du nichts hinzuzufügen?«

»Was gäbe es der Liebe noch hinzuzufügen, Quilla?«

»Ich weiß nicht.« Sie lächelte noch immer. »Wo endet denn die Liebe zwischen Mann und Frau?«

Ich schüttelte den Kopf und antwortete.

»An den verschiedensten Orten. Manchmal in der Hölle, seltener im Himmel.«

»Und dazwischen, auf Erden, falls es den beiden gelingt, Tod und Trennung zu vermeiden?«

»Nun, auf Erden – in der Ehe.«

Wieder sah sie mich an, und diesmal war in ihren Augen ein neuer Glanz, den ich nicht mißdeuten konnte.

»Soll das heißen, du willst meine Frau werden, Quilla?« murmelte ich.

»Es war der Wunsch meines Vaters, mein Gebieter, aber was ist dein Wunsch? Oh! Genug damit«, fuhr sie in anderem Ton fort. »Wozu haben wir soviel gelitten, wozu die lange Trennung und die schrecklichen Gefahren ertragen? Wollten wir unserem Schicksal nicht entrinnen, um endlich zusammen sein zu können? Und hat uns das Schicksal nicht verschont – uns eine Gnadenfrist geschenkt? Wie lautete noch der Orakelspruch in Rimacs Tempel? Sollte ich nicht Schutz suchen bei der Sonne und ... das andere habe ich vergessen.«

»Ich erinnere mich gut«, sagte ich. »Zuletzt solltest du in den Armen des Geliebten schlafen.«

»Ja«, fuhr sie fort, und das Blut stieg ihr in die Wangen, »zuletzt sollte ich in den Armen des Geliebten schlafen. Der erste Teil der Weissagung ist bereits eingetroffen.«

»Und der Rest wird sich auch noch erfüllen«, unterbrach ich, schüttelte meine Verlegenheit ab und zog sie an meine Brust.

»Bist du sicher«, murmelte sie nach einer Weile, »daß du mich genug liebst, um mich zu heiraten? Bin ich nicht eine Wilde für dich?«

»Mehr als sicher«, beteuerte ich.

»Mein Gebieter, ich habe es immer gewußt, aber wie wir Frauen so sind, wollte ich es von deinen Lippen hören. Und eines ist gewiß: ich mag sein wie ich nun einmal bin, ungebildet und von heißem Blut, doch will ich dir die treueste und liebevollste Gattin sein, die je ein Mann sein eigen nennen konnte. Vielleicht gelingt es mir sogar, daß über meiner Liebe irgendwann, und sei es nur für eine Stunde, jene andere, die einst in deiner fernen Heimat die deine war, deinem Gedächtnis entschwindet.«

Ich schrak zurück, als habe mich ein Schwert geritzt. Quilla hatte erraten, oder die Natur hatte sie gelehrt, daß man die erste Liebe nicht leicht vergißt, wie immer sie auch endet. Selbst tote Geliebte verfolgen uns noch wie Gespenster.

»Und ich hoffe, meine Liebste, daß du die meine wirst, nicht nur für eine Stunde, sondern für alle Tage unseres Lebens«, gab ich zurück.

»O ja«, seufzte sie, »doch wer weiß, wie viele das sein werden? Laß uns deshalb die Blumen pflücken, bevor sie verwelken. Ich höre Schritte. Die hohen Herrn warten. Ich möchte, daß du den Ratssaal an meiner Seite betrittst und dabei meine Hand hältst. Ich habe dem Volk etwas mitzuteilen. Du hast den Inka Kari verschont, doch sein kalter Schatten liegt noch immer über uns allen.«

Bevor ich sie um eine Erklärung bitten konnte, traten drei Höflinge ein, streiften uns mit neugierigen Blicken und meldeten, daß alle versammelt seien. Dann drehten sie sich um und gingen voran. Der große Saal war bis auf den letzten Platz besetzt. Wir bestiegen das Podest Hand in Hand. Bei unserem Erscheinen erhoben sich alle Anwesenden und begrüßten uns mit lautem Jubel.

Quilla setzte sich auf einen Thron und wies auf einen zweiten neben sich, der, wie ich bemerkte, etwas höher stand. Später erfuhr ich, daß das kein Zufall war, sondern den Zweck hatte, dem Volk der Chanca zu zeigen, daß ich fortan sein König sein sollte, sie dagegen nur meine Gemahlin.

Quilla wartete, bis sich der Lärm gelegt hatte, dann erhob sie sich und ergriff das Wort. Sie war, wie die meisten Angehörigen der hiesigen Oberschicht, eine geübte Rednerin.

»Ihr Adeligen und Fürsten der Chanca«, begann sie. »Mein Vater, der König Huaracha, starb, ohne einen legitimen Sohn zu hinterlassen, und so sind seine Ämter und Würden auf mich übergegangen. Heute habe ich euch zusammengerufen, um mich mit euch zu beraten. Zunächst tue ich hiermit kund, daß eure Königin von dem Mann an meiner Seite zur Gemahlin erwählt wurde.«

Abermals brachte die Versammlung mit Jubelrufen ihre Freude zum Ausdruck. Für einen Gott, der dem Meer entstiegen war, hielt mich zwar inzwischen nur noch das gemeine Volk, doch galt ich allenthalben als großer Feldherr und als ein Mann, der vieles wisse, was hierzulande unbekannt war, und als Kämpfer nicht seinesgleichen habe. Ja, seit ich Urco mit bloßen Händen getötet und Kari, den unbesiegbaren Inka bezwungen hatte, der nach dem Glauben dieser Menschen über die Kraft der Sonne gebot, pries man mich in ganz Tavantinsuyu als unübertroffen. Außerdem liebten mich die Soldaten, die unter meinem Befehl gekämpft hatten, wie einen Vater. So waren alle erfreut, wenn auch nicht weiter erstaunt über Quillas Eröffnung, wußte doch jedermann, daß es der Wunsch des toten Königs gewesen, daß ich seine Tochter heirate, und daß ich vieles auf mich genommen hatte, um sie zu erringen.

Als der Jubel nicht enden wollte, erhob auch ich

mich von meinem Platz, zog mein Schwert Wogenlohe, das ich zu meiner verbeulten Rüstung trug, und salutierte zuerst Quilla und dann der Adelsversammlung. Dann sagte ich:

»Ihr Fürsten der Chanca, ich befand mich auf einer Insel im Meer, als mein Blick zum ersten Mal auf diese Frau fiel, die heute eure Königin ist. Schon damals verliebte ich mich in sie und schwor mir, sie zu meiner Gemahlin zu machen, wenn es denn irgend möglich sei. Seit jenem Tag ist vieles geschehen. Sie wurde mir genommen, um mit Urco, dem Erben des Inkathrones, vermählt zu werden, doch sie flüchtete vor dem verhaßten Bräutigam und suchte Zuflucht im Hause des Inkagottes. Nun, o ihr Chanca, zogen wir gemeinsam in den großen Krieg, und schließlich befreite ich sie aus diesem Gefängnis und tötete Urco, als der sie mir abermals entreißen wollte. Danach besiegte ich Kari den Inka, der mich liebte wie einen Bruder, aber zu meinem Feind wurde, als ich seinem Gott, der Sonne, eure Herrin entriß, und zu guter Letzt kehrten sie und ich gemeinsam in dieses Land, in ihre Heimat zurück. Auch ihr Wunsch ist es nun, sich mit mir zu vermählen, so wie es der meine war von Anbeginn. Hier vor euch allen nehme ich sie zum Weibe, und sie nimmt mich zum Manne. Möge es uns und unseren Kindern beschieden sein, noch viele Jahre über euch zu herrschen. Doch will ich euch warnen. In dem großen Krieg, der eben zu Ende ging, konnten wir uns, wenn auch mit schweren Verlusten, gegen Cuzcos Heerscharen behaupten und uns einen ehrenvollen Frieden sichern. Doch mit dieser unserer Heirat rauben wir dem Gott der Inka eine von seinen tausend Bräuten, und damit wird der Frieden gebrochen. Auch in Zukunft wird also Krieg herrschen zwischen den Völkern der Quichua und der Chanca.«

»Das wissen wir«, riefen die Fürsten. »Wenn Krieg herrschen soll, so mag er nur kommen!«

»Wie hätte ich anders handeln können?« fuhr ich fort. »Sollte ich eure Königin im Hause der Sonne schmachten lassen, mit einem Nichts vermählt, sollte ich dulden, daß Urco sie entführte und zu einer seiner Frauen machte, oder sollte ich sie an Kari zurückgeben, damit er sie einem Gott opfere, an den ihr nicht glaubt?«

»Nein!« schrien sie. »Dich soll sie heiraten, Weißer-Herr-aus-dem-Meer, du sollst sie zur Mutter künftiger Könige machen.«

»Das dachte ich mir, ihr Chanca. Und doch warne ich euch, das Unheil ist nahe. Ein Sturm braut sich zusammen und wird schon bald über uns hereinbrechen, denn Kari ist ein Mann, der zu seinem Wort steht.«

»Warum hast du ihn nicht getötet, als er in deiner Hand war, um dann seinen Thron zu besteigen?« fragte einer.

»Das konnte ich nicht. Es wäre dem Himmel nicht wohlgefällig gewesen, einen Mann zu töten, den ich jahrelang liebte wie einen Bruder. Die Tat wäre in irgendeiner Weise auf mich zurückgefallen, auf die edle Quilla und auch auf euch, o ihr Chanca, und ...«

In diesem Augenblick entstand Unruhe am Ende des Saales, und ein Herold rief:

»Eine Abordnung! Eine Abordnung von Kari, dem Inka.«

»Sie mag eintreten«, sagte Quilla.

Und bald kam die Abordnung – lauter hohe Herren und ›Ohrenmänner‹ – durch den Mittelgang auf uns zugeschritten und verneigte sich gemessen.

»Eure Botschaft?« fragte Quilla leise.

»Sie lautet folgendermaßen, edle Herrin«, antwortete der Sprecher. »Der Inka verlangt zum letzten Mal, daß du, die du die Sonne betrogen hast, dich ihm auslieferst, auf daß du geopfert werdest. Diesmal wendet er sich an dich, denn er hat erfahren, daß dein Vater Huaracha nicht mehr unter den Lebenden weilt.«

»Und wenn ich mich weigere, mich auszuliefern, was geschieht dann, o Abgesandter?«

»Dann erklärt euch der Inka im Namen des Reiches und in seinem eigenen Namen den Krieg. Er wird diesen Krieg ohne Gnade führen, bis kein Tropfen Chancablut mehr fließt unter der Sonne, und kein Stein mehr verrät, wo einst eure Stadt stand. Mag sein, daß einige Zeit vergeht, bis das Schwert auf eure Köpfe niedersaust. Der Inka muß erst seine Streitkräfte sammeln, und sein Volk braucht nach den Wirren der vergangenen Monate eine Atempause. Doch fallen wird dieses Schwert, wenn nicht in diesem, dann im nächsten Jahr, und wenn nicht im nächsten Jahr, dann im Jahr darauf.«

Quilla war bleich geworden, aber wohl eher vor Zorn als vor Angst. Nun sagte sie:

»Ihr habt es gehört, o ihr Chanca, nun wißt ihr, wie die Dinge stehen. Liefere ich mich aus und lasse mich der Sonne opfern, dann wird euch der Inka in seiner Gnade verschonen. Liefere ich mich nicht aus, dann wird er euch früher oder später vernichten – so er kann. Nun sprecht: soll ich mich ausliefern?«

Da sprangen alle in dem großen Saal Versammelten auf bis zum letzten Mann, und aus allen Kehlen erscholl ein lautes:

»Niemals!«

Als wieder Ruhe eingekehrt war, trat ein alter Häuptling und Ratgeber vor, ein Onkel des toten Königs Huaracha, und musterte die Abgesandten mit trüben Augen.

»Kehrt zu eurem Inka zurück «, sagte er, »und bestellt ihm, daß Mund und Hand, Drohungen und Taten verschiedene Dinge sind. Er hatte im letzten Krieg Gelegenheit, uns kennenzulernen, als Feinde wie als Freunde, aber vielleicht kennt er uns noch nicht gut genug. Der Mann dort drüben« – er wies auf mich – »wird bald unser König und der Gemahl unserer Königin sein. Er und einige von uns haben dem Inka zu seinem Thron verholfen. Und erst vor kurzem ließ der Weiße Herr noch Gnade walten und schenkte dem Inka das Leben. Wir Chanca stehen geschlossen hinter diesem Mann. Der Inka Kari Upanqui möge sich in acht nehmen, denn es könnte geschehen, daß er seinen Thron und sein Leben und mit ihnen das alte Reich der Sonne an ihn verliert. Wir haben gesprochen.«

»Wir haben gesprochen!« wiederholte die Versammlung so laut, daß die Wände erzitterten.

Als es wieder still geworden war, fragte Quilla:

»Haben die Abgesandten noch etwas hinzuzufügen?«

»Das haben wir«, antwortete der Sprecher.

»Der Chanca-Baum ist von der Axt bedroht, doch der Inka liebt den Löwen, der sich in seinen Zweigen verbirgt, seit langer Zeit und bietet ihm weiterhin eine Zuflucht. Wenn der Weiße-Herr-aus-dem-Meer – den du in den Netzen deiner Hexenkünste gefangenhältst – mit uns zurückkehrt, bleibt er verschont. Man wird ihn mit allen Ehren aufnehmen, und er gewinnt die Liebe seines Bruders zurück.«

Nun sah Quilla mich an, und ich erhob mich, brachte aber vor Lachen zunächst kein Wort heraus. Schließlich sagte ich:

»Als ich dem Inka jüngst das Leben schenkte, da nannte er mich edel. Wie würde er mich nennen, ginge ich auf dieses Angebot ein? Wäre ich auch dann noch edel, auch dann noch der Löwe, der im Chanca-Baum haust? Oder hielte er mich, was immer von seinen Lippen käme, in seinem Herzen für den elendesten aller Sklaven, nicht für einen Löwen im Geäst, sondern vielmehr für eine Schlange, die sich zwischen den Wurzeln verkriecht? Hebt euch hinweg, ihr Herren, und bestellt ihm, ich bliebe hier, um glücklich zu werden mit der Frau, die ich errungen. Sagt ihm auch, das alte Schwert Wogenlohe, das vor kurzem noch über ihm schwebte, sei so scharf wie eh und je, und auch der Arm seines Besitzers sei noch nicht erlahmt. Doch es habe seinen Zweck erfüllt, und er tue gut daran, fortan seinen Anblick zu meiden.« Damit zog ich die große Klinge und schwang sie vor ihren Augen hin und her, daß sie aufblitzte im Halbdunkel des Saales.

Die Abgesandten verneigten sich höflich, denn sie kannten mich alle, und einige waren mir sehr zugetan, dann machten sie kehrt und gingen. Und so sah ich, Hubert von Hastings, die Adeligen aus dem Inkageschlecht zum letzten Mal. Beim nächsten Mal – und das wird schon bald sein – werden wir uns als Feinde gegenüberstehen.

»Man geleite sie sicher aus der Stadt«, befahl Quilla, und einige Soldaten schickten sich an, ihrem Befehl zu gehorchen.

Als sie gegangen waren, ordnete sie an, die Türen zu schließen und den Saal mit Wachen zu umstellen, damit niemand sich unbemerkt nähern könne. Dann schwieg sie eine Weile, und schließlich erhob sie sich und sprach:

»Mein Gebieter, und hoffentlich bald auch mein königlicher Gemahl, und ihr, die Auserwählten meines Volkes, hört mich an, denn ich habe euch eine Frage zu stellen. Ihr habt die Botschaft des Inka vernommen, und ihr wißt, daß er keine leeren Worte spricht. Er ist in vielen Dingen ein großer Mann, doch in einem ist er ein engstirniger Kleingeist. Er stellt seinen Gott über seine Ehre, und um diesen Gott zufriedenzustellen, den ich in seinen Augen erzürnt haben soll, ist er bereit, seine Ehre zu opfern und den Mann zu töten, dem er alles verdankt.« Sie faßte nach meiner Hand. »Und er kann seine Drohungen wahrmachen, nicht sofort, aber doch im Laufe der Zeit, denn wo wir einen Krieger aufbieten können, hat er zehn. Dies also ist der Stand der Dinge: Tod und Vernichtung starren uns ins Antlitz.«

Sie hielt inne, und nun – ich denke, es war so geplant – fragte der alte Häuptling, von dem ich bereits berichtet hatte, in die Stille hinein:

»Du hast uns in die bittere Schale der Wahrheitsfrucht beißen lassen. Befindet sich darunter kein süßes Fleisch? Kannst du uns keinen Ausweg zeigen, o Quilla, Tochter des Mondes, die sich nährt von des Mondes Weisheit?«

»Ich glaube, ich kann euch einen solchen Weg zeigen«, antwortete sie. »Ihr kennt die alten Legenden unseres Volkes – die Sage, wonach wir in alter Zeit, vor tausend Jahren, aus den Wäldern in dieses Land kamen.

Ihr wißt auch, daß diese Sage von einem mächtigen Reich erzählt, das einst jenseits der Wälder lag. Sein König herrschte in einer Goldenen Stadt, die von Bergen umgeben war. Dieser König, so heißt es, hatte zwei Söhne, und als er starb, gerieten sie in Streit miteinander. Der eine, mein Vorfahr, unterlag und mußte mit allen, die zu ihm hielten, in die Wälder flüchten. Da fuhr er mit seinen Getreuen auf Booten den Fluß hinab, der die Wälder durchfließt, kam schließlich mit den wenigen, die ihm geblieben waren, in dieses Land und wurde abermals König. Ist es nicht so?«

»So ist es«, bestätigte der greise Häuptling. »Die Legende wird seit zehn Generationen überliefert, und mit ihr die Weissagung, die Chanca würden eines Tages zurückkehren in jene Goldene Stadt und könnten darauf bauen, von der dortigen Bevölkerung freudig willkommen geheißen zu werden.«

»Diese Weissagung ist auch mir bekannt«, sagte Quilla. »Und ich habe noch etwas hinzuzufügen. Sie kam mir in den Sinn, als ich blind und verzweifelt in Cuzco im Kloster der Sonne saß. Lange dachte ich darüber nach, denn ich war von jeher überzeugt gewesen, daß der Krieg zwischen den Chanca und den Heerscharen des Inka noch lange nicht zu Ende wäre. Ich sah keinen Ausweg, und so flehte ich in meiner Finsternis zu meiner Mutter, dem Mond, um Beistand und Erleuchtung. Ich betete voller Inbrunst, und endlich erhielt ich Antwort. Eines Nachts erschien mir der Geist des Mondes in Gestalt einer strahlend schönen Göttin und sprach zu mir.

›Fasse Mut, Tochter‹, sagte sie, ›denn was verloren scheint, wird wiedergefunden, und das Blitzen eines gewissen Schwertes wird die Dunkelheit durchdringen und dir dein Augenlicht wiedergeben.‹ Und so geschah es, ihr Chanca, denn genau im Moment, als das Schwert meines Gebieters mich vor Urcos Hand rettete, drang der erste Lichtschein in meine geblendeten Augen.

›Sorge dich auch nicht um die Kinder der Chanca, die mir huldigen‹, fuhr der strahlende Geist des Mondes fort, ›denn in den Tagen der Gefahr will ich ihnen den Weg zu meiner Ruhestätte im Westen weisen. Fortführen will ich sie von Kriegen und Tyrannen, zurück in jene alte Stadt, aus der sie einst kamen. Dort mögen sie ruhig schlafen, bis sich ihr Schicksal erfüllt. Und du sollst über sie herrschen in den Tagen, die man dir zugemessen, zusammen mit dem Manne, den ich zu dir führte aus den Tiefen des Meeres, und den ich dir zeigte, als er in meinem Lichte schlief.‹

So sprach der Geist zu mir, ihr meine Ratgeber. Damals wußte ich nicht, ob diese Vision mehr war als nur ein schöner Traum, doch heute weiß ich, daß es kein Traum war, sondern die Wahrheit.

Denn kehrte nicht mein Augenlicht zurück, als das Schwert mit Namen Wogenlohe aufblitzte? Und wenn dies Wirklichkeit wurde, warum nicht auch alles andere? O ihr Chanca, heute bin ich eure Königin, und mein Rat lautet: Laßt uns fliehen aus diesem Land, bevor sich das Netz des Inka um uns zusammenzieht und die Speere des Inka unsere Herzen durchbohren. Laßt uns in den Tiefen des westlichen Waldes nach unserer alten Heimat suchen, denn dorthin wird er uns mit seinen Heerscharen hoffentlich nicht folgen können. Ist das dein Wille, mein Volk? Wenn ja, dann tue ihn mir kund durch den Mund deiner Adeligen und Fürsten, hier und jetzt, bevor es zu spät ist.«

Und donnernd erscholl die Antwort:

»Es ist unser Wille, o Tochter des Mondes!«

Als das Echo verklungen war, wandte sich Quilla an mich. Ein herrlicher Anblick war sie, und ihre Augen strahlten wie Sterne, als sie mich fragte:

»Ist es auch dein Wille, o Herr-aus-dem-Meer?«

»Dein Wille ist auch der meine, o Quilla«, antwortete ich, »und dein Herz ist meine Heimat. Ich will dir folgen, wohin du mich auch führst, und ginge es bis ans Ende der Welt.«

»So sei es!« rief sie triumphierend. »Die schlimme Zeit der Ängste und der Schlachten ist vorüber, die Straße der Zukunft liegt im Schein des Mondes vor unseren Füßen. Sie wird uns in das Wunderland führen, wo alle Straßen anfangen und für Stunden wieder verschwinden. Alle Trennungen werden aufgehoben in einer vollkommenen Einheit, wie wir sie vielleicht in ferner Vergangenheit erfahren haben und erst in künftigen Zeiten und noch unentdeckten Ländern wieder erleben werden. O Herr-aus-dem-Meer, deine Ankunft ließ mein schlafendes Herz in Liebe erbrennen, dein Herz errettete mich aus Schmach und Tod und gab mich dem Licht und dem Leben wieder. Nun will ich, die Tochter des Mondes, der Sonne trotzen, die mich gefangenhielt, und allen ihren Dienern. Im Angesicht unseres Volkes nehme ich dich mit diesem Kuß zu meinem Gemahl.« Und Quilla beugte sich vor und drückte ihre Lippen auf die meinen …

Die übrigen Blätter der alten Handschrift sind nach Jahrhunderten in jenem feuchten Grab verrottet und nicht mehr zu entziffern.

– Der Herausgeber.

HEYNE BÜCHER

L. E. Modesitt jr.

Der Recluce-Zyklus

»Der Bilderbogen einer hinreißenden Welt.«
Robert Jordan

Das große Fantasy-Erlebnis in der Tradition von Robert Jordans ›Das Rad der Zeit‹

Magische Inseln
1. Roman
06/9050

Türme der Dämmerung
2. Roman
06/9051

Magische Maschinen
3. Roman
06/9052

Weitere Bände in Vorbereitung

06/9050

06/9051

HEYNE-TASCHENBÜCHER